동생이 생겼다

동생이 생겼다

초판 1쇄 인쇄일 2018년 03월 30일
초판 1쇄 발행일 2018년 04월 10일

지은이 | 주혜민
펴낸이 | 김기선

편집장 | 김은지
편집부 | 박지은, 김지현, 김아름, 박신혜
디자인 | 한주희

펴낸곳 | 와이엠북스(YMBOOKS)
출판등록 | 2012년 7월 17일 (제382-2012-000021호)
주소 | 서울시 도봉구 노해로 379, 802호(창동, 대성빌딩)
전화 | 02)906-7768 / **팩스** | 02)906-7769
E-mail | ymbooks@nate.com

ISBN 979-11-322-4515-5 03810

값 9,000원

MBOOKS
OMANCE
STORY

동생이 생겼다

주혜민 장편소설

차 례

[prologue]

구내식당 한구석에서 식사를 하며 연서의 눈치를 보며 긴장한 경민이 사람들이 뜸해지자 마침내 입을 열었다.

"이런 곳에서 말하긴 그렇지만……."

"……."

"연서야, 우리 결혼할까?"

속삭이는 경민의 목소리에 긴장감이 잔뜩 묻어 있었다. 벌써 아홉 번째 프러포즈였다.

"어."

"그러니까, 뭐…… 뭐? 정말?"

당연히 거절하는 답변이 나올 걸 예상한 탓에 조마조마한 심정으로 말을 꺼냈던 경민은 연서의 대답에 잠시 멍해졌다. 연서는 앞에 놓인 음식을 씩씩하게 먹고 있었다.

"연서야, 정말이야?"

경민은 믿을 수 없다는 표정으로 연서를 다시 보고 있었다.

그의 프러포즈를 받아들이게 되면 이제 마음속에서 이서를 정리해야 된다는 의미인 걸 아는 연서의 눈동자가 흔들렸다.

정말 잘하는 걸까? 이대로 이서를 잊을 수 있을까?

다시금 마음속에 갈등이 생기는 연서였다.

이서를 기다린 시간 동안 저의 곁에서 저만 본 경민의 프러포즈였다. 거의 마지막이라고 생각해서인지 더 긴장한 경민은 연서의 허락이 떨어졌음에도 믿어지지 않는지 다시 확인했다.

"그래. 하자, 결혼."

다시 들려온 연서의 대답에 경민은 드디어 환하게 웃을 수 있었다.

"정말이지? 하하, 하하하."

먹지 않아도 배부르다는 표현은 이럴 때 쓰는 게 맞나 보다. 경민은 입을 헤벌쭉 벌린 채 자신의 그릇에 있던 계란말이를 그녀에게 넘겨주었다.

지애와 그녀의 남자친구와 함께 넷이서 자주 가는 호프집에 마주 앉아 결혼 소식을 전하자 이런 날 그냥 지나갈 수 없다며 잔을 높게 들었다.

"와, 그럼 이제 결혼하는 거야?"

지애 역시 둘 사이를 오래 지켜봤기에 결혼하는 게 당연하다고 생각했다. 아니, 오히려 너무 늦은 감도 있었다.

그렇게 술을 마시고 또 마시고 연서는 오랜만에 기분 좋게 술에 취했다.

나중에 성인이 되면 같이 술을 마시자고 약속했던 이서는 그녀 곁에 없었다. 대신 경민이 곁에 있었기에 연서는 살포시 눈을 접고 웃었다.

마음 한쪽 어두운 곳에 세찬 바람이 스며들었다. 이제 마음속 깊은 곳에 있는 이서와 이별을 해야 할 때였다. 그게 가능할지 모르겠지만. 손가락에 끼워진 반지가 유난히 반짝거렸다.

집에 데려다주던 경민이 술에 취해 비틀거리는 연서를 부축했다. 늘 거리를 지키던 연서가 오늘은 경민이 내미는 팔에 기댔다. 이제 진짜 자신의 여자가 되겠다고 허락한 연서가 한없이 좋고 기뻤다.

"경민아."

집에 거의 도착한 연서가 담벼락에 기대 반쯤 뜬 눈으로 경민을 올려다보았다. 술 때문에 달아오른 얼굴에 홍조가 예쁘게 드리웠고, 립스틱이 거의 지워진 입술은 유혹하듯 천천히 열렸다.

키스해줘, 라고 말하는 연서의 목소리가 들리는 것 같았다. 이끌리듯 연서에게 고개를 숙였다. 그리고 말캉한 연서의 입술에 자신의 입술을 겹친 경민은 휘청거리며 쓰러지려는 연서를 품에 꼭 안았다. 이대로 절대 놓치지 않겠다는 듯 꽉 끌어안은 그의 품에서 연서는 무너지지 않기 위해 그의 목에 두 손을 감고 중심을 잡았다.

긴 키스의 여운에 고개를 든 경민의 미소는 여전히 부드러웠다. 하지만 연서는 그의 얼굴을 마주 볼 수가 없었다.

"잘 들어가."

"응. 잘 가. 내일 봐."

연서는 경민이 손을 흔들며 가는 뒷모습을 한없이 쳐다보았다. 이제 진짜로 경민과 연애를 시작하는 것이다. 마음속에 이서는 꽁꽁 묻어야 한다는 걸 알면서도 조금 전 키스하면서 연서는 이서를 떠올리고 말았다.

집으로 올라가는 계단에 털썩 주저앉은 연서는 난간에 얼굴을 기댔다. 정말 잘하는 걸까? 스스로가 잘하고 있는 건지 자신이 없었다. 하지만 돌아오지 않는 이서를 기다리기엔 너무 지쳐 있었다.

무엇보다 이서가 곁에 있을 때는 느끼지 못했던 외로움이 그녀를 더 힘겹게 만들었다. 여전히 보고 싶은 이서가 괘씸했지만 딱 한 번이라도 얼굴을 볼 수 있으면 좋겠다고 생각했다. 딱 한 번만이라도.

"하아."

비틀거리며 일어난 연서는 천천히 계단을 밟고 올라갔다. 그러다 문득 익숙한 시선이 느껴져 그 자리에 멈췄다. 너무도 익숙한 이 느낌에 연서는 등골이 서늘해졌다.

어두운 공간을 재빨리 훑던 연서의 시선 끝에 가로등 불이 켜진 곳을 향했다. 그곳에 한 명의 그림자가 드리워져 있었다. 올라가던 발걸음을 돌린 연서는 홀린 듯 그곳으로 걸어갔다.

조금씩 발걸음이 빨라졌다. 어깨에 걸린 가방이 흘러내리자, 손에 꽉 움켜쥐었다. 혹시나 하는 마음에 심장이 미친 듯이 뛰었다. 가로등 근처에 다다랐을 무렵 그림자가 움직이기 시작했다.

그림자가 멀어지자 다급한 마음에 무작정 뛰었다. 그러나 이미 술 때문에 휘청하던 그녀의 몸이 흔들리며 결국 바닥에 넘어졌다.

그녀가 넘어지며 아픔의 신음을 흘리자 멀어지던 그림자가 움직임을 멈췄다.

손바닥이 까지고 치마 아래 무릎도 까지며 피가 났지만 연서는 넘어진 채 마침내 가로등 아래 멈춘 그림자의 실체를 눈에 담았다.

"이서야……."

분명 예전 모습보다 훨씬 선이 굵어지고 남자다워지고 모든 것이 많이 달라져 있었지만 연서는 한눈에 알아볼 수 있었다. 이서가 분명했다.

드디어 다시 만났다. 반가움에 연서의 눈에서 눈물이 소리 없이 흘러내렸다. 지금 그의 모습을 보는 게 환상이 아니길. 아니, 환상이라도 오래오래 그대로 있길, 사라지지 않길 빌고 또 빌었다. 조금만 더 오래 볼 수 있게 해주세요. 잠깐이라도 눈 감으면 사라질까 두려워 눈을 깜빡일 수조차 없었다.

뚜벅뚜벅 소리와 함께 그가 가까이 다가왔다. 검은색 구두 끝에 연서의 시선이 닿았다. 그녀 앞에 선 그가 손을 내밀었다. 연서는 그 손을 잡고 천천히 일어섰다. 그리고 마침내 가까이 다가온 모습을 보며 연서는 활짝 웃었다.

"……이서야."

울먹이며 이름을 불렀다. 하지만 그는 연서를 향해 무덤덤한 시선을 보냈다. 그러고는 마치 처음 보는 사람처럼 그녀에게 말을 꺼냈다. 목소리가 낯설다.

"괜찮으십니까?"

자신을 보는 냉랭한 시선, 아무런 감정이 묻어나지 않은 눈빛에 연서는 잠시 당황했다. 이서는 늘 따뜻한 시선으로 연서를 보며 웃어주었었다. 마치 다른 사람인 듯 구는 그의 말투에 잠시 움찔했다. 대답이 없는 연서를 향하는 그의 시선이 그녀의 머리에서 발끝까지 쓱 훑고 지나갔다.

"괜찮아 보이는군요. 그럼."

연서는 다급한 마음에 돌아서는 그의 팔을 잡았다.

"이서……."

"사람 잘못 보셨습니다."

잡힌 팔을 거칠게 쳐낸 그가 신경질적인 반응을 보인다. 연서는 그럴 리가 없다고 생각했다. 어떻게 이서와 똑같이 생겼는데, 이서가 아니라는 거지? 연서는 다시 손을 뻗었다. 하지만 그가 씹어 뱉어내듯 하는 말에 다시 잡을 수가 없었다.

"그만! 술을 많이 드신 것 같은데 술주정은 거기까지 하시죠? 그럼, 안녕히."

그 말을 끝으로 그가 멀어져 갔다. 천천히 멀어져 가는 그를 연서는 두 눈에 그렁그렁 눈물이 맺힌 채 바라볼 뿐 쫓아갈 수 없었다.

분명 이서인데, 이서가 아니라는 말에 연서는 차마 따라가 붙잡을 수 없었다.

그날 연서는 그를 떠올리다 결국 밤새도록 잠을 잘 수 없었다.

이서가 주고 간 커다란 곰 인형은 연서를 향해 처음과 똑같은 표정으로 그녀만 보고 있었다.

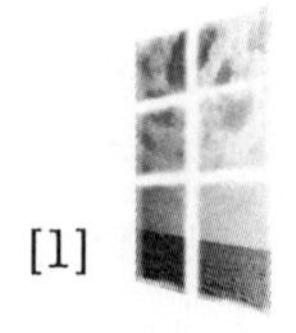

[1]

햇살이 따뜻한 봄날이 시작되는 어느 날. 말캉하고 따뜻한 것이 품에 파고 들어와 꿈을 방해했다. 하필이면 꿈속에서 만난 아이돌 그룹 리더 하동하의 입술에 키스하려는 순간이었다.

츱.

역시나 입술에 닿은 현실적인 촉감에 두 눈을 단박에 뜬 연서의 얼굴은 그대로 굳어버렸다.

"굿모닝."

하얀 얼굴에 짙은 눈썹, 쌍꺼풀이 없는 크고 동그란 눈, 오뚝한 콧날, 도톰하고 매력적으로 올라간 붉은 입술이 눈앞에 있었다.

"꺼져. 제에발!"

소리 지르는 것과 동시에 연서는 자신 위에 있는 이서를 거칠게 밀었다. 쿠당탕탕 소리가 나면서 이서가 침대 아래로 떨어졌다.

"아욱! 아파. 갈수록 힘만 세지네."

이서가 엉덩이를 문지르며 일어섰다. 떨어져 부닥친 곳이 아픈지 미간을 좁혔지만 연서의 반응은 시큰둥하다. 꿈에도 그리던 하동하였는데! 하동하! 이서의 방해로 깬 연서는 분해서 씩씩거렸다.

"너, 내 방에 들어오지 말라고 했지! 왜 또 들어왔어?"

"엄마가 밥 먹으래."

"알았으니까 당장 나가, 나가라고!"

씩씩대는 연서와 달리 씩 웃는 이서는 느긋하게 방문을 열었다.

"아, 맞다. 아까 무슨 꿈 꾼 거야? 입을 쭉 내밀고 있기에 내가 아쉬운 대로 대신 입을 맞춰주긴 했는데 말이야."

"야!"

"왜 그래. 예전엔 네가 더 많이 했으면서."

"내가 언제! 그리고 그땐 어렸잖아!"

얼굴이 화끈화끈 달아올랐다.

"그래. 그땐 네가 많이 했으니까, 이젠 내가 더 많이 해줄게. 걱정 마."

결국 연서는 베개를 던졌고, 이서는 재빨리 문으로 막으며 밖으로 나갔다가 다시 문이 삐죽 열린다.

"참. 사랑해, 연서야."

머리 위로 하트를 만들며 놀리는 듯한 그의 행동에 결국 남아있던 베개마저 문을 향해 날아갔다.

"내가 저 자식 때문에 제명에 못 살 거야."

결국 제 입술에 닿은 게 이서의 입술이라는 사실을 깨달은 연서는 자신의 입술을 빡빡 문질렀다. 나쁜 자식!

점심시간 축구를 하는 아이들 가운데 유독 눈에 띄는 아이가 있었다. 바로 이서였다. 이서가 공을 잡으면 여기저기서 소리를 지르는 여자아이들의 비명 소리에 눈살을 찌푸리는 건 연서 혼자였다.

"도대체 이해가 안 돼."

아이스크림을 한입 크게 베어 문 연서의 얼굴엔 표정 변화가 별로 없었다.

"뭐가?"

옆에서 같은 아이스크림을 먹던 지애는 연서의 말에 고개를 들었다.

"뭐가 좋아서 저렇게 소리 지르는 건지."

연서의 시선을 따라가니 공을 차지한 이서가 마침내 상대 골대에 골을 넣고 친구들과 파이팅을 하고 있었다. 패스할 때마다 길게 쭉 뻗는 이서의 몸동작은 예술에 가까웠다. 정말 눈이 부시다는 표현이 맞을 정도였다. 이서의 골을 끝으로 경기가 끝났는지 모두 한 곳으로 모이는 모습이 보였다. 그들 중 유독 반짝이는 별 같은 이서인데, 연서는 그가 동생이기 때문에 모르는 걸까?

"네가 하동하 보면서 소리 지르는 것과 똑같을걸."

연서에게 아이돌그룹 멤버 하동하는 신과 동격이라는 걸 아는 지애는 대충 빗대어 대답해줬다.

"야, 하동하랑 이서랑 어떻게 똑같아? 말 같지도 않은 소리 하지 마. 이서는 하동하 털끝도 못 따라가."

발끈하는 연서는 아이스크림을 쥐고 있던 손을 꽉 틀어쥐었다.

어떻게 하동하랑 비교해! 안 그래도 아침에 하동하 꿈을 방해한 이서였기에 지애의 말은 더 설득력이 없었다.

"내가 그렇게 별로야?"

언제 왔는지 이서가 뒤에 선 채, 연서와 지애를 보고 있었다. 이마에 땀이 송골송골 맺혀 있었다. 앗! 깜짝이야.

"언제 온 거야?"

놀란 탓에 목소리 톤이 살짝 올라갔다. 덩달아 심장이 쿵쿵 뛰어댄다. 이래서 뒤에서 험담을 하지 말라는 건가 보다.

"내가 그렇게 별로냐고."

말투가 시니컬하게 울렸다. 뭔가 불만이 가득한 듯 아래로 눈을 내리깔고 있어서 그의 긴 속눈썹이 길게 그림자를 드리웠다. 여자가 아닌 게 아까울 정도로 예쁜 얼굴에 잠시 멍하게 있다가 지애가 팔을 툭 치자, 그때서야 정신을 차린 연서였다.

"당연한 건 묻지 말고 이거나 먹어."

따지듯이 묻는 이서를 무시한 연서는 먹던 아이스크림을 내밀었다. 찰나 이서는 상처받은 표정을 지었지만 아무도 알아채지 못했다. 이내 표정을 바꾼 그는 웃으며 아무렇지 않게 연서가 주는 아이스크림을 넙죽 받아먹었다.

요즘 이서를 볼 때 자신의 반응이 이상할 때가 많아 당황스러워진다. 아이스크림을 입에 댄 순간 이미 질문에 대한 대답은 더 이상 강요하지 않았다.

"하긴 강연서 눈 높은 건 알아줘야 해."

"축구는 끝났어?"

이제 차분한 목소리가 나왔다.

"어."

"땀 냄새 나, 저리 가."

사실 땀 냄새는 별로 나지 않았다. 그저 이서가 곁에 있는 게 불편해서 나온 말이었다. 더불어 부러움과 시기가 담긴 주위 아이들의 시선 때문이기도 하고 요즘 뜨문뜨문 나오는 저의 낯선 반응에 스스로 당황해서였다.

"뽀뽀해주면."

생글생글 웃으며 말하는 모양새가 놀리는 느낌이라 연서의 미간에 주름이 접혔다.

"농담하지 말고 좋은 말 할 때 가지?"

"눈에 힘 빼. 안 그래도 못생겼는데. 더 못생겨져."

아이스크림을 다 먹은 이서가 손가락으로 연서의 이마를 툭 튕겼다.

"이게. 빨리 안 가?"

맞은 부위를 쓱쓱 문지른 연서는 이서를 향해 눈을 부라렸다.

"하하, 간다, 가. 안 그래도 지금 씻으러 갈 생각이었어."

한쪽 눈을 찡긋하며 윙크를 날린 이서가 가고 나자, 멍한 표정으로 있던 지애는 먹던 아이스크림을 다시 입에 넣었다.

"네 동생이지만 진짜 멋있다."

"너 요즘 눈 나빠졌니? 안경 하나 맞춰줘?"

마음에도 없는 말을 하며 맞은 곳을 다시 손으로 문지르던 연서는 점심시간이 얼마 남지 않았다는 사실에 치마를 톡톡 털며 일어섰다.

"넌 네 동생이라서 모르는 거야, 이서가 얼마나 남자다운지."

"눈이 삐었다니까."

툴툴대던 연서는 지애의 말이 잠시 멈칫했다.

차가운 물에 세수를 마친 얼굴에서 뚝뚝 떨어지던 물이 장턱을 타고 흘러내렸다. 고개를 든 이서의 시선 끝에 지애와 대화하며 교실로 가는 연서의 뒷모습이 보였다. 연서는 항상 그 자리에 있었지만 이서에게는 너무 먼 거리였다.

언제쯤이면 가까워질까.

"이거."

누군가 수건을 내밀기에 연서를 향했던 이서의 시선이 목소리가 들리는 곳으로 향했다. 같은 반 여자아이였다. 얼굴은 자주 봤기에 기억하지만 이름이 뭐였는지 솔직히 기억이 나지 않았다. 부반장이라는 것만 기억났다.

"고마워."

이서는 모두에게 친절했고 평등했다. 그래서 그는 항상 여자아이들에게 인기가 많았다. 하지만 정작 본인은 그런 것에 관심이 없었다. 이서의 눈은 항상 연서를 향해 있었기에, 다른 사람들의 행동을 눈에 담거나 생각해본 적이 없었다. 그래서 여자아이들 이름은 잘 기억하지 못했다.

"최성연이야."

"어?"

자신의 이름을 말하는 여학생을 향해, 이서는 싱긋 웃으며 대답하면서도 솔직히 이름이 머릿속에 들어오지 않았다.

"나 부반장인데. 알고 있어?"

"어, 그래."
"강이서, 나 너한테 관심 있어. 그러니까 너도 관심 가져달라고 말하는 거야."
"……."
답을 해주기 애매한 경우 이서는 입을 다물어버리는 버릇이 있었다. 그런 이서의 행동을 이미 예감했는지 성연은 별로 당황하지 않았다.
"사귀는 애 있어? 없으면 나 어때?"
"사귀는 애도 없고 관심도 없어."
"알아. 하지만 지금부터 나를 여자로, 여자친구로 어떤지 생각해줘. 그거면 돼."
당당한 아이였다. 하지만 이서는 그녀가 준 수건을 쓰지도 않고 다시 돌려주었다.
"그런 의미라면 이건 사용 못 하겠다."
"왜?"
"아닌 건 아니니까."
이서는 그대로 매정하게 돌아서 가버렸다. 그런 이서의 행동에 적잖이 당황하거나 화가 날 만도 한데, 성연은 행복한 듯 미소 짓고 있었다.
"오늘은 너랑 말했다는 것만으로도 충분해."
멀어져 가는 이서의 머리 위로 따가운 초여름 햇살이 쏟아지고 있었다.

기지개를 켜며 가방을 챙기던 연서는 옆에서 툭 치는 느낌에 돌아보았다. 지애가 싱긋 웃으며 교실 복도 쪽 창문을 보라 한다. 시선을 옮기니 그곳엔 언제 왔는지 이서가 보였다. 요즘 유독 키가 컸는지 지나가는 아이들이 아직 덜 컸는지 머리 하나가 더 있는 이서의 모습을 쉽게 찾을 수 있었다.

"갈게."

가방을 주섬주섬 챙겨 넣은 연서가 일어섰다.

"내일 예쁘게 하고 나와."

"내일?"

내일 뭐가 있지? 연서의 그런 표정에 그럴 줄 알았다는 듯 한숨을 푹 쉬었다.

"야아! 미팅! 그새 까먹었어?"

"아, 맞다."

어제 이야기했는데, 그새 잊은 게 신기했다.

"1시야. 알았지? 까먹지 말고! 내일 오전에 전화할 테니까."

"응. 알았어. 내일 봐."

처음으로 반 아이들 몇 명이 함께하는 미팅이었다. 네 명인가 다섯 명이 한꺼번에 하는 미팅인데 한 명이 모자란다며 지애의 부탁에 어쩔 수 없이 연서도 동참하게 되었다. 어제는 별생각이 없었는데, 바로 내일 미팅하는 날이라는 걸 깨닫자 문득 설렘이 인다.

"너희 반은 야자 안 하니?"

다른 날보다 일찍 와서 기다리고 있는 이서가 혹시 야자를 빼고 온 건 아닌지 은근 걱정하는 연서였다.

"오늘은 선생님이 일이 있다고 일찍 가래."

야자 안 해서 좋겠다며 중얼거린 연서가 먼저 뚜벅뚜벅 복도를 걸어가자 그 뒤를 이서가 조용히 따라 걷는다. 복도를 빠져나가는 동안 옆 반에서 연서를 불러 잠시 멈추자, 이서의 걸음도 동시에 멈췄다. 작년에 같은 반이었던 친구가 사탕 하나를 연서에게 내밀었다. 이게 뭐냐고 묻자 오늘 퀴즈 게임해서 몇 개 받았는데 남아서 주는 거라 한다.

고맙다며 주머니에 넣던 연서는 '혹시 하나 더 없니?' 물었고, 친구는 뒤에 서 있는 이서를 보면서 한 개를 더 꺼내준다. 연서를 통해 이서에게 사탕이 전달되자 친구의 얼굴이 살포시 붉어졌지만 연서는 못 본 척했다.

자신에게 주는 사탕의 원래 주인이 이서라는 걸 연서는 알고 있었다. 몇 명의 아이들 시선이 이서에게서 떠날 줄 모르는 걸 알기에 연서는 더 빠른 걸음으로 학교를 벗어났다.

"이거."

이서는 껍질 까는 걸 싫어하는 연서에게 껍질을 제거한 막대사탕을 내밀었다.

"괜찮아, 너 먹어."

"자."

됐다고 하는데 깐 사탕은 연서의 입에, 그녀의 손에 쥐고 있던 사탕은 이서의 손으로 넘어갔다.

"오늘 엄마 늦는대. 떡볶이 먹고 갈래?"

연서는 대답 대신 고개를 끄덕이는 이서와 평소 자주 가는 분식집으로 들어갔다. 연서를 알아보는 주인아저씨가 뒤따라 들어오는 이서를 보더니 눈이 커진다. 아저씨의 반응을 이미 예상한 연서는 자주 앉는 자리에 털썩 앉으며 가방을 내려놓았다.

"남자친구야?"

"네, 맞아요. 남자친구."

대뜸 대답하는 이서의 등을 한 대 '짝' 소리 나게 때리자 '아야!' 소리를 내며 엄살을 부린다.

"남자친구 아니에요. 동생이에요."

이서와 처음 가는 곳에서 늘 듣는 질문이었다. 남자친구. 하지만 연서는 곧바로 대답이 흘러나왔다. 동생이요. 벌써 몇 년이나 그렇게 하는 게 당연했기에 오늘 역시 대답하는 연서의 표정은 무덤덤했다. 하지만 가슴 한쪽이 알싸하게 아려왔다. 담담한 표정으로 대답하는 연서와 달리 이서의 표정이 굳어졌지만 연서는 주문을 하느라 미처 보지 못했다.

"동생? 친동생? 허, 거참. 그놈 참 잘생겼네. 연서랑 하나도 안 닮아서 말이야. 남자친구라고 해도 믿겠어. 허허."

"아저씨, 재도 앞으로 단골 될지 몰라요. 그러니까 양 많이 주세요."

"당연히 많이 줘야지."

아저씨의 말에 기분이 나쁠 만도 하지만 연서는 별로 개의치 않았다. 이서가 예쁜 건 맞으니까. 아니, 이젠 잘생겼다는 말이 더 잘 맞을 정도로 점점 남자다워지고 있었다. 어딜 가도 사람들이 이서를 쳐다보니까.

"엄마 많이 늦는대?"

"몰라. 고등학교 동창들 모임이라고 했어."

이서의 목소리가 퉁명스럽다. 뭔가 이상한 낌새에 이서를 쳐다보았다. 연서와 눈이 마주치자 이서가 평소처럼 빙긋 웃는다. 잘못 들었나?

"어."

"언제 오시는지 궁금하면 전화해서 직접 물어봐."

때마침 즉석떡볶이가 나오자 대화는 끊겼다. 굳이 대화를 하지 않아도 되는 둘은 불 위에서 조금씩 끓고 있는 떡볶이에 사리까지 추가하며 바닥까지 긁어 먹었다. 연서는 그래도 배가 차지 않는다며 만두까지 시켰다. 그런 연서를 돼지라고 놀리는 이서였다. 집에 와서는 배부르다며 소화제 대신 콜라를 벌컥벌컥 마시는 연서와 달리 이서는 물을 마셨다.

"연서야,"

지금까지 누나라고 한 번도 부르지 않는 이서였다. 이젠 그것도 익숙해진 연서는 더 이상 누나라고 부르라 강요하지 않았다.

"왜?"

씻고 나오자 먼저 씻은 이서가 손에 뭔가 들고 기다리고 있었다.

"DVD 빌려 온 게 있는데 같이 볼래?"

"제목이 뭔데?"

"타이타닉."

"헐. 이거 실화라며? 슬프다던데……."

슬픈 건 싫다면서도 결국 소파에 나란히 앉아 영화를 보게 되었다. 그 당시 가장 큰 배였던 타이타닉 호에 대한 이야기와 신분이 다른 두 사람의 사랑 이야기는 부럽기도 하고 안타깝기도 했다. 선착장에서 바다 위를 날고 있는 것 같다는 여자 주인공의 말에 연서 역시 정말 배 앞에서 저러고 있으면 새처럼 날고 있는 느낌이 들까? 의문이 들었다.

"나도 해보고 싶다."

연서가 자신도 모르게 중얼거리자 이서가 그녀의 얼굴을 뚫어져라 본다. 그러다 그의 시선을 느낀 연서가 고개를 들자 이서는 재빨리 화면으로 시선을 돌렸다.

"나중에 해줄게."

"응?"

"뱃머리 앞에서 하는 저거."

"언제?"

"조금만 더 커서."

기대를 하지 않으면서도 은근 기대되는 말에 연서가 됐다며 영화에 다시 집중했다. 이서는 연서의 얼굴을 뚫어져라 보았다.

"영화 봐라. 내 얼굴 말고."

연서의 말에 이서는 픽 웃고 나서 다시 영화에 집중했다.

두 사람이 서로의 마음을 확인하고 사랑을 나누는 장면이 나오자 목마르다는 핑계로 일어난 연서는 그 장면이 지나가고 난 후에야 다시 소파에 앉았다. 이서의 얼굴을 보니 마치 아무 일도 없었다는 듯 표정이나 행동에 변화가 없었다. 자신만 과민 반응한 것 같아서 조금 억울했다.

배가 가라앉기 시작했다. 바다에 빠져 겨우 떠 있는 사람들의 모습과 구조되어 가는 사람들의 모습, 그리고 아이조차 살리지 못하고 품에 안고 죽은 사람들. 다시 돌아와 살아 있는 사람을 한 명이라도 더 구조해보려 했던 마지막 배. 그리고 남자 주인공이 바닷속으로 영원히 사라지는 모습에서 울컥하며 눈물을 쏟아낸 연서였다.

'어떻게 해.'라는 단어를 연신 쏟아내며 훌쩍이는 연서의 어깨를 이서가 끌어당겨 토닥여준다. 실화를 바탕으로 만든 영화라서 그런지 더욱 가슴을 먹먹하게 만들었다.

탁자 위에 있는 휴지를 꺼내 코를 풀면서 눈물을 닦아냈다. 마지막까지 영화를 보면서 연서는 한없이 울었다. 실제로 저 상황을 겪었을 사람들이 불쌍해서. 그런 연서를 꽉 끌어안고 이서는 말없이 다독였다.

"괜찮아?"

"응."

아직도 훌쩍이는 연서의 이마에 이서가 입술을 닿았다 뗐다.

"하지 마."

울음이 섞인 목소리로 이서를 밀어냈다. 그러자 순순히 밀려나며 연서를 놓아주었다.

"다음엔 재밌고 행복한 영화 보자."

"응. 다음엔 웃긴 걸로 빌려 와."

배시시 웃는 연서를 보던 이서가 얼굴을 가까이 들이댄다.

"왜, 왜?"

이서의 커다란 눈동자가 가까이 다가오자 연서는 심장이 덜컹 놀라 뛰었다.

"예뻐서."

당황하며 밀어내는 연서와 달리 이서는 픽 웃으며 소파에서 일어섰다. 때마침 문이 열리며 엄마가 들어왔다. 여전히 심장이 심하게 요동쳤다.

늘어지게 기지개를 켜던 연서는 또다시 행동을 멈췄다. 오늘도 어김없이 이서가 옆에서 잠들어 있었다. 이서를 깨우려던 연서는 잠시 멈칫했다. 이 녀석이 여동생이었다면 지금도 함께 침대에서 잠을 잤을까? 이서가 여동생이 아닌 게 아쉬웠지만 지금도 그렇게 나쁘지 않았다. 문득 이서가 처음 집으로 왔던 그날이 떠올랐다.

쌍꺼풀이 없는 동그란 눈, 유독 하얀 얼굴, 붉은 입술을 가진 예쁜 아이였다. 검은색 머리가 어깨에서 찰랑거리는 그 아이를 보는 순간 연서는 활짝 웃었다. 미아센터에서 온 아이라고 했다. 연주는 부모를 찾는 동안 고아원에 보내려고 했지만, 아이가 자꾸 엄마인 허연주 여사의 옷을 붙잡고 떨어지지 않아서 어쩔 수 없이 집으로 데리고 왔다고 했다.

우와! 예쁘다. 너 이름 뭐야? 몇 살이야? 묻는 연서의 질문에 아이는 그저 두 눈을 동그랗게 뜨고 연서를 뚫어져라 볼 뿐이었다. 제 또래로 보이는 아이였지만 동생이 갖고 싶은 연서는 무조건 자기보다 동생이라 우겼다.

"엄마, 얘 내 동생 할래."

"연서야, 이 아인 당분간 부모님 찾을 때까지만 우리 집에 있는 거야."

"응, 그러니까 내 동생 할래. 예쁘다. 이름은 이서 어때? 강이서. 예쁘지? 난, 강연서. 이서야, 만나서 반가워."

손을 뻗어 예쁘다며 그 아이를 품에 안았다. 마른 아이의 몸이 연서의 품에 쏙 들어왔다.

"이서야, 언니하고 자자."

"저기 연서야, 걘……."

"엄마, 걱정 마. 내가 이서 잘 돌볼게."

그렇게 연서는 이서의 손을 꽉 붙잡고 자기 방으로 올라갔다. 침대 위에 놓여 있는 예쁜 인형도 안겨주더니, 이서가 예쁘다며 자신의 잠옷도 하나 꺼내주었다. 아이는 멀뚱멀뚱 쳐다보다가 마침내 잠옷을 받았다.

"내가 제일 아끼는 옷이야. 내 동생 된 기념으로 너 줄게."

연서의 말에 아이는 그저 옷과 연서를 번갈아 보았다. 표정이 오묘하게 바뀌는 바로 그때, 달칵 문이 열리면서 엄마가 들어왔다. 손에는 하얀색 파자마가 들려 있었다.

"이런. 연서야, 그 애 잠옷은 여기 있어. 잠깐 이리 올래?"

연서를 빤히 보던 아이는 뭔가 골똘히 생각하는 듯하더니, 처음으로 입을 열었다.

"전, 이 옷이 마음에 들어요. 그냥 입을게요."

연서가 준 옷을 입겠다는 아이의 반응에 연서는 박수를 치며 좋아했고, 엄마는 잠시 할 말을 잃었다.

"잘 자, 내 동생."

연서는 이서의 이마에 예쁘게 뽀뽀했다. 처음인 듯 눈이 커진 이서는 밤새 잠든 연서의 얼굴을 쳐다보았다.

그렇게 이서는 연서의 집에 온 첫날, 그녀와 한 침대에서 잠들었다. 연서가 함께 자겠다고 고집부렸기 때문에. 물론 연서는 그날 이후로 아침저녁으로 이서의 이마에 뽀뽀하며 인사하는 걸 잊지 않았다.

늘 함께했지만, 연서가 학교에 가는 날은 어쩔 수 없이 이서는 집에 혼자 있어야 했다.

"저도 학교 가면 안 돼요?"

이서의 말에 연주는 잠시 아이를 뚫어질 듯 보았다. 아이는 항상 자신의 시선을 피하지 않고 그대로 본다. 그만큼 순수한 건지 당당한 건지 분간이 되지 않지만, 머리가 좋은 아이 같았다.

"학교 가고 싶어?"

이서는 그저 고개를 끄떡였다. 말이 별로 없는 아이였다. 그런 아이가 스스로 하고 싶어 하는 게 있다는 사실에 연주는 반가웠다. 어제 시설 쪽에 연락해서 아이를 찾는 사람이 아직 나타나지 않았다는 소식을 접했다. 언제까지 자신이 데리고 있을지 모르지만, 지금 한참 학교에 가서 배워야 하는 아이를 이렇게 방치할 수는 없다는 생각이 들었다.

"그럼, 부모님 찾을 때까지만 우리 집에서 연서 동생으로 살래?"

"그럼 평생 아줌마 아이가 되는 거예요?"

"아니, 네 부모님 찾으면 그땐 부모님 아이가 되는 거야. 어때?"

연주의 물음에 아이는 잠시 곰곰이 생각을 하는 듯하더니 이내 고개를 끄떡였다. 간단한 줄 알았던 절차는 모든 게 복잡했다. 서류도 많았고, 아이 신체검사 등 신청하고 처리할 게 많았다. 그래서 아이가 학교에 갈 수 있게 된 날은 그날 이후 일주일이라는 시간이 훨씬 지난 후였다.

치아 나이로 아이의 실제 나이를 가늠한 결과 연서와 비슷한 또래라고 나왔다. 연서와 같은 나이로 나이를 맞추려고 했지만, 연서가 무조건 동생이라고 울면서 우겼다. 아이 역시 연서가 원하는 대로 동생이 되겠다고 했다. 연서는 9살, 이서는 8살. 그렇게 연서에게 동생이 생겼다.

그렇게 학교에 다니며 시간이 흘렀다. 아이들은 여전히 한 침대에서 같이 잠을 잤다. 그러던 어느 날이었다.

"엄마! 엄마! 엄마!"

"왜?"

"이서가…… 이상해."

"왜? 어디 아프니?"

"그게 아니라, 이서가 나하고 달라. 그러니까 이서 다리 사이에 뭐가 생겼어. 거기에 괴물이 생긴 것 같아. 이서 아픈가 봐. 어떡해? 응? 우리 이서 어떻게 해. 엉엉. 안 아프게 해줘. 괴물 물리쳐 줘, 엄마. 엉엉."

훌쩍이는 연서를 보고서야 연주는 깜빡하고 연서에게 말하지 않은 걸 기억해냈다. 여자아이라고 생각하는 이서가 원래는 남자아이라는 설명을 어떻게 해줘야 하나 머릿속으로 정리하고 있는데 눈을 비비며 이서가 연서의 방에서 나왔다.

연서가 준 잠옷을 입고 있는 모습은 영락없이 여자아이 모습이었다. 평소 같으면 후다닥 달려가서 이서를 안아주며 예쁜 내 동생이라며 뽀뽀하던 연서가 오늘은 연주 뒤로 몸을 숨겼다. 그런 연서의 행동에 눈을 비비던 이서가 하던 행동을 멈췄다. 연서의 행동에 충격을 받은 듯, 얼굴에 표정이 고스란히 드러났다.

"엄마가 깜빡하고 말 안 했구나. 연서야, 이서는 여자가 아니고, 남자란다."

"……거짓말!"

잠시 멍하니 있던 연서는 엄마의 말을 부정했다. 그리고 이내 충격받은 채 자신을 빤히 보는 이서에게 다가가 꼭 끌어안았다.

"이렇게 예쁜데 어떻게 남자야. 엄마는 거짓말쟁이이야. 흑흑."

연서는 눈물을 글썽이며 듣지 않으려 했다. 그런 연서에게 다시 설명하려고 했지만, 이서의 손을 꽉 잡은 연서는 둘이 함께 집 밖으로 뛰쳐나갔다. 멍하니 있던 이서가 잠시 뒤를 돌아보았지만 이내 고개를 돌렸다.

뛰어가는 아이들의 뒷모습을 보고 있던 연주는 깊은 한숨을 내쉬었다. 어릴 적부터 연서의 고집이 꽤나 심해서 걱정했는데, 엉뚱한 곳에서 그 고집이 또 나왔다.

"휴우, 어차피 우겨도 안 바뀌는데……."

엄마의 목소리는 밖으로 뛰쳐나간 연서와 이서에겐 들리지 않았다.

두 아이가 크면서 방을 각자 꾸며주었다. 하지만 늘 아침에 가보면 연서 침대에 이서가 함께 잠들어 있었다. 이서는 늘 연서 옆에 소리 없이 붙어 있었다. 아직은 어리니 괜찮지만 슬슬 나중이 걱정이 되었다. 그러던 어느 날, 연서가 중학교 2학년 때였다.

"엄마…… 엄마. 엄마!"

연서의 외침에 방으로 간 그날 월경을 처음 시작한 연서의 당황한 모습을 발견할 수 있었다. 다행히 이서는 그날 학교 당번이었기에 일찍 간 날이었다.

"우리 딸 이제 아가씨 되었네. 축하해."

저녁 식사 후 '이게 왜 축하할 일이야.' 툴툴대는 연서 앞에 한 개의 초가 꽂힌 케이크가 있었다. 생일도 아닌데 무슨 케이크냐고 묻는 이서 때문에 연서는 얼굴을 붉혀야 했다.

"싫어요."

그날부터 이제 각자의 방에서 자야 한다고 설득하던 연주의 앞에서 이서는 이를 악물고 싫다고 버텼다. 그런 이서의 행동을 연서는 그저 담담하게 보고 있었다. 월경을 시작한 연서가 먼저 이서와 함께 자는 것을 그만두려 했다.

쌍둥이도 아니었지만 쌍둥이처럼 늘 함께했기에, 연서 역시 허전했다. 하지만 이서가 남자아이라는 걸 알고, 자신 또한 월경으로 불편했기에 엄마 말대로 각자 자기 방에서 자기로 결국 약속했다.

처음으로 혼자 자려던 그날 연서는 잠들 수 없었다. 새벽녘에 결국 벌떡 일어나 앉았다. 도저히 혼자 잘 수 없었다. 결국 베개를 들고 침대에서 내려와 살금살금 걸었다.

끼익.

문을 열고 나온 순간 연서는 그 자리에 우뚝 멈춰 섰다. 문 앞에 베개를 품에 안고 이서가 쪼그려 앉아 졸고 있었다. 이서도 연서처럼 따로 잘 수 없었는지 연서 방 앞에서 졸고 있었다. 연서가 나오자 눈을 뜬 이서. 눈이 마주친 둘은 픽 웃으며 결국 연서의 방으로 같이 들어갔다. 그러고도 오랜 시간 이서와 연서는 함께 잠드는 날이 많았다. 그러면서 떨어져 자는 날도 조금씩 늘려갔다. 떨어져 자는 날이 늘어나는 만큼 연서가 이서의 예쁜 이마에 해주던 뽀뽀의 횟수는 줄어들었다. 그러다 언젠가부터 그 행동을 하지 않게 되었다.

그러던 어느 날, 그러니까 연서가 중학교 3학년이 되던 그날 아침 연서의 침대 위에서 잠이 깬 이서가 그녀의 이마에 모닝키스를 처음으로 시작했다. 갑작스런 그의 행동에 '두근두근' 심장이 놀라 뛰었다. 하지만, 순수하게 웃고 있는 이서에게 화를 낼 수 없었다.

연서는 그날 이마에 닿는 모닝키스는 가벼운 스킨십이라고 생각하며 대수롭지 않게 넘어갔다.

"나도 해줘."

모닝키스를 바라는 이서의 얼굴이 너무 예뻐서 연서는 이서의 어깨를 붙잡고 그의 반듯한 이마 위에 살짝 입술을 부딪쳤다가 재빨리 떼었다. 심장이 벌렁벌렁 제멋대로 뛰어댔다. 예전엔 자주 해줬는데 그때와 느낌이 달랐다.

그 후부터 매일 아침 이서가 잠에서 깬 연서의 이마에 모닝키스를 남기는 자연스러운 날이 이어졌다. 하지만 연서는 그날 이후부터 이서의 이마에 해주던 모닝키스를 그만두었다. 섭섭해하며 조르던 이서도 그녀의 고집에 결국 포기했다. '해주면 좋을 텐데.'라는 말을 중얼거리면서.

연서가 고등학생이 되던 날 엄마는 이서와 연서가 함께 자는 걸 기다렸다는 듯 바로 금지시켰다. 불만에 가득한 이서는 한동안 연서 방 앞에서 잠이 들곤 했지만 소용없었다.

연서는 그저 얌전히 엄마 말을 따랐다. 사실 이서에게서 느껴지는 낯설고 두근거리는 기분 때문에 이서와 함께 잘 수 없다는 걸 느꼈다. 연서조차 안 된다고 하자, 결국 이서가 낙담하고 물러섰다. 그렇게 시간이 흐르고 이서 역시 고등학생이 되었다.

고등학생이 되자 연서보다 조금 컸던 이서의 키가 점점 더 빨리 자라더니, 어느새 엄청나게 자라버렸다. 연서가 따라갈 수 없을 정도로. 그와 동시에 이서와 연서 사이에 미세한 감정의 변화가 생겼다.

문득 예전을 떠올리던 연서는 이서를 찬찬히 뜯어봤다. 이서는 여전히 예쁘다. 무슨 남자가 이렇게 예쁘게 생겼을까. 평범하게 생긴 연서와 달리 이서는 튀는 외모를 가지고 있었다. 그래서 사람들의 시선이 이서를 향했다가 곁에 있는 연서를 본다. 그리고 늘 그렇듯 그들의 시선엔 의아한 의문이 담긴다. 남매가 왜 닮은 곳이 없어?

차마 친남매가 아니라는 말을 하지 못한다. 이서가 상처받을까 봐.

"이서야, 일어나."

오늘 약속만 없다면 그냥 잠들게 두겠지만 씻고 나갈 준비를 해야 하기에 어쩔 수 없이 깨워야 했다.

"으음."

실눈을 뜬 이서가 다시 눈을 감으며, '학교 안 가는 날이잖아.'라고 말하며 다시 눈을 감는다. 연서는 이서의 어깨를 조금 더 세게 흔들었다. 그러자 이서가 힘겹게 다시 눈을 떴다. 눈을 비비는 이서의 행동에 귀엽다 생각하는 것도 잠깐, 이내 얼굴을 바짝 갖다 대며 씩 웃자 등골에 서늘한 오한이 지나갔다.

"굿모……."

연서가 손으로 재빨리 입을 틀어막자 이서가 실망한 표정을 지었다. 이마에만 허락했던 모닝키스가 언제부턴가부터 몇 번 기습적으로 입술로 바뀐 탓에 연서는 늘 아침이면 이서를 경계했다. 입술에 할 때마다 심장이 벌렁벌렁 놀라서.

"하지 마!"

입을 가린 채 정색하며 몸을 뒤로 빼며 이서를 밀어내자 이서는 마치 주인에게 버림받은 강아지처럼 축 늘어졌다. 하아, 저 모습에 늘 마음이 약해져 허락하고 마는 연서였다. 하지만 이젠 그것도 안 돼! 연서는 두 눈에 힘을 주며 애써 마음을 다 잡았다.

"그냥 이마에 뽀뽀만 하면 안 돼?"

"안 돼!"

"진짜 이마에만. 입술에 안 할게. 응?"

저 청아한 고동색 눈동자에 결국 연서는 알았다며 고개를 끄덕였다. 이서의 애원에 결국 또 져주는 그녀였다. 너무 예쁘게 생긴 눈 때문이야. 나름 그렇게 핑계를 댔다.

"입에 안 해. 진짜. 그러니까 손 내려. 응?"

결국 연서는 이서의 말을 믿고 손을 내렸다. 하지만 다음 순간. '쪽' 소리가 난 곳은 연서의 입술이었다.

"야!"

꽥 소리를 지르는 연서와 달리 이서는 픽 웃으며 재빨리 침대에서 일어섰다.

"굿모닝! 연서야."

결국 오늘도 연서는 이서의 모닝키스에 소리치는 하루가 시작되었다.

연서가 씻으러 간 사이에 연서 방에 잠시 들어온 이서는 톡이 오는 소리를 들었다. 침대 위에 놓인 핸드폰 화면이 켜졌다. 일부러 보려고 한 게 아니었지만 문자 내용이 고스란히 보였다.

[오늘 미팅 예쁘게 하고 나와. 늦으면 안 돼.]

이서의 눈동자가 문자 내용을 읽고 그대로 멈췄다. 금방 나타났다 사라진 화면에서 시선이 떠나지 않는다.

"뭐 해?"

샤워를 마친 연서가 수건으로 머리를 톡톡 털면서 들어왔다. 상큼한 향기가 방 안에 가득 찼다.

"어? 이거 주려고."

"아, 고마워."

이서의 손에 들린 주스를 받아 든 연서는 옷장을 열었다. 뭘 입지?

"어디 가?"

"응. 미팅."

"……."

대답을 하며 옷을 고르던 연서는 문득 뒤를 돌아봤다. 이서가 그녀를 빤히 쳐다보고 있었다.

"왜?"

연서가 돌아보자 기다렸다는 듯이 이서가 가까이 다가왔다. 연서가 멍하니 그를 보는 순간 그녀 뒤로 손을 쓱 뻗은 이서였다. 그 순간 움찔하며 한 발 뒤로 물러선 연서의 표정이 오묘하게 바뀌었다. 그런 그녀의 반응과 상관없이 이서는 옷장에서 옷 하나를 꺼내 들고 그녀 앞에 흔들며 환하게 웃고 있었다.

"너한테 이 옷이 제일 잘 어울려."

"진짜?"

두근. 요즘 심장이 이상해졌다.

"응."

"고마워."

방긋 웃으며 옷을 건네받는 연서를 향해 밝게 웃어준 이서는 그대로 방을 나왔다. 달칵 하는 소리와 동시에 이서의 입가에 걸렸던 미소는 순식간에 사라졌다. 그의 눈동자가 방을 투시할 듯 멍하니 보더니 이내 맞은편 자신의 방으로 들어갔다. 닫힌 문에 기대며 스르르 무너지듯 앉은 이서는 멍하니 창문으로 흘러가는 작은 구름을 볼 뿐이었다.

버스에서 내리는 연서의 옷차림이 봄바람처럼 살랑거렸다. 이서가 골라준 옷은 예전 엄마가 사다 줄 때는 커서 못 입었던 옷이었는데 지금 연서의 몸에는 딱 맞았다. 연한 파스텔톤 하늘색에 팔과 허리라인에 진청색으로 마무리된 옷은 은근 정숙하면서도 화사해 보였다.

약속 장소에 도착한 연서는 아까부터 계속 울리는 핸드폰 통화 버튼을 눌렀다. 그러자 어디냐고 묻는 지애의 목소리가 흘러나왔다. 바로 앞이라고 대답하자, 지애의 목소리가 자칫 머뭇거리고 있었다.

"왜 그래?"

-너, 오늘 폭탄 제거 담당 좀 해라.

"폭탄 제거?"

-어. 대신 음료수도 내가 사고, 다음엔 내가 할게.

미팅에 크게 미련이 없었기에 알았다 대답하며 문을 열려는 찰나, 커다란 손 하나가 그녀와 같은 장소에 불쑥 튀어나왔다.

화들짝 놀란 연서가 고개를 틀어 손의 주인을 보았고, 손의 주인 역시 연서를 마주 보았다. 또래로 보이는 남자아이가 냉큼 손을 치우며 미안하다 한다. 그냥 한눈에 보기에도 상당히 잘생긴 아이라고 생각하면서 연서 역시 미안하다는 인사를 하며 먼저 문을 밀고 안으로 들어갔다.

“연서야, 여기.”

꽤 큰 공간에서 일행을 어떻게 찾아야 하나 고민할 것도 없이 기다렸다는 듯이 지애가 손을 힘차게 흔들었다. 곧바로 지애가 앉은 자리에 도착한 연서는 재빨리 상대 남학생들을 보았다. 그냥 봐도 폭탄이 누구인지 짐작이 갔다. 유독 촌스러운 옷차림에 검은 뿔테 안경을 쓴, 머리가 더부룩한 남학생이 보였다.

반갑다며 인사하는 친구들과 남자아이들 곁 빈자리에 마지막 한 명이 다가와 앉았다. 얼굴을 보는 순간 연서는 자신도 모르게 ‘아!’라고 말할 뻔했다. 아까 문을 열 때 부딪쳤던 남학생이었다. 연서의 시선에 그도 시선을 들어 연서와 눈을 마주친다. 알은체하려는 찰나, 이내 자신을 부르는 친구에게 시선을 돌려버린다.

각자 시킨 음료가 나오고 도란도란 대화가 이어졌다. 좋아하는 영화 이야기, 음식, 학교 등 일상적인 대화가 이어졌다. 어차피 폭탄 제거반이라서 별로 튀고 싶지 않은 연서는 묵묵히 혼자 음료를 마시고 있었다. 오늘의 임무 수행을 이유로 음료 값은 지애가 대신 계산해주기로 해서인지 부담 없이 맛을 음미하고 있었다. 이미 미팅은 연서에게 의미가 없었다.

다 마신 후 마지막 후루룩거리는 소리에 몇몇의 시선이 쏠렸지만 연서는 별로 신경 쓰지 않고 얼음 하나를 입에 넣고 와삭 깨물었다. 그런 연서를 눈여겨보는 눈동자의 존재를 연서는 전혀 모르고 있었다.

아이들 눈치가 이제 각자 짝을 지어 나가고 싶어 했다. 그걸 눈치챈 주선자는 서로 마음에 드는 사람에게 사랑의 화살을 쏘는 게 어때? 라고 제안했고 다들 좋다며 흔쾌히 동조했다.

연서는 어차피 머리가 더부룩한 남자아이를 지목해야 했기에 다른 아이들은 아예 쳐다보지도 않았다. 아까 씹어 먹은 얼음이 입 안을 시원하게 만들어주었다. 동시에 아이들이 손을 들어 각자 마음에 드는 아이들에게 손가락을 쏘았다.

"……!"

손가락들이 엉켰다. 하지만 모두의 눈동자가 연서에게 향했다. 연서의 손가락은 분명 더부룩한 남자아이를 향하고 있었다. 하지만 여자아이들의 손가락이 몰린 한 명의 남자아이의 손가락이 연서를 향해 뻗어 있었다. 아까 부닥쳤던 남학생이었다.

"하하, 이런 경우는 처음인데. 경민아, 이럴 땐 어떻게 해야 하냐?"

주선을 한 남자는 당황하며 질문을 했고, 경민이라고 불린 남자아이에게 연서를 포함한 모두의 시선이 쏠렸다.

"뭘 어떻게 해? 이런 경우 표를 많이 받은 사람 마음이지."

아직까지 다른 남자아이에게 뻗어 있는 연서의 손을 덥석 잡은 경민이 씩 웃었다. 그리고 모두가 보는 앞에서 손을 잡아끌었다. 당황한 연서는 '어버버' 입만 달싹인 채 말을 못 하고 손을 잡아 빼려고 했지만 손 악력이 무척 센 아이였다. 부러움이 담뿍 담긴 친구들의 시선을 등 뒤로 하고, 연서는 그렇게 그의 손에 이끌려 밖으로 나왔다.

"저, 저기, 이거 좀 놔줄래."

밖으로 나온 뒤 처음으로 하는 연서의 말에 경민이 아, 미안! 이라는 말을 하며 손은 놓아주었다. 그리고 아이스크림 먹지 않을래? 라고 말하더니 묻지도 않고 성큼성큼 먼저 앞으로 걸어가 버린다. 다시 안으로 들어갈 수도 없고, 그렇다고 경민을 따라가기도 어색한 상황이 되고 말았다. 결국 연서는 한숨을 푹 쉬고 멀어져 가는 경민을 쫓아갔다. 궁금한 게 있어서.

"왜 그랬어?"

"뭐?"

물어보지도 않고 콘 두 개를 산 경민이 하나를 연서에게 주고 가까운 공원 의자에 앉았다. 연서는 그의 옆 빈자리에 앉았다. 아이스크림을 까며 묻는 말에 연서의 눈동자가 동그랗게 커진다.

"폭탄 제거반."

"들었어?"

멀쑥해진 연서는 어색한 미소를 지으며 시원한 아이스크림을 한 입 베어 물었다. 경민은 그런 연서를 뚫어져라 보더니 이내 저도 아이스크림을 한 입 베어 먹었다. 달콤한 아이스크림이 혀를 시원하고 달달하게 녹여주었다.

"나, 빈자리 대타라서 그랬어."

연서의 대답에 경민은 반응이 없었다. 그저 입에 넣은 아이스크림을 오물오물 씹어 삼키고 있었다. 더운 날씨 탓에 아이스크림이 빨리 녹고 있었다. 녹아 흐르는 것을 막기 위해 재빨리 먹어치웠다.

"그래? 다행이네. 사실 나도 폭탄 제거 담당이었어."

"뭐?"

경민이 웃었다. '그럼 내가 폭탄이었어?'라고 묻는 연서의 표정에 경민은 그저 웃기만 했다. 쳇! 입을 삐죽이던 연서의 반응에 말없이 웃던 경민의 옆모습이 보인다.

처음 봤을 때부터 잘생겼다고 생각한 경민은 옆모습마저 조각처럼 잘생겼다.

하우, 오늘 이후로 그를 볼 일이 없겠지 생각하던 연서는 문득 나무 그늘 사이로 보이는 하늘을 보았다. 오늘따라 구름 한 점 보이지 않는 푸른 하늘은 더 파랗고 예뻤다. 지금쯤 이서는 뭐 하고 있을까? 친구들과 농구라도 하러 나갔나? 휴일이면 늘 밖에 농구하러 나가는 이서였다. 아마 집에 없겠지. 이서가 농구하는 모습이 보고 싶네.

"너 사귀는 사람 있어?"

경민의 말에 연서는 아니라고 대답해야 하는데 쉽게 말이 나오지 않았다. 조금 전 이서를 떠올려서 그런가? 사귀는 사람이라는 말에 이서가 떠올랐다. 이서도 언젠가 사귀는 사람이 생기겠지. 그러면…….

갑자기 가슴이 저리며 통증에 살짝 미간이 좁혀졌다. 경민의 질문에 대답 대신 고개를 저으며 하늘을 향해 고개를 들었다. 왜 자꾸 가슴이 먹먹해지는지.

"우리 친구 할래?"

하늘을 보던 연서는 자신이 잘못 들었다고 생각했다. 그래서 여전히 시선은 하늘을 향하고 있었다. 그런 연서의 시야를 가리며 그늘이 만들어졌다. 그늘과 함께 경민이 눈에 들어왔다. 고개를 든 연서와 어느새 일어서서 연서를 내려다보는 경민의 시선이 서로 얽혔다. 여전히 먹먹한 통증이 가슴을 시리게 만든다.

"폭탄이라며."

"큭큭큭, 그럼 친구 안 할 거야?"

"그래, 안 해."

폭탄과 친구 하면 폭탄 된다며 입을 삐죽 내밀었다.

"하자."

"싫어."

연서의 대답에 경민이 씩 웃었다. 그리고 경민을 뚫어져라 보는 연서의 입가에 따뜻하고 부드러운 것이 닿았다가 멀어졌다.

"아이스크림이 묻었어."

경민은 연서의 입가에 묻은 아이스크림을 손으로 쓱 닦았다. '고마워'라고 대답하던 연서의 눈에 경민이 자신의 손가락에 묻은 아이스크림을 입으로 핥아먹고 있는 걸 보았다. 그런 경민의 모습 위에 이서의 모습이 겹쳤다. 늘 연서가 입가에 뭔가를 묻히면 이서가 지금의 경민처럼 행동했다.

그러면 연서는 이서에게 더럽다며 그냥 손 씻으라 타박했지만 이서는 마치 맛있는 음식을 손으로 먹은 후 손가락을 쪽쪽 빨아먹듯이 손을 핥아먹었다. 그런 이서의 행동에 적응되어 있기에 아무렇지 않게 생각하며 지냈던 연서였다.

하지만 지금은 이상했다. 경민의 행동은 이서에게서 받은 느낌과 달랐다. 낯선 느낌에 당황하는 그녀였다. 순간 귓불이 빨갛게 달아올랐다. 목까지 붉게 물들었고 이내 연서의 볼에 분홍빛 낯선 그림자가 드리워졌다.

"내가 닦으면 되는데……."

얼굴이 붉어진 것을 들키지 않으려 고개를 숙였다. 이서가 아닌 다른 사람이 그와 똑같은 행동을 했을 때 부끄러운 거라는 걸 처음 알았다. 이서가 할 때는 당연한 것이, 다른 사람이 하니 낯설고 당황스럽다.

"그러니까 친구 하자. 응? 응?"

경민의 목소리가 달큼하고 부드럽다. 연서의 작은 심장이 두근거리며 작게 뛰는 게 느껴졌다. 낯선 감정에 적응하는 게 어렵다. 심장이 뛰는 속도가 자꾸 빨라지고 있었다. 놀라서 뛰는 심장 소리가 귓가에 울려 퍼졌다.

"아, 알았어. 하지, 뭐."

벌떡 일어나자 경민이 매너 있게 한 발 뒤로 물러선다.

"이제 집에 갈 거야. 너도 잘 가."

하지만, 가는 연서의 팔을 잡는 경민이었다. 연서는 여전히 붉은 얼굴에 당황한 표정으로 경민을 바라보았다. 왜? 라고 묻자 경민이 손을 내민다.

"친구라며. 번호를 알아야 연락하지."

"네 핸드폰 줘. 찍어줄게."

경민의 눈에 묘한 흔들림이 지나갔다. 그러다 자신의 핸드폰을 내민다. 은색의 최신형 폰을 받아 든 연서는 잠시 폰을 보다가 자신의 번호를 꾹꾹 눌렀다.

"자, 됐지?"

다시 핸드폰을 돌려줬는데도 잡고 있는 팔을 풀지 않는다. 경민은 돌려받은 그대로 통화 버튼을 눌렀다. 그러자 연서의 폰이 경쾌한 음악을 울렸다.

"안 받아?"

연서가 통화 버튼을 누르며 귀에 대자 경민이 씩 웃으며 연서의 눈을 마주 보았다.

"내 번호야. 너도 알아야지."

연서는 알았다는 듯 고개를 주억거렸다. 종료 버튼을 누른 경민은 만족스런 미소를 지으며 잡고 있던 그녀의 팔을 놓아주었다.

"이제 가자."

연서는 그 뜻을 몰라 두 눈을 끔뻑였다. 역시나 그럴 줄 알았다는 듯 경민이 아주 미세하게 고개를 좌우로 저었다.

"그래도 친구 된 첫날인데, 집 앞까지 데려다줘야지."

"아니, 괜, 괜찮아!"

손을 휘휘 저어가며 괜찮다고 했음에도 경민은 꿈쩍도 하지 않았다. 혼자 보내면 괜히 신경 쓰인단다. 어두운 밤도 아닌데 왜 신경 쓰이냐고 묻자, 차라리 어두운 밤이면 더 낫겠다는 의미 모를 소리를 한다.

결국 집 근처까지 가는 것으로 합의를 본 그들은 걷기 시작했다. 집까지 걸어가면 족히 30분이 걸리는 거리였다. 버스를 타야 할지 고민하는 사이 경민이 그냥 걸어가자고 했다. 날씨가 좋아서 걷는 게 괜찮단다.

집에 가는 동안 아까처럼 미세한 스킨십은 없었다. 대신 경민은 연서에게 조금씩 질문을 했다. 좋아하는 색, 책, 영화, 아까 단체미팅 장소에서 나왔던 질문이 고스란히 쏟아졌다.

왜 아까랑 똑같은 질문을 하냐고 묻자, 연서만 유일하게 대답하지 않았단다. 특별히 좋아하는 것도 싫어하는 것도 없는 연서였다. 좋아하는 건 없어. 영화는 좋아해? 그러자 어제 본 타이타닉이 떠올랐다. 다시금 가슴이 뭉클해졌다. 이제 연서에게 제일 좋아하면서도 가슴 아파하는 영화가 바로 타이타닉이 되지 않을까?

"슬픈 영화만 빼고 다 좋아."

그럼 다음 주말에 개봉하는 영화가 있는데 같이 가자 한다. 대답 대신 연서는 그날 무슨 일이 있는지 확인 먼저 해보고 답해주겠다 했다. 꼭 데이트 신청 하는 것 같다고 슬쩍 흘리듯이 말하자 경민이 어? 데이트 신청인데 몰랐어? 라며 싱글싱글 웃었다.

그 말에 우뚝 서버린 연서였다.

"왜?"

친구라면서 그의 입에서 나온 데이트라는 단어는 부담스럽게 다가왔다.

"진짜야? 그냥 친구라며."

"그래, 여자사람친구. 그래서 친구 된 기념으로 나 너한테 데이트 신청하는 거야. 다음 주 토요일 같이 영화 보자고."

데이트 신청이라는 말에 잠시 멈칫했지만, 처음 생긴 남자사람 친구, 경민은 그녀에게 처음인 걸 많이 해주려고 하고 있었다. 남자 사람인 친구, 데이트, 영화까지. 연서의 맑고 둥근 눈동자 안에 많은 의문이 지나갔다.

친구. 여자가 아닌 남자와 친구가 된다고 생각하니 뭔가 색다른 기분에 잠시 멍해졌다.

같이 영화를 보면서 팝콘도 먹고 음료수도 먹는다는 상상만으로도 신기하고 오묘했다. 나쁘지 않을 것 같았다.

"문자 할게."

그냥 바로 대답하고 싶었지만 연서는 미적거릴 수밖에 없었다.

혹시나 약속을 지키지 못할까 봐.

"응."

집이 가까워질수록 연서는 살짝 불안했다. 처음 만난 남자와 스스럼없이 대화하고, 연락처를 주고받고 데이트 신청까지 받은 연서의 가슴은 작은 설렘으로 가득 차 있었지만 누군가, 특히 이서가 보면 어떻게 생각할까 걱정이 먼저 들었다. 아니, 이서가 봤다면 분명 두고두고 놀려먹겠지? 아니, 보면 어때? 그냥 친구인걸.

"우리 집 거의 다 왔어."

연서의 말에 주위를 둘러보던 경민이 여기 경치 좋다며 한마디 한다. 그냥 평범한 사람들이 모여 사는 작은 동네였다. 연서의 시선 끝에 엄마가 운영하는 카페가 보였다. 3층짜리 건물 1층에 카페를 운영하고, 2층과 3층엔 연서 가족이 살고 있었다.

건물은 돌아가신 아빠가 남겨준 유일한 유산이었다. 손재주가 좋은 엄마는 직접 내린 더치커피를 비롯하여 음료를 팔았고, 덤으로 각종 수공예품을 직접 만들어 팔고 있었다. 간간이 수강생도 있어서 작은 공방카페로 주위에서 꽤 이름이 알려져 있었다.

엄마를 돕고 싶다며 같이 배웠지만 아쉽게도 아빠를 닮았는지 연서는 손재주가 별로 없었다.

"집은 어디야?"

"저기."

손가락으로 알려주자, 경민이 알았다는 듯 고개를 주억거렸다.

버스 타는 곳까지 데려다줄까? 생각했지만 나중에 보자며 손을 흔들며 가는 경민의 모습을 그 자리에 서서 배웅했다. 마침내 경민의 모습이 보이지 않자 나쁘지 않은 하루를 보냈다는 것과 이서에게 들키지 않았다는 묘한 안도감에 숨을 크게 쉬었다.

엄마 카페에 들렀다가 가야겠다며 뒤돌아서던 바로 그 순간이었다.

"여기서 뭐 해?"

"으아악! 깜짝이야!"

불쑥 나타난 이서의 모습에 너무도 놀라 그 자리에 주저앉았다. 오늘 처음 입은 옷에 바닥의 흙이 고스란히 묻었다.

"쯧쯧, 칠칠맞긴."

이서가 손을 뻗어 연서를 일으켜주었다. 연서는 입을 삐죽거리며 이서를 노려봤다.

"너 때문에 놀라서 그랬잖아."

"아, 미안. 그럼 된 거지?"

느긋한 이서의 사과에 에휴, 사과를 바란 내가 바보지. 툴툴대며 연서는 옷에 묻은 흙먼지를 털어냈다.

"근데, 여기서 뭐 하고 있었어?"

"어? 어, 그게……."

이상했다. 그냥 오늘 미팅에서 만난 남자아이가 데려다줬다고 하면 되는데 쉽게 입이 떨어지지 않았다. 혹시 보고서 못 본 척하는 건 아니겠지? 이서의 표정을 슬쩍 살폈지만 진짜로 못 본 것 같았다.

"그, 그냥 엄마한테 가려고 한 거야. 정말이야."

이서가 연서 바로 코앞까지 얼굴을 바짝 갖다 댔다. 그녀의 얼굴에서 진실을 찾으려는 듯 보는 이서의 시선에 결국 연서가 먼저 고개를 돌렸다.

"누가 뭐래?"

"비켜. 더워."

"그래. 덥긴 덥지. 그래서 얼굴이 빨간 건가……."

홍조를 띠고 있던 연서의 얼굴을 살펴보던 이서가 불쑥 뱉어내듯 하는 말에 연서의 심장이 뛰었다. 마치 거짓말을 한 사람처럼.

[2]

옷을 갈아입기 위해 방에 오자 문자 메시지가 왔는지 핸드폰이 징 울렸다. 지금 볼까 나중에 볼까 고민하던 연서는 이내 가슴까지 올렸던 옷을 다시 내렸다. 잘 들어갔어? 나도 잘 도착했어, 라는 단문의 메시지. 아직 저장하지 않았지만 누구인지 단번에 알았다.

진짜 친구가 생긴 것 같아 기분이 좋아진 연서는 미소를 지었다. 바로 답장을 하려던 바로 그때, 노크 소리가 들렸다. 문을 열자 이서가 손에 잘 썰어놓은 수박을 쟁반에 들고 있었다. 옆으로 비켜주자 방으로 들어온 이서는 작은 탁자 위에 쟁반을 내려놓고 의자에 앉았다.

"엄마 지금 상갓집 가신대."

"상갓집?"

"응. 친구분 아버지가 돌아가셨대."

시원한 수박 한 입이 이서의 입 속으로 사라졌다. 오물오물 씹어 삼키던 이서는 하나를 들어 연서에게 내밀었다. 답장을 하려고 손에 들고 있던 핸드폰을 침대에 내려놓고 연서도 맞은편에 앉았다. 달콤한 향이 느껴졌다. 한 입 크게 베어 먹자 수박에서 흘러나온 즙이 입가에 흘러내렸다. 재빨리 손으로 훔치려는 순간 이서가 엄지로 쓱 닦아준다. 연서의 눈에 낮에 만났던 경민이 떠올랐다. 그걸 알 턱이 없는 이서는 평소처럼 자신의 손가락을 쪽쪽 빨아먹고 있었다.

달콤하고 시원한 수박인데 갑자기 입맛이 싹 달아났다. 손에 들고 있는 것만 베어 먹고 손을 대지 않고 있자 이서의 시선에 의문이 담긴다.

“낮에 차가운 거 많이 먹었어.”

수박은 수분이라서 먹어도 괜찮다며 더 먹으라고 했지만 연서는 싫다며 자리에서 일어섰다. 입가에 묻었던 수박의 자리가 끈적거렸다. 물티슈를 꺼내 입을 닦고 하나를 더 꺼내 이서에게 주었다. 이서는 수박을 사랑하는 사람처럼 하얀 바닥이 드러날 정도로 긁어먹었다.

“오늘 재미있었어?”

와삭 소리가 섞여 나면서 이서가 던진 질문에 연서의 눈빛이 살짝 흔들렸다. 오늘 솔직히 생각보다 재미있었다.

“응.”

“괜찮은 애 있었나 봐.”

“뭐, 그냥.”

괜찮은 애라는 단어에 떠오른 건 오늘 만난 경민이었다. 그래.

나쁘지 않았다. 둘 다 폭탄 제거를 목적으로 간……. 그걸 떠올리는 순간 연서의 미간에 팍 주름이 잡혔다.

"이서야."

"응?"

내가 폭탄이야? 묻자 이서의 한쪽 눈썹이 씰룩 올라간다. 그러더니 이내 곰곰이 생각하던 눈동자가 곱게 휘었다. 이서 눈이 예쁘게 눈가에 웃음을 만들었다. 여자보다 예쁜 눈웃음이 순식간에 만들어졌다.

"너 폭탄 제거반에 잘렸어? 큭큭큭큭."

먹던 수박을 내려놓은 이서는 웃음을 참지 못하겠는지 한참 동안 숨넘어갈 정도로 웃어댔다. 아니라고 외쳐봤지만, 이서는 믿지 않는 눈치다. 차마 연서는 더 우길 수도 없었다. 경민이 했던 말이 떠올라서. 그만 웃어! 라며 눈을 부라려도 이서는 이젠 배까지 움켜쥐고 웃어댔다. 하아, 정말 이 자식은 내 인생이 도움이 안 돼!

결국 연서가 등을 한 대 때렸다. 그때에야 이서는 웃느라 눈가에 걸린 눈물을 훔치며 멈췄다.

어째 폭탄 제거 이야기했던 경민이보다 지금 앞에서 대놓고 웃는 이서가 더 얄미웠다.

"나가. 옷 갈아입게."

"이것만 마저 먹고. 큭큭."

"그렇게 웃지 말라고!"

뾰루퉁하니 얼굴을 부풀리며 입을 삐죽 내밀고 있던 연서가 막 다시 나가라고 할 때 침대 위에 있던 핸드폰 진동이 울렸다.

액정화면에 뜬 번호를 보던 연서는 잠시 무슨 전화지? 하다가 문득 끝자리를 보고 아! 단말마를 외치고 핸드폰을 들었다. 흠흠 목소리를 가다듬고 마침내 통화 버튼을 눌렀다. 여보세요? 하는 순간 상대편에서 슬쩍 한숨을 쉬는 소리가 들려왔다.

-아, 다행이다. 전화 받아서.

경민이었다.

"응. 왜?"

아까 문자를 보냈는데 답장이 없자 걱정되어서 전화했단다. 집 앞까지 굳이 데려다주고 가서는 걱정이 된다는 게 웃겼다.

"이따가 하려고 했어."

-오늘 만나서 반가웠어. 답장 꼭 줘.

무슨 답장? 되물으려던 순간 영화를 같이 보자고 했던 말이 떠올랐다. 알았다며 전화를 끊었다. 연서의 입가에 희미한 미소가 잡혔다.

"누군데?"

"어?"

아직도 이서가 있다는 걸 깜빡한 연서가 당황한 표정을 지었다. 그러다 그냥 친구라고 대답하자, 이서가 한참 동안 뚫어질 듯 연서를 보았다. 가끔 뚫어질 듯 쳐다보는 이서의 시선을 느낄 때마다 연서는 묘한 이질감을 느꼈다. 지금도 그랬다. 마치 경민과의 통화를 알고 있는 듯한 기분에 연서의 얼굴이 살포시 붉어졌다.

"다 먹었으면 나가."

"DVD 한 개 더 빌려왔는데 같이 볼래?"

제목도 물어보지 않고 피곤하다며 다음에 보자며 쟁반을 손에 들려주고 이서를 방 밖으로 밀어냈다. 이서는 나가라고 하면 그냥 나가는 법이 없었다. 늘 요구 조건이 붙었다. 그런데 어쩐 일인지 오늘은 순순히 물러났다.

이서가 나가고 침대에 털썩 앉은 연서는 핸드폰을 들어 올렸다. 문자 메시지를 다시 확인하고 번호를 저장했다. 그런데 무슨 경민이지? 이경민? 김경민? 성을 모르고 이름만 알고 있다는 사실을 이제야 깨달았다. 하아, 내가 그렇지. 결국 '경민'이라는 이름으로만 저장한 연서는 그대로 침대에 누워 천장을 쳐다보며 오늘 있었던 일을 다시 되새겼다.

샤워를 한 후 잠옷을 입고 나오던 연서는 거실에서 들리는 소리에 고개를 슬쩍 내밀었다. 뭔가 부서지고 깨지는 소리, 그리고 영어로 나오는 대화에 호기심이 생겼다. 로봇들이 자동차로 변하는 영화 '트랜스포머'였다. 조금만 지켜보던 연서는 결국 슬금슬금 이서가 앉아 있는 소파로 다가갔다. 연서가 다가가자 이서가 씩 웃으며 한쪽 자리를 비켜준다.

"너 뭐야? 술 마셔?"

탁자에 놓여 있는 처음 보는 캔을 발견한 연서의 말에 이서가 배시시 웃으며, 술이 아니고 새로 나온 이온음료란다. 아무리 봐도 술 같다고 하자 손에 들고 있던 오징어땅콩 과자를 잔소리하는 연서 입에 넣어준다. 그러면서 절대 아니라며 마셔보라며 음료를 내민다.

눈이 곱게 접힌 이서의 눈 애교에 결국 알았다 대답한 연서였다. 영화는 처음부터 봐야 한다며 이서가 재빨리 화면을 처음으로 돌렸다. 그러지 말라고 했지만 이미 광고부터 나오는 첫 화면이 나왔다.

그 음료 맛있어? 묻는 연서의 질문에 아니라고 대답한다. 무슨 맛이야? 묻는 질문에 그냥 시원한 맛이라고 대답한다. 탁자에 놓여 있는 캔이 하나씩 내용물을 비워갔다. 이서는 이온음료를, 연서는 콜라를 마셨다. 영화가 중간 정도 상영되자 연신 하품을 하며 참던 연서의 눈이 스르르 감겼다. 억지로 눈을 뜨고 버텼지만 결국 쏟아지는 잠을 이기지 못했다.

잠든 연서의 머리가 이서의 어깨에 닿았다. 손에 들고 있던 캔을 탁자에 놓은 이서는 불편한 자세로 잠든 연서를 가지런히 눕혔다. 그리고 자신의 허벅지 위에 머리를 올려놨다. 새근새근 잠든 연서의 숨소리가 영화에서 흘러나오는 요란한 소리에 묻혔다. 영화가 끝날 때까지 이서의 손이 연서의 머리를 조심스럽게 쓰다듬었다.

마침내 영화가 끝나자 이서는 화면을 껐다. 그리고 자신의 허벅지에 잠든 연서의 얼굴을 하염없이 보았다.

쪽.

연서의 입술에 이서의 입술이 살짝 닿았다가 이내 멀어졌다. 연서는 여전히 숨을 고르게 쉬고 있었다.

"굿나잇, 강연서."

점심시간이 시작되기 무섭게 지애는 연서의 손을 잡아끌었다. 왜 그래? 라고 묻는 연서의 질문 따위는 중요하지 않았다. 일단 매점에 가서 시원한 탄산음료수 두 개를 산 지애는 평소 자주 찾는 운동장 계단 자리에 앉으며 캔 하나를 연서에게 주고 하나는 뚜껑을 따서 벌컥벌컥 들이켰다.

"그날 뭐 했어?"

"그날?"

"그, 있잖아. 미팅하던 날."

별일 없었다고 말하고 싶었지만, 생생한 현장에 있던 지애가 그걸 그대로 믿지 않을 걸 알기에 연서는 탄산음료를 한 모금 마시며 할 말을 머릿속으로 정리했다.

"그냥 별일 없었어. 아이스크림 먹은 게 다야. 아, 맞다. 그리고 걔도 폭탄 제거반이랬어."

차마 나 폭탄이었어, 라고 자폭하는 말은 하지 못했다. 그런 연서의 얼굴을 지애가 황망한 표정으로 보았다.

"너 바보니?"

"뭐가?"

"걔가 바로 차경민이야. 서흥고 얼짱. 그런데 걔가 폭탄 제거반이라고? 헐. 어이가 없어. 넌 또 그 말을 믿었고?"

입에 넣었던 탄산이 뿜어져 나왔다. 차경민이라는 이름은 연서도 들어본 적이 있었다. 워낙 여학생들이 몰려 있는 학교이다 보니, 어지간한 학교 유명한 애들 이름은 다 들어서 알고 있었다. 여기저기 튄 탄산을 손으로 탁탁 털어냈다.

"그 애 이름이 차…… 경민이야?"

'차씨'구나. 흔한 성씨가 아니구나. 그저 고개를 끄덕이던 연서의 시선 끝에 이서가 보인다. 키가 크고 피부가 뽀얀 이서는 어디서나 쉽게 눈에 띄었다. 그러다 이서 옆에 있는 여자아이에게 시선이 머물렀다. 누구지? 길고 찰랑거리는 머릿결이 바람에 흩날려 탐스럽게 보인다. 예쁜 여자아이였다. 남학생이라면 누구라도 돌아볼 미모였다. 이서 곁에 찰싹 붙어 있는 모습에 괜히 눈살이 찌푸려졌다.

"그래. 너 봉 잡았다고. 음료수 내가 쏠 게 아니라 네가 쏴야 했다고!"

옆에서 부러움이 가득한 지애의 말이 들려왔지만 전혀 집중되지 않았다. 여자아이의 손이 이서의 팔을 잡았다. 여자아이의 손을 뿌리칠 줄 알았던 이서는 그대로 있었다. 여자아이가 뭔가 심각한 이야기를 하는지, 이서는 여자아이의 이야기를 가만히 듣고 있었다.

"어, 저기 이서다."

자신의 이야기를 들으면서 다른 곳으로 시선을 두는 연서를 따라 고개를 돌린 지애 역시 이서를 발견했는지 반갑게 이서의 이름을 입에 올렸다. 두 사람의 시선을 느꼈는지 이서가 고개를 돌려 그들이 있는 쪽을 돌아보았다. 몰래 훔쳐본 것 같은 기분에 연서는 다른 곳으로 고개를 돌렸다.

"그럼 오늘 떡볶이 살게."

"떡볶이? 오케이! 딴 애들한테도 말한다?"

"딴 애들은 왜?"

"그날 네가 경민이 따라간 탓에 분위기 엉망이었어. 덕분에 지영이가 분위기 수습하고, 폭탄까지 떠맡았어."

결국 자신 때문에 미팅이 엉망이 되었다는 말에 한숨을 쉬며 고개를 끄덕였다. 이번 달 용돈 다 쓰게 생겼다. 용돈이 얼마 남았는지 생각하면서 일어서던 연서의 눈에 이서의 모습이 박혔다. 지애가 이서를 부르려고 하자, 재빨리 막았다. 혹시 사귀는 사이일지도 모르니까 방해하지 말라고 했다. 그러자 지애가 정말? 그러면서 다시 한 번 더 이서 쪽을 더 자세히 보려고 했다. 연서는 그녀의 팔을 잡아끌었다. 이서가 민망할지 모르니 보지 말라고 하며. 지애와 함께 그 자리를 떠났다.

오늘은 친구들과 약속이 있다며 먼저 가라는 문자를 이서에게 보낸 연서는 마지막 수업 종이 치자마자 곧바로 가방을 메고 친구들과 함께 나섰다. 하지만 교문 앞에 기다리고 있는 경민의 모습을 발견하는 순간, 같이 나왔던 친구들은 연서에게 먼저 가서 기다릴 테니 천천히 오라며 눈치껏 자리를 비켜줬다.

'여긴 어쩐 일이야?' 묻자, 특유의 해맑은 미소를 지으며 그냥 왔다고 했다. 다른 학교 교복을 입고 있는 경민에게 아이들의 호기심이 담긴 시선이 스쳐 지나갔다. 잘생긴 것도 한몫했다. 간단히 아이들 입에서 '차경민'이라는 이름도 들려왔다. 그러면서 덩달아 앞에 서 있는 연서에게도 시선이 쏠렸다.

"친구들과 어디 가는 길이었어?"

"어. 떡볶이집."

"거기 나도 같이 가도 돼?"

이미 친구들은 사라진 후였다. 어떻게 해야 할지 곤란한 표정을 짓자, 때마침 핸드폰 진동이 울리며 문자가 들어왔다. 마치 경민과 지애가 짠 것처럼 경민이랑 같이 오라는 메시지가 들어와 있었다.

"여자애들밖에 없는데…… 괜찮아?"

"어."

핸드폰을 꼼지락꼼지락하며 미적거리자 경민이 연서의 손목을 잡았다. 주위에서 쳐다보는 애들의 시선 때문인지, 손목에 닿는 경민의 따뜻한 감촉 때문인지 얼굴이 붉어졌다.

"가자."

성큼성큼 걸어가는 경민에게 이끌려 가는 연서의 뒤로 하교하던 아이들의 시선이 쏠렸다. 그 틈에 친구들과 함께 나오다 그 자리에 우뚝 서버린 이서가 그 모습을 쳐다보고 있었다.

현관문을 열고 신발을 벗던 연서는 주춤했다. 평소라면 연서가 들어가는 것과 동시에 방긋방긋 웃으면서 문 앞에 달려오던 이서가 나타나지 않았다. 분명 지금 시간이면 이서가 집에 있어야 할 시간이었다. 어디 갔다가 늦게 오나? 갸우뚱하며 들어가며 거실 스위치를 켰다.

"으악!"

불을 켜자 보이는 어두운 거실에 서 있는 검은 그림자에 깜짝 놀란 연서는 그대로 엉덩방아를 찧었다. 그녀의 비명에 거실에 있던 그림자의 고개만 그녀 쪽으로 움직였다. 이서였다.

그림자의 정체를 확인한 연서는 그제야 넘어지며 다친 부위의 아픔을 느끼며 이마를 찡그렸다. 손으로 쓱쓱 엉덩이를 문지르며 일어서는 연서를 이서가 쳐다보고 있었다. 평소에도 잘 넘어지는 연서라서 넘어지면 바로 뛰어와 갖은 구박을 하며 일어서는 걸 도와줬었는데 오늘따라 이서는 그녀를 쳐다보고만 있었다. 다가오지 않고 쳐다보기만 하는 이서의 시선이 낯설게 연서를 향했다.

"넌 왜 불도 안 켜고 그러고 있어? 사람 놀라게."

살짝 짜증 섞인 연서의 말에도 반응이 없었다. 뭔가 이상한 기분에 이서를 돌아봤다. 무슨 일이라도 있었나? 짜증이 어느 순간 걱정으로 바뀌었다. 아픈 엉덩이를 문지르며 가방을 내려놓은 연서는 이서 쪽으로 다가갔다. 그녀의 움직임에 따라 이서의 시선이 고스란히 따라온다.

왜 그래? 무슨 일이야? 물어도 대답이 없었다. 그저 이서의 시선이 낯설게 연서를 볼 뿐이었다.

어디 아픈 건가? 어릴 때 이후 연서의 질문에 이서가 대답조차 하지 않은 건 처음이라 연서도 당황스러웠다. 꽉 다문 입술이 고집스럽게 보인다. 혹여 열이라도 있나 싶어 걱정스러운 마음에 손을 뻗어 이서의 이마를 짚으려고 했다.

"만지지 마."

낮게 뱉어낸 목소리에 뻗어가던 연서의 손이 허공에 멈췄다. 그러다 다시 이서의 이마에 닿았다.

"만지지 마!"

약간 톤이 올라간 이서의 목소리. 거칠게 내쳐진 연서의 손. 연서는 순간 무슨 일이 일어났는지 인지하지 못했다. 이서가, 그러니까 그 착하던 이서가 자신에게 짜증을 내고, 늘 머리를 쓰다듬고 안아주던 자신의 손을 쳐냈다. 그 사실을 뒤늦게 깨달은 연서의 눈동자가 당황하며 심하게 흔들렸다. 덩달아 놀란 심장이 제멋대로 뛰었다.

"뭐, 뭐야? 왜 그래? 사춘기야? 아니, 뒤늦게 오춘기라도 온 거야?"

무겁고 어색한 분위기를 먼저 깬 건 연서였다. 손이 떨리고 있었다. 좀 전에 이서가 쳐낸 손이었다. 심하게 떨리는 손을 이서가 보지 못하게 뒤로 재빨리 숨겼다. 이내 심하게 깜빡이며 흔들리는 연서의 눈동자와 시선이 마주치자 이서의 눈동자가 크게 요동친다. 잔잔한 물결 같았던 이서의 눈동자가 울렁이고 있었다. 사춘기였던 중학교 때도 얌전했던 이서였다.

"미안."

"이서야, 어디 아픈 거야? 응?"

또 거부당할까 봐 연서는 차마 손을 내밀지 못한다. 그런 연서를 보던 이서가 자신의 손에 얼굴을 묻었다가 마른세수를 하며 얼굴을 들었다.

"아니야. 잠시 생각할 게 있었어."

곁에 털썩 앉은 연서는 평소와 다른 이서의 옆모습이 낯설어 조금 거리를 두고 지켜보았다.

문득 낮에 이서 곁에 있던 여자아이가 떠올랐다. 어쩌면 그 아이 때문일까? 이서가 좋아하는 아이일까? 혹시 고백했는데 잘 안 된 걸까? 그렇다면 지금 이서의 반응을 이해할 수 있었다.

"혹시…… 말이야."

모르는 척하면 좋겠지만, 도와줄 수 있으면 그냥 도와주고 싶었다. 그래서 연서는 다음 말을 조심스럽게 꺼낼 수 있었다.

"낮에 본 여자아이한테 고백한 거야? 그런데 잘 안 된 거야?"

연서의 말에 이서의 눈썹이 꿈틀거렸다. 대답은 없었지만 이서의 표정이 바뀌자 연서는 자신의 생각이 틀리지 않았다고 확신했다. 그 순간, 가슴이 콕콕 쑤시고 먹먹해졌다. 그래도 이서가 좋아하는 애라면 괜찮다고 생각하며 억지로 웃었다. 그래, 이서가 좋다면.

"어떤 애야? 내가 둘이 잘되게 도와줄까? 응?"

대답을 기다리는 동안 묘한 침묵이 흘렀다. 침묵이 무겁다는 걸 처음으로 느꼈다. 긴장으로 마른침을 삼키는 순간 이서의 눈동자가 파르르 떨리고 있는 걸 볼 수 있었다. 무슨 생각을 하는지 알 수 없었지만 분명 갈등하는 눈빛이었다.

"강연서, 너 정말…… 가지가지 한다."

"뭐?"

이상한 말을 씹어 먹듯이 뱉어낸 이서는 그대로 벌떡 일어서서 위층으로 올라가 버렸다. 뒤에 남은 연서는 망연자실한 표정으로 사라진 이서의 모습을 눈으로 좇았다.

"야! 강이서!"

연서는 바로 쫓아가면서 이서에게 그게 무슨 뜻이야? 소리쳤지만, 이서는 자신의 방에 들어간 후 연서 바로 앞에서 문을 꽝 닫아 잠가버렸다. 열라며 문을 쾅쾅 두들겼다.

"너 자꾸 내 이름 부를래? 누나라고 부르라고!"

하지만, 문 앞에서 연서가 뭐라 하든 닫힌 문은 열리지 않았다.

[3]

경민과 영화 보러 가기로 한 약속은 결국 지키지 못했다. 시험이 코앞인데 공부해야 한다는 핑계를 대자 경민은 시험 끝나고 봐도 된다며 흔쾌히 약속을 미뤘다.

시험기간이라서 정말 안 좋은 건 미친 듯이 공부해도 여전히 시험은 어렵다는 것이다. 금방 끝난 시험 정답을 확인하며 실망을 하기도 하고, 긴가민가하던 문제의 답을 맞혔다는 걸 알았을 때 기뻐서 방긋 웃기도 했다. 시험기간 중 가장 좋은 점은 하교시간이 평소보다 빠르다는 것이었다.

"드디어 끝났다."

시험 마지막 날, 해방감에 두 손을 쭉 뻗으며 기지개를 켜던 연서에게 지애가 마지막 답안지 확인하자며 다가왔다. 헷갈리던 답이 있었던 연서 역시 책을 꺼내며 답을 확인했다. 잠시 후 틀린 답

때문에 울상 짓는 지애와 그녀의 어깨를 다독여주는 연서 곁으로 다가온 친구들이 시험도 끝났는데 놀러가자 한다.

"잠깐만, 난 일단 볼일 좀 봐야 해. 너희들 먼저 가 있어."

연서는 가방을 챙겨 1학년 교실로 향했다. 오늘은 기필코 이서와 이야기를 할 생각이었다. 그날 이후, 바로 이서는 마치 다른 사람이 된 듯 굴었다. 늘 습관적으로 오던 연서의 방에도 오지 않을뿐더러, 항상 함께 등교하던 학교조차 혼자 먼저 가버렸다.

이서의 반으로 뛰듯이 내려간 연서는 친구들과 막 교실을 나서는 이서를 발견했다. '이서야!'를 외치며 불렀지만 왁자지껄한 아이들 틈바구니에 있는 이서는 그녀의 외침을 듣지 못하고 그대로 밖으로 나가고 있었다.

'잠깐만, 미안.'을 외치며 아이들을 헤치고 이서에게 가까이 다가가 이서의 팔을 잡으려던 순간이었다. 찰랑거리는 까만색 머리가 불쑥 이서 옆에 나타났다.

"이서야, 시험도 끝났는데 뭐 좀 먹고 가면 안 돼?"

그 아이였다. 수돗가에서 이서의 팔을 잡고 있던 예쁜 여자아이. 이서가 그 아이를 향해 고개를 돌렸다. '이서야.'라고 부르던 말이 입 속에서 되새김질되다가 사라졌다. 여자아이는 이서와 친한 듯 계속 이야기를 했다.

일방적으로 그녀만 이야기를 하고 있었고, 이서는 듣고만 있었지만 연서의 눈에는 가끔 고개를 끄덕이는 이서의 모습이 무척 다정해 보였다. 둘이 이제 잘된 건가? 우뚝 선 채 멀어져 가는 모습을 바라보는데 왠지 모를 허전함이 몰려왔다. 또 가슴이 시큰거리고 아픈 걸 보면 심장병이 생겼나 보다.

빨리 오라는 지애의 전화를 받았지만, 연서는 '오늘은 그냥 너희들끼리 먹어.'라고 말한 뒤 먼저 집으로 돌아온 연서는 냉장고 안에 있는 스트링치즈를 꺼내 손으로 뜯어 먹으며 텔레비전을 켰다. 채널을 여기저기 돌렸지만 마땅히 재미있는 걸 발견하지 못하고 결국 꺼버렸다.

자꾸만 벽에 걸린 시계로 시선이 갔다. 왜 안 오지? 연서의 눈동자가 시계와 현관문을 번갈아 움직였다. 하아, 낮은 한숨이 나왔다. 어디서부터 뭐가 잘못된 걸까?

달칵 문이 열리자 재빨리 일어섰다. 하지만 문을 열고 들어온 사람은 엄마였다.

"어쩐 일로 집에 있어?"

"시험 끝나서 집에서 쉬는 거야."

"이서는?"

"나도 몰라."

괜히 짜증이 난 연서는 손에 남은 스트링치즈를 입에 털어 넣고 책꽂이에서 책 하나를 대충 뽑아 펼쳤다. 그날인가? 생각한 엄마는 더 이상 말을 붙이지 않고 필요한 물건을 챙겨 다시 나갔다. 표지를 포함해 몇 페이지 넘기다 보니 연신 하품이 나왔다. 그러다 어느새 잠이 들었다. 무릎에 놓인 책 위에 걸린 손가락이 간당간당 떨어지지 않고 남아 있었다.

이서는 귀찮게 쫓아다니는 성연을 겨우 떼어내고 집에 도착했다. 대충 가방을 내려놓고 소파 쪽으로 가던 이서는 잠든 연서를 발견했다. 깊이 잠들었는지 고른 숨소리가 작게 들렸다.

'너 자꾸 내 이름 부를래? 누나라고 부르라고!'

다시금 떠오르자 설핏 이서의 입가가 틀어졌다. 누나라는 말, 이서의 입에서 절대 들을 수 없을 거라는 걸 연서는 모른다. 처음 연서를 만났을 때 작은 팔로 꼭 안아주며 동생 하자던 그녀가 신기했다. 그런데 그녀와 같이 먹고, 잠들고, 놀고, 함께하는 시간이 늘어날수록 연서가 점점 좋아졌다. 이서는 그때 처음으로 자신을 향해 보내오는 연서의 무한한 사랑을 느꼈다.

항상 연서는 이서가 먼저였고 늘 그녀 곁에 당연하게 이서가 있었다. 그러다 어느 날, 이서가 남자라는 사실을 알고 두려움이 가득 담긴 연서의 시선에 이서의 가슴에는 생채기가 생겼다. 멋대로 자신을 여자아이라고 정해놓고 사실을 알자 상처받은 얼굴을 하는 그녀였다. 그런 연서가 낯설고, 또 저와 멀어질까 처음으로 두려움을 느꼈다.

눈을 비비던 이서의 가슴이 철렁 내려앉고 이내 먹먹해지더니 아팠다. 그래서 아무 말도 못 하고 있는데 다행히 연서가 먼저 다가와 와락 껴안아주었다. 결국 자신이 남자아이라는 걸 알고 나서도 변함없이 품어주는 연서를 더 많이 좋아할 수밖에 없었다.

아니, 사랑했다. 그의 눈에는 연서가 세상의 전부였다. 그래서 이서는 절대 그녀를 누나라고 부를 수 없었다. 그러면 진짜 그녀의 동생이 되어버릴 것 같아서.

"으음."

탁 소리가 나면서 연서 무릎에 간당간당하게 놓여 있던 책이 바닥에 떨어졌다. 그 소리에 부스스 눈을 뜬 연서의 눈에 이서가 잡혔다. 꿈을 꾸고 있었는지 연서는 이서를 보며 배시시 웃었다.

"이서야……."

살랑거리는 바람이 연서와 이서 사이를 지나갔다. 그 순간 정말 거짓말처럼 모든 게 정지된 듯 느껴졌다. 이서는 연서를, 연서는 이서를 말없이 서로를 보았다. 짧은 시간이 흐르고 이서가 먼저 고개를 돌렸다.

"왜 여기서 자, 방에서 자."

"너 기다렸어."

가라앉은 목소리로 말하던 연서는 돌아서는 이서의 손을 재빨리 잡았다. 또 방에 들어가서 문을 닫아버릴까 봐.

"왜?"

평소처럼 대답하는데도 이서의 목소리가 낯설고 멀고 차갑게 느껴졌다. 그러지 마, 이서야. 나 마음이 아파.

"요즘 왜 그래? 응? 나한테 화난 거 있어? 내가 잘못한 게 있어? 그럼 미안해. 응? 그러니까 네가 화 좀 풀면 안 돼? 응? 이서야?"

자신이 뭘 잘못했는지조차 모르면서 사과하는 연서를 보는 이서의 고동색 눈동자에 검은 물결이 울렁거리며 지나갔다.

"화 안 났어."

"화 난 거 아니야?"

"그래."

단지 질투일 뿐인데 그녀가 그걸 모르고 있을 뿐.

"그렇지만, 너 요즘 계속 내 방에도 안 오고……."

아침마다 방에 들어오지 말라고 소리소리 질렀는데, 막상 이서가 오지 않자 아침마다 혼자 눈뜨는 아침이 낯설고 이상했다.

"들어오지 말라며."

이서의 대답에 연서는 잠시 멀뚱멀뚱 눈을 굴렸다. 잠이 덜 깼나? 눈을 손으로 비볐다. 정말 눈앞에 있는 애가 이서가 맞는지 다시 확인했다. 몇 번을 다시 봐도 이서였다. 연서는 잠시 멍한 표정을 지었다.

"왜? 내가 안 가니까 허전해?"

"……어."

생각지도 않고 대답이 바로 나와버렸다. 그러자 무뚝뚝하게 쳐다보던 이서가 픽 웃어버렸다. 하아, 강연서. 자신의 마음을 그냥 손쉽게 무너뜨리는 그녀였다.

"앗, 그게 그러니까. 그게……."

이서가 웃고 있었다. 변명하려던 연서도 따라 웃었다.

"이제 화 풀린 거야? 응?"

분명 웃는 이서의 얼굴에 연서는 이서의 화가 풀렸다는 걸 알았다. 하지만 이서는 아니라고 대답하며 웃던 얼굴을 싹 지웠다.

"아, 알았어. 아침에 내 방에 들어와도 이제 아무 소리 안 할게. 됐지?"

이 정도면 충분히 이서가 오케이할 줄 알았다. 하지만 이서는 고개를 저었다. 또 왜? 뭐가 더 필요해? 라고 묻자 이서의 시선이 연서의 입술을 뚫어질 듯 보았다. 그 시선에 연서의 얼굴이 화악 붉게 물들었다. 말하지 않아도 뭘 바라는지 알아버렸다.

"야! 그건 아니다. 아무리 너랑 나랑 남매지만, 아침마다 모닝뽀뽀는……."

"그럼 말든가."

잡고 있던 손을 떨쳐내고 돌아섰다. 이서가 돌아서자 화해를 못 할까 봐 연서는 재빨리 일어서서 이서의 팔을 잡았다.

"대, 대신 조건이 있어."

내리꽂는 이서의 눈길을 고스란히 받는 연서의 양쪽 볼이 홍조를 띠고 있었다.

"이마에만."

"이마에만?"

"그래. 이마에 하는 건 허락할게."

이서는 팔을 잡고 있는 연서의 손을 보았다. 놓치지 않겠다는 듯 두 손으로 꽉 틀어쥐고 있었다. 연서가 최대한 많이 양보한 것을 알면서도 이서는 쉽게 고개를 끄덕이지 못했다.

"외국은 인사로 입술에 잘하는데."

"그거야 거긴 외국이고, 여긴 한국이잖아. 당연히…… 이상하잖아."

"왜? 이상해? 그건 누가 정한 건데?"

"그건……."

"거봐. 말 안 되잖아. 강연서."

"하여간 안 돼. 그리고 누나라고 불러. 왜 자꾸 이름 부르는 건데?"

연서의 말에 이서가 잠시 턱 근육이 실룩거렸다. 마주 보는 연서의 시선이 고스란히 이서를 뚫어질 듯 보고 있었다. 지끈거리는 가슴의 울림에 이서는 미간을 좁혔다.

"누나라고 부르면……."

진짜 동생이 되는 거잖아. 그건 정말 죽기보다 싫다. 그래서 또 그녀를 곤란하게 만들었다.

"입술에 해도 돼?"

시원한 아이스티를 앞에 놓고 연달아 한숨을 쉬는 연서를 지애는 못마땅한 듯 쳐다보고 있었다. 차경민과 연애 사업도 잘되고 있고, 시험도 잘 봐서 전교 석차가 3등이나 올랐다면서 한숨을 쉬는 게 이해가 되지 않았다. 자신은 석차가 4등이나 떨어져서 심란한데.

쉬지 않고 뿜어대는 한숨에 자신까지 땅으로 꺼질 것 같은 기분이었다. 마시던 레모네이드를 내려놓고 팔짱을 끼고 물었다. '너 도대체 왜 그래?' 그랬더니 여태 한숨을 쉬던 연서는 '왜?'라고 대답하며 '무슨 일 있어?'라는 표정으로 본다. 어이가 없어서 다시 레모네이드에 꽂힌 긴 빨대를 입에 물자 또 연서의 입에서 한숨이 쏟아져 나온다. 또다. 저 한숨.

"왜 자꾸 한숨만 쉬냐고. 땅 꺼지게."

"내가?"

"그래. 너."

"그게…… 아, 아니야."

"얘는 뭔 말을 하다 말아? 뭔데? 응? 말해봐. 이 언니가 해결해 줄 수도 있잖아."

슬슬 구슬리자 연서가 마침내 입을 열었다.

"너희 집도 가족끼리 모닝키스 같은 거 해?"

"모닝키스? 당연히 하지. 우리 엄마가 아침마다 우리 언니랑 나 깨우면서 하는데, 다 컸으니 그만하래도 계속하셔. 왜? 넌 엄마가 안 해줘?"

엄마가 모닝키스를 해준 적이 거의 없었다. 그리고 이서가 같이 살기 시작한 후부터 엄마는 그저 안아주기만 했다.

"어디다 해?"

"그야 이마에 할 때도 있고 가끔 볼이나 입술에."
"……입술에도 하는구나."
이서가 자꾸 입술에 모닝키스 하려는 게 잘못된 게 아니라고 스스로 납득시키고 있었다.
"왜? 그건 왜 물어보는데?"
"아냐, 그냥 궁금해서."
이서가 모닝키스를 입술에 하겠다고 우긴다고 말하면 지애의 표정이 어떨까? 이상하게 쳐다볼까? 아니면 뭐 어때? 이러면서 대수롭지 않게 생각할까? 가족인데 어때? 라는 말을 할지도.
"뭐야. 단지 그게 궁금해서 여태 못 물어봐서 한숨 쉰 거야? 와, 강연서 강심장인 줄 알았는데 완전 반대잖아. 완전 소심녀잖아. 킥킥."
"야, 그런 거 아니거든!"
"아, 맞다. 넌 좋겠다. 이서가 동생이니까. 모닝키스를 잘생긴 이서한테 받으면……. 오모나, 상상만으로도 좋다야."
두근! 지애의 말에 마치 마음속으로 생각한 말을 들킨 것처럼 제 발이 저렸다.
"정신 차려. 이서 네 동생 아니고 내 동생이거든."
"그러게 네 동생이네. 이참에 이서한테 나도 작업 걸어볼까? 혹시 알아? 이서 취향이 연상일지. 난 연하도 좋은데."
"꿈 깨. 걔 요즘 여친 생긴 것 같아."
"있으면 있는 거지, 같아는 뭐야?"
"확실히 사귀는지 물어보지 않아서."
"하긴 주위 애들이 이서를 가만두지 않겠지. 아이고, 아쉬워라.

나중에 혹시 걔랑 깨지면 말해줄래? 그때 고백이라도 해보게."

농담인지 진담인지 구분이 안 되는 지애의 말에 연서는 굳이 대답을 하지 않았다. 어제 이서가 했던 말을 떠올렸다.

'누나라고 부르면…… 입술에 해도 돼?'

왜 그 말이 자꾸만 뇌리에서 떠나지 않는지. 연서는 자신의 입술을 손으로 꾹꾹 눌렀다. 정말 이서에게 누나로서 자격이 없는 걸까? 그래서 이서가 누나라고 부르지 않는 걸까? 연서는 아이스티 안에 얼음이 다 녹을 때까지도 머릿속을 정리하지 못했다.

며칠 후 토요일 오전, 엄마가 부탁한 주방 형광등을 바꾸고 있던 이서에게서 끼워져 있던 형광등을 받아 들고 새 형광등을 건네주었다. 예전엔 의자 위에 올라가서 교체를 겨우 했는데, 이젠 키가 훌쩍 커버린 이서는 의자가 없어도 쉽게 교체했다. '달칵' 소리가 나고 불이 들어왔다.

이서는 연서가 들고 있는 다 쓴 형광등을 들고 분리수거를 위해 모아놓은 베란다로 나갔다.

"내가 생각해봤는데 말이야."

베란다에서 들어오던 이서는 연서의 말에 그대로 멈춘 채 그녀를 쳐다보고 있었다. 흔들리지 않고 쳐다보는 이서의 눈동자에 괜히 주눅이 들었다.

"너 내 동생이잖아. 그러니까……."

그 순간 달칵 문이 열리며 엄마가 들어왔다. 바짝 긴장한 연서와 이서는 동시에 현관문 쪽을 보았다.

"이서야."

평소와 다르게 목소리 톤이 조금 올라간 엄마의 말투에 연서는 머리를 갸우뚱거렸고, 이서는 그저 네, 라고 대답했다.

"시설에서 연락이 왔어. 이번엔 맞는 것 같아."

시설에서 이서와 비슷한 남자아이들을 찾는 사람들이 연락이 오면 엄마는 이서와 함께 다녀왔다. 이서가 부모님을 찾길 바랐지만 아쉽게도 매번 이서는 집으로 돌아왔다.

부디 이번엔 진짜 부모님을 만날 수 있기를 바라며 집을 나서는 이서와 엄마를 배웅했다. 현관문이 닫히기 전 이서가 연서를 돌아봤다. 잔잔한 호수 같은 이서의 눈동자가 가슴에 콕 박혔다. 입술에 모닝키스 허락해주려고 했는데…….

혼자 남은 집이 허전하다 생각하며 냉장고 손잡이를 잡는데 핸드폰이 울렸다. 경민이었다. 시험도 끝났으니 영화 보러 가자고 한다. 딱히 할 일이 없었던 터라 연서는 알았다며 간단히 챙겨 나갔다.

파란색 티셔츠가 잘 어울리는 경민이 표를 끊고 팝콘과 음료를 들고 기다리고 있었다. 오래 기다렸냐고 물어보자 금방 도착했다며 탄산음료 하나를 내민다. 고맙다며 받아 들자 상영시간이 얼마 남지 않았다며 서두르는 경민을 따라 상영관으로 들어갔다. 시원한 에어컨 바람이 조금은 차갑다고 느끼는 연서였다.

집으로 돌아온 이서는 연서가 없는 집을 휑하니 쳐다봤다. 아까 하려고 했던 말이 뭘까? 철저하게 자신을 동생으로만 생각하며 대하는 연서라면 어떤 대답을 준비했을까? 그러다 이내, 듣지 않아도 분명 안 된다고 했을 것이라 단정 지었다.

이서는 오늘 새벽, 연서의 방 앞까지 갔었다. 하지만 방에 들어가지 않고 방문 앞에 쪼그리고 앉아 아침을 맞이했다. 그녀가 깨어나는 소리가 들리면 일어나 자신의 방으로 도망치듯 돌아왔다.

각자의 방에서 생활하면서 이서는 불면증이 생겼다. 이상하게 연서 곁이 아니면 잠을 잘 수가 없었다. 새벽마다 연서의 방에 가는 이유도 그녀 곁이면 잠시라도 푹 잘 수 있었기 때문이었다.

연서는 알까? 자신이 품어주던 작은 아이가 훌쩍 커버렸지만 여전히 그녀의 따뜻했던 품만 그리워하고 있다는 걸. 두 눈이 오로지 그녀만 향하고 있다는 걸.

위층으로 올라가던 이서는 번쩍거리는 번개와 뒤이어 들리는 천둥소리에 거실 창밖을 보았다. 비가 오려는지 하늘이 순식간에 어두워졌다.

평소에도 덜렁거리는 연서는 분명 일기예보를 보지 않고 그냥 나갔을 것이다. 우산을 들고 마중 나갈 생각을 하며 연서에게 전화를 걸었다. 하지만 전화기가 꺼져 있다는 말만 계속 되돌아왔다.

결국 우산을 챙겨 든 이서는 무작정 밖으로 나갔다. 연서가 조금이라도 비를 덜 맞기를 바라면서.

영화에 집중하던 연서의 손이 경민과 그녀 사이에 놓인 팝콘을 집으려고 할 때였다. 따뜻한 경민의 손등과 연서의 손이 닿았다. 뜻밖의 접촉에 놀란 연서가 재빨리 손을 거둬들였다.

그러자 경민이 특유의 부드러운 미소를 지으며 팝콘을 연서 앞쪽으로 기울여준다. 연서는 어색한 미소를 지으며 팝콘을 한 주먹 가득 쥐고 꺼냈다. 그리고 다시 스크린으로 시선을 고정했다. 하지만 자꾸 옆에 있는 경민이 신경 쓰였다. 중간중간 팝콘을 먹으면서 경민이 저를 보는 게 느껴졌지만 연서는 스크린에만 집중했다.

"재밌었어?"

극장 내 불이 켜지고 극장을 나서며 경민의 물음에 긍정했지만 솔직히 영화는 그다지 재미는 없었다. 경민은 그녀의 대답에 씩 웃더니 난 별로던데, 라며 한마디 한다. 그 말에 연서는 머뭇머뭇거리다 사실 나도 별로였다며 대답하자, 경민이 호탕하게 웃었다. 그런 그의 웃음이 번졌는지 연서 역시 따라 웃고 말았다. 웃는 연서의 눈에 햄버거 가게가 들어왔다. 오랜만에 햄버거가 먹고 싶었다.

"연서야, 배고프네. 뭐 좀 사 먹고 갈까?"

이대로 헤어지기 아쉬운지 경민이 햄버거 가게 앞에 멈춰 선다.

"그래, 햄버거 먹자. 영화는 네가 쐈으니까 햄버거는 내가 쏠게."

하지만 결국 햄버거도 경민이 샀다. 하필 연서는 용돈이 든 지갑을 집에 두고 온 걸 뒤늦게 알았다. 덜렁거리는 성격 때문에 늘 이서에게 구박받으면서도 잘 고쳐지지 않았다. 경민에게 다음엔 꼭 자신이 살 거라고 하자, 경민이 정말이지? 진짜지? 하며 환하게 웃었다.

햄버거 가게에서 나와 건물 밖에 나오자 비가 쏟아지고 있었다. 지나가는 소나기일지 모른다며 다시 건물 안으로 들어갔다. 뭐 할까 고민하던 둘은 근처 오락실을 발견했다.

"아, 다행이다."

"뭐가?"

오락실로 들어가며 경민이 하는 말에 연서가 묻자, '그냥 그런 게 있어.'라고 대답하며 대충 넘어갔다. 사실 연서가 자신과 함께 있는 게 재미없다고 하면 어쩌나 조마조마하며 마음 졸였던 경민이었다.

예상을 깨고 연서는 모든 게임에서 경민을 이겼다. 게임 잘한다며 치켜세워 주는 경민과 배시시 웃는 연서였다. 결국 마지막 게임까지 연서의 승리로 끝났다.

오락실만 다녔냐고 묻는 경민의 질문에 동생이 오락실에 같이 가서 가르쳐준 거라고 대답했다. 가끔 스트레스 해소용으로 딱 좋은 게 오락실 게임이라며 동생이 알려줬다고 했다.

핸드폰 게임은 시력도 나빠지고 좋지 않다며 이서는 연서가 핸드폰으로 게임을 깔아서 놀고 있으면 재빨리 그녀의 손을 붙잡고 오락실로 오곤 했었다. 이서가 요령까지 알려준 덕분에 둘이서 하는 어지간한 게임은 손쉽게 이길 수 있었다. 하지만 인형이나 물건이 든 것을 뽑는 기계는 잘하지 못했다. 동생도 저건 잘 못한다며 슬쩍 이야기를 흘렸다.

나중에 동생을 소개해달라는 경민의 말에 연서는 알았다며 해맑게 웃었다. 그러다 문득 이서가 오늘 엄마와 함께 시설에 간 걸 떠올렸다. 지금쯤이면 집에 왔을까? 진짜 부모님을 만났을까?

"비가 안 멈출 건가 봐."

다시 건물 밖으로 나왔지만 여전히 비는 내리고 있었다. 가끔 천둥번개도 함께 동반되는 걸로 봐선 멈출 기미가 보이지 않았다.

"어떡하지. 우산도 없는데……. 이서한테 전화해야겠어. 우산 갖고 나오라고."

"동생 이름이 이서야?"

"응."

"그냥 내 우산 같이 쓰면 안 돼?"

"응?"

"지난번처럼 집 앞까지 데려다줄게."

"하지만……."

"그러자. 응?"

우산을 펼쳐 든 경민은 괜히 자신 때문에 불편할까 봐 머뭇거리는 연서의 팔을 잡았다. 그리고 그녀를 우산 속으로 끌어당겼다. 서로의 어깨가 부딪쳤다. 연서가 경민을 쳐다보았다. 잠깐 사이에 얼굴에 튄 물방울이 연서의 뺨에서 반짝반짝 빛을 내고 있었다. 손을 뻗어 그녀의 뺨에 있는 물기를 닦아주었다. 손바닥이 닿는 연서의 뺨이 부드럽고 따뜻했다.

이대로 계속 만지고 싶다는 욕심이 생겼지만 곧바로 손을 내렸다. 연서의 볼에 홍조가 드리워졌다.

"얼굴에 비, 빗방울이 있어서. 가자."

말을 약간 더듬은 경민이 움직이자 연서도 고개를 숙인 채 따라 움직였다. 여전히 얼굴이 붉게 물들어 있었다. 사이가 멀어진 틈 때문인지 연서도 경민도 한쪽 어깨에 비를 계속 맞았다. 결국 우뚝 멈춰 선 경민이 연서의 어깨에 손을 올렸다.

이렇게 떨어져 걸으면 계속 둘 다 비에 흠뻑 젖을지 모른다는 핑계를 대고 경민은 그녀의 어깨를 자신에게 가까이 끌어당겼다.

심장이 뛰는 소리가 들렸다. 마치 단거리 달리기라도 한 듯 심하게 뛰었다. 경민의 손이 닿은 어깨가 화끈거리고 맞닿은 부분이 자꾸 신경 쓰였다. 그의 턱밑에 닿은 자신의 머리엔 냄새라도 나면 어쩌지? 아까 더워서 땀도 난 것 같은데……. 이럴 줄 알았으면 조금 더 신경 쓰고 나올걸. 연서는 집으로 가는 내내 바짝 긴장했다.

버스정류장에 도착해서 겨우 떨어졌지만 집 앞 버스정류장에 내리자 다시 함께 우산을 쓰게 되면서 경민은 자연스럽게 그녀의 어깨를 끌어당겼다. 엄마의 카페가 보이자 거기까지 뛰어갈 생각을 하며 경민에게 작별인사를 하려고 멈춰 섰다.

"카페까지 가면 안 돼?"

"아, 그게 그러니까."

머뭇거리는 연서를 보는 순간 그녀가 아직은 곤란해한다는 걸 깨달았다.

"아직은 곤란하구나? 알았어. 나중에 소개시켜줄 거지? 너희 가족."

"우리 가족은 왜?"

연서는 친구 사이래도 아직은 몇 번 보지 않은 그를 가족에게 소개시켜줄 생각을 해본 적이 전혀 없었다. 그래서 고개를 갸우뚱하며 경민의 얼굴을 보았다.

"하하, 정말 네가 그런 부분에서 조금 둔하다고 생각은 했는데…… 직접 말로 해줘야 알지?"

가볍게 웃던 경민의 표정이 진지해졌다.

"강연서, 나, 너 좋아해."

좁은 우산 속에서 마주 본 채 좋아한다고 고백하는 경민의 말에 연서는 멍하니 그를 보았다. 심장이 열 배로 더 심하게 뛰었다.

그 순간 번개가 번쩍 환하게 주위를 밝혔다. 그리고 이어지는 천둥소리.

얼어붙은 듯 두 눈을 동그랗게 뜬 채 경민을 마주 보는 연서와 그녀를 보며 부드러운 미소를 짓는 경민, 그리고 그들의 대화를 듣고 석상처럼 굳어버린 이서가 그들 뒤에 서 있었다.

천둥소리보다 가슴에서 울리는 심장 소리가 먼저 뇌에서 울렸다. 두근두근 뛰는 심장이 낯설었다. 마주 보는 경민의 눈동자가 흔들리고 있는 연서의 눈동자를 붙잡고 놓아주지 않았다. 번쩍이는 번개 불빛이 당황스러워하는 연서의 얼굴을 고스란히 보여주고 있었다. 분명 경민이 한 말을 들었는데, 믿어지지 않았다. 자신을 좋아한다니. 전혀 생각지도 못했던 고백이었다. 아니, 어쩌면 언젠가 좋아한다고 고백하지 않을까 예상은 했었다. 하지만 이렇게 비가 오는 날, 집 앞에서 받은 고백은 준비되어 있지 않은 연서를 적잖이 당황시켰다.

"강연서."

뭐라고 대답해야 할지 난감해하던 그 순간, 뒤에서 이서의 목소리가 들렸다. 경민은 연서 뒤에 서 있는 이서를 보았다. 낯선 이질감이 느껴지는 그의 등장에 경민은 괜히 긴장했다. 연서가 뒤를 돌아보았다. 우산을 쓴 채 하나를 더 들고 있는 이서의 모습이 보였다.

"어? 이서야."

연서의 부름에 가까이 다가오는 이서의 모습을 바라보는 경민의 눈에 경계심 생긴다. 자신도 꽤 잘난 놈이라고 자신하는 경민이지만 다가오는 그의 모습은 잘생기기도 했지만 묘하게 사람의 시선을 끌어당기는 매력을 풍기고 있었다. 하지만 무엇보다 경민은 자신을 쳐다보는 그의 시선이 더 신경 쓰였다. 소름이 끼칠 정도로 차가운 눈빛이었다.

"왜, 왜 여기 있어?"

"비가 와서 기다렸어."

이서가 내민 자신의 우산을 보자 연서는 역시 이서밖에 없다는 생각에 배시시 웃었다. 경민은 연서를 보는 그의 시선이 거슬렸다. 이서가 준 우산을 쓰며 멀어지는 연서의 모습에 허전함을 느끼던 경민에게 연서가 그를 자신의 동생이라며 소개시켜준다.

"동생? 아, 오락실 그 동생?"

동생이라는 말에 경민은 내심 안도했다. 반갑다고 인사를 하며 손을 내밀었지만, 이서는 그의 손을 무시하고 말없이 고개만 까딱했다. 경민이 잠시 미간을 좁혔다.

"오늘 고마웠어. 조심히 가."

"들어가자."

인사하는 연서를 재촉하는 이서였다. 어서 들어가라며 손짓하며 두 사람이 가는 모습을 뒤에 남아 보는 경민의 얼굴이 미세하게 일그러졌다. 분명 오늘 특별히 나쁜 것도 없었고 좋아하는 마음까지 고백했는데 뭔가 목에 걸린 가시처럼 껄끄러웠다.

샤워를 마치고 나오는데 연서가 문 앞에서 기다리고 있었다. 샤워하게? 그러면서 비켜주었다. 하지만 연서가 비켜서는 이서 앞을 그대로 막아섰다. 왜 그러냐고 묻자 연서가 기다렸다는 듯이 말을 꺼냈다.

"아까 왜 그랬어?"

"뭐가?"

"내 친구가 인사했을 때."

왜 내민 손을 잡지 않고 무시했는지 궁금했다. 경민이가 딱히 뭔가 실수한 것 같진 않은데…….

젖은 머리를 탈탈 털던 이서의 손이 멈췄다가 다시 움직였다. 하얀 수건이 펄럭이며 이서의 머리를 말려주고 있었다.

"……미안."

다른 핑계 없이 바로 사과하는 이서에게 연서는 더 이상 따질 수 없었다. 결국 다음엔 그러지 말라고 하고는 이서를 지나 욕실로 들어갔다. 정말 이서에게 사춘기가 다시 돌아온 게 맞는 것 같다고 혼자 생각했다.

이서와 묘하게 뭔가 어긋난 채 며칠이 지났다. 다행인지 아침마다 이서는 예전처럼 연서의 침대에 와서 아침마다 잠들었다. 그는 마치 그동안 아무런 일도 없었던 것처럼 행동했다. 의심의 눈빛을 보내며 며칠 이서의 행동을 지켜보며 경계하던 연서 역시 평소대로 행동했다. 물론, 모닝키스는 더 이상 없었다.

그러던 어느 날 저녁, 오랜만에 보쌈을 먹자며 상추와 깻잎을 사오라는 엄마의 말에 심부름을 다녀오던 연서는 현관문을 열고 들어오면서 들리는 소리에 그대로 귀를 기울였다. 두 사람은 연서가 들어온 것을 모르는 듯 대화를 이어가고 있었다.

"다음 주에 검사 결과가 나올 거라고 하는구나."

"기대 안 해요."

메마른 이서의 대답이 들렸다. 항상 기대하고 갔다가 여러 번 실망하기를 반복해서인지, 기대조차 안 하는 이서였다.

"이번엔 기대해보자."

그 말을 끝으로 엄마는 보쌈 얼마나 됐나 확인한다며 일어섰다. 이서가 마지막 대답을 어떻게 했는지 듣지 못한 연서는 엄마와 눈이 마주치자 그때서야 신발을 벗었다. 오늘따라 이서의 등이 새삼 외로워 보였다.

연서는 주말 내내 너무 집에만 있었다. 그것도 잠도 안 자고 뒹굴다 보니, 진짜 판다 곰처럼 똑같이 눈 양쪽에 다크서클이 생기고 몸은 둥글둥글해져서 진짜 곰이 될지 모른다는 생각이 들었다. 온몸을 비틀다가 결국 방에서 나와 주방으로 향했다. 점점 더워지는 날씨 탓에 핫팬츠 차림에 얇은 티셔츠를 입은 채 냉동실 문을 열었다.

문을 엶과 동시에 쏟아지는 차갑고 시원한 바람에 연서는 눈을 감고 고개를 들이밀었다.

아, 정말 시원하다. 그대로 있고 싶다는 바람으로 잠시 그대로 버텼다.

짝!

"아얏!"

언제 다가왔는지 엄마가 연서의 등짝을 한 대 때리며 전기세 많이 나온다며 당장 문을 닫으라며 잔소리했다. 아픈 등을 쓱쓱 문지르며 아쉬운 표정으로 냉동실 문을 닫았다. 아이스크림 먹고 싶다며 엄마한테 칭얼대듯 어리광을 부리자 다 큰 게 어울리지 않게 어리광이라며 무시했다. 결국 아쉬운 대로 얼음을 꺼내 입에 넣었다.

"이서야."

덥지도 않은지 소파에 앉아 독서 삼매경에 빠져 있는 이서를 부르자 잠시 고개를 들었던 이서는 이내 책으로 고개를 숙였다. 연서는 쪼르륵 이서 곁으로 달려가 앉았다. 옆에서 무슨 책 읽어? 묻자 표지를 보여준다.

재미있는 책이라도 읽는 줄 알았는데, 토익 문제집이다. 얼마 전 시험 성적표를 본 연서는 이서를 경이로운 눈으로 바라보게 되었었다. 평소 공부는 별로 안 하는 것 같은데, 전교 1등이라는 놀라운 성적을 들고 온 것이다. 덕분에 그녀는 전교 석차가 3등이나 올랐음에도 생색은커녕 괜히 주눅만 들어야 했다. 얄미운 이서. 그러면서도 부러운 이서였다.

"아이스크림 먹고 싶지 않아?"

이서는 대답 대신 고개를 주억거렸다. 재빨리 그가 들고 있는 토익 문제집을 뺏으면서 씩 웃었다. 아이스크림 없어서 사러 가야 한다고 말하자 이서는 알았다는 듯이 자리를 털고 일어섰다.

"같이 갈까?"

현관으로 향하는 이서를 따라나서는데 이서가 연서의 옷차림을 아래위로 쓱 훑어본다.

"옷이나 좀 똑바로 입지?"

그 말에 연서는 입고 있는 옷을 내려다보았다. 내 옷차림이 어때서? 라며 묻자 이서는 어이없다는 듯이 혼자 나가버렸다. 요즘 사춘기가 점점 더 심해지는 것 같다며 투덜대자 뒤에 있던 엄마가 이서보다 못하다며 구박하더니 가게로 나가버리신다. 도대체 뭐 때문에 그러냐고 다시 투덜대던 연서는 방에 두고 나온 핸드폰이 울리고 있다는 것을 알지 못했다.

한편, 이서는 속옷이 고스란히 비치는 티셔츠로도 모자라 앉으면 팬티가 보일 것 같은 아슬아슬한 옷을 입고 있는 연서 때문에 미칠 지경이었다. 도대체 여자라는 자각이 없는 건지. 아니면 이서를 진짜 동생이라고 생각하는지 이서는 날마다 그녀의 아슬아슬한 옷차림 때문에 눈 둘 곳을 찾기 어려울 지경이었다. 특히 요즘 그런 일이 더 많아져서 힘들었다. 연서는 언제쯤이면 자신이 동생이 아닌 남자라는 걸 깨닫게 될까.

마트에 도착한 이서는 연서의 입맛을 알고 있기에 굳이 뭘 사갈까 물을 필요도 없이 아이스크림을 골라 담고 계산을 마쳤다. 천식이 있는 연서는 에어컨 바람을 쐬면 기침을 자주 하기 때문에 집에서도 어지간히 덥지 않으면 에어컨을 틀지 않았다. 분명 그녀는 틀지 못하는 에어컨을 노려보다 선풍기를 끌어당겨 얼굴을 들이대고 있을 것이다. 빨리 아이스크림이라도 손에 쥐여줘야 좀 살 것 같다는 표정으로 웃을 게 뻔했다. 연서의 웃는 얼굴이 보고 싶어진 이서의 발걸음이 빨라졌다. 서둘러 가던 이서의 발걸음이 집 근처에서 우뚝 멈췄다.

경민이 집 앞에 서 있었다. 아니, 정확하게 말하면 카페 입구에서 핸드폰으로 누군가에게 전화를 걸고 있었다. 그 누군가가 바로 연서라는 건 묻지 않아도 알 수 있었다.

연서가 전화를 받지 않자, 다시 걸기 위해 핸드폰을 만지작거리던 경민은 고개를 들다가 연서에게서 동생이라 소개받았던 이서를 발견했다. 그날 하루 잠깐 봤지만 단박에 알아볼 정도였다.

"아…… 저기."

반가움에 말을 걸던 경민은 자신을 보는 이서의 눈빛에 잠시 주춤했다. 그때도 느꼈지만 이서의 눈동자에 담긴 적의는 등골이 서늘할 정도였다.

"연서 동생? 이름이 이서 맞지?"

자신을 향해 풍기는 알 수 없는 적의는 애써 무시하고 물었다. 하지만 그때처럼 오늘도 이서는 대답을 하지 않고 고개만 주억거린다. 경민은 지금까지 만난 사람 중에 지금 눈앞에 있는 그가 가장 참 어렵다고 생각했다.

"혹시, 연서 집에 있어? 전화를 안 받아서……."

이서의 시선이 경민과 그의 손에 들린 핸드폰을 번갈아 본다. 그러다 경민에게 연서가 지금 집에 없다는 거짓말을 하려던 참이었다. 하지만 이서는 입을 다물어야 했다.

"누군데 우리 연서를 찾아?"

잠시 밖에 나왔던 엄마가 경민과 이서를 발견했다. 그녀의 등장에 경민은 재빨리 고개를 숙이며 인사했고, 이서는 턱에 근육이 불거져 나올 정도로 입을 꽉 다물었다.

"안녕하세요. 연서 친구 차경민입니다."

"어머, 우리 연서 남자친구?"

반가워하는 엄마의 반응에 경민은 환하게 미소 지으며 '네.'라고 대답했다. 그러자 엄마는 연서 지금 집에 있다며 같이 들어가자며 경민과 함께 집으로 올라갔다. 그 모습을 뒤에서 보던 이서의 눈에 절망이 담겼다.

연락도 없이 등장한 경민을 발견한 연서는 처음에는 당황한 듯했지만 이내 눈을 예쁘게 접으며 웃는다. 그런 연서의 모습을 보는 이서의 눈빛이 살벌해졌다.

이서는 사온 아이스크림을 냉동실에 그대로 밀어 넣고 이내 자신의 방으로 올라갔다. 그러고는 침대에 대자로 누워 천장만 봤다. 하필이면 그때 엄마가 나타날 건 뭐람. 팔을 들어 두 눈을 가렸다. 이대로 그냥 잠이나 잘까? 하지만 모든 신경이 거실로 쏠려 잠은 커녕 아무것도 할 수 없었다. 그러다 엄마가 다시 나가는 소리가 들리자 재빨리 내려왔다.

"어? 맞다. 이서야, 아이스크림은?"

이서를 보는 순간 아이스크림이 생각났는지 묻는다. 거실로 다 내려온 이서는 그대로 주방으로 가 냉장고 문을 열었다. 그러고는 넣어두었던 까만 봉지를 꺼냈다. 그 안에는 연서가 좋아하는 아이스크림만 잔뜩 있었다. 봉지째 들고 가서 내밀자 그걸 받아 든 연서는 경민에게 먼저 내밀며 하나 고르라고 한다. 그 모습을 쳐다보고 있던 이서는 입 안쪽을 잘근 씹었다. 알싸한 피 맛이 느껴졌다.

아이스크림을 고르기 전 이서의 눈치를 보던 경민은 대충 아무거나 손에 잡히는 대로 꺼냈다. 연서는 경민이 아이스크림을 고르고 나자 봉지 안을 훑어보다가 이서가 좋아하는 아이스크림을 꺼내 그에게 내밀었다. 그러고는 이서가 아이스크림을 받자 자신이 먹을 아이스크림을 꺼낸 후 일어선다.

경민이 왜 일어나는지 묻자 남은 아이스크림을 냉동실에 넣으러 간다며 손에 든 아이스크림 껍질을 벗긴 후 한 입 베어 물었다. 이서의 눈빛이 고스란히 연서를 따라간다. 그녀의 옷차림이 이서가 나갈 때 그대로였다. 이서의 미간이 불편하게 접혔다.

연서가 잠깐 자리를 벗어나자 둘만 남은 잠깐의 상황이 어색해진 경민은 이서에게 잘 먹을게, 라고 한마디 후 한 입 베어 먹었다. 참 신경 쓰이는 동생이었다.

연서가 돌아와 소파에 앉자 두 사람의 시선이 동시에 연서에게로 옮겨졌다.

"근데, 어쩐 일이야?"

"그냥 근처에 친구 집 놀러왔다가 지나는 길에 들렀어."

친구 집이라는 단어에 반대쪽에 앉은 이서의 한쪽 눈썹이 씰룩거리며 올라간다. 그런 이서의 표정을 보며 괜히 주눅이 들었다. 그녀의 동생이니까 자신보다 어린 게 분명한데, 결코 어려 보이지 않는 그의 모습이 묘하게 신경 쓰이면서 기분이 나빴다.

"그래?"

"응. 방학하면 수영장에 놀러 안 갈래?"

"수영장?"

"응. 내 친구들하고 네 친구들 같이 가면 재밌을 거야. 비용도 그렇게 비싸지 않아서 부담도 적어."

"일단 친구들한테 물어볼게."

어디로 갈 거야? 묻는 연서에게 송도 쪽에 유치원이 있는데, 방학 동안만 개장을 하는 곳이 있단다. 거긴 수영장도 괜찮고 음식을 가져가 먹으면서 즐길 수 있어서 좋다는 설명을 줄줄이 늘어놓는다.

두 사람이 대화를 하는 동안 이서의 시선은 켜져 있는 텔레비전에 박혀 있었지만 목과 턱이 경직되어 있었다. 목에 힘줄이 도드라지게 불거져 나왔다.

그러다 문득 경민이 이서를 바라보자, 연서 역시 이서를 보았다.

순간 너무 둘만 대화를 한 것 같아 미안한 마음이 생겼다.

"이서야, 너도 같이 갈래?"

연서의 물음에 이서는 고개도 돌리지 않은 채 조금 시간이 흐른 후 '생각해볼게.' 간단히 대답한다.

내일 학교도 가야 하니 그만 가겠다고 일어서는 경민을 배웅하겠다며 연서가 따라 일어섰다. 갈게, 라고 말하는 경민의 목소리에 이서도 따라 일어선다.

경민은 미소를 머금고 이서에게 다음에 보자는 인사를 했다. 다행히 이번엔 이서 역시 그에게 잘 가라며 대답해준다.

무뚝뚝한 인사에도 나름 조금은 발전한 것 같아 기분이 좋아진 경민은 이서와 수영장에 꼭 같이 가서 그와 친해질 기회가 있었으면 좋겠다는 생각도 했다.

두 사람이 밖으로 나가고 나서 이서는 거실 창문으로 지켜봤다. 이미 어두워진 길거리에 잠시 후 두 사람의 형상이 나타났다. 뭔가 둘만의 이야기를 하고 있는 듯 대화를 하는 모습이 보였다. 그러다가 경민의 손이 연서의 머리를 쓰다듬었다. 그대로 가만히 서 있는 연서의 모습이 눈에 들어왔다.

이서의 턱 근육이 단단해졌다. 잠시 후 그녀의 이마에 입술을 갖다 대는 경민의 행동을 보는 순간 이서 손에 든 아이스크림 껍질이 처참하게 구겨졌다. 이서의 입에서 낮게 욕설이 튀어나왔다.

수영 못한다고 하자 수영장 가면 가르쳐줄 테니 걱정 말라는 경민의 말에 '아싸!'를 외치며 좋아하는 연서였다.

"내 고백에 대한 대답 안 해줄 거야?"

경민이 좋아한다는 그의 고백에 대한 답을 원하자, 연서는 입술을 달작일 뿐 또 확실한 대답을 하지 못했다. 분명 경민과 있으면 자신의 심장이 평소보다 더 빨리 많이 뛰는 걸 느꼈다. 이런 게 좋아하는 감정이라면 좋아한다 말하고 싶지만, 차마 그 말이 입 밖으로 쉽게 나오지 않는다. 이상했다 분명 경민이 싫지 않은데…… 뭔가 마음에 걸리는 게 있었다. 그게 뭔지 정확하게 모르지만, 이상하게 이서의 얼굴이 아른거렸다.

"저, 저기, 그러니까."

"대답하기 곤란하면 나중에 해. 기다릴게. 대신 우리 사귀는 거 친구들한테 말해도 되지?"

"……너하고 나 사귀는 거였어?"

연서의 질문에 경민이 픽 웃고 만다. 정말 둔해도 너무 둔하다. 그 둔함이 귀엽기도 해서 살짝 손을 올려 그녀의 머리를 쓰다듬었다. 다행히 연서는 그 손을 밀어내지 않았다.

"그럼 아닌 줄 알았어?"

"어. 그냥 친구로 지내자고 해서 그런 줄 알고……."

"나, 여자하고 친구 안 해. 특히 좋아하는 애하곤."

아무래도 연서는 직접 이야기를 해야 된다는 사실을 다시금 깨닫는 경민이었다.

"연서야, 내 유일한 여자친구가 되어주지 않을래?"

그 말과 동시에 그녀의 이마에 갑자기 입술을 갖다 댄 경민의 행동에 적잖이 놀란 연서는 멍하니 경민을 보다가 얼굴을 붉혔다. 자신의 감정에 솔직한 연서의 반응에 경민은 쿡쿡 웃으며 다시금 자신의 여자친구가 되어달라고 말했다. 연서는 대답 대신 두 손을 꽉 쥔 채 고개만 주억거렸다.

시설에 혼자 도착한 이서는 자신의 담당자가 면담이 끝나기를 기다렸다. 그는 삼십 분 정도 시간이 지난 뒤 담당자와 마주 앉을 수 있었다. 이서의 이름을 확인한 그는 잠깐 기다리라며 자리를 비웠다. 그의 책상엔 자신의 정보가 기록된 서류가 펼쳐져 있었다.

서류 위에 '현덕수'라는 이름이 눈에 보였다. 아마도 자신을 찾는 사람의 이름인 듯했다. 이름이 낯설었다. 이번에도 자신의 가족이 아닌 것 같은 생각에 이서는 손에 쥔 핸드폰으로 고개를 숙였다. 반 친구들이 단체로 대화창에 이야기를 하고 있어서 계속 진동이 울렸다.

방학하게 되면 놀러갈 궁리들을 하는 친구들 사이에 최성연도 있었다. 성연은 이서에게 따로 대화를 시도하고 있었다. 하지만 이서는 그녀의 대화엔 굳이 답장을 하지 않았다.

다른 대화창이 하나 더 보여서 열어 보니, 연서다. 오늘 친구들과 같이 보드게임할 건데 어디다 뒀는지 묻는다. 거실 책장 옆에 서랍을 열어보라고 대답해주자 연서는 알았다는 답장과 웃고 있는 이모티콘을 함께 보낸다.

대충 다시 단체 대화창을 훑어보던 이서는 대화에 끼지 않고 그대로 창을 닫았다. 마침 담당자가 뭔가 서류를 들고 자리에 돌아왔다. 얼마 전 유전자 검사를 한 결과가 나온 자료였다.

"강이서 군."

그의 부름에 이서는 '네.'라고 대답하고 그의 다음 말을 기다렸다.

"축하해요. 드디어 가족을 만나게 됐네요."

심장이 잠시 쿵, 바닥으로 떨어지다가 다시 뛰었다. 활짝 웃으며 축하해주는 담당자의 말이 더 이상 들리지 않았다. 이서는 연이어 나오는 담장자의 질문에 어떤 대답을 했는지 기억이 나지 않았다. 그의 손에 들린 핸드폰에 연서가 보낸 문자가 나타났다.

[이서야, 못 찾겠어. 와서 찾아줘. ㅜㅜ]

이서의 멍한 시선이 이미 꺼진 화면에서 떠나지 않았다. 담당자가 곧 가족과 만날 날짜를 알려주겠다는 말에 그저 고개만 주억거린 이서는 도망치듯 그 자리를 벗어났다. 계단을 걸어 내려가던 이서의 발걸음이 비틀거렸다. 결국 이서는 계단에 주저앉았다. 그리고 자신의 두 손에 그대로 얼굴을 묻었다.

바로 그 순간 결국 혼자서 찾았는지 연서에게서 '아! 찾았어.'라며 문자가 들어왔다.

집 근처까지 온 이서는 우뚝 멈춰 섰다. 그가 그동안 살아온 3층짜리 건물이 눈에 들어왔다. 가족을 찾았다는 담당자의 말을 듣는 순간 느꼈다. 자신이 가족을 찾아 떠나게 되면 이제 여기서 살 수 없게 된다는 사실을. 그리고 매일 지켜보는 연서조차 볼 수 없게 된다는 사실이 연이어 떠올랐다.

그토록 찾고 싶었던 가족인데 막상 찾았다는 말을 듣자 기쁨보다 절망이 더 크게 다가왔다. 마음이 답답했다. 이대로 자신이 가족에게 돌아가면? 연서는 그저 동생이었던 이서가 있었다는 정도로만 기억할까? 그저 동생? 그 단어에 가슴이 지끈거리며 아팠다.

카페에서 나오는 연서와 지애의 모습이 보인다. 뭐가 좋은지 연서가 웃고 있었다. 자신은 차마 웃지 못하고 아파하고 있는데 연서는 지애와 함께 웃으며 걸어가고 있었다. 하아, 낮은 한숨이 나왔다. 이대로 집에 들어가면 표정 관리가 안 될 것 같아 그대로 발길을 돌렸다.

게임에 열중하던 이서는 자신의 어깨를 톡톡치는 손길에 고개를 들었다.

"이서야, 너 여기 있었어?"

연서가 지애와 함께 있었다. 이서가 도착하고 얼마 되지 않은 시간에 도착한 걸 보니, 아까 그길로 오락실에 온 모양이다. 일부러 피했는데, 다시 만나버렸다. 간단히 '응.'이라고 대답하고 다시 게임에 열중했다. 게임 잘한다며 옆에서 지애가 구경하며 서 있고 연서는 잔돈 바꾸러 간다며 자리를 비웠다. 연서의 등장에 집중력이 깨지자 결국 게임은 곧바로 끝나고 말았다.

"어, 어디 가? 이서야? 게임 더 안 해?"

"오늘은 그만할 거야."

같이 있으면 어떤 식으로 자신의 감정을 표현할지 몰라 이서는 연서와 멀어지려 했다. 오락실을 나온 이서는 그대로 코인 노래방으로 들어가버렸다. 그걸 보던 지애는 이서 기분 별로 안 좋은 것 같다며 위로해주라며 연서를 보내고는 다음에 놀자며 먼저 가버린다.

연서 역시 이서가 왜 기분이 안 좋은지 잠시 고민해보았다. 오늘 시설에 갔다고 들었는데 또 이번에도 가족을 못 찾은 건가 보다 생각했다.

연서는 코인 노래방에 들어가서 방마다 기웃거리며 이서의 모습을 찾았다. 그러다 제일 안쪽에 있는 방에서 이서를 발견한 연서가 문을 열고 들어갔다. 그녀의 등장에 노래를 부르던 이서의 표정이 굳었다. 연서는 노래가 끝날 때까지 가만히 앉아 이서의 노래를 감상했다.

언제 들어도 이서의 목소리는 듣기 좋았다. 슬픈 노래를 부르던 이서의 노래를 조용히 따라 불렀다. 세 곡을 연달아 부른 후 네 번째 곡은 임재범의 '고해'라는 노래였다. 첫 소절부터 애타게 부르던 이서의 목소리에 연서의 가슴이 울렁거렸다. 늘 들을 때마다 느끼지만, 이서는 정말 노래를 잘했다.

"허나 그녀만은 제게 그녀 하나만 허락해주소서……."

일절의 끝부분이 끝나고 반주가 나왔다. 노래의 여운에 먹먹한 심장의 떨림을 느낀 연서는 미소를 띠며 이서를 보았다. 그 순간이었다. 이서의 손이 연서의 뒷목을 끌어당겼다. 그리고 그녀의 입술에 이서의 입술이 그대로 겹쳐졌다.

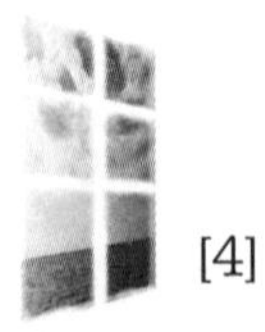

[4]

이서의 부드러운 입술이 연서의 연하고 말캉한 입술을 훔쳤다. 서로의 숨결이 섞이는 순간 이서의 뜨거운 혀끝이 연서의 입 속을 밀고 들어왔다. 입술만 살짝 닿았다가 멀어지던 모닝키스와 확연히 다른 키스였다.

연서는 반사적으로 손을 뻗어 이서를 밀어냈다. 이서는 순순히 연서를 놓아주었다. 이서를 보는 연서의 눈에 혼란과 놀라움이 그득했다. 쿵쾅거리는 심장 소리와 음악에 묻혀 들리지 않는 숨소리가 둘 사이에 떠다녔다. 연서는 멈추지 않고 울려대는 심장과 처음 느끼는 감정이 혼란스러웠다.

그런 연서를 이서는 아픈 눈으로 마주 보았다. 그 눈이 제발 알아달라고 말하고 있었다. 하지만 무척이나 놀란 듯 연서는 이서가 눈으로 전하는 뜻을 헤아릴 여유조차 없었다. 맞잡은 연서의 두 손이 덜덜 떨고 있었다.

반주가 끝나고 노래를 불러야 하는 부분이 시작되었지만 이서는 자막이 나오는 화면이 아닌 연서를 뚫어질 듯 보고 있었다.

"이서야, 너……."

연서의 목소리가 떨리고 있었다. 이서는 떨고 있는 연서를 안아주려 손을 뻗었다. 하지만 그녀는 도리어 그 손을 피하더니 흠칫 놀라며 이서에게서 더 멀어졌다. 그런 연서의 반응에 그는 다시 한 번 상처를 받았다. 어릴 적 남자아이라는 사실을 처음 알았을 때 두려워하던 연서의 모습이 겹쳐져 나타났다. 꽉 틀어쥔 손에 굵은 힘줄이 드러날 정도로 인내했다.

자신이 무작정 해버린 키스에 두려운 눈빛으로 아무 말도 못하고 웅크리고 있는 연서를 보면서 절대 실수라거나 미안하다 사과하고 싶진 않았다. 차라리 이대로 자신의 마음을 말하고 싶었다. 그러면 연서는 자신을 더러운 벌레 보듯 할까? 아니면 아예 집에서 나가라고 할까? 무엇이든 이제 돌이킬 수 없다는 사실만은 확실했다. 결국 놀라고 두려워하며 움찔하는 연서의 반응에 마음이 아픈 이서가 일어섰다. 화면에 흐르고 있는 가사가 보였다.

[그럼 피 흘리는 가엾은 제 사랑을 알고 계신가요.]

딱 지금 자신의 심정과 똑같은 가사를 보며 이서는 그대로 문을 열고 나가버렸다. 뒤에 혼자 남은 연서는 노래 반주가 끝날 때까지 멍하니 자리에 앉아 있었다. 그리고 떨리는 손으로 자신의 입술을 더듬었다.

지금 도대체 무슨 일이 있었던 거지?

여전히 심장 소리는 노랫소리보다 크게 귓가에 울리고 있었다.

하늘 역시 이서의 마음을 알고 있는 것처럼 그가 밖에 나오기 무섭게 비가 쏟아졌다. 장마철이라서 당연히 비가 오는 것이겠지만, 타이밍 한번 죽여줬다. 이서는 그대로 비를 맞으며 걸었다. 비를 피하며 뛰는 사람들 속에서 오히려 비를 맞으며 걸어가는 이서의 모습이 더 이질적이고 낯선 풍경을 만들어냈다. 이대로 빗물에 오늘 자신이 연서에게 한 짓이 떠내려가 사라지길 바랐다. 하지만 이미 엎질러진 물을 담을 수는 없듯이 불가능한 일이었다.

이제 연서의 얼굴을 어떻게 봐야 할지 막막했다. 지금 마음으론 도저히 집으로 갈 수 없었다. 이서는 갈 곳 없는 발걸음으로 무작정 걸었다. 그러다 보이는 편의점 한쪽에 쪼그려 앉았다.

옷에 스며든 빗물은 벙어리 냉가슴 앓고 있는 이서의 가슴을 적셨다. 밤새도록 비를 맞고 걸어도 그 가슴의 생채기는 낫지 않으리란 걸 알기에 두 손으로 가슴을 두들기고 쥐어뜯었다. 하지만 여전히 가슴은 답답했다. 빗줄기가 점점 더 굵어지고 있었다. 때리듯 내리는 빗줄기가 그의 머리와 어깨와 등을 거침없이 두들겨댔다. 마치 정신 차리라며 대신 질책하는 것 같았다.

편의점 문이 열리면서 들리는 사랑 따윈 저버렸다는 '비와 당신'이라는 노래 가사가 애절하게 울려 퍼지며 힘겨운 이서의 마음을 더 아프고 무겁게 만들었다. 하지만 포기가 되지 않았다. 연서는 지금까지 그에게 모든 것이었기에.

"강이서?"

자신의 이름을 부르는 소리에 멍하니 있던 이서가 고개를 들었다. 들고 있는 우산으로 내리던 비를 가려주는 이는 바로 성연이었다. 성연의 존재를 확인한 이서는 다시 고개를 숙였다. 지금은 그녀를 상대해줄 기분이 아니었다.

"우리 집 갈래?"

한참 동안 우산으로 비를 막아주며 기다리던 성연이 한 말에 이서의 입가에 비릿한 미소가 담겼다. 우리 집이라는 단어가 그의 가슴에 콕콕 박혔다. 곧 떠날지 모르지만 아직은 돌아갈 집이 있다는 사실에 감사했다.

"아니, 집에 가야 해."

그럼 자신도 조금만 같이 있어야겠다며 성연도 오랜 시간 그곳에 같이 있었다. 간간이 들리는 음악이 오늘따라 구슬펐다.

비를 흠뻑 맞고 돌아온 이서의 모습에 엄마는 놀라서 이서를 챙겼다. 그리고 그날 생전 처음으로 고열로 밤새 아픈 시간을 보냈다. 어릴 적 꿈도 꾸었다.

꿈에서 그는 안아주고 함께 놀아주는 연서를 다시 만났다. 그 시간이 너무 행복했다. 영원히 꿈에서 깨지 않았으면 좋겠다고 생각하며 꿈속을 헤매고 다녔다.

이서와 이야기할 타이밍을 기다리고 있던 연서는 결국 밤새 그를 간호하다 새벽녘에 겨우 잠들었다. 아침 해가 뜰 무렵 열이 내린 이서가 먼저 눈을 떴다. 침대에 엎드려 잠든 연서의 모습을 발견한 이서는 조심스러운 손길로 연서의 머리를 쓰다듬었다. 그리고 낮게 중얼거렸다.

"미안."

좋아해서 미안. 힘들게 해서 미안. 짜증 내서 미안. 지금 이 모든 상황이 다 미안했다.

부드러운 이서의 손길에 연서가 잠시 뒤척였다. 그러다 이내 살포시 눈을 떴다. 이서의 모습을 확인하고 그의 이름을 낮게 부른다. 깊이 가라앉은 목소리가 허스키하게 울렸다.

"이서야."

그녀의 부름에 이서의 눈동자가 연서를 향했다. 연서는 손을 뻗어 그의 이마를 짚었다.

"다행이다. 열 다 내렸네."

배시시 웃으며 말하는 연서였다. 그러면서 아프지 말라고 한마디 더 보탠다. 노래방에서의 일은 이미 잊은 듯 보이는 연서의 행동에 이서의 마음 한쪽이 알싸하게 아려왔다.

"아프지 마."

밤새 간호해준 그녀의 말에 그저 고개만 끄덕였다. 이서는 죽이라도 좀 가져오겠다며 일어서는 그녀의 손을 잡았다.

"어제……."

어쩌면 이대로 아무 일도 없었다는 듯이 그냥 흘려보내는 게 나을지 모른다. 하지만 이서는 그럴 수 없었다.

"나도 알아."

연서는 이서의 말을 잘랐다. 그래야 할 것 같았다. 그게 최선이라고 생각했다.

"어제 나도 생각 많이 했어."

연서의 말에 이서는 잠시 할 말을 잃었다. 아니라고, 그 말을 하려는 게 아니라고 말하려던 순간 연서가 이서의 손을 밀어냈다.

"이제 누나라고 부르라고 안 할게."
연서는 이서의 얼굴을 돌아보며 살포시 미소 지었다.
"그러니까 사과하지 마."
밀려난 이서의 손이 침대 위에 힘없이 툭 떨어졌다. 연서의 입술이 이서의 이마에 살짝 닿았다가 이내 멀어졌다. 지금 그녀가 보인 행동은 이제 어떤 것도 허락하지 않겠다는 일종의 경고 같은 암시였다.
"굿모닝, 내 동생 강이서."
문이 닫히고 남겨진 이서의 눈에 짙은 절망과 아픔이 고스란히 드러났다. 연서는 남자로 다가서려는 이서를 완벽하게 밀어냈다. 이서에게 동생이라는 단어를 써가며 가족이라고 조심스럽게 알려 주고 있었다. 그걸 깨닫자 뻑뻑하던 눈이 시큰해지고 가슴이 처참하게 무너졌다. 보이지 않은 가족이라는 벽이 이서에겐 너무 높고 견고했다.

긴장으로 깍지 낀 손에 힘이 들어갔다. 십 분 정도 시간이 흐른 뒤 상담실 문이 열리며 비싼 양복을 입고 금테가 둘러진 안경을 쓴 중년의 남자가 들어왔다. 그는 이서가 앉은 맞은편 의자를 끌어당겨 앉았다.
"강이서 군?"
자신의 이름을 부르자 이서는 그저 고개를 끄덕이며 그를 보았다. 낯선 남자였다. 분명 어릴 적 기억이 없다 해도 그가 가족이라는 게 믿어지지 않을 정도로 낯설었다. 남자는 자신을 현덕수라고 소개했다. 이서는 면담 시 서류에 적혀 있던 그 이름을 기억해냈다.

"어릴 적 기억이 없다고요?"

그렇다고 하자, 들고 온 서류가방을 뒤적이더니 사진 하나를 꺼내 보여준다. 젊은 부부의 사진이었다. 자신과 닮은 남자의 모습에 이서는 사진에서 시선을 뗄 수 없었다. 누구인지 묻지 않아도 알 것 같았다. 그런 이서의 모습을 지켜보던 덕수는 이서 부모님 사진이라고 알려주었다.

왜 같이 오지 않았냐는 의문이 담긴 이서의 시선에 덕수는 잠시 표정이 진지해졌다.

"9년 전 교통사고로 두 분 모두 사망하셨습니다."

이서는 두 눈을 질끈 감았다. 겨우 가족을 찾았다고 생각했는데, 마지막 희망의 끈이 떨어졌다. 이서가 연서네 집에 와서 살며 친부모를 기다리며 만나는 날을 기다렸던 시간이 허무하게 무너져 내렸다.

"이서 군, 두 분은 안 계시지만 할아버님이 기다리고 계십니다."

"할아버지요?"

누군가 저를 기다리고 있다는 사실에 이서의 얼굴이 밝아졌다.

"네. 지금 이서 군을 기다리고 계십니다."

"오늘 여기 오셨나요?"

"아니요. 오실 수 없으십니다. 그분은 지금 미국에서 이서 군이 직접 오길 기다리고 계십니다."

"미국…… 이요?"

생각지도 않았던 단어에 잠시 당황했다.

"네. 지금 건강이 좋지 않으셔서 장거리 여행이 불가능하십니다. 그래서 이서 군이 만나러 오길 바라고 계십니다. 당장 비행기를 탈 수 있게 준비해놓았습니다."

"잠깐만요. 생각할 시간을 좀 주세요. 지금 가족들한테도 말해야 하고……."

"아, 걱정 안 해도 됩니다. 그동안 이서 군을 보살펴준 보답으로 섭섭지 않게 지불할 겁니다."

보답을 지불해?

이서는 그 말에 메말라가는 낯설고 딱딱한 느낌과 동시에 불쾌해졌다.

"할아버님이 많이 기다리고 계십니다. 오랜 시간 동안 애타게 찾으셨습니다. 그리고 지금 건강이 꽤 안 좋습니다. 하루라도 빨리 갈 수 있게 출국 준비 해놓겠습니다."

가족이었다. 자신에게 연서와 엄마는 가족이었다. 하지만 처음부터 엄마는 진짜 가족을 찾을 때까지라고 했었다. 이제 그 약속이 깨어질 시간이 다가왔다는 걸 알면서도 이서는 쉽게 놓을 수 없었다.

"잠깐만요. 저도 정리가 필요해요. 조금 더 생각해보고 연락드릴게요."

자신의 명함을 주며 빠른 시간 내에 연락을 달라는 덕수에게 인사를 하고 이서는 밖으로 나왔다. 명함엔 비서실장이라는 직함이 있었다. 이서는 대충 주머니에 구겨 넣었다. 뜨거운 땅에서 아지랑이가 피어오르고 있었다.

어느새 방학이 되고 연서와 경민은 친구들과 함께 경민이 이야기했던 청학마을에 위치한 유치원 수영장에 도착했다. 이서 역시 친구들 몇 명과 함께 동참했다. 누가 연락했는지 성연도 함께 따라 왔다. 유치원이라고 해서 별 기대 하지 않았었는데 어마어마하게 큰 수영장 시설에 다들 엄청 신기해했다.

"모르는 사람이 보면 네가 연서 언니 남자친구인 줄 알겠다."

집요하게 연서만 보는 이서에게 한마디 던지는 성연의 말에도 이서는 연서를 보던 시선을 거두지 않았다. 경민과 물 분수 위에서 뭔가 열심히 이야기하던 연서가 주위를 둘러보다가 이서와 눈이 마주쳤다.

자신을 보고 있는 이서의 시선이 불편한지 연서는 이내 고개를 돌려버린다. 곧바로 발아래에서 물줄기가 솟구쳐 올라오자 연서는 놀란 듯 폴짝 뛴다. 그러자 경민이 웃으면서 연서의 손을 잡아준다. 맞잡은 손 위에 물이 계속 튀었다. 연서의 웃음소리가 멀리 있는 이서의 귀에 선명히 울렸다. 외면당하니 마음이 아팠다.

"저 두 사람 정말 잘 어울리지? 이서야, 우리도…… 어?"

저기 가서 놀자고 하려던 순간 이서가 벌떡 일어나더니 먼저 성큼성큼 걸어가고 있었다. 성연은 재빨리 이서를 따라 움직였다. 연서는 물을 손으로 누르거나 발로 밟으면서 즐기다가 이서와 성연이 다가오자 하던 행동을 멈췄다. 이서 곁에 있는 여자아이에게 연서의 시선이 자연스럽게 멈췄다.

그녀는 이곳에 도착해서 최성연이라고 자신의 이름을 말하며 이서를 좋아한다고 당당하게 밝혔다. 친구들의 야유에 오히려 응원해달라 말하는 그녀가 당당하고 멋있어 보였다. 이서도 딱히 성연을 싫어하지 않는지 별다른 말이 없었다.

연서는 성연이 자꾸 시선이 가고 신경이 쓰였다. 아마도 동생

이서의 진짜 여자친구가 될 수도 있는 사이라서 그럴지 모른다고 생각하며 스스로를 납득시켰다.

"언니, 우리도 같이 놀아요."

물줄기가 점점 더 거세지고 모두 물에 흠뻑 젖었다. 비키니를 입고 그 위에 얇은 카디건을 입은 연서의 몸이 고스란히 드러났다. 성연 역시 몸에 착 달라붙은 카디건 때문에 예쁜 몸매가 꽤나 매력적으로 드러났다. 이서가 자신을 봐주기를 바라는 성연은 젖은 카디건을 벗었다. 하지만 이서는 성연에게 시선조차 주지 않았다. 질투가 날 정도로 그의 눈은 연서에게만 향해 있었다.

시스터 콤플렉스인가? 성연은 이서와 연서를 번갈아 보았다. 이서의 시선에 잠깐씩 고개를 돌렸다가 이내 경민에게 시선을 돌려버리는 연서. 한 치의 흐트러짐도 없이 연서만 보는 이서. 성연은 그런 이서의 행동을 보는 내내 처음으로 기분이 알싸하게 나빠졌다.

물을 새로 교체하는 30여 분의 시간 동안 허기를 채우고 쉬다가 수영장으로 모두 함께 들어갔다. 수영을 잘하는 친구들은 맨몸으로, 연서처럼 수영을 못하는 사람은 튜브를 하나씩 챙겼다. 경민은 연서 곁에 서서 다른 사람들을 계속 막아주고 있었다. 지금 있는 곳은 가슴까지 오는 물높이라 위험하지 않았지만 조금 안쪽은 꽤 깊은지 경고문이 붙어 있었다.

경민이 발차기하는 방법과 잠수하는 방법까지 줄줄이 알려줬지만 연서는 물 자체가 무서웠다. 자신 때문에 친구들과 놀지 못하는 경민에게 혼자 발차기 연습 한다며 좀 놀다 오라고 해도 경민은 괜찮다며 계속 곁에 붙어 있었다. 옆에 있으면 연습이 잘 안된다고 핑계를 대자, 그때서야 경민은 잠시 다녀오겠다며 자리를 비웠다.

연서는 튜브를 옆에 두고 발차기 연습을 계속했다. 그러다 옆에 두었던 튜브가 조금씩 떠내려가는 것을 뒤늦게 발견했다. 연서는 튜브를 잡기 위해 천천히 따라갔다. 하지만 물살과 여기저기서 헤엄치며 지나가는 사람들 때문에 쉽게 잡을 수 없었다. 그러는 사이에 점점 물의 높이가 올라가고 있었지만 연서는 깨닫지 못했다.

겨우 튜브를 잡을 수 있는 거리가 됐을 때 갑자기 다리에 쥐가 나면서 연서의 몸이 휘청거리며 흔들렸다. 중심을 잡고 곧바로 튜브를 잡으려던 손을 뻗었지만 튜브는 또다시 멀어져 갔다. 조금만 더 잡으면 되겠다는 생각에 연서가 막 움직이려던 그때, 누군가 물살을 뿌리며 헤엄쳐 지나갔다. 그 탓에 몸의 중심을 잃은 연서는 그대로 물속에 빠졌다.

물이 입 속으로, 콧속으로, 그리고 뜨고 있던 눈으로 고스란히 밀고 들어왔다. 눈을 감고 숨을 참고 허우적거리며 물 밖으로 나오려고 했다. 하지만 땅에 닿지 않는 발에 쥐가 났다. 밖으로 나오려고 애쓰면 애쓸수록 점점 더 몸에 힘이 들어가면서 가라앉았다. 마치 물이 그녀가 물속에서 나가지 못하게 붙잡고 있는 것 같았다.

'살려줘, 이서야. 이서야.'

연서는 외쳤다. 하지만 외침은 입 속에서 맴돌 뿐, 살기 위해 잠시 쉬었던 숨을 타고 들어온 물이 그녀의 몸속에 들어 있던 공기를 빼어갔다. 점점 의식이 희미해져 갔다. 희미해져 가는 의식 속에 이서가 그녀를 보며 웃고 있었다. 죽는다고 생각하니 이상하게 이서만 생각났다. 하지만 이제 감고 있는 눈에 이서조차 점점 희미해지며 멀어지고 있었다. 가지 마, 이서를 붙잡고 싶어 손을 뻗었다. 하지만 잡히는 건 없었다. 그렇게 연서는 의식을 잃었다. 누군가 연서의 팔을 끌어당겼지만 이미 연서는 깜깜하고 깊은 어둠의 나락으로 빠져든 후였다.

팔에 매달려 아이스크림 사달라고 졸라대는 성연과 함께 매점에 다녀오던 이서의 눈은 연서를 찾았다. 하지만 많은 사람들 중에 연서와 똑같은 흰색 수영모자는 너무 많았다. 경민을 먼저 찾으면 연서의 모습도 쉽게 찾을 수 있을 거라 생각했다. 하지만, 친구들과 놀고 있는 경민을 발견한 순간 이서는 미간을 좁혔다. 그리고 재빨리 혼자 있는 흰색 수영모자만 훑었다.

연서가 수영을 못한다는 걸 알지만 경민이 같이 있으면 괜찮을 거라고 안일하게 생각했다. 하지만 위험구역에서 발견한 연서를 보는 순간 이서는 이성을 잃었다. 수영장까지 뛰어가는 동안 휘청거리던 연서의 모습이 결국 물속으로 사라졌다가 잠시 머리만 보이길 반복했다.

제길! 하필이면 안전요원도 이제야 연서의 모습을 발견했는지 호각을 불면서 달려오는 게 보였다.

풍덩 소리가 나고 이서는 거친 물결을 일으키며 미친 듯이 움직였다. 사람들을 헤치고 물속을 달렸다. 하지만 걸어가며 물을 헤치고 나가는 시간은 너무도 길었다. 온갖 욕지거리가 입 안에서 맴돌다 사라졌다. 물이 깊어지며 사람들이 뜸해지자 헤엄치기 시작했다. 그녀에게 조금이라도 더 빨리 닿기 위해 이서는 미친 듯이 팔을 휘저었다.

미칠 것 같았다. 이대로 연서가 잘못될까 봐 심장이 쪼그라들었다. 제발 무사해. 그것만 바라며 이서는 나아갔다. 그리고 마침내 바닥으로 가라앉기 시작하는 연서의 팔을 잡을 수 있었다. 하지만 늦게 도착한 탓에 이미 의식이 없는 연서를 끌어안고 '연서야, 연서야.' 불렀지만 연서는 축 늘어져 있을 뿐이었다.

연서를 데리고 밖으로 나온 이서는 수영 다니면서 배웠던 심폐소생술을 다급하게 시작했다.

'제발. 연서야, 안 돼. 네가 원하면 평생 동생으로 살게. 그러니까 제발 죽지 마.'

이서는 미칠 것 같은 심정으로 그녀를 살리기 위해 손을 부지런히 움직였다.

평소 그렇게도 키스하고 싶어 미칠 것 같던 입술에 호흡을 불어넣고, 늘 안아줄 때 닿던 가슴을 두 손으로 압박했다. 그 작업을 여러 번 반복하는 동안 주위에서 119에 연락하고 자동제세동기를 챙겨서 달려왔다.

뒤늦게 알고 물에서 나온 친구들과 경민은 경악하며 그 자리에서 움직이지 못했다. 특히 그녀 혼자 남겨둔 채 친구들과 놀고 있었던 경민은 심한 충격을 받았다. 아주 잠깐이었다. 그사이에 그녀가 이렇게 될 거라곤 전혀 생각해본 적이 없었다. 분명 깊지 않은 물이었고 튜브까지 갖고 있었기에 안전할 거라고 안일하게 생각하고 있었다.

'쿨럭.' 기침 소리가 나면서 마침내 연서가 깨어났다. 연서는 자신이 깨어나자 괜찮은지 묻는 안전요원들과 놀란 얼굴로 자신을 보고 있는 경민과 친구들, 그리고 주위에서 그녀를 걱정스런 시선으로 보고 있는 사람들을 볼 수 있었다.

그리고 마지막으로 불안함과 두려움, 그리고 울 것 같은 표정을 짓고 있다가 이제야 멍하니 그녀를 바라보는 이서를 보는 순간 연서는 죽지 않고 살아서 다행이다, 라는 생각을 했다.

이서가 울고 있었다. 그 눈물이 연서의 가슴에 스며들었다. 이서의 눈물은 연서에게 아픔이 되어 그녀까지 아프게 만들었다. 손을 들어 이서의 볼에 흐르는 눈물을 훔쳤다.

"울지 마."

그녀의 말에 이서는 그저 고개를 끄덕였다. 일어날 수 있겠냐는 안전요원의 말에 천천히 일어나 앉았다. 구급차가 도착했는지 들 것을 들고 오는 사람들이 보였다. 혹시 모르니 병원에 가라는 안전요원의 말에, 연서는 괜찮다며 일어섰지만 휘청하며 몸이 흔들렸다.

경민이 그녀를 향해 손을 뻗었지만 곁에 있는 이서가 더 빨랐다. 연서를 안은 이서의 시선이 경민을 향해 지독한 맹독을 뿜고 있었다. 차갑고 냉정한 시선에 흠칫 놀란 경민은 뻗었던 손을 다시 거둬들였다. 마치 자신의 것을 지키는 살모사 같은 그의 모습에 다들 아무 말도 못 했다.

"가자. 병원."

이서의 말에 연서는 알았다는 듯이 고개를 주억거렸다. 그리고 친구들에게 자신은 괜찮으니 걱정 말고 놀고 있으라고 말하며 구급차에 올랐다. 같이 병원에 갈 사람은 타라고 하자, 경민과 이서가 함께 차에 올랐다. 그사이 지애는 연서의 핸드폰을 챙겨 경민의 손에 쥐여주었다. 그들이 수영장으로 돌아오지 못할 것을 지애는 이미 예상하고 있었다.

구급차가 떠나고 난 자리에 함께 서 있던 성연은 충격받은 표정으로 서 있었다.

"저기, 언니."

성연은 수영장 안으로 들어가던 지애를 붙잡았다.

"혹시 이서랑 연서 언니……."

"이서랑 연서가 왜?"

성연은 순간 자신이 느낀 것을 입 밖으로 꺼내기 무서워졌다. 말도 안 된다는 걸 알면서도 이서의 행동을 보는 내내 성연은 그 생각을 떨쳐낼 수 없었다.

"아, 아니에요."

자신이 생각하기에도 그 생각이 너무도 터무니없어서 성연은 이내 아니라 말하고 지애를 따라 수영장 안으로 들어갔다.

병원에서 각종 검사를 마친 연서는 하루만 입원해서 경과를 지켜본 뒤 퇴원하라는 의사의 말에 입원했다. 자신 때문에 친구들이 제대로 못 놀면 어쩌나 하는 그녀에게 알아서 다들 잘 놀고 있다는 지애의 문자가 도착했다.

연서는 경민에게 이서가 있으면 되고, 곧 엄마도 오실 테니까 걱정 말고 다시 수영장으로 가라고 했다. 하지만 경민은 쉽게 자리를 뜰 수 없었다. 자신의 방관으로 죽을 뻔한 연서에게 미안하기도 했고, 자신을 죽일 듯이 쳐다보는 이서 때문에도 발이 떨어지지 않았다.

"연서야, 미안. 내가 곁에 있었어야 하는데……."

"아냐, 경민아. 네 탓 아니야. 내가 잘못한 거야. 튜브를 놓친 건 내 탓이야. 그러니까 마음에 두지 마. 응?"

결코 그가 잘못한 건 없었다. 수영을 못하면서 깊은 곳으로 간 자신 탓이었다.

"그래도 내가……."

"경민아, 자꾸 그러면 나, 앞으로 너 못 봐. 이번엔 그냥 사고였어. 누구 탓도 아니야. 그러니까 그냥 잊어버려. 응? 나 이제 괜찮아."

자꾸 자신 탓을 하는 경민에게 연서는 싱긋 웃어주었다. 그의 잘못이 아니다. 튜브를 놓치고 겁도 없이 그걸 좇아 깊은 물 쪽으로 간 자신의 탓이었다. 연서는 지금 자신이 멀쩡하게 살았다는 게 더 중요하다며 오히려 경민을 위로했다. 정말 경민이 미안해할 일이 아니었다.

"나 퇴원하면, 맛있는 거 사줘. 응?"

"맛있는 건 얼마든지 살게."

결국 엄마가 도착하고 나서야 경민은 병실을 나섰다. 친구들은 이미 수영장을 정리하고 있다는 연락이 왔다. 엘리베이터가 1층 로비에 도착하자, 때마침 세면도구를 사들고 오는 이서와 마주쳤다.

"아까 고마워."

"뭐가?"

연서를 구해줘서 고맙다고 하자 이서의 미간이 심하게 일그러진다.

네가 왜 고마워?

이서의 입가가 틀어졌다. 그리고 이내 이야기 좀 하자며 경민을 부른다. 때마침 확인하고 싶은 게 있던 경민은 그를 따라 옥상으로 올라갔다.

낮과 달리 해가 지고 있는 저녁은 조금 선선했다. 경민은 그동안 계속 직감적으로 이서를 경계하고 있었다. 그래서 오늘은 묻고, 확인하고 싶은 게 있었다.

하지만 경민의 얼굴에 말보다 주먹이 먼저 날아왔다. 퍽 소리가 나며 얼굴에 심한 충격을 받고 바닥에 그대로 넘어졌다.

"연서 잘못됐으면 너 나한테 오늘 죽었어!"

낮게 으르렁거리듯 뱉어내는 이서의 말에 경민은 바닥에 넘어진 채 픽 웃고 말았다. 이런 기분이었구나. 그걸 직접 느끼자 경민은 맞은 얼굴보다 가슴이 시큰하게 아팠다.

경민이 웃자 이서는 확 구겨진 얼굴로 그의 멱살을 잡고 다시 주먹을 들었다. 낮게 욕설을 뱉어내는 이서의 이글거리는 눈을 경민은 피하지 않고 똑바로 마주 보았다.

"너, 연서 좋아하지?"

꽉 틀어진 주먹이 허공에 멈췄다. 꽉 다물어서 고집스러워 보이는 이서의 턱이 톡 불거졌다.

"누나가 아니라 여자로."

경민은 자신을 때리려면 그냥 때리라는 듯 자신의 얼굴을 그대로 내민 채 이서의 표정을 보았다. 아니길 바랐는데 이서의 표정을 보자, 답이 나왔다.

"무슨 개 같은 소리야?"

멈춘 손이 부들부들 떨리고 있었다. 그의 감정이 그대로 주먹에 드러났다. 예측이 틀리지 않았다는 사실에 가슴이 서늘해졌다.

"처음 본 그날부터 알았어. 연서를 보는 네 눈."

이제 생각해보니 그랬다. 처음부터 연서를 보는 이서의 눈빛은 가족을 보는 눈이 아니었다. 늘 이서의 눈은 자신의 여자를 뺏어가는 사람을 보듯 경민을 경계하고 있었다. 등골이 서늘할 정도로 오싹한 그 눈동자가 뭘 뜻하는지 이제야 깨달았다. 정말 어이없게도 가족이고 그녀의 동생이기도 한 그가 연서를 여자로 보고 있었다는 사실이 소름 끼쳤다.

"……"

갈등하는 이서의 눈빛에 경민은 담백하게 말을 이어갔다.

"아니라고 해봐, 그럼."

"……"

아니라고 말해야 하는데 할 수 없었다. 그가 진실을 보고 있었기에 이서의 눈동자가 심하게 흔들렸다.

"미친 건 내가 아니라, 너야. 알아? 이제라도 그만둬. 결국 상처받는 건 너야. 강연서 동생 강이서."

또박또박 말하며 이서의 눈을 똑바로 보자 이서가 결국 시선을 돌리며 잡았던 멱살을 놓고 일어섰다. 그의 입에서 뜻하지 않은 대답이 나왔다.

"그래서 그게 무슨 문제가 되는데?"

반항하듯 말하는 이서의 표정에서 마지막 발악이 느껴졌다.

"뭐?"

"내가 연서를 여자로 보는 게 어때서?"

뱉어내듯 말을 꺼내는 이서였다. 그러면 안 된다는 걸 더 잘 알면서 마지막 발악하듯 꺼낸 말이기도 했다.

"정말 너……. 연서는 알아? 네가……."

그녀가 알고 있다면 차라리 덜 괴롭겠지. 급속도로 어두워지는 이서의 표정에서 경민은 이미 답을 얻었다. 아직은 괜찮은 것이다. 지금이라도 이서가 완전히 마음을 접어야 한다 생각했다. 어차피 자신이 끼어들지 않아도 둘은 절대 이루어질 수 없다는 걸 알려줘야 했다.

"힘들겠지만 마음 정리해. 나중에 연서가 알게 되면 어떻게 될까? 연서가 과연 널 받아들일까? 아마 널 받아들이기는커녕 피하기 바쁘겠지. 그리고 너 때문에 괴로워하겠지. 네가 동생이니까. 연서가 괴로워하는 모습 지켜볼 수 있어? 또 넌 그런 연서를 지켜보면서 견딜 수 있을까?"

"……."

"강이서, 제발 부탁한다. 지금 네 감정 절대 누구에게도 드러내지 마라. 특히 연서에겐. 충격이 클 거야. 나처럼 다른 사람들이 알게 되기 전에 마음 정리해. 그게 연서를 위하는 길이야. 네 욕심 때문에 연서를 망치지 말아줬으면 좋겠어."

"……."

충격을 받은 듯 이서가 그 자리에 털썩 주저앉았다. 그런 그의 모습이 경민의 눈에 안타깝게 다가왔지만 손을 내밀지는 않았다. 그가 혼자서 이겨내고 극복하고 깨우쳐야 할 문제였다.

이서도 참 어리석었다. 하필 많은 사람 중에 가족이자 누나인 연서를 좋아하게 되었는지.

"연서가 무사해서 다행이다. 내가 안일했어. 오늘 사고 너에게도 미안하다."

마지막 말을 뱉어내듯 말한 경민은 깊은 한숨을 쉰 뒤 그 자리를 벗어났다.

틀린 게 없었기에 경민의 말에 아니라고 반박할 수가 없었다. 점점 어두워지는 하늘을 보던 이서의 눈에서 한 줄기 눈물이 소리 없이 흘러내렸다.

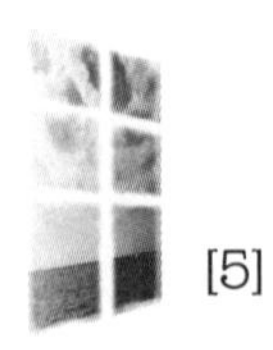

[5]

퇴원하고 며칠이 지난 어느 날이었다. 학원에 갔다 돌아온 연서는 집 안에 들어가자마자 분위기가 평소와 다르다는 것을 알았다. 거실엔 이서와 낯선 남자 한 명이 같이 앉아 있었다. 연서 뒤에 들어오던 엄마는 미리 연락을 받았는지 별로 놀라지 않았다.

낯선 남자는 엄마와 연서를 보더니 자리에서 일어나 예를 갖추며 인사를 했고, 엄마는 연서에게 방에 올라가서 쉬라고 한 뒤 인사를 하며 거실로 향했다. 연서의 눈이 낯선 남자와 등을 보이고 앉아 있는 이서에게로 향했다. 자신이 들어왔는데 뒤돌아보지 않은 이서의 행동에 서운함을 느끼며 연서는 계단을 올라 방으로 향했다.

후덥지근한 공기가 가득 찬 방 안에 가방을 내려놓고 창문부터 열었다. 뜨거운 햇볕이 쏟아져 들어오면서 방 안은 찜통보다 더워지고 있었다. 곧바로 선풍기를 켰지만 더운 공기만 회전되는 탓에 그다지 시원함을 느낄 수 없었다.

똑똑.

노크 소리가 들리고 이내 문이 열렸다.

"뭐야?"

하얀색 털에 핑크색 리본을 단 커다란 곰 인형이 문을 밀고 들어오자 연서는 털이 닿으면 더울 것 같아 재빨리 옆으로 피하며 뒤에 들어오는 이서를 향해 고개만 쏙 내밀었다. 이서의 얼굴을 보자마자 아까의 서운함이 쏙 사라졌다.

"선물."

"무슨 선물?"

연서는 얼떨결에 곰 인형을 품에 안았다. 털이 보송보송한 게 느낌이 좋았지만 더 안고 있으면 더울 것 같아 침대에 내려놓았다. 침대 절반을 차지하는 곰 인형의 표정이 착해 보였다. 이서처럼.

"나 없는 동안 대신 같이 자."

없는 동안이라는 말에 어디 가는지 묻자 잠시 침묵이 이어졌다. 그리고 이내 이서가 환하게 웃었다. 이상하게 그 미소가 순간 가슴에 저미듯이 스며들었다.

"가족 찾았어."

이서가 가족을 찾았다는 말에 기뻐하며 축하해줘야 하는데 갑자기 멍해지고 아무 생각도 나지 않았다.

"미국에 할아버지가 계신대. 만나 뵙고 올게."

"다시…… 오는 거지?"

서운해하는 연서의 반응에 이서의 입가에 미소가 고인다.

"응. 당연히 올 거야."
"잘됐다. 가족 찾아서."
연서는 이서가 가족을 찾아 멀리 미국까지 간다는 말에 시무룩했지만, 이내 다시 돌아올 거라는 말에 밝게 웃었다. 이서와 영영 남이 되어 볼 수 없을까 두려웠다.
부모님이 모두 돌아가셨다는 말에 연서가 울컥했다. 눈물을 삼키며 겨우 참고 있는데, 이서의 표정을 보는 순간 결국 참지 못하고 눈물이 봇물 터지듯 마구 쏟아졌다.
연서가 울어버리자 이서는 그저 그녀를 품에 안고 다독여줄 뿐, 정작 자신은 울지 않았다. 이서가 더 아프고 힘들 텐데. 앞에서 먼저 울어버린 연서는 미안한 마음에 이서에게 배시시 웃으며 이서의 등을 쓸어주었다.

그리고 미국으로 떠나기 하루 전이었다. 연서는 이서가 진짜로 떠나는구나 생각하자 먹먹해졌다. 아쉬운 마음에 연서는 이서에게 오늘 같이 밤을 새자고 했고 이서 역시 잠이 올 것 같지 않다며 그녀의 방 침대 아래에 기대 앉아 밤새 추억 속 이야기꽃을 피웠다.
어릴 적 이서가 친구한테 맞고 왔을 때 연서가 가서 응징했던 일이며, 둘이 함께 텔레비전에서 보여준 무서운 영화를 보고 밤새 무서워서 잠 못 들었던 기억, 그리고 함께 만든 꽃 화환을 쓰며 어른들처럼 결혼식 흉내를 내고, 장난감 살림도구를 꺼내와 소꿉놀이를 했던 추억까지. 이야기는 끝도 없었다. 그렇게 아쉬운 밤이 지나고 해가 뜰 무렵이었다.

"연서야……."

해가 뜨면서 점점 눈이 감기던 연서는 이서의 어깨에 고개를 기대고 있었다. 그러다 결국 잠이 들었었다. 이서는 잠든 연서를 침대에 잘 뉘어주었다. 그리고 그녀의 반듯한 이마와 단아한 콧등, 보드라운 볼, 마지막으로 붉은빛이 감도는 그녀의 입술에 차례대로 입을 맞췄다. 연서는 이서의 입맞춤에도 깨지 않았다. 동화 속 공주라면 바로 깼을 텐데. 아쉽게도 연서의 눈은 그대로였다.

"굿바이, 누나."

처음이자 마지막으로 연서에게 누나라는 호칭을 쓰며 안녕을 고했다. 다시 돌아올 때 이서는 그녀의 동생이 아닌, 타인으로 돌아올 생각이었다. 그녀와 가족으로서의 인연은 여기까지였다. 그래야 했다. 연서를 갖기 위해 가족이라는 울타리를 벗어나야 했다. 이서는 잠든 연서를 오래도록 눈에 담았다. 정작 전하고 싶었던 사랑한다는 말은 가슴에 담고, 이서는 연서의 방을 나왔다.

오후에 잠에서 깬 연서는 이서가 떠나는 걸 보지 못했다. 왜 깨우지 않았냐고 엄마에게 투정도 부렸지만 이서가 마지막 인사는 어제 했다고 괜찮다고 깨우지 말라고 했단다. 미국 갔다가 나중에 다시 돌아올 건데 뭐가 문제냐고 하는 엄마의 말에 연서는 '아! 몰라!'라는 말과 함께 신경질 내며 자신의 방으로 올라갔다. 방엔 침대 위를 덩그러니 차지하고 있는 곰 인형이 그녀를 반기고 있었다.

연서는 자꾸만 눈물이 났다. 이서가 보고 싶었다. 마지막으로 가는 모습까지 모두 보고 싶었는데, 결국 보지 못하고 떠나보냈다는 사실에 마음이 지끈거리고 아팠다. 창문으로 보이는 하늘엔 구름 한 점 없이 맑았다.

"그래도 다행이네."

이서가 탄 비행기가 하늘 어딘가에 있을 텐데, 하늘이 맑아서 미국까지 무사히 잘 도착하겠지. 이서가 도착하면 연락이 올까? 혹시 안 오면 엄마도 걱정할 텐데. 연서는 그렇게 이서가 미국에 도착해 연락 올 때까지 아무것도 할 수 없었다.

오전에 출발한 이서의 전화는 늦은 밤이 되어서야 왔다. 잘 도착했으면 됐다며 말하는 엄마의 옆에서 기다렸다가 넘겨받은 수화기 너머 이서의 목소리가 반갑다.

"이서야, 잘 도착했어? 어때? 안 피곤해?"

-응. 괜찮아.

시차 적응하기 힘들 텐데 이서는 연서에게 그저 괜찮다 말한다.

"할아버지 잘 만나고 꼭 돌아와야 해. 응?"

-어. 나 없는 동안 곰돌이 잘 껴안고 자.

"더워. 걘 털이 많아서 겨울에나 필요해. 지금 껴안고 자면 나 더워 죽을지 몰라."

-쿡. 알았어. 그럼 내가 보고 싶을 때마다 대신 봐.

쿡쿡 웃는 소리에 웃고 있을 그의 모습이 상상되었다. 당분간은 못 볼 거라 생각하니 찡한 마음에 울적해졌다. 벌써 보고 싶다.

"응. 빨리 돌아오기. 약속?"

-응. 벌써 보고 싶어지네.

보고 싶다고 말하는 이서의 목소리에 연서의 입가에 살포시 미소가 잡힌다. 나도 너 무척 보고 싶어. 아직 하루도 지나지 않았는데 너무 그립다, 이서야.

"나도, 보고 싶어."

이서 뒤에서 그만 가야 한다는 현 비서의 말이 수화기를 통해 들렸다. 이서는 다시 연락할게, 라는 말을 남기고 전화를 끊었다. 이서의 목소리가 아직도 귓가에 울리는 것 같다 생각하며 연서는 전화를 끊었다.

엄마도 이서가 떠난 게 섭섭한 모양인지 눈가에 살짝 고였던 눈물을 훔치더니 가게로 내려가셨다. 그러나 금방 다시 돌아올 것 같았던 이서는 그 후 전화 연락조차 없었다.

여름방학은 끝이 났다. 이서와 함께 등교하던 학교는 연서 혼자 다녀야 했고, 아이들도 이서가 학교에 나오지 않는 이유가 궁금한지 연서를 찾아왔다. 연서는 그냥 미국 친척집에 갔다는 말만 할 뿐, 자세한 이야기는 하지 않았다.

매일 밤 이서가 주고 간 곰 인형에게 말을 걸었다. 이서는 언제 와? 이서 잘 있어? 이서 무슨 일 있는 건 아니지? 혹시 이서와 연락되면 말 좀 전해줘. 보고 싶다고. 연락 좀 하라고.

말을 걸어도 하얀 곰 인형은 묵묵히 듣기만 했다. 그렇게 시간이 흘렀다. 연서는 이서의 빈자리가 너무 커서 자꾸만 이서 방에 가서 이서가 쓰던 책상에 앉아보고, 평소 이서가 즐겨 읽던 책을 손으로 쓰다듬어보기도 했다. 점점 이서에 대한 그리움이 짙어졌다.

시간이 흐를수록 그에 대한 감정이 다른 감정이라는 것을 깨달았다. 그리움이 더 깊어질수록 연서는 곁에 이서가 없으면 안 된다는 걸. 늘 곁에 있었기에 몰랐던 이서의 자리가 더없이 크게 느껴졌다. 그와 더불어 이서를 향한 저의 마음 또한 깊어지고 있었다.
어서 빨리 얼굴을 보고 말하고 싶었다. 널 좋아한다고.

그렇게 이서가 돌아오지 않은 채 시간은 계속 흘러가고 있었다. 추석이 되어도 이서는 돌아오지 않았다. 알록달록했던 낙엽이 메말라 하나둘씩 떨어지고, 추운 겨울이 되려 하는 가을이 끝나가는 10월의 마지막 날이었다.
집 앞까지 같이 온 경민이 이제 3학년이 되니까 공부도 열심히 해서 같은 대학 가자며, 연서에게 선물을 하나 내밀었다. 연서는 경민이 내민 선물을 보고 잠시 당황했다. 경민에게 좋아한다는 고백도 받았었다. 하지만 아직은 남녀가 아닌 친구로 지내자며 거절했었다. 그것도 두 번이나. 그런데 오늘 준 선물은 예쁘게 반짝이는 반지였다. 눈부시게 예쁜 반지에서 시선을 뗀 연서의 눈이 경민을 향했다.
"경민아, 난 이거 못 받……."
"알아. 지금은 그냥 갖고만 있어. 대학 같이 가서 그때 다시 고백할 테니까 그때 마음이 바뀌면 껴줄래?"
고개를 저으며 밀어내는 연서의 반응에 경민은 참담했지만 결국 인정할 수밖에 없었다. 두 사람의 서로에 대한 마음을. 하지만 이서가 끝까지 돌아오지 않는다면, 그 자리 연서의 옆에는 자신이 있을 것이라는 것만은 확신했다.
연서는 이제 자신의 마음을 확실히 알고 있었다. 분명 경민은 좋은 사람이었다. 하지만 연서의 마음에 이미 이서가 가득 차서 경민을 받아줄 공간이 없었다. 늘 이서의 그림자가 연서의 마음을 완전히 가리고 있었다. 처음 만났을 때부터 지금까지 변함없이 저만 보는 경민의 고백은 연서를 곤란하게 만들었다.

"열 번은 찍어야 한다는데…… 이제 겨우 두 번이야. 아직 여덟 번이나 남았어. 하하, 네가 언젠가 날 남자로 보게 되면 그때 껴도 돼. 하지만 그때가 너무 멀지 않았으면 좋겠어."

남자라면 열 번 찍어 안 넘어가는 나무 없다는 속담처럼 연서에게 열 번은 고백해보고 차이면 그때 마음 정리하겠다고 농담처럼 말하며 경민은 부드러운 미소를 지었다. 미안한 마음 탓인지 연서의 작은 어깨가 더욱 움츠러들었다.

"미안…… 미안해."

"네가 왜 미안해. 내가 미안하지. 쉽게 포기가 안 돼서 미안."

고개를 숙인 연서의 어깨가 너무 안쓰러워 보여 경민은 손을 뻗어 그녀를 안아주었다. 예상보다 더 크게 이서의 자리가 연서를 붙잡고 있었다. 그래서 따뜻하게 안아주는 경민의 가슴이 더 아프게 느껴졌다. 연서는 거부하지 않고 경민의 품에 잠시 고개를 묻은 채 눈을 감았다.

그리운 이서를 떠올리자 눈물이 주르륵 흘러내렸다. 정말 너무 그립고 너무 보고 싶었다. 강이서, 너 도대체 어디 있니? 언제 돌아올 거야?

지끈! 가슴에 통증이 지나갔다.

그리움이 원망이 되기 전에 돌아와줘. 지쳐서 포기하기 전에.

하지만 그날 연서는 한국에 돌아오자마자 달려오던 이서가 그 모습을 지켜보다가 말없이 그 자리를 떠났다는 걸 알지 못했다. 그리고 버스를 타고 떠나는 경민에게 인사를 하고 집으로 돌아오던 도중 횡단보도에서 교통사고가 난 것을 뒤늦게 알았다.

경민을 배웅하러 갈 때부터 조금씩 내리기 시작한 비가 어느새 굵어져 도로에 뿌려진 사고 피해자의 피를 조금씩 씻어내고 있었다. 다친 사람은 구급차에 실려 갔는지 뒤처리하는 경찰들과 사람들의 모습만 보였다.

이상하게 연서는 그 자리에서 쉽게 떠날 수 없었다. 어쩐지 빗물에 씻겨 사라지는 핏자국을 보는데 자꾸만 가슴에 통증이 느껴졌다. 알 수 없는 끌림에 연서는 움직일 수 없었다.

사고 정리가 끝나고 경찰과 모여 있던 사람들이 모두 그 자리를 떠났지만 연서는 여전히 그 자리에서 움직일 수 없었다.

그날 비는 밤새 내렸다.

9년 후.

깊은 한숨을 쉬며 모니터를 노려보던 연서는 결국 두 눈을 질끈 감았다. 미칠 지경이다. 엑셀 수식과 함수를 다 뒤졌다. 하나씩 다시 봐도 어디서부터 꼬였는지 자꾸 오답이 나왔다.

"강 주임, 왜 그래?"

회사 입사 선배인 홍 대리가 와서 도와주려고 몇 번 데이터를 훑어보더니 이내 혀를 끌끌 차며 뒤로 물러선다.

"이거 많이 힘들겠네. 아예 새로 만들지 그래?"

"홍 대리님, 이거 만드는 데 일주일 걸렸어요. 차라리 저보고 죽으라고 하는 게 빠를걸요."

"그럼 경리과 친구 지애 씨한테 부탁해봐."

"벌써 했어요. 세금 신고 때문에 요즘 정신없대요."
"이거 언제 보고 올리는 거야?"
"이번 주 금요일까지요."
"헐. 잘해봐. 나도 일을 해야 해서."
결국 홍 대리조차 도와주는 건 포기하고 자신의 자리로 돌아갔다.
하아, 깊은 한숨을 쉰 연서는 오늘 데이터를 다시 제자리로 복귀를 시키느냐 아니면 결국 다 날리고 새로 만들어야 할지 결정을 하고 만다는 심정으로 다시 모니터에 집중했다.
다행히 하나씩 다시 찾던 중 중간에 꼬인 오류 수식을 찾아낸 연서는 사무실 사람들이 모두 쳐다볼 정도로 기쁨의 환호성을 질렀다. 그런 연서를 같은 부서에 근무하는 경민이 빙그레 웃으며 보고 있었다. 자신이 도와주고 싶지만 혼자서 끝까지 해결해 보겠다고 집념을 보이는 연서를 그저 옆에서 지켜볼 뿐이었다. 그녀의 고집을 알기에. 그녀가 먼저 도와달라고 손을 내밀기 전까지 경민은 꾹꾹 참고 기다리고 있었다.
똑똑.
두드리는 소리에 고개를 들자 경민이 파티션 위에서 연서를 보고 있었다.
"점심 안 먹어?"
"아, 벌써 시간이 그렇게 됐어?"
"모니터 말고 나도 좀 봐주라."
"하하, 갑자기 배가 무지 고프네. 빨리 가자."
저장 버튼을 누르고 일어선 연서는 경민과 함께 사무실을 나갔다. 이미 사무실 내에서 공식 커플처럼 사람들이 알고 있는 연서와 경민의 뒷모습을 부러운 듯 쳐다보던 그들도 하나둘씩 일어나며 식사하기 위해 자리를 비웠다.

이틀 전, 연서는 경민에게 프러포즈를 받았었고 그걸 받아들였다. 정말 길고 긴 시간이었다. 경민이 그녀를 기다려준 시간은 연서가 이서를 기다리다 지친 시간이기도 했다. 연서는 이제 돌아오지 않을 이서를 계속 기다리는 건 포기하겠다고 마음먹었다.

이서가 떠나고 연서는 그가 없는 빈 공간이 너무도 커서 채워지지 않는다는 사실을 뒤늦게야 알았다. 이서가 없던 세월은 그녀에게는 숨 막히고 답답하고 힘겨웠다. 그래서 이제 그만 가슴속에 담아놓았던 이서를 놓아줄 생각이었다.

1년, 2년, 시간이 흐를수록 이서에 대한 그리움은 계속 깊어졌지만 이서는 끝끝내 연락 한번 없었다. 딱 한 번 다른 사람을 통해 이서가 잘 있다는 소식만 엄마에게 전해 들을 수 있었다.

그동안 이서를 보살펴준 것에 대한 답례라며 엄청나게 큰돈을 연서 가족에게 준 것이 끝이었다. 마치 이것으로 인연을 끝내려는 듯했다. 받은 돈 덕분에 엄마는 살림이 좀 나아졌다고 했지만, 연서는 알고 있었다. 엄마는 그 돈을 전혀 손대지 않고 있다는 걸.

가끔 엄마도 이서의 자리가 큰지 한 번씩 이서의 이름을 거론했다. 연서는 아픈 마음을 숨기며 엄마에게 허세를 떨었다. 이서 이 자식 돌아오면 내가 반 죽여놓을게, 라고.

그렇게 9년의 시간이 흐르는 동안 경민이 꾸준히 이서의 빈자리를 하나씩 채우기 시작했다. 전등이 나가면 형광등까지 사와서 바꿔주고, 무거운 물건을 옮길 때면 마치 기다렸다는 듯이 경민이 짠 하고 나타났다. 그렇게 점점 이서의 자리에 경민이 함께하며 하나둘씩 이서의 흔적이 지워지고 있었다.

하지만, 연서의 마음에 가득 찬 이서의 모습은 지워지지 않고 점점 더 커졌다. 아침을 깨워주던 모닝키스가 그리웠고, 귀엽게 웃어주던 이서의 눈동자가 그립고, 한 번이었지만 입술에 닿았던 진심 어린 키스에 대한 기억이 더 그녀를 괴롭게 만들었다. 너무 그립고 그리웠다.

이서가 그동안 몸으로, 눈으로 말했던 것이 무엇인지 너무 뒤늦게 알았다. 똑같은 감정이 자신에게도 있었다는 것도, 이서가 떠난 후 깨달았다는 게 안타까웠다. 함께 있을 때 알았더라면 이서에게 말해줬을 텐데. 이젠 그 기회조차 없다는 사실이 그녀를 마음 아프게 했다. 마음을 전했다면 미련이나 아쉬움이 덜했을 텐데.

기다림에 지쳐가는 연서의 마음에 경민이 계속 노크했고, 결국 어제 아홉 번째 프러포즈를 그 자리에서 받아주었다. 이서를 잊기 위해서.

경민의 고백을 받아들인 후 지애와 그녀의 남자친구에게 축하를 받았었고, 골목길에서 키스까지 했었다.

하지만 경민이 떠나고 난 후, 골목에서 우연히 만난 남자 때문에 머릿속이 복잡했다. 이서를 닮은 남자. 이서가 맞는데. 분명 이서인데 아니라고 하는 남자의 눈빛과 그의 반응 때문에 혼란이 왔다.

"하아, 분명 이서가 맞는데……."

마른세수를 하듯 손으로 얼굴을 쓸다가 손가락에 시선이 꽂혔다. 저의 손가락에 끼고 있는 반지가 보였다. 경민이 그녀의 손에 직접 끼워준 반지였다. 가슴에 커다란 돌덩어리를 안고 있는 듯 답답해졌다.

연서는 이서를 기다리는 시간이 힘들고 외롭다는 핑계 아닌 핑계로, 저가 편하고 싶어 경민을 이용했다는 사실을 깨달았다. 결국 다음 날 회사에 출근한 연서는 점심을 따로 먹자며 경민을 불러냈다. 한적한 카페에 자리 잡은 연서는 맞은편에서 활짝 웃고 있는 경민을 보았다. 또다시 그를 힘들게 하고 싶지 않았는데…… 경솔한 자신의 행동 때문에 후회가 밀려왔다.

식사가 끝나고 티타임으로 커피를 주문한 연서는 자신의 손에서 반지를 빼냈다. 그리고 천천히 일어나 경민에게 다가갔다.

"연서야?"

연서는 그렇게 무너지듯 경민에게 무릎을 꿇었다. 당황한 경민이 왜 그러냐고 하며 연서를 일으켜 세우려 하자 연서는 끝내 그에게 미안하다는 말을 꺼내고 말았다. 그 말에 경민은 연서에게 내밀었던 손을 꽉 틀어쥐었다. 연서는 긴 시간 동안 곁을 지켜준 그에게 천하에 몹쓸 짓을 했다는 걸 알았다. 그래서 마음이 찢어질 듯 아팠지만 더 이상 그를 기만할 수 없었다.

"정말 미안해. 내가 실수했어."

씁쓸한 듯 허망한 표정을 짓는 경민에게 그저 연서는 미안한 마음밖에 없었다. 차라리 이대로 다시는 보지 말자고 말해주길 바랐다. 하지만 경민은 그녀가 내민 반지를 받지 않았다.

"싫어, 안 받아. 나, 이제 너 포기 못 해."

"경민아……."

"네가 이서 기다리는 거 알아. 하지만 지금까지 돌아오지 않는 건 돌아올 생각이 없는 거잖아. 너, 결국 이서 포기하게 될 거야. 그때 내가 곁에 있어야지. 나이 먹은 노처녀, 나 아니면 데려갈 사람 없을 거니까 내가 선심 쓰지, 뭐. 어차피 지금까지 기다렸는데 조금 더 기다릴게. 그 정도는 어렵지 않아."

"아니. 이제 절대로 그럴 일 없어. 이서가 돌아오지 않는다고 해도 너한테 갈 수 없어."

연서는 경민의 손에 반지를 억지로 넘겼다.

"지금까지도 충분히 너한테 미안했어. 그래서 이제 너한테 미안한 일 절대 안 할래. 그러니까 그냥 차라리 보지 말자. 날 욕해, 그냥. 차라리 한 대 때려. 내가 정말 나쁜 년이잖아."

어제 우연히 보게 된 이서를 닮은 사람 때문에 정신이 확 들었다. 혼자라는 외로움에서 도망치려고 경민을 선택한 자신의 우유부단함이 앞으로 그를 얼마나 힘들게 할지. 처음부터 그에게 작은 희망조차 주지 말았어야 한다는 걸 너무 늦게 깨달았다.

"하아, 연서 너……."

경민은 손에 쥔 반지를 보았다. 기다리면 될 거라고 생각했다. 하지만 조금씩 인내하며 기다리던 그의 심정이 무너졌다. 이젠 기다리는 건 그만하고 싶었다.

"아니, 넌, 나하고 결혼하겠다고 했어. 그러니까 해."

"경민아."

"네가 싫어도 나하고 결혼하게끔 만들 거야. 그러니까 이 반지, 돌려받을 수 없어."

경민은 탁자에 반지를 놓고 일어섰다.

"강연서, 너 이제 내 여자야. 누구한테도 안 뺏겨."

'그게 이서라도!'

차마 뱉어내지 못한 말은 그의 입 안에서 사라졌다. 경민의 눈동자가 심하게 흔들리고 있었다. 입술을 잘근 씹은 경민은 그 자리를 박차고 나왔다. 연서가 돌아오지 않는 이서를 좋아하는 걸 깨달았다며 그의 고백을 밀어내던 그날보다 더 마음이 아팠다.

점심시간이 끝났는데도 여기저기 사람들이 삼삼오로 모여서 숙덕대고 있었다. 얼마 전 회사 자금을 횡령한 혐의로 본부장이 해고되고 미국 본사에서 본부장이 파견되어 오늘 도착한다는 소식에 다들 벌써 긴장하고 있었다. 하버드대 출신이라는 본부장에 대한 프로필은 알려진 게 없었다. 단지 일 처리 능력이 꽤나 까다롭고 성격이 차갑다는 것 빼곤 '권혁'이라는 이름만 알려져 있었다.

따로따로 자리에 도착한 경민과 연서는 서로 말없이 자신의 자리에 앉았다. 연서의 시선은 앞에 놓인 모니터와 경민을 번갈아 움직였다. 손을 폈다. 손바닥엔 경민이 놓고 나간 반지가 놓여 있었다.

밖에 사람들의 웅성거림이 멈추고 누군가 사람들과 인사를 하며 사무실 쪽으로 들어와서 사람들과 인사를 나누고 있었다. 하지만 경민에게 미안한 마음에 모니터만 멍하니 보고 있던 연서는 그대로 고개를 푹 숙였다. 정말 이건 아닌데……. 분명 이대로 있으면 둘 다 마음이 편치 않을 텐데. 연서는 손에 쥐고 있던 반지라도 다시 돌려줄 생각에 자리에서 일어났다. 하지만 경민에게 가려던 그녀는 그 자리에서 꼼짝도 할 수 없었다. 손에 쥐고 있던 반지가 바닥으로 떨어져 또르르 굴렀다.

사람들과 함께 사무실에 들어와 인사하던 남자와 연서의 눈이 허공에서 마주쳤다. 그녀의 손에서 떨어져 굴러간 반지가 그의 발 아래에서 몇 바퀴 힘없이 돌다가 그대로 멈췄다. 꿈이라고 생각했다. 하지만 그가 자신 앞에 굴러온 반지를 주워 들고 연서 쪽으로 다가왔다. 옆에 키가 작고 뚱뚱한 총무팀 김 과장이 따라왔다.

"아, 강연서 주임, 인사해요 이번에 새로 오신 권혁 본부장님이셔. 본부장님, 이쪽은 마케팅사업부 강연서 주임입니다."

김 과장의 소개에도 연서는 그저 빤히 그를 볼 뿐이었다. 그러자 민망해진 김 과장은 연서의 팔을 툭 치며 인사하라 한다. 연서는 그제야 더듬더듬 인사했다.

"그쪽 건가요?"

그의 손에 반지가 들려 있었다. 이서는 대답 대신 고개를 주억거렸다. 그리고 그가 연서에게 반지를 내밀었다. 연서는 멍한 눈으로 반지를 보았다. 그러자 옆에 있던 김 과장이 다시 연서를 툭 친다. 연서가 손을 내밀자 반지가 그녀의 손바닥 위에 조심스럽게 놓였다.

"고, 고맙습니다."

몇 번을 다시 봐도 그는 이서였다. 하지만 그의 눈은 이서가 아니었다. 그 낯선 눈동자가 연서를 쓱 훑었다.

"훗, 재밌네요."

그가 웃었다. 하지만 입술이 살짝 틀어지듯 올라갔을 뿐, 마주 보는 눈동자는 냉정하고 차가웠다. 그가 다른 사람과 인사하기 위해 자리를 떠나고 나서도 연서는 충격 받은 얼굴로 그를 보았다.

그리고 한 사람 더, 경민 역시 연서와 똑같이 충격 받은 얼굴로 새로 온 본부장의 얼굴을 뚫어질 듯 보고 있었다.

인사를 끝내고 사무실로 돌아온 혁은 창밖을 보았다. 구름 한 점 없이 유난히 파란 하늘이 보인다.

9년 전 교통사고로 눈을 뜬 혁은 예전 기억이 전혀 없었다. 할아버지인 권 회장이 미국에서 살았다고 했던 이야기를 모두 진실로 받아들였다. 병원을 퇴원한 후 대학교 진학을 위한 공부에 열중했다.

가끔 가슴이 허전해지는 아련한 아픔이 있긴 했지만, 그저 부모님이 안 계신 탓이려니 했다. 그렇게 학교를 졸업하고, 할아버지가 운영하는 회사에 들어가 일을 시작했다.

똑똑하고 머리가 좋았던 혁은 밑바닥의 경험도 하며, 몇 년 안 되는 짧은 시간에 경영진의 위치까지 올라갈 수 있었다.

그러던 어느 날, 예전 자료를 뒤적이던 혁은 자금 부분에서 이상한 점을 찾아낼 수 있었다. 분명 회사와 상관이 없음에도 상당한 금액이 한국으로 송금된 것을 확인했다. 현덕수 비서실장을 불러 그 부분에 대한 설명을 요구하자 그는 대답을 회피했다.

자신에게 진실을 말하지 않으면 직접 한국에 가서 조사한다고 협박하자, 그제야 다른 집에서 잠시 살았던 그의 이야기를 들려주었다. 혁은 그 말을 들으며 대충 이해는 했지만 자신을 보살펴준 것에 대한 보답으로 그렇게 큰돈을 줄 필요가 있었는지 의아했다. 언젠가 다시 제대로 알아봐야겠다고 생각하며, 자신이 그 일을 알고 있다는 걸 할아버지께 비밀로 부치라며 현 비서의 입단속을 시키는 걸 잊지 않았다.

그때쯤 한국지점 본부장의 횡령 사건이 터졌다. 혁은 저가 직접 한국으로 가서 상황을 정리하겠다고 했다. 권 회장은 혁이 한국으로 가는 것을 심각하게 고려했다. 혹여 같이 살았던 가족들을 다시 만나게 되면 불필요한 상황이 생길까 걱정이 먼저 앞섰다. 하지만 결국 회사를 위해 내놓은 그의 타당성 있는 설득에 한국행을 허가했다.

한국에 도착한 혁은 호텔방에서 야경을 보다가 현덕수 비서실장에게서 받은 쪽지를 펼쳤다. 그 안에 자신이 한때 머물며 살았던 그곳의 주소가 적혀 있었다.

늦은 시각 가로등만 켜져 있는 골목에 도착한 혁은 담벼락에 기대 키스하고 있는 연인을 발견하고 그 자리에 멈췄다. 미국에서는 그것보다 더한 것을 자주 봐왔던 그는 덤덤한 시선으로 그들을 지켜보았다.

남자가 떠나고 여자 혼자 남아 한숨을 쉬며 계단에 앉는 게 보였다. 너무 늦은 시각이라 다음에 시간을 내서 낮에 다시 올 생각으로 그냥 주위를 한번 보고 돌아가려던 혁의 발걸음이 그녀의 한숨 소리를 듣는 순간 멈췄다. 익숙한 듯 느껴지는 감각에 오소소 소름이 돋았다.

마치 땅에 접착제라도 발라놓은 듯 그녀가 가까이 다가 올 때까지 움직일 수 없었다. 처음으로 겪는 낯선 경험에 혁은 등에서 식은땀이 났다.

주위를 돌아보던 여자의 시선이 가로등 아래 서 있는 자신을 향하자 몸이 먼저 반응했다. 심장이 미친 듯이 뛰었다. 몸 안에 있는 뭔가가 터질 것처럼 그를 흔들어댔다. 스스로조차 알 수 없는 감정에 놀란 혁은 재빨리 뒤로 물러났다. 이대로 그녀를 만나면 견고한 성이 순식간에 무너질 것 같은 기분에 뒷걸음질을 쳤다. 하지만, 그녀가 넘어지는 모습을 보자 이성보다 몸이 먼저 반응했다.

"이서야."

그녀의 입에서 나오는 이름이 그의 가슴을 울렸다. 낯설지 않은 따뜻한 울림에 울컥하며 치밀어 오르는 감정에 당황했다. 처음 보는 여자인데 저렇게 애가 타는 음성으로 그를 이서라는 이름으로 부르고 있었다. 혁은 여전히 넘어진 채 자신을 보는 여자에게 홀린 듯 다가갔다.

술을 마셨는지 알싸한 알코올 향이 코끝에 느껴졌다. 여자는 얼굴 양쪽 볼에 예쁜 홍조를 띠고 있었다. 이 여자는 여우가 둔갑한 것이 분명해. 혁은 유혹에 절대 넘어가지 않겠다고 다짐하며 그녀에게 손을 내밀어주었다.

"괜찮으십니까?"

자신의 목소리가 평소처럼 나오자 안도했다. 혁은 자신의 손을 잡고 일어선 그녀를 찬찬히 훑어보았다. 맞잡은 여자의 손이 유난히 따뜻했다. 너무 따뜻해서 계속 잡고 싶다는 생각이 들었다. 자신을 뚫어질 듯 보는 여자의 눈에 그녀가 많이 아파하는 게 보였다. 말이 돼? 아파 보이다니?

혁은 자신의 생각과 느낌에 흠칫 놀라며 그녀의 손을 놓았다. 정말 여우에 홀린 건가?

"괜찮아 보이는군요. 그럼."

더 이상 같이 있으면 간이랑 쓸개, 심장까지 그녀에게 내어줄 것 같다 생각하며 그녀에게서 멀어지려 뒤돌아섰다. 하지만 자신의 팔을 붙잡는 그녀 때문에 혁은 처음으로 심장이 떨어져 나가는 충격을 받았다.

"이서……."

"사람 잘못 보셨습니다."

그녀가 말하는 이서라는 사람이 누구인지 몰라도 이유 모를 질투가 치솟았다. 자신과 닮은 남자인가? 왜 보지도 못하고 알지도 못하는 사람에게 질투를 하는지 스스로 의아했다. 혁은 계속 그녀 곁에 있으면 자신이 그녀가 찾는 사람이 되고 싶다고 말할 것 같은 기분이 들었다. 오소소, 소름이 그의 등줄기를 훑고 지나갔다. 속에 갇혀 있던 굵고 뜨거운 열 덩어리가 폭발하려 했다.

"그만! 술을 많이 드신 것 같은데 술주정은 거기까지 하시죠? 그럼, 안녕히."

그래 술주정이다. 그녀는 술주정하며 자신을 다른 사람과 착각하는 거다, 생각하며 혁은 무던히도 무거운 발을 한 걸음씩 떼어내며 그녀에게서 멀어졌다. 뒤에서 그녀의 시선이 고스란히 느껴졌지만 더 이상 여우에게 홀리지 않겠다는 신념으로 움직였다. 호텔로 향하는 내내 이유 없이 화가 치밀었다.

오늘, 각 부서에 인사하기 위해 움직이던 혁은 자신의 구두 앞에 또르르 굴러와 멈춘 반지를 발견했다. 잘 세팅되고 반짝반짝 빛이 나는 걸 봐서는 약혼반지인 것 같았다.

누군지 좋겠다고 생각하며 반지를 주워 든 순간, 그는 어제의 그녀를 마주할 수 있었다. 그녀의 눈이 그가 들고 있는 반지로 향하자 심장이 기다렸다는 듯 한꺼번에 바닥으로 내동댕이쳐졌다.

강연서. 그녀에 대해 소개받는 동안 혁의 시선은 그녀에게서 떠날 줄 몰랐다. 손에 든 반지를 저 멀리 던져 다시는 찾기 못하게 하고 싶다는 생각이 들었다.

반지를 다시 돌려주는데 가슴이 묵직하니 더 많이 아프다. 왜? 혁은 스스로도 알 수 없는 질문을 저에게 계속 던졌다. 그녀에게만 반응하는 낯선 감정이 정말 납득이 되지 않았다. 정말로 눈앞의 여자가 여우이고, 자신은 그 여우한테 홀린 건가.

[6]

손톱 손질을 끝낸 연서는 엄마 발톱에 매니큐어를 발라주며 문득 떠오른 생각에 엄마의 얼굴을 보았다. 오늘따라 마스크 팩까지 꼼꼼히 챙기는 모습이 여간 수상한 게 아니다. 몇 번이나 사귀는 아저씨라도 생겼냐고 물었지만 아니라며 그냥 관리 좀 하면 안 되니? 라며 괜히 정색한다.

“엄마.”

“응?”

“예전에 이서 데려가신 분 성함이 뭐였지?”

“현…… 뭐였는데. 하여간 비서실장이라고 했었어. 왜?”

가물가물한지 잠시 생각하는 듯 기억을 끄집어내다가 결국 이름은 확실히 떠오르지 않는지 고개를 저었다.

이서가 떠나고 몇 달 후 그에게 너무 연락하고 싶어 엄마에게 연락처를 물어본 적이 있었다. 그때 엄마는 이서가 진짜 가족과 익숙해지면 연락 올지 모르니 기다리자며 연서를 설득했었다.

하지만 한 달, 두 달 시간이 흐를수록 이상하게 더 불안해진 연서는 결국 다른 방법을 찾아 나섰다. 엄마의 수첩을 몰래 뒤져서 이서가 부모를 찾는 데 도움을 준 미아보호센터를 찾아갔었다. 하지만 그곳에서조차 이서의 연락처는 개인정보 때문에 알려줄 수 없다는 대답만 듣고 돌아와야 했다.

대학생이 된 연서는 미국으로 가면 이서를 만날 수 있을까 고민했지만, 어디에 사는지, 연락처조차 알지 못하기에 결국 미국행은 포기해야 했다.

엄마에게 다시 한 번 더 이서의 연락처를 물어봤지만, 엄마는 그때서야 이서가 잘 지내고 있다고 연락 왔다며, 이제 완전한 가족이 아닌 남이니까 잊어야 한다며 연서를 설득했다.

싫다면서 빨리 이서의 연락처를 달라고 울면서 엄마에게 매달렸다. 하지만 엄마는 완강했다. 끝까지 고집을 피우던 연서는 결국 며칠을 앓아누워야 했다. 연서의 고집에 늘 꺾이던 엄마였지만 이상하게 이서의 연락처는 끝까지 알려주지 않았다.

엄마는 혹시 연서와 연락이 닿은 이서가 되찾은 가족에게 마음을 붙이는 데 방해가 될까 봐, 마음 아프지만 이서를 위해서도 연서에게 연락처를 알려줄 수 없었다. 나중에 시간이 흘러 이서가 가족과 잘 살다가 생각났다며 찾아오게 된다면 그때 만나도 될 것이라 생각했다.

만약 이서가 다시 돌아오지 않거나 연락이 없다면 그것 또한 그와 인연이 거기까지라 생각하는 게 당연했다. 그는 진짜 가족이 아니었으니.

그 후, 다행히도 연서는 이서의 연락처를 묻는 걸 포기했는지 더 이상 묻지 않았다.

"엄마, 이서 잘 지내고 있다고 그 아저씨한테서만 연락이 왔었다고 했지?"

"그랬지. 그런데 이제 이서도 우릴 보러 올 생각이 없나 보네. 연락 안 온 지 몇 년째니……. 부자 할아버지 만나서 잘 먹고 잘 살고 있으니까 연락이 없겠지."

"그 아저씨 명함 받은 거 있지? 그거 나 좀 줘."

"그건 뭐 하게? 이서한테 연락해 보게?"

"확인할 게 있어."

오랫동안 이서의 연락처를 묻지 않았던 연서가 무슨 바람이 불어서인지 다시 연락처를 묻자 연주도 문득 이서의 소식이 궁금해졌다. 잘 지내고 있는지. 결혼은 했는지. 섭섭하게도 너무 긴 시간 동안 소식 없었다. 섭섭한 마음이 있었지만 이미 오래전 인연이었기에 그 섭섭함도 줄어들었다.

명함에 적힌 번호는 아주 오래전 연락처라 이젠 알려줘도 연결이나 될지 모르겠다. 번호가 바뀌지나 않았을지.

"저기 아래 서랍 뒤져보면 나올 거야. 네가 시간 날 때 찾아봐."

연주도 한 번은 이서가 다시 보고 싶었기에 알려주었다. 동네 지인들과 며칠 여행 다녀온 그녀는 피곤한지 잠이나 자야겠다며 먼저 일어났다. 두 눈으로 배웅한 연서는 텔레비전 아래 서랍을 벌컥 열었다. 한참 뒤져서 포기할 때쯤 명함을 찾을 수 있었다.

현덕수.

영어로 적힌 그의 이름과 직책 아래 적혀 있는 전화번호를 핸드폰에 차분히 저장한 연서는 통화 버튼을 눌렀다. 그러나 지금은 전화를 받을 수 없다는 안내 멘트가 들릴 때까지 몇 번이나 시도했지만 결국 통화는 할 수 없었다.

그러다 밤새 뭔가를 골똘히 생각하던 연서는 결국 복잡한 머리를 싸매고 잠을 청했다.

회사 재정 상태에 대해 올라온 보고서와 동시에 여러 가지 서류를 훑어보며 결재하던 중, 매출 관련 보고서가 뒤늦게 도착했다는 메시지를 확인했다. 메일을 열어보자, 상반기 생산과 매출 보고서 및 하반기 예상 데이터가 한눈에 보이도록 상당히 잘 정리되어 있었다. 하지만 자료를 보던 혁은 데이터 자료 제출자 이름을 보는 순간 미간을 좁혔다.

[강연서]

톡톡톡.

펜이 반복적으로 두들기는 소리가 책상 위에서 울렸다. 그녀의 모든 것이 기분 나쁠 정도로 신경 쓰이고 거슬린다. 그날 자신을 향해 이서라는 이름을 부르며 울 것 같았던 그녀의 얼굴이 아직도 눈앞에 아른거렸다.

그녀를 떠올리는 순간 또다시 일에 집중이 되지 않는다. 책상에 놓인 커피를 한 모금 들이켰다. 시간이 지나 차갑게 식은 커피에서는 특유의 쓴맛만 진하게 우러났다. 입맛을 다시던 혁은 결국 인터폰을 들었다.

"김 비서님, 안산 공장 견학 일정 당겨주십시오."

-네. 언제로 당길까요?

"지금 갈 겁니다. 그리고 마케팅팀 강연서 주임도 동행시켜 주십시오."

-네? 마케팅팀 강 주임은 왜?

"강연서 주임이 보고서 작성자이고 실무 담당자로 알고 있는데 그럼 같이 가는 게 맞지 않습니까?"

잠깐의 틈이 생긴 후 차갑고 날카로운 목소리가 뒤를 이었다.

"그리고, 내가 이유까지 보고해야 되는 입장은 아닌 것 같습니다만?"

-아, 죄송합니다. 바로 준비하겠습니다.

혁은 그대로 외투를 들고 사무실을 나와 1층 로비에 내려왔다. 한국의 여름은 생각보다 더웠다. 에어컨이 없는 밖은 숨이 턱 막힐 정도로 온도가 높았다. 장마철이라서 그런지 습도까지 높아 불쾌지수가 점점 더 올라가고 있었다.

뒤에서 구두 소리가 나면서 누군가 다가왔다. 뒤돌아보지 않아도 자신이 부른 그녀라는 걸 알기에 혁은 다가오는 차량을 응시했다.

"저…… 본부장님."

연서가 그를 부르자 혁은 도착한 차량의 뒷문을 열며 그녀를 돌아봤다. 여전히 감정이 실려 있지 않은 눈동자에 잠시 움찔하는 연서였다.

"타요."

"네? 저도 타야 하나요?"

"전달 못 받았습니까? 안산 공장 간다는 연락 말입니다."

"받기는 했지만…… 공장 견학은 저보다 영업팀 김 과장님이 더 잘……."

혁의 한쪽 눈썹이 꿈틀거렸다. 한국에 와서 느낀 점은 뭔가를 하게 되면 일단 변명과 핑계가 너무 많았다. 그냥 쉽게 하면 안 되나?

"강연서 씨가 담당자 아닙니까?"

그럼 된 것 아니냐며, 그냥 타라고 하며 자신이 먼저 차에 탄 후 연서를 보았다. 그런 혁의 행동을 보던 김 비서가 어서 빨리 타라며 재촉했다. 결국 연서는 뒷문을 닫고 앞문을 열고 탔다. 그녀의 행동에 김 비서는 당황했지만 연서는 멀미해서 앞에 타야 한다는 핑계를 댔다.

결국 연서가 앞에 탄 채 차는 출발했다. 뒤에서 혁의 시선이 그녀의 뒤통수에 고스란히 꽂혔다. 하지만 그녀의 시선은 오로지 앞만 향했다. 이서와 닮은 그의 등장으로 머릿속이 온통 정리가 안 돼 복잡한데 이렇게 같이 있게 되니 당황스러웠다. 자꾸 뒤를 돌아보고 싶을 정도로 이서와 닮은 본부장의 모습에 더 애가 탔다.

이서가 맞는지 아닌지 일단은 좀 더 지켜봐야 해.

마음 같아서는 당장 그가 이서가 맞는지 아닌지 확인하고 싶었지만 낯설고 딱딱한 분위기가 그녀를 주눅 들게 만들었다. 그가 진짜 이서라면 그냥 포근하게 안아주고 웃으며 그녀가 뭘 하든 다 받아줬을 텐데.

낮은 한숨이 자신도 모르게 밖으로 나왔다. 본부장이 이서가 아니라면, 그럼 이서야 넌 도대체 어디 있니?

연서의 가슴이 시큰하게 아려왔다.

그녀의 한숨 소리에 뒤에서 그녀의 뒤통수를 노려보던 혁의 턱 근육이 실룩거렸다.

신경 쓰여.

공장에 도착한 후 미리 기다리고 있던 공장장이 앞서서 공장 곳

곳을 소개해주었다. 혁이 앞장서고 연서는 그냥 그 뒤를 따라다니기만 했다. 담당자라고는 하지만, 대부분 공장에 오는 일은 그동안 김 과장이 직접 움직였기에 연서는 그가 자신을 왜 데리고 왔는지 그 속내를 알 길이 없었다. 그저 묵묵히 따라 다니고 있었다.

생산 라인 모두 견학한 후 밖에서 식사 대접을 하겠다는 공장장의 말을 무시한 혁은 구내식당으로 향했다. 생산직원들이 줄을 서서 식판에 음식을 담아 먹는 모습을 스윽 둘러보던 혁은 자신 역시 식판에 음식을 받아 자리를 잡았다. 음식은 생각보다 깔끔하고 맛이 있었다.

하지만 맞은편에서 음식을 먹는 공장장은 대체적으로 불안정한 모습을 보였다. 저러다 체하겠다는 생각이 들 정도로 긴장한 모습이 안쓰러웠다. 연서는 적당량을 먹으며 주위를 살폈다. 구내식당은 관리가 잘되고 있었다.

다만 아쉬운 점은 무더운 여름인데 꽤 넓은 식당에 겨우 에어컨 한 대만 가동되고 있어서 후덥지근했다. 사람들이 많아지면서 온도가 높아지자 음식을 먹으면서 땀을 흘리는 사람들의 모습이 안쓰러울 정도였다.

간단히 점심을 먹은 후 위생과 먼지 관리가 중요한 라미네이트 작업공정으로 향했다. 입구에서 위생복을 갖춰 입고 무균소독실까지 통과한 후 들어갈 수 있는 곳이라 연서는 그곳에 들어가는 게 별로 달갑지 않았다.

각자 위생복을 입고 무균소독실에서 만나기로 하고 양쪽으로 갈라졌다. 연서는 여자 탈의실로 혁은 남자 탈의실로. 김 비서는 밖에서 기다리겠다며 들어오지 않았다. 공장장은 안에 들어가면 라미네이트 작업실 작업반장이 안내해드릴 테니 자신은 다른 공정에서 원재료에 문제가 생겼는지 한참 통화를 하더니 급한 볼일을 보고 오겠다며 자리를 떠났다.

우주복 같은 위생복으로 갈아입고 무균소독실 문을 열자, 그곳엔 이미 혁이 먼저 들어와 기다리고 있었다.

"이건 어떻게 하는 겁니까?"

소독 작동 버튼을 물어보는 혁에게 잠시 옆으로 비켜달라고 하고 빨간색 버튼 옆에 있는 녹색 버튼을 눌렀다. 그러자 머리 위에서 강한 바람이 쏟아지며 소독기가 작동되었다. 미처 머리를 묶지 않았던 연서의 긴 머리가 바람결에 그대로 흩날렸다.

당황한 연서는 재빨리 자신의 머리를 손으로 훑었다. 하지만 몇 가닥은 가까이 있는 혁의 얼굴을 간질이고 있었다.

"죄송합니다. 머리를 먼저 묶었어야 하는데……."

얼굴이 빨개진 채 나머지 머리카락까지 손으로 훑은 연서는 재빨리 손목에 차고 있던 끈으로 머리를 묶었다. 몇 가닥 흘러내린 머리카락이 여전히 바람에 흩날렸다. 가늘고 하얀 연서의 목에 이끌리듯 혁의 시선이 고스란히 박혔다.

머리를 묶고 손을 내리며 고개를 들던 연서는 자신에게 향해 있는 그의 시선을 느끼고 잠시 움찔하며 뒤로 물러섰다. 그의 시선에 양 볼과 귓불이 순식간에 달아올라 연한 핑크색을 만들어냈다. 연서는 자신의 변화에 당황하며 옆으로 고개를 돌렸다. 하지만 그 행동에 혁의 눈썹이 실룩거렸다.

"일부러 그러는 겁니까?"

"네?"

그의 말에 연서가 고개를 돌리자 냉소적인 표정을 짓고 있는 혁과 시선이 마주쳤다. 그 표정에 심장이 점점 더 빨라졌다.

"상관은 없습니다만, 효과는 있었습니다."

무슨 뜻인지 몰라 두 눈만 동그랗게 뜬 연서가 그 뜻이 뭐냐고 물으려던 순간, 소독 바람이 멈추고 라미네이트 통로로 가는 문이 열리며 직원이 나타났다.

참 적응 안 된다. 군대도 아닌데 나오는 '다. 나. 까.'로 끝나는 그의 말투.

그 후 몇 공정을 더 돌아본 후 다시 회사로 돌아올 때까지 자신을 좇는 집요한 혁의 시선을 그녀는 일부러 외면했다.

세금 신고 등 바쁜 일을 끝낸 후 연서와 함께 커피를 마시던 지애는 경민과 헤어진 사실을 알고 등짝을 한 대 때려가며 왜 그랬어? 다시 생각하라며 잔소리를 해댔다.

그러다 미국에서 온 본부장인 혁의 얼굴을 보는 순간 입에 든 커피를 뿜어냈다. 그런 지애를 힐끗 보던 혁은 그들을 무시한 채 지나쳐 갔다. 그 뒤를 비서와 몇 명의 임원이 따라 움직이고 있었다. 회의실로 곧장 들어가는 모습을 보니 급한 회의가 잡힌 모양이다. 그들이 시야에서 완전히 사라진 후 놀라 숨도 못 쉬던 지애가 그제야 밭은 숨을 뱉어냈다.

"이서? 이서지? 연서야, 연서야, 저, 저 사람 이서 아니야? 응?"

연서의 시선이 사라진 방향에서 고스란히 멈춰 있다. 아직도 방긋 웃으며 안아주던 이서의 모습이 그립다.

"아니야, 새로 오신 본부장님이야."

"뭐? 진짜? 나 완전 깜짝 놀랐잖아. 이서인 줄."

지애조차 이서라고 생각할 정도로 그는 이서와 너무 닮아 있었다. 마치 쌍둥이가 아닐까 생각할 정도로.

"네가 봐도 이서 같지? 조금 모습이 바뀌긴 했는데, 내 느낌도 이서가 맞는 것 같아."

"엥? 그게 말이 돼? 이서라면 널 모른 척할 리가 없잖아."

"나도 그게 이상하긴 해. 이서라면 절대 그러지 않을 건데……."

속상한 마음이 말끝에 그대로 묻어나자, 지애는 연서 어깨를 톡톡 두들겨준다.

"그럼 아니겠지. 도플갱어처럼 진짜 많이 닮은 사람이겠지. 근데 진짜 너무 닮았네. 정말 놀랐네."

그러다 문득 생각이 난 듯 지애의 눈이 커다랗게 떠진다.

"너 설마 저 사람 때문에 경민이랑 헤어진 거야?"

"응. 지애야, 저 사람이 이서든 아니든 보는 순간 내가 아직도 이서를 잊지 않고 있다는 걸 깨달았어. 내 마음이 평생 그렇다면 그건 경민이한테도 정말 몹쓸 짓이잖아."

연서의 목소리가 낮게 가라앉았다.

"에휴, 하긴 그렇긴 하네."

"지애야, 저 사람은 아니라고 하는데 내 촉이 자꾸만 이서라고 해. 그래서 이서인지 아닌지는 내가 직접 확인해볼 생각이야. 내 방식대로."

"어떻게?"

"그게……."

연서는 그저 싱긋 웃으며 손에 들고 있는 커피를 한입에 털어 넣고 지애에게 설명을 이어갔다.

그래, 직접 부딪쳐 보면 알게 될 거야. 이서인지 아닌지.

“뭡니까?”

아침 일찍 출근한 연서는 혁이 출근하자 그의 사무실로 바로 쫓아 들어가 집에서 챙겨 온 커피를 책상에 올려놓았다. 그러자 옷을 벗던 혁의 시선이 그녀를 향한다.

“커피요.”

연서는 싱긋 웃으며 대답했다. 자신의 겉옷을 벗어 한쪽에 걸어 둔 혁의 눈썹이 위로 올라갔다. 향이 진한 건지 어느새 사무실내 커피 향이 가득 찼다.

“드셔보세요. 좋아하실 거예요.”

“고맙지만, 다음엔 필요 없습니다.”

책상에 가까이 다가와 자신의 자리에 앉은 혁은 연서가 올려놓은 커피를 쳐다보지도 않고 옆에 놓인 결재서류를 펼쳤다.

나가라는 무언의 표현에 연서는 고개를 꾸벅 숙인 후 그의 방을 나왔다.

‘탁!’ 뒤에서 문이 닫히는 소리에 연서는 긴장으로 인해 참고 있던 숨을 한 번에 뱉어냈다. 잠시 닫힌 문을 보다가 이내 자신의 자리로 돌아왔다.

[어떻게 됐어?]

어지간히 궁금했는지 지애가 사내 통신망을 이용해 말을 걸어왔다.

[전달 완료.]

[마실까?]

[마실 거야. 이서가 제일 좋아해서 늘 먹던 커피니까.]

[의도한 대로 안 움직이면?]

[뭐, 그럼 다른 걸로 시도해봐야지.]

[와, 강연서 고집이 여기서 나오는구나.]

쉽게 포기하기엔 그에게서 나오는 이서 향기가 너무 강하게 그녀를 붙잡고 있었다. 정말 진짜 이서가 아니라고 스스로 판단이 되면, 그땐 진짜 이서가 돌아올 때까지 본부장 눈에 띄지 않게 조용히 지낼 참이었다.

피곤해서 어깨를 주무르며 문을 연 연서는 앞에 서 있는 경민을 보는 순간 표정이 그대로 굳어버렸다.

"경민아."

"나, 여기 계속 세워둘 건 아니지?"

경민이 손에 들고 있는 커다란 수박을 들어 올린다. 얼떨결에 연서는 비켜주며 경민이 들어올 수 있게 자리를 내주었다.

그날 이후 두 사람은 같은 사무실에서도 업무적인 것을 제외하고 서로에게 말을 아끼며 일정 거리를 유지하고 있었다. 서먹하게 구는 둘을 보면서 직원들이 사랑싸움은 길면 안 된다면서 한마디씩 하며 지나가곤 했다. 경민에게는 미안하지만 사실 예전보다 지금처럼 적당한 거리를 유지하는 관계가 연서로서는 오히려 마음이 편했다.

"……날씨가 진짜 덥다."

그럼에도 마치 아무 일 없었다는 듯이 씩 웃는 경민을 말없이 쳐다보고 있자, 들고 온 수박을 자연스럽게 주방으로 가져다놓는다. 이대로 그에게 나가라고 야박하게 쫓아낼 수도 없어 잠시 고민하는 사이 방에서 나오던 엄마가 경민을 발견하곤 왜 며칠 안 왔는지 물으며 반갑게 맞아주신다.

수박을 발견하신 엄마는 마침 먹고 싶었다며 수박을 쭉쭉 쪼개 쟁반에 담아 거실로 가져왔다.

"이 수박 진짜 달다. 자자, 너희들도 어서 먹어."

엄마의 손에서 건네받은 수박 하나를 멀뚱히 쳐다보고 있자 어서 먹으라며 하나를 더 손에 쥐여주신다. 연서는 하나를 슬그머니 내려놓고 다른 하나를 입에 베어 먹었다.

수박의 달콤한 맛이 입 안 가득 퍼졌다. 입가에 살짝 흘러내리는 수박의 잔재를 손등으로 쓱 훑던 연서는 문득 예전에 이서가 수박 먹다가 자신의 입가에 흐르던 것을 손으로 쓱 닦아 쪽쪽 빨아 먹던 모습이 떠올랐다. 그때 이서에게 거짓말도 했었는데…….
시큰하게 올라오는 아픔에 수박을 더 이상 먹을 수가 없었다.

앞에 앉아 있던 경민이 그녀의 입술 근처에 묻어 있는 붉은색 잔재를 치워주려고 손을 내밀던 순간 연서가 손등으로 훑다가 이내 티슈로 쓱쓱 닦아버렸다.

"어머니."

경민이 진지한 얼굴로 엄마를 부르자, 연서의 시선도 함께 경민에게 쏠렸다.

"저 연서랑 결혼하고 싶습니다."

"……!"

"어머, 정말?"

그의 말에 두 눈을 동그랗게 뜬 채 연서는 경민을 뚫어져라 보았다. 그의 눈빛이 너무도 단호하고 흔들림이 없었다. 도대체 왜 그래? 정말.

"경민아, 너……."

"안 그래도 언제 그 말 하나 기다렸어."

"엄마!"

버럭 소리를 지르며 엄마를 외쳤지만 엄마의 귀에는 마치 소귀에 경을 읽는 것처럼 아무 소용이 없었다. 마치 그녀는 없는 듯 엄마는 재빨리 경민에게 살 신혼집은 어디? 결혼식은 어디? 신혼여행은 어디로 갈 건지 등등 질문을 쏟아냈다.

그 자리에 있으면 폭발할 것 같아, 연서는 벌떡 일어서서 자신의 방으로 올라갔다. 연서가 사라지고 나서야 엄마의 폭풍 같은 질문이 거짓말처럼 멈췄다.

"그런데 경민아."

"네, 어머니."

"제일 중요한 걸 안 물어봤네."

"네, 말씀하세요."

"연서도 너와 같은 마음이야? 결혼한대?"

"……네. 며칠 전에. 그런데 갑자기 마음을 바꿔서 저도 혼란스럽습니다."

"흠, 아직 마음의 준비가 필요한가 보다. 내 생각엔 다른 어떤 것보다 너희 둘 서로에 대한 마음이 제일 중요하지 않을까? 네가 연서를 어떻게 생각하고 대하는지 알아. 하지만, 한쪽의 일방적인 감정만으로 결혼을 하게 되면 둘 다 불행해져."

"……."

"난, 네가 내 사위가 된다면 대환영이야. 하지만 내 딸에게 결혼을 강요할 생각은 없어. 너희 둘을 위해 하는 말이니까 너무 섭섭해하지 말고."

"네, 어머니."

담담한 표정으로 말을 새겨듣는 경민을 보던 연주는 경민에게 연서 방에 올라가보라고 말하며 쟁반을 들고 일어섰다. 계단을 올라가는 그의 등을 보던 연주는 한숨을 깊게 쉬었다. 이제 나이도 꽉 차서 노처녀 소리 들을 나이가 되어 가는데 도대체 뭘 믿고 경민의 청혼을 거부하는 건지 걱정이 앞선다.

더구나 경민이 정도면 웬만한 혼처 저리 가라 할 정도로 괜찮은 편이다. 외모도 뛰어나고 가정도 화목한 집안이었다. 성격도 서글서글하니 사람과 허물없이 잘 지내는 경민이 오히려 아깝기만 하다. 연서가 자신의 딸이니 망정이지 솔직히 경민이 자신의 아들이었으면 연서에게 장가간다면 도시락 싸들고 다니면서 말렸을지 모른다.

그런데도 결혼을 하지 않겠다는 연서가 이해되지 않는다. 진짜 저러다 경민이마저 떠나버리면 평생 결혼도 못 할까 걱정이 점점 태산처럼 높아만 갔다.

경민은 노크하고 곧바로 연서의 방에 들어갔다. 하지만 방은 텅 비어 있었다. 그는 곧이어 복도 반대쪽에 있는 문을 열었다. 예상대로 연서가 그 방 침대 위에 앉아 창밖을 보고 있었다. 선풍기 한 대가 방 안의 더운 공기를 계속 회전시키고 있었다. 경민은 문에 기대어 연서를 가만히 쳐다보았다.

"이서가…… 꼭 돌아온다고 했어."

그를 돌아보지도 않고 연서는 경민에게 말을 걸었다. 오늘도 이서가 떠나던 날처럼 하늘이 맑고 청아했다. 군데군데 보이는 양털 구름이 귀엽게 수놓아져 빈 공간을 앙증맞게 채워주고 있었다.

"알아. 하지만 지금까지 소식조차 없잖아."

연서가 고개를 돌려 경민과 눈을 맞췄다. 슬픈 빛이 감도는 연서의 눈동자에 감전된 듯 경민은 차마 가까이 다가갈 수 없었다.

"경민아, 본부장님……."

이서와 닮은 권혁 본부장을 거론하자 경민이 바짝 긴장했다. 그의 얼굴을 처음 보던 날 이서가 돌아온 줄 알고 엄청 놀랐었다. 그날 이후부터 연서의 시선은 늘 본부장실과 본부장에게 향했다. 그럴 때마다 심장이 땅에 떨어지듯 놀라 조마조마해졌다.

"이서 같지 않아?"

"하아. 그래. 나도 처음엔 이서인 줄 알았어. 그런데 아니야. 얼굴만 닮았지 이서보다 나이도 많고, 특히 우릴 모르는 사람처럼 대하는데 어떻게 그 사람이 이서일 수 있어? 그게 말이 돼?"

경민의 말에 연서는 자신의 손톱을 톡톡 긁어댔다.

"알아. 그 사람은 이서가 아닐 수도 있어. 그런데, 본부장님 얼굴을 보는 순간 깨달았어. 이서를 절대 잊을 수 없다는 걸."

그녀의 말은 아직 아물지 않고 곪아 터질 것 같은 경민의 마음에 또다시 생채기를 만들고 있었다.

알아. 그가 이서가 아닐 수도 있다는 걸…….

그날 커피를 갖다 주고 기다렸으나 그에게서 별다른 반응은 없었다. 사실 자신이 아는 이서라면 그 커피를 그대로 마시지 않았을 것이다. 단 음식이 몸에 안 좋다고 잔소리하는 연서 앞에서 이서는 시럽을 잔뜩 넣어서 엄청 달달한 맛을 만들어내고서야 마시곤 했었다. 그날 커피엔 일부러 시럽은 넣지 않았다. 그가 커피를 한 모금 마신 후 분명 자신에게 시럽을 달라고 부탁할 거라는 자신감도 있었다. 하지만 예상은 보기 좋게 빗나갔다.

그가 회의실로 간 사이에 결재서류를 들고 들어갔다. 일회용 커피 잔에 채워져 있던 커피는 말끔히 비워져 있었다.

"경민아, 우리 그냥 여기까지 해. 엄마한테는 내가 잘 얘기할게. 응?"

"나, 너 포기 안 한다고 했어."

"도대체 내가 왜 그렇게 좋은 거야?"

"그냥. 다."

그의 대답이 왠지 수긍이 된다. 저 역시 이서를 좋아하는 데 딱히 이유가 없었다.

"나도 나지만, 너도 참……."

"너와 결혼이 목표지만, 정말 내가 아니다 싶으면 그땐 내가 스스로 물러날게. 대신 내 부탁 들어줄래?"

자신을 빤히 쳐다보는 연서에게 가까이 다가갔다. 가까이 다가갈수록 연서의 향이 맡아졌다. 청아하고 맑은 향기.

"한 달 동안 내 진짜 연인이 되어줘."

경민의 두 손이 연서의 양쪽 볼을 감싸며 붙잡았다. 그리고 이내 그의 얼굴이 가까이 다가왔다.

그의 진짜 연인. 그 말이 가져다주는 파장은 컸다. 연서는 어떤 결정도 하지 못한 채 점점 가까워지는 경민을 바라볼 뿐이었다. 그러다 결국 그의 얼굴이 닿기 전 그의 팔을 잡았다.

"아니."

연서의 짧은 대답에 경민이 그대로 멈췄다. 서로의 숨결이 얼굴에 맞닿아 흩어지는 걸 느낄 수 있을 정도로 가까운 거리에서 눈동자가 얽혔다. 경민의 눈동자가 흔들렸다.

"이제 너한테 더 나쁜 짓 하기 싫어."

연서의 눈동자는 흐트러짐 없이 경민을 향해 있었다. 조금만 더 닿으면 서로의 입술을 탐할 수 있을 정도로 가까운 거리였지만 그녀의 눈빛에 더 다가갈 수 없었다.

"그냥 이대로 끝내. 그게 너와 나 둘 모두를 위하는 길이야."

연서의 말이 이어지자 상처받은 경민의 미간이 좁혀졌다. 이대로 끝내자고? 자신의 감정은 그럴 수 없었다. 얼마나 오랫동안 그녀 하나만 보며 기다렸는데 이렇게 쉽게? 심장이 꿀렁이며 요동쳤다. 진짜 끝이 될 수도 있다는 말에 경민의 입가가 비틀어졌다.

그리고 이내 그의 입술이 거칠게 연서의 입술을 감쳐물었다.

"흡!"

거친 경민의 키스에 연서가 고개를 뒤로 뺐지만 경민은 뺨에 있던 손을 뒤로 넘겨 그녀가 뒤로 도망가지 못하게 목을 끌어당겼다. 굳게 닫힌 연서의 입술이 열리지 않고 있자 경민은 이를 세워 아랫입술을 깨물었다. 고통을 이기지 못하고 열린 입 속을 뜨거운 입술이 밀고 들어가 헤집었다.

그를 밀치며 벗어나려 발버둥 쳤다. 하지만 오히려 중심을 잃고 연서와 경민은 침대에 눕는 자세가 되었다. 경민의 입술은 집요하게 도망 다니는 혀를 감았다. 연서의 모든 걸 흡입했다. 가슴을 두들기던 연서의 저항이 결국 멈췄다.

부드러운 키스부터 시작하려고 했던 그였지만, 결국 연서의 입술에 상처자국을 남기고 나서 겨우 멈출 수 있었다. 비릿한 피 맛이 입 속에 감돌았다.

거친 숨소리가 둘 사이에 폭풍처럼 쏟아졌다. 연서의 눈에 눈물이 맺혀 있었다. 그녀의 눈물을 보자 경민은 당황했다. 부어오른 그녀의 입술에 자신이 낸 상처가 보이자 손으로 그녀의 입술을 조심스럽게 쓸었다.

"미안. 정말 미안해."

미안하다는 말을 하던 연서는 팔을 들어 그대로 자신의 눈을 가렸다. 정말 경민에게는 미안하고 또 미안한 마음뿐이었다. 그걸 너무 늦게 깨달아서 더 미안했다. 그의 마음을 받아주지 못하는 게 가장 미안했다.

"정말…… 날 마지막까지 비참하게 만드는구나."

경민이 몸을 일으켰다. 침대에 누워 있는 연서를 아픈 눈으로 보던 경민은 결국 뒤돌아 방을 나갔다.

그가 나가고 나자 팔로 가리고 있던 연서의 눈에서 눈물이 흘러내렸다. 그렇게 그날 연서는 이서의 침대에서 한참 동안 눈을 가린 채 울고 또 울었다.

연서는 경민과 미루고 미뤄왔던 진짜 이별을 했다.

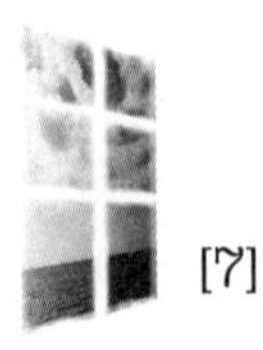

[7]

며칠 후 지방으로 자원해서 옮겨가는 경민을 연서는 담담히 배웅했다. 경민은 연서에게 따뜻한 눈으로 인사를 했다. 잘 있으라고. 연서 역시 경민에게 애써 밝게 웃으며 대답했다. 잘 가라고. 건강하라고. 차에 짐을 모두 챙긴 경민이 연서를 돌아보았다.

"마지막으로 한 번 안아봐도 돼?"

회사 앞이라 보는 눈이 많았지만 연서가 먼저 경민을 안아주었다. 경민의 품은 늘 따뜻했다. 언젠가 그의 품을 그리워할지도 모른다. 하지만 연서는 지금 선택을 후회하지 않았다.

그를 위해, 그리고 자신을 위해 필요한 선택이었다.

"내가 정리가 되면 돌아올게. 그때, 친구로 만나."

"응."

경민이 차의 시동을 걸었다. 창문을 내린 그가 마지막으로 안녕을 말하더니 이내 멀어져 갔다. 멀리 시야에서 보이지 않을 때까지 연서는 그 자리에 꼼짝도 하지 않고 배웅했다.

잘 가, 고마웠어.

에어컨보다는 맑은 공기가 필요한 혁은 답답한 마음에 창문을 열었다. 탁하지만 창문을 통해 들어오는 공기가 차라리 꽉 막힌 그의 숨통을 풀어주는 것 같은 기분에 잠시 밖을 내다보았다. 아래엔 사람들이 오가는 모습이 보인다. 대충 훑어보던 그의 시선 끝에 연서가 보이자 혁의 시선이 고스란히 그 자리에 박힌다.

강연서.

자신이 왜 그녀에게 반응하고 신경 쓰는지 모르겠지만 자꾸만 눈길이 그녀에게 머물렀다. 긴 생머리가 바람에 흩날리자 손으로 귀 뒤로 넘기는 그녀의 무심한 손길에 목덜미가 드러났다. 유난히 목이 길고 희다.

며칠 전, 그녀가 사무실에 갖다 준 커피 맛이 떠올랐다. 자신의 취향을 제대로 알고 가져온 듯 커피 맛은 최고였다.

지켜보던 혁의 눈빛이 진하게 물들었다. 그녀를 품에 안는 남자 때문에. 남자 품에 안겨 얌전히 있는 모습이 연인처럼 보인다. 문득 그때 골목길에서 키스하던 사람이 그 남자라는 걸 바로 깨달았다. 그들의 모습을 지켜보던 혁의 눈동자가 가늘어지고 입가가 슬쩍 틀어졌다. 몹시 기분 나쁘다. 그의 오른손은 힘줄이 툭 불거질 정도로 꽉 쥐어졌다.

강연서와 같은 부서에서 근무하는 그와 인사했던 기억을 떠올린 혁은 이름까지 기억해냈다. 오늘부터 지방으로 발령 난 차경민 대리.

노크 소리가 들리고 비서가 들어와 곧 출발할 시간이라며 알려왔다.

벗어두었던 겉옷을 챙겨 들고 미리 준비해 두었던 가방을 든 혁은 곧장 방을 나왔다. 계속 경민의 품에 안겨 있던 연서의 모습이 그의 머릿속을 헤집는다. 그녀를 처음 본 그날 어두운 골목 아래서 보았던 키스 장면이 떠오르자 기분이 더 확 나빠졌다. 그들의 모습을 머릿속에서 억지로 밀어내며 앞에 흘러내린 머리를 거칠게 쓸어 올렸다.

1층 로비를 지나갈 때, 정문으로 들어오는 연서의 모습을 발견했다. 다행히 그녀 곁에는 아무도 없었다. 차경민을 보내고 어깨가 축 처져 들어오는 모습에 한쪽 입술이 보일 듯 말 듯 삐딱하게 올라갔다. 지금 그녀의 모습이 보기 싫었다. 그냥 어깨 좀 펴면 안 돼? 그놈이 지방으로 간 게 그렇게 우울하고 싫은가? 연서와 점점 가까워지자 혁은 긴장으로 마른침을 삼키며 입술을 적셨다. 지금 핑계가 필요했다. 그게 뭐든.

"잠시 볼일 좀 보고 갈 테니, 차에서 기다리세요."

비서를 먼저 보내고 앞으로 다가오는 연서에게 시선을 고정했다. 바닥만 보며 걷던 연서는 자신의 앞을 가로막는 혁을 발견하고 두 눈이 커졌다가 이내 두 눈에 미소가 담기며, 눈동자가 맑게 반짝인다. 자신만을 향한 그녀의 미소에 나빠졌던 기분이 조금 좋아졌다.

"하루로 끝입니까?"

"네?"

뜬금없는 혁의 말에 연서는 고개를 갸우뚱했다.

"커피 말입니다. 그날 하루만 주고 끝인지 물었습니다. 이제 안 줄 겁니까?"

"커피요? 아, 그러니까 오늘은 안 챙겨 와서……. 내일부터 드릴게요."

경민의 일 때문에 심란해진 탓도 있었지만 사실 그날 다음엔 필요 없다고 했던 혁의 말 때문에 그 후 커피는 챙겨오지 않았었다.

"이왕이면 시럽 넣은 것으로 부탁합니다."

시럽을 넣어달라는 말에 연서의 시선이 심하게 흔들렸다.

"양은…… 요?"

연서의 목소리가 떨리고 있었다.

"많이."

"네. 내일 갖다 드릴게요."

"그럼 난 급한 미팅이 있어서."

"아, 네. 안녕히 가세요."

회사 정문을 나가는 혁을 보는 연서의 입가에 미세한 미소가 잡혔다. 단지 커피지만 이서와 식성이 같다는 사실에 가슴이 뛰었다. 어쩌면 이서일지 모른다는 기대감이 다시 상승했다.

그나저나 안녕히 가세요? 그 말이 왜 나온 건지. 어이없는 자신의 대답에 웃음이 나왔다.

다음 날 새벽 화장실을 가려고 나왔던 연주는 주방에서 달그락거리는 소리가 들리자 눈을 비비며 주방으로 향했다. 환하게 불이 켜진 가운데 연서가 혼자 뭔가를 만들고 있었다. 얼마나 집중하고 있는지 가까이 다가가서 이름을 부르자 흠칫 놀란다.

"뭐 해?"

"샌드위치. 엄마도 드실래요?"

"나야 좋지. 그런데 오늘 어쩐 일로 새벽에 일찍 일어나서 샌드위치를 만들어?"

"그냥."

연주는 샌드위치를 만든 후 도시락 통에 정성스럽게 담는 연서를 지켜봤다. 아무래도 수상해.

"너 이거 경민이 갖다 주는 거야?"

경민이 이름이 나오자 바지런히 움직이던 연서의 손이 멈췄다. 경민은 새로운 지방 근무지에 자리 잡고 따로 한 번 엄마한테 인사하러 오겠다고 했다. 아직 그의 소식을 모르는 엄마에게 경민이 지방으로 떠났다고 말할 수 없어 결국 입을 꾹 다물고 다 만들어진 샌드위치 하나를 내밀었다. 일찍 일어났지만 어느새 출근시간이 점점 가까워졌다.

"진짜 맛있다."

"맛있지? 그러니까 엄마."

"응?"

"주방 정리 좀 부탁해."

출근 준비를 하고 나면 주방까지 치우기엔 시간이 빠듯했다.

"흐음, 이건 내가 손해 같은데?"

"아잉, 엄마."

결국 연서의 애교에 웃어버린 연주는 그만 알았다 대답했다. 연서가 자신의 방으로 올라가는 모습을 눈으로 지켜보던 연주는 자신 앞에 놓여 있는 샌드위치를 다시 한 입 베어 먹었다.

“이상하네. 왜 땅콩을 안 넣었지? 이서도 없는데…….”

고개를 갸우뚱하던 엄마는 남은 샌드위치를 입에 물고 주방을 치우기 시작했다.

<직접 만들었는데 커피랑 먹으면 더 맛있어요. 맛있게 드세요.>

출근한 혁은 책상에 놓여 있는 커피와 도시락을 보자 마음이 따뜻해지며 기분이 좋아졌다. 그리고 자연스레 그의 입가에 미소가 잡혔다.

아침을 거르지 않는 습관 때문에 배가 고프지 않은 혁은 커피에 손을 뻗었다. 며칠 전에 마셨던 커피와 달리 오늘은 적당히 들어간 시럽이 그의 입 안을 달콤하게 채웠다. 커피 특유의 향이 달콤한 향과 함께 섞여 그의 미각을 자극하며 기분을 좋게 만들었다.

도시락 안의 내용물만 보고 닫을 생각에 열었던 혁은 결국 샌드위치를 입에 물었다. 자주 먹었던 맛처럼 그의 입에 착착 감기는 맛에 결국 도시락 안에 든 샌드위치를 모두 먹고 말았다.

오늘 제대로 과식한 혁은 바로 전날 집에서 새벽까지 새로 진행하는 프로젝트 사업의 세부 사항까지 면밀히 검토하며 일한 탓에 뻑뻑해진 눈을 잠시 쉬어주기 위해 의자 등에 무거워지는 머리를 기댔다. 잠시만 쉬자, 생각한 그는 결국 금방 잠에 빠져들었다.

똑똑.

노크를 하고 안으로 들어온 연서는 잠든 혁을 발견하고 다시 나가려다 책상 위에 뚜껑이 열린 채 비워져 있는 도시락을 발견했다. 다 마신 듯 거의 비어 있는 커피 잔도 보였다. 연서는 좀 더 확실히 보기 위해 책상 가까이 다가갔다. 자세히 보니 정말 말끔히 비워져 있었다. 갖다준 당사자인 연서는 그가 맛있게 먹었다는 것에 기분이 좋아졌다.

다행히 입에 맞았나 보다. 이서에게 주말이면 만들어주었던 샌드위치였다. 땅콩 알레르기 때문에 땅콩 대신 참깨를 갈아서 넣은 샌드위치는 땅콩보다 훨씬 고소하다며 이서가 가장 좋아했었다.

혁을 보며 이서를 떠올리던 연서의 눈에 살짝 눈물이 맺혔다. 잠든 그의 얼굴을 멍하니 보고 있던 연서는 꿈을 꾸는지 그가 미간을 좁히자 자신도 모르게 팔을 뻗었다. 그의 미간에 잡힌 주름을 향해 손을 내밀던 연서는 간신히 그의 얼굴에 손이 닿기 전에 멈출 수 있었다.

나 도대체 뭐 하는 거지? 이서가 아닐 수도 있는데…….

내밀었던 손을 꽉 틀어쥐었다.

그래, 그가 이서가 맞는다면, 그때 참고 기다렸던 만큼 다 해줘도 되잖아.

연서는 이내 그에게서 천천히 뒤로 물러섰다. 혹여 자신이 들어왔다 간 걸 알아차리기 전에 나갈 생각이었다. 하지만.

"……서야."

누군가의 이름을 부르는 그의 목소리에 놀란 그녀는 그대로 굳어버렸다.

나른하고 행복한 꿈을 꾸었다. 깨어난 후 어떤 꿈을 꿨는지 기억나지 않지만 무척 기분이 좋은 꿈이었다. 꿈에서 누군가를 만났는데 잠에서 깨는 순간 누군지 기억나지 않았다. 그저 기분 좋은 느낌만 계속 남아 있었다.

잠깐 휴식을 취하려고 머리를 기대고 있었는데 어느새 꿈까지 꾼 모양이다. 흐트러진 자신의 머리를 쓸어 올린 혁은 책상 위에 다 먹은 도시락과 거의 다 마신 커피가 사라진 걸 깨달았다.

살짝 미간을 좁히던 혁은 책상 위 전화 수화기에 붙어 있는 포스트잇을 발견하고 재빨리 손으로 떼어냈다.

<콩콩.>

간결하게 적혀 있는 단어에 혁은 잠시 고민에 빠졌다. 도대체 이건 뭐지? 도대체 뭘 뜻하는지 알 길이 없어 갸우뚱했다.

'설마 자신의 땅콩 알레르기를 언급하는 건가?'

하지만 이렇게 두 개의 단어만으로 확신하긴 애매했다. 도대체 뭘까. 저 단어가 말하고 싶어 하는 게 뭔지 찜찜해졌다. 분명 책상에 놓여 있던 것을 치운 걸 보면, 강연서 그 여자가 왔다가 치우고 나간 게 확실한데.

뭘 원하는 걸까? 단지 그녀가 말했던 그 남자와 닮았기 때문에 관심을 가지는 건가?

턱을 괸 채 한참 동안 손에 든 포스트잇을 보던 혁은 결국 종이를 구겨 휴지통에 넣었다.

정말 신경 쓰이는 여자다.

점심시간에 자리에서 일어선 연서의 시선 끝에 아직 비어 있는 경민의 자리가 보였다. 늘 자신보다 먼저 경민이 점심을 먹자고 했던 그때가 떠올랐다. 자꾸만 경민의 빈자리가 느껴지자 연서는 고개를 저었다. 이제 진짜 경민은 그녀 곁에 없었다.

"뭐 해?"

이번에 남자친구가 새로 사준 가방을 어깨에 메고 나타나 지애가 고개를 갸웃하며 연서를 쳐다보고 있었다.

"아무것도 아니야. 가자."

"연서야, 미안. 오늘 점심 나 급한 일 생겨서 같이 못 먹을 것 같아."

많이 미안해하는 지애의 모습에 연서는 괜찮다며 어서 볼일 보고 오라며 지애를 보냈다. 이미 사무실엔 사람들이 모두 빠져나간 후라 같이 점심 먹자고 붙잡을 사람도 없었다.

좀 일찍 말해주지.

어떻게 할까 고민하던 연서는 핸드폰에 지애가 먼저 약속에 대해 보낸 메시지를 발견했다. 자신이 늦게 메시지를 발견한 건데 괜히 지애 탓을 한 게 미안했다.

혼자 먹는 식사는 별로인데.

그래도 굶을 수 없기 때문에 자리에서 일어났다. 편의점 삼각김밥이라도 먹을 생각에 가방을 챙겨 일어서던 연서는 본부장실 문을 열고 나오는 혁과 눈이 마주쳤다.

'……서야.'

오전에 잠든 그의 입에서 나온 잠꼬대가 다시금 떠올랐다. 정확하진 않지만 분명 누군가의 이름을 부르는 목소리였다.

그때는 너무 놀라 심장이 떨어져 나가는 줄 알았다. 하지만 뒤돌아본 그는 여전히 잠들어 있었다. 혹시 자는 척하는 게 아닌가 싶어 그 앞에 있던 도시락과 커피 컵을 정리하며 기웃거렸지만 그는 꿈쩍도 안 하고 자고 있었다.

혹시 잘못 들었나?

괜히 뭔가 손해 보는 기분에 연서는 책상에 놓여 있는 포스트잇을 한 장 떼어 '콩콩'이라는 단어만 적어 붙여 놓고 나왔다. 알아보든 몰라보든 연서가 부러 내는 일종의 심술이었다. 알아보면 이서가 맞을 테고, 아니면 그 뜻이 뭔지 궁금해하라고.

"강연서 주임님."

"네, 본부장님."

"지난번 올린 추가로 보완할 사항이 있다고 했잖습니까? 그 내용에 대해 같이 체크하고 싶은데, 내가…… 시간이 없으니 점심 먹으면서 보고받고 싶은데 가능합니까?"

"그렇게 급한 게 아닙니다. 한가하실 때 들으셔도 됩니다."

아, 적응 진짜 안 된다. '다. 나. 까.'로 끝나는 대화.

"내가 바쁩니다. 따라와요."

결국 연서는 혁과 함께 엘리베이터를 타야 했다.

"이걸로 식사가 되겠습니까?"

"그럼요."

앞에 놓인 떡볶이와 순대, 어묵탕에 튀김까지 쳐다보던 혁의 떨떠름한 표정을 못 본 척하며 연서는 젓가락을 들었다.

"안 드실 거예요?"

순대 제일 위쪽에 놓인 허파를 콕 집어 떡볶이 국물을 듬뿍 발라 입으로 가져가던 그녀의 말에 결국 젓가락을 들었다. 슬쩍 쳐다보니 참으로 맛나게 먹는다. 일단 미국에서 접해보지 못했던 음식인 탓에 잠시 머뭇거리던 혁은 결국 어묵을 먼저 집어 들었다.

"본부장님도 이렇게 드셔보세요."

연서는 순대 하나를 쿡 찍어 떡볶이 국물을 듬뿍 발라 그의 앞에 놓인 접시에 놓아주었다. 그러면서 그 몰래 씩 웃었다. 그가 과연 먹을지 궁금하기도 했지만 난감해하는 표정을 보는 게 은근 재미있었다.

이서는 연서가 주는 대로 싫다는 말 한마디 없이 모두 먹었었다. 그래서 연서는 이서가 진짜 좋아하는 게 뭔지 헷갈리기도 했다. 그러다 한번은 그냥 혼자 먹는 걸 지켜본 적이 있었다. 이서는 순대에서 간이나 허파 같은 내장보다 순대 자체만을 좋아했다. 그리고 떡볶이보다는 어묵과 튀김을 더 잘 먹었다.

원래 떡볶이와 순대만 사서 먹던 연서는 이서 때문에 네 가지를 항상 같이 시켜 먹는 습관이 생겼다. 오늘도 어쩌면 그가 이서라면 분명 어묵과 튀김을 더 많이 먹을지 모른다는 생각도 들었다. 생각에 빠져 떡볶이를 집었다가 떨어트린 연서의 옷에 떡볶이 국물이 튀었다.

"앗!"

재빨리 피한다고 피했지만, 안타깝게도 그녀의 손과 옷에 묻고 말았다. 손을 뻗어 휴지를 집으려는데, 혁이 더 빨랐다. 그의 손에 들린 휴지가 그녀의 손에 닿았다.

"쯧쯧, 여전히 덜렁대는 성격하곤."

"네?"

여전히? 놀란 표정으로 그를 보는 연서였다. 그녀의 손에 묻은 국물을 닦아주던 그가 그녀의 시선에 움직이던 손을 멈췄다. 그리고 이내 휴지를 하나 더 꺼내 그녀의 손에 쥐여준다.

"옷에 묻은 것도 닦으십시오."

"아, 네."

이미 옷에 스며들어 얼룩이 진 부분을 닦으면서 연서는 잠시 생각에 잠겼다. 정말 이서가 아니라기엔 너무도 이서와 비슷한 그의 행동에 자꾸만 가슴이 울컥한다.

"업무 보고 지금 해야 되나요?"

혁이 바쁘다며 점심 먹으면서 보고를 듣겠다고 한 말을 떠올린 연서였다.

"보고는 사무실 들어가서 듣지요. 어서 먹어요."

"네."

음식을 먹다가 컵에 물이 떨어지면 채워주고, 젓가락을 실수로 떨어트리면 다시 새 젓가락을 자연스럽게 그녀 앞에 놓아주는 그의 행동에 연서의 심장이 요동쳤다. 혹시 자신 혼자 점심 먹는 걸 걱정해서 같이 먹어주려고 일부러 그런 게 아닐까 하는 약간의 기대도 있었다.

"라면사리도 드실래요?"

어느 순간 음식이 바닥을 보일 때쯤 꺼낸 연서의 말에 혁은 도대체 그 많은 음식이 어디로 들어가는지 궁금하다고 생각하면서도 고개를 끄덕였다.

신기하게도 라면사리까지 완벽하게 모두 먹고 난 뒤에 혁은 정말 기분 좋아졌다. 오기 전에 그는 음식을 가장 걱정했었다. 하지만 의외로 자신은 한국 음식을 별로 가리지 않았다. 단지 너무 매운 음식은 적응하기 살짝 힘들었지만 나머지 음식은 나쁘지 않았다.

그중에 오늘 연서와 함께 먹은 분식점 음식은 그에게 묘한 즐거

움까지 선사했다.

"오늘 점심은 제가 쏘는 거예요. 본부장님은 더 비싼 걸로 사주실 거죠?"

"그럽시다. 다음엔 제가 사지요."

계산을 끝내고 나오던 연서는 그녀를 뚫어질 듯 쳐다보는 혁의 시선에 잠시 침을 꿀꺽 삼켰다.

"강연서 씨."

"네?"

"궁금한 게 있는데 말입니다. 나한테 왜 그렇게 잘해주는 겁니까?"

그도 피부로 느낄 정도로 연서는 그에게 잘해주고 있었지만 연서는 차마 그를 테스트하기 위해 하는 일이라는 말은 할 수 없었다.

"제가요? 그런 적 없는데요."

"커피와 샌드위치, 그리고 오늘 점심까지. 아니라고는 하지 마십시오."

"혹시 부담 되셨다면 죄송해요. 지금부터 안 할게요."

"그런 뜻이 아니라……."

"그럼 커피만이라도 계속 갖다드려도 되나요? 시럽 듬뿍 넣어서요."

솔직히 커피는 포기하기 힘들었다. 아침마다 그녀가 갖다주는 커피에 매료되었다. 어디서 파는 커피인지 물어보고 직접 사다 먹어도 되지만 이상하게 그러고 싶지 않았다.

"시럽 듬뿍 넣은 커피는 계속 부탁하고 싶군요."

그의 대답에 연서가 환하게 웃었다.

새로운 제품 개발 때문에 공장에 내려간 연서는 현장에 있던 원재료를 체크하던 중 불량 코일을 발견했다. 코일에 붙어 있는 번호를 체크한 후 자재과에 가서 불량에 대해 확인하려 했다.

"이 대리님, STS304 CR코일 하나가 불량인 것 같은데 자재 입고 시 체크 안 했나요?"

자재과 입고 담당인 이 대리에게 불량 코일 번호를 넘기면서 말하자 그의 얼굴이 딱딱하게 굳었다.

"코일 내릴 때 현장 직원이 확인하지, 자재과에서 확인하지 않아."

"그럼 그 코일 인수한 직원 불러주실래요?"

"강 주임 피곤하게 왜 그래? 대충 좀 하자고."

평소에도 일이 많은 자재팀에게 한낱 마케팅팀 주임 따위가 와서 원재료 입고까지 상관하자 피곤하기도 하고 괘씸하기도 했기에 말투가 곱지 않았다.

"이 대리님! 지금 뭐 하시는 거예요? 지금 개발하는 상품 원재료가 얼마나 중요한지 아시잖아요. 그런데, 그걸 대충 하겠다는 거예요?"

"아, 알았어. 거참."

결국 원재료 입고 당시 사인한 직원이 불려왔고, 당시 불량 확인은 하지 않은 상태에서 물건만 받고 하차를 했다는 걸 확인한 연서는 입술을 꽉 깨물었다. 그렇게 원재료가 중요하다고 신신당부했는데 공장 쪽 사람들은 너무 안일하게 생각하며 일하고 있었다. 그게 너무 화가 났다.

"지금 당장 그 원재료 반품하시고, 내일까지 정상적인 것으로 구해놓으세요."

연서의 말에 이 대리는 대충 알았다는 듯 고개를 끄덕이며 모니터에 시선을 둔 채 그녀를 무시했다.

"알루미늄 코일은 언제 입고되나요?"

"아마 내일이나 모레?"

"보호필름은요?"

"그것도 내일이나 모레? 아니면 다음 달이던가?"

꽝!

결국 연서의 손이 이 대리 책상을 내려쳤다.

"이 대리님, 저와 일하기 싫으시면 당장 담당자 다른 사람으로 바꿔주세요."

"거참, 성질머리하곤. 어린 계집애 주제에 진짜."

"네. 제가 이 대리님보다 나이가 어리지만, 일은 훨씬 잘하고 있는 것 같은데요? 그리고 계집애요? 그게 어때서요? 일하는 데 성별이 중요한가요? 정말 지금이 어떤 시대인데 쌍팔년도 구질구질한 생각을 갖고 남녀차별을 말하시는 거예요? 한 번만 더 그런 말씀 하시면 회사 신문고에 그대로 신고할 테니 조심하세요."

외국회사의 최대 장점은 한국보다 복지와 혜택, 그리고 모든 부분에서 항상 앞서간다는 것이었다.

"야, 너 정말!"

화를 내는 이 대리의 표정에도 불구하고 연서는 원재료 입고 일정을 최대한 모레까지 맞춰달라고 입을 떼는 그때였다.

"자재팀은 늘 이런 식으로 일하는 겁니까?"

느닷없이 끼어든 목소리에 흠칫 놀란 연서는 뒤를 돌아보았다. 문 앞에 본부장이 서 있었다. 지난번 공장 견학 때 휴가를 다녀온 탓에 혁이 누구인지 모르는 이 대리는 피곤하다는 표정으로 안으로 들어오는 혁을 노려보았다.

"누구신데 참견입니까?"

으득으득 이가는 소리가 들렸다.

"내가 누구인지가 중요합니까? 자재팀은 이런 식으로 일하는지 물었습니다."

"거참, 오늘 일진이 왜 이래! 내가 맡은 일을 내 방식대로 일 처리 하겠다는데 뭐 불만입니까?"

"이 대리님, 저분은……."

연서가 혁의 정체를 알려주려고 하자 혁이 손을 들어 그녀에게 그만하라는 표현을 했다. 당장 봐서는 표정 변화가 별로 없었지만 그의 눈동자가 무척 차갑게 느껴졌다.

"김 비서님! 당장 자재 팀장님 오시라고 하십시오."

결국 혁의 지시에 업체에 나가 있던 자재 팀장이 불려왔다. 공장장 사무실에 앉아 같이 기다리던 연서는 좌불안석이었다. 냉기를 펑펑 풍기는 본부장과 그 옆에서 뒤늦게 그의 정체를 알아차린 이 대리가 그의 눈치를 살피며 고개를 푹 숙이고 있었다.

허겁지겁 사무실로 들어오던 자재 팀장은 땀을 뻘뻘 흘리고 있었다.

"오, 오셨습니까?"

얼굴은 더위에 붉어진 채 이마에서부터 쉼 없이 흘러내리는 땀을 수건으로 훔치며 인사를 하던 자재 팀장은 냉담한 혁과 고개를 푹 숙이고 있는 이 대리를 보더니 뭔가 심상치 않은 일이 생겼다는 걸 직감적으로 알았다.

"이번 주말까지 현 자재 실사 조사하셔서 보고해 주십시오."

"네? 그건 매달 말일에 하고 있습니다만?"

"오늘 원자재 중 불량 코일이 있는 것을 여기 강 주임이 발견했습니다. 입고 시 문제가 된 소재는 반품이 원칙인데 그냥 받았다고 하더군요."

"아, 죄송합니다. 앞으로 입고 시 전수검사는 필수로 하라고 지시하겠습니다."

"한국 속담처럼 소 잃고 외양간 고치는 겁니까?"

"네?"

"중요한 샘플을 만들기 위해 구입하는 소재입니다. 그런데 메인 소재는 불량이 입고되고, 나머지 자재는 입고 일정까지 명확하게 나오지 않고 있습니다. 내일 당장 생산해야 하는데 차질이 생겼더군요. 여기에 대해 해명해 주시겠습니까?"

이 대리와 눈을 마주친 자재 팀장은 그제야 강 주임이 계속 자재에 대해 신경 써달라고 했던 말을 떠올렸다.

"죄송합니다. 곧바로 시정하고 물품 입고에 대해선 체크하고 바로 진행하겠습니다."

허리까지 숙여가며 죄송하다는 자재 팀장의 모습에 이 대리의 머리는 더욱 아래로 숙여졌다.

"김 비서님, 자재 팀장님 1개월 감봉, 담당 직원 3개월 감봉 처리하시고 두 분 모두 시말서 받으십시오."

"네? 본부장님, 그건……."

"부당하다고 생각합니까?"

그의 싸늘한 눈길에 항의하려던 자재 팀장은 입을 꾹 다물었다.

"의견 사항 있으시면 신문고에 투서하십시오."

결국 자재 팀장은 한숨을 푹 쉬며 원망의 눈길을 이 대리에게 쏟아냈다.

"뭐 합니까?"

"네?"

상황을 말없이 지켜보던 연서를 향해 툭 뱉어내듯 말을 거는 그였다.

"안 갑니까?"

"가, 가야죠. 네, 그렇죠. 가는데…… 그건 왜 물어보시는데요?"

"지난번에 못 한 자료 보고 지금 같이 가면서 차 안에서 하시죠."

연서는 자신의 대답을 기다리지도 않고 성큼성큼 먼저 나가버리는 그를 보다가 한숨을 푹 쉬었다. 그가 피도 눈물도 없이 냉철하게 일 처리를 한다는 걸 소문으로는 들었지만, 직접 겪고 나니 소름이 돋았다. 그에게 이서가 좋아하던 것을 갖다주면서 테스트하던 걸 멈춰야 하는 건 아닐까 고민했다. 문득 자신도 나중에 그걸 들켜서 지금 이 상황을 겪게 되는 건 아닐까 생각하니 차가운 한기가 온몸을 휘감았다.

분명 여름인데 왜 이렇게 춥지?

연서는 반팔을 입어 드러난 자신의 팔을 쓱쓱 문질렀다.

[8]

차 안에서 긴장한 연서와 달리 혁은 본사로 돌아오는 내내 일에 대한 이야기만 했다. 앞으로 일에 대해 자신이 직접 관여를 할 참이니 기분 나빠하지 말라는 말도 덧붙였다.

본부장인 혁이 직접 나서서 일의 진행 상황을 체크하게 된 그날부터 모든 일은 순조롭게 진행되었다. 덕분에 연서는 일 처리 하면서 현장과 부딪치며 받는 스트레스를 조금 덜 받게 되었다.

첫 번째 샘플이 도착하고 업체와 미팅을 잘 마친 그날, 미팅 보고서와 샘플에 대한 자료를 작성하던 연서는 일이 마무리되지 않아 퇴근 시간이 한참 지났지만 불만은 없었다.

사람들이 모두 퇴근하고 연서 혼자 남아 일을 마무리하고 있던 그때 외부 미팅을 끝내고 자료를 놔두고 퇴근하기 위해 사무실에 들어오던 혁이 그녀를 발견하고 그 자리에 멈췄다. 뒤따라 들어오던 김 비서는 갑자기 멈춘 혁의 어깨 너머로 연서를 발견하고 눈치껏 잠시 뒤로 물러났다.

일에 집중한 탓에 그가 자신을 지켜보고 있는 것도 모른 채 연서는 서류를 작성한 뒤 출력했다. 출력물을 가지러 일어서던 연서는 문득 자신 혼자 남았다는 걸 깨달았다.

"혼자 남는 건 진짜 간만이네."

연서는 혼자만 남아서 가질 수 있는 적막함이 너무 좋았다. 경민이 가끔 출장을 갔을 때나 혼자 남았던 연서는 간만에 컴퓨터로 음악을 재생시켰다. 조용하던 사무실에 음악 소리가 울리면서 분위기가 훨씬 환해지고 부드러워졌다.

대학교 때 가끔 친구들과 나이트를 갔을 때 들었던 음악이 나오자 씩 웃으며 노래를 따라 불렀다. 프린터 앞에까지 간 그녀의 엉덩이가 자연스럽게 실룩실룩 움직였다. 즐거운지 어깨도 흔들흔들 좌우가 가볍게 흔들렸다.

싸이의 '강남스타일'이 나오자 특유의 경마 자세까지 취하며 춤을 추기도 했다. 노래를 따라 콧노래를 흥얼거리며 출력물을 확인하며 자리에 돌아오던 연서는 문득 낯선 시선을 느끼고 문 쪽으로 고개를 돌렸다. 하지만 복도 창문과 입구를 쓱 훑어보고는 아무도 없는 걸 확인하고 다시 일에 집중했다.

그 순간 혁은 재빨리 자신도 모르게 숨고 말았다. 자신이 왜 숨었는지조차 의아해하면서.

마지막 서류 출력을 누른 연서의 시선이 다시 아무도 없는 주위를 쓱 확인하더니 의자에서 일어나 기지개를 쫙 폈다.

"아무도 없으니 한번 해볼까?"

연서는 출력물을 가지러 가며 한때 유행하던 셔플 댄스를 추기 시작했다. 발끝이 움직일 때마다 그녀의 볼펜을 쥐고 있는 한 손은 허공에서 허우적거리며 휘저었다.

그런 그녀의 모습을 숨어서 지켜보던 혁은 결국 참지 못하고 자신의 입을 막고 '쿡.' 웃고 말았다. 정말 엉뚱하단 말이야.

그가 지켜보고 있는 걸 알면 그녀는 어떤 반응을 보일까?

본부장이 웃는 모습을 뒤에서 지켜보던 김 비서는 다시 한 걸음 뒤로 멀찍이 떨어졌다. 웃고 있는 모습이 낯설고 무섭게 느껴졌기 때문이었다. 그런 그의 마음을 아는지 모르는지 혁은 김 비서에게 조심스럽게 다가가 오늘은 그냥 퇴근하라는 말을 조용히 전달했다.

출력물이 모두 나오자, 최종 확인 작업을 마친 연서는 '아싸! 끝났다.'를 외치며 자신의 데스크톱 컴퓨터 전원을 끄고 가방을 어깨에 둘러멨다.

"오늘도 수고했어."

자신의 모니터를 가볍게 툭툭 쳤다. 사무실 불까지 꼼꼼히 다 끄고 나오던 연서는 문을 여는 순간 자신도 모르게 소리를 지르며 바닥에 철퍼덕 주저앉고 말았다.

"으악!"

어두운 복도에 서 있는 검은 인영의 모습에 마치 귀신을 보는 것처럼 소름 돋았다.

"괜찮습니까?"

하지만, 익숙한 혁의 목소리가 들리자 연서는 눈물을 그렁그렁 매단 채 그를 올려다보았다. 놀란 가슴을 쓸어내리며 안도의 한숨을 내쉬었다.

"본부장님?"

혁은 자신 때문에 놀란 연서에게 손을 내밀었다. 연서는 그런 그의 손을 거절하지 않고 그대로 잡고 일어섰다.

"괜찮습니까?"

"여, 여기서 뭐 하고 계세요?"

놀란 탓에 말이 더듬더듬 나왔다. 정말 심장이 떨어져 나가는 줄 알았다.

"사무실에 놓고 갈 물건이 있어 잠시 들렀습니다. 나 때문에 놀란 것 같은데 사과하지요."

"뭐, 괜찮아요."

연서는 아직까지 자신의 손을 잡고 있는 그의 손을 쳐다봤다. 그의 손에서 느껴지는 온기는 따뜻했다. 이서도 손이 무척 따뜻했는데.

"저, 손은 이제 그만……."

"아, 미안합니다."

"그럼 전 이만."

짧게 묵례를 한 뒤 그를 살짝 비껴가려고 했다. 하지만 연서는 자신의 팔을 잡는 혁 때문에 그럴 수 없었다.

"강연서 씨, 바쁘지 않으면 술 한잔 같이 마셔줄래요?"

팔에 머물렀던 연서의 시선이 위로 들리면서 자신을 보고 있는 혁의 시선과 맞닥뜨렸다. 잔잔한 물결처럼 검은 그의 눈동자에 짠한 감정이 묻어났다. 연서는 대답 대신 고개를 주억거렸다.

시원한 맥주의 탄산이 잔을 타고 끝까지 올라오는 모습을 지켜보던 연서는 통화로 잠시 자리를 비운 혁의 빈자리를 보았다. 언제까지 기다려야 하지? 뽀얀 거품을 보며 연서는 입맛을 다셨다.

맥주, 소주, 소맥이라는 단어가 머릿속에 차례로 떠올랐다.

예전 이서와 성인이 되면 제일 먼저 어떤 걸 먹을 건지 이야기했었다. 이서는 맥주를 연서는 소주를 외쳤다. 그러다 '같이 먹는 건 안 돼?'라며 우울해하는 이서의 모습에 연서가 결국 소맥을 외쳤던 기억이 떠올랐다.

결국 이서가 떠나고 난 뒤 술 한 잔조차 같이 할 기회도 오지 않았다. 다음에 이서가 돌아오면 꼭 같이 맥주 마시고, 소주도 마시고, 마지막으로 소맥을 마시자, 혼자 다짐했었다.

"치, 나쁜 강이서."

중얼거리듯 말한 연서는 앞에 놓인 맥주를 들이켰다. 나중에 술잔뜩 먹이고 괴롭혀주고 말 테다, 벼르며 목 넘김이 좋은 시원한 생맥주를 꿀꺽꿀꺽 삼켰다.

"혼자만 마실 겁니까?"

통화를 끝내고 자리에 돌아온 혁은 혼자 술을 마시고 있는 연서의 뒷모습에서 시선을 뗄 수 없었다. 그녀의 뒷모습이 낯설지 않게 눈에 박혔다.

"아니요. 통화한다고 자리 비우신 분 기다리다가 이제 한 모금 마신 건데요. 어서 앉으세요."

신기하게도 어두침침한 공간에서도 빛이 나는 여자였다. 첫잔은 건배를 하고 마셔야 한다는 연서의 말에 잔을 부딪친 후 입에 시원한 맥주를 털어 넣었다. 혁은 자신이 그녀에게 갑자기 왜 술을 마시자고 했는지 스스로도 의아했지만, 막상 같이 술잔을 앞에 두고 보니 기분이 좋아졌다.

"본부장님은 여자친구 있으세요? 음, 그러니까 걸 프렌드? 아니지, 애인이라고 해야 되나요?"

세 번째 도착한 맥주를 마시던 연서가 결국 맥주는 배부르다며 소주를 시켰다. 그러면서 예전에 이서와 함께 마시려던 술 순서를 혼자 채워가고 있었다. 또르륵 소주가 잔에 채워지는 소리가 두 사람 사이에 맑게 울렸다.

"알고 지내는 여자는 많지만 애인은 없군요."

"설마 본부장님도 어장관리 하는 거예요?"

"어장관리요?"

"그런 거 있잖아요. 풍요 속에 빈곤이라고요. 주위에 여자는 많은데 막상 마음에 드는 사람이 없는 거요. 그렇다고 주위 여자들을 다 끊어내지도 않고 괜한 기대를 주는……."

"그거, 바람둥이냐고 묻는 겁니까?"

"아, 그것도 비슷하네요."

"제가 바람둥이 같습니까?"

"아뇨."

연서는 바로 단호하게 대답했다. 이서가 아니라도 이서를 닮은 사람이 바람둥이라니! 정말 생각만 해도 싫었다. 왜 물어봤는지 바로 후회했다. 소주잔을 들어 가볍게 입에 털어 넣었다. 소주의 쓴맛이 목에 퍼지며 알싸한 단맛을 냈다.

"다행이네요. 그럼 강연서 씨는 애인 있습니까?"

질문을 하는 혁의 눈매가 날카롭게 빛났다. 차경민 대리. 그 남자가 떠올랐다. 질문을 하면서도 가슴이 시리다.

"차경민 대리와 사내커플이라고 들었습니다만."
"아…… 뇨. 경민이랑 저, 그런 사이 아니에요."
다른 남자의 이름을 자연스럽게 부르는 그녀의 입술에 혁의 시선이 머물렀다.
"우린 오래된 친구예요."
연서의 눈이 죄책감으로 가늘어졌다. 경민이만 떠올리면 괜스레 미안한 마음이 먼저 앞선다. 그런 연서의 변화를 감지한 혁의 손에 힘이 들어갔다. 오래된 친구 사이? 그런 사이인데 진한 키스도 했다고? 키스하던 모습을 다시 떠올리니 기분이 묘하게 나쁘다.
"소주 마셔봤어요?"
경민이 이야기는 늘 마음이 아프기에 갑자기 화제를 바꾸는 연서였다. 혁 역시 다른 남자 이야기에 반응하는 그녀의 모습이 거슬렸던 참이라 그녀의 장단에 맞춰 소주잔을 들었다.
"물론."
"본부장님 주량은 어떻게 되세요? 술 잘하세요?"
"강 주임보다는 셀 것 같군요."
"흐음, 그래요?"
연서는 웬만한 남자들보다 술이 센 편이었다.
"아마도."
"그럼 내기할래요?"
"무슨 내기를?"
"이기는 사람 소원 하나 들어주기요."
"좋습니다. 나중에 무르기 없습니다."

"콜!"

그녀의 의미심장한 미소에 등 뒤로 순식간에 한기가 지나갔지만 혁의 표정은 담담했다. 하지만 그녀의 다음 행동을 보는 순간 잠시 고민에 빠졌다.

작은 맥주잔을 두 개 챙겨온 연서는 그 잔에 소주를 먼저 채운 뒤 그 위에 맥주로 채웠다. 그리고 씩 웃으며 손에 들고 있던 숟가락으로 한 번에 내려쳤다. 그 순간 컵 바닥에서부터 올라온 탄산은 순식간에 위에서 거품을 만들어냈다.

"이건 소맥이에요. 맛은 확실히 보장해요."

연서의 손에서 건네받은 잔을 의심스런 표정으로 보는 혁을 보던 연서는 자신 앞에 놓인 잔을 들었다. 그리고 그가 들고 있는 잔에 자신의 잔을 부딪치며 '원 샷!'을 외치고 단숨에 마셨다. 한 잔을 가뿐하게 마시는 연서를 보던 혁은 의외의 재미에 연서를 따라 단숨에 잔을 비웠다. 생각보다 술이 부드럽게 넘어갔다.

그렇게 몇 잔이 들어가고 빠르게 줄어들던 술이 점점 느리게 줄어들었다.

"저 사실 본부장님 처음 봤을 때 정말 놀랐어요."

혁은 감자튀김을 입에 넣어 씹으며 연서를 보았다.

"제가 기다리는 이서와 너무 닮아서요."

혁의 한쪽 눈썹이 떨떠름하게 올라갔다. 또 그 이름이었다.

"얼마나 닮은 겁니까?"

"많이요. 아주 많이. 아니, 사실은 이서와 쌍둥이처럼 똑같아요. 혹시 쌍둥이 형이나 동생 없어요?"

"아쉽지만 쌍둥이는 아닙니다."

"……네."

"한 가지만 물어봅시다."

정말 궁금했다. 도대체 그가 누구이기에.

"도대체 그 이서라는 사람이 누구인데 그렇게 기다리는 겁니까?"

"제 동생이요."

동, 동생? 그러니까 동생을 기다리고 있는데, 그 동생이 자신과 닮았다? 허, 갑자기 허탈한 웃음이 나왔다. 그러면서 은근히 안심이 됐다. 동생이라니. 허허. 자꾸 실없는 웃음이 나왔다.

연서는 '제가 사랑하는 사람'이라는 말은 하지 않았다. 나중에 이서에게 가장 먼저 하고 싶은 말이라서.

과음은 다음 날 엄청난 두통과 내장의 쓰림을 남겨줄 뿐이었다. 하지만 아침에 눈을 뜬 연서는 쓰린 속을 부여잡고 찡그리면서도 입가엔 웃음이 가득했다.

"흐흐흐."

어제 술내기는 결국 연서가 이겼다. 끝까지 버티며 연서와 똑같이 마시던 본부장은 결국 마지막 잔을 마시다가 화장실로 뛰어갔다. 그런 그를 보면서 연서는 마지막 한 잔까지 알뜰하게 마시며 승리를 자축했다.

술을 마신 다음 날이 토요일이라서 정말 다행이었다. 아니면 연서는 쓰라린 속을 부여잡고 미간에 온갖 인상을 쓴 채 일을 하고 있었을 테니까.

'내기에 졌으니 말해요. 소원.'

'나중에요.'

'그런 게 어디 있습니까?'

'소원은 신중하게 생각해보고 말할게요. 당장 급한 건 아니잖아요. 자꾸 보채지 말아요. 그러다 제가 본부장님께 갑자기 회사에서 고속 승진이라도 시켜달라는 소원을 말하면 어떡하려고 그래요?'

'승진요?'

'아, 그건 절대 소원으로 말 안 할 테니까 걱정 마세요. 회사와 상관없는 소원으로 생각해보고 할게요.'

황망한 얼굴로 알았다 대답한 혁의 모습을 다시 떠올리던 연서는 침대에 드러누워 킥킥 웃었다. 신기하게도 이서를 닮아서인지 다른 상사들과 달리 그를 대하는 게 어렵거나 거부감이 들지 않았다.

"으, 속 아프다."

평소보다 많이 마신 술 탓에 쓰린 속과 배고픔을 느낀 연서는 아래층으로 내려갔다. 이미 엄마는 카페에 나갔는지 보이지 않았다. 주방으로 들어간 연서는 가스레인지 위에 놓인 냄비 뚜껑을 열었다. 내용물을 보는 순간 픽 웃었다. 엄마는 과음한 딸을 위해 북엇국을 한 냄비 가득 끓여놓고 출근했다.

"이 정도면 며칠은 먹겠다. 하여간 우리 엄마 손 큰 건 알아줘야 해."

한 그릇 가득 담아 밥을 말아 먹던 연서는 문득 본부장인 혁도 지금쯤 일어나서 해장이라도 했는지 궁금했다. 핸드폰을 뒤적거리던 그녀의 손가락이 거침없이 찾던 번호를 꾹 누르려던 순간, 전화가 울렸다.

"어우 깜짝이야."

본부장 혁의 전화였다.

"어? 텔레파시가 통했나?"

통화 버튼을 누르고 '여보세요'라고 하자, 반쯤 잠긴 목소리가 수화기를 통해 들려왔다.

-혹시, 해장국 잘하는 집 알고 있습니까?

"해장국집이요?"

-어제 과음 때문에 계속 속이 좋지 않네요. 아직 입에서 술 냄새가 나는 것 같습니다만 해장이라도 하면 좀 나아질 것 같은데, 아는 곳 있습니까?

해장국이라는 말에 연서는 자신 앞에 놓인 북엇국을 보았다. 안 그래도 엄청 많이 끓여놔서 며칠 먹게 생겼다고 생각했는데.

"집 주소 문자로 알려주실래요?"

-집은 왜?

"아주 맛있는 해장국 드시게 해드릴게요."

그녀의 말에 고개를 갸우뚱하던 혁은 알았다고 하고 통화를 끝냈다. 이내 자신의 주소를 문자로 전송하고 나서 픽 웃고 말았다.

자신이 술내기를 하다니. 원래 도박이나 포커 등 유흥과 관련된 내기 같은 건 별로 좋아하지 않았다. 그런 자신이 그녀와 내기를 했다는 사실만으로도 웃음이 나왔다.

그녀와 술을 마시면서 설마 자신이 질까 싶은 마음도 있었다. 그래서 술내기를 만만히 봤던 탓도 있었다. 사실 어제 맥주만 마셨으면 끝까지 버틸 수 있었을 텐데, 평소 익숙하지 않은 소주와 소맥은 그에게 처참한 패배를 안겨주었다.

해장국집을 알려주면 나갈 생각에 뻐근해지는 목을 주무르며 침대에서 일어났다. 슬쩍 본 핸드폰에 아직 문자가 도착하지 않았지만 혁은 당연히 그녀가 문자를 보내줄 것이라 믿었다.

하지만, 샤워를 하고 나와서 확인했지만 남겨진 문자는 없었다. 문자가 없는 걸 확인하는 순간 서운한 마음이 들었다.

혹시 까먹었나? 다시 한 번 전화를 해야 하나 말아야 하나 고민하는 그때 현관 벨이 울렸다.

이 시간에 올 사람이 없을 텐데? 혁은 젖은 머리를 수건으로 툭툭 털며 모니터를 확인했다.

'강연서?'

모니터엔 조금 전 통화한 그녀가 보였다.

예상치 못한 그녀의 등장에 혁은 잠시 멍해졌다. 벨을 눌러도 대답이 없어서인지 연서의 얼굴이 화면에 가까이 다가왔다. 입을 살짝 앞으로 내민 그녀의 얼굴이 확대되자 혁은 자신도 모르게 뒤로 살짝 물러섰다. 두근두근. 심장이 요동쳤다.

-없나? 본부장님! 안 계세요? 아직 자나?

다시 벨을 꾹 누르는 그녀 때문에 혁은 재빨리 정신을 차리고 수화기를 들었다.

"자, 잠깐만 기다려요."

혁은 열림 버튼을 누르고 현관문으로 연서가 들어오는 걸 지켜봤다. 여전히 놀란 심장이 뛰고 있었다.

"실례합니다."

연서는 예의 바른 인사를 하면서 안으로 들어왔다. 같이 술을 마셨음에도 숙취 따위는 아예 없는 듯 말끔한 모습으로 들어오던 연서는 앞에 서 있는 혁을 발견하곤 두 눈이 커다래졌다.

"어쩐 일입니까?"

놀란 마음을 감추며 담담하게 그녀에게 말을 걸었다. 하지만 연서의 표정이 묘하게 바뀌더니 자신을 위에서 아래로 재빨리 훑어 내리는 걸 보았다.

"저기, 옷부터 좀 입으시는 게……."

그녀의 말에 혁은 자신의 상태를 보았다. 막 샤워를 하고 나온 상태라서 상체는 당연히 입은 것이 없었고, 아래는 평소대로 큰 수건으로 감싸고 있었다. 미국에서 생활할 때의 습관이라 별다른 이상을 느끼지 못하는 그였다. 하지만 얼굴까지 돌리며 시선을 피하는 그녀의 행동에 이곳이 미국이 아닌 한국이라는 걸 깨닫고 '아, 미안합니다.'라는 말을 하고 자신의 방으로 들어갔다.

"어휴, 심장 떨려라."

운동을 많이 한 사람처럼 완벽한 초콜릿을 이루고 있는 그의 복근에 연서는 처음엔 당황했지만 이내 곁눈질로 보면서 은근슬쩍 자신의 눈을 호강시켰다.

그가 옷을 입으러 들어간 사이 연서는 주방을 찾아 그곳으로 들어갔다.

주방은 생각대로 너무 깨끗했다. 식기는 갖춰져 있기만 할 뿐 한 번도 사용한 적이 없는 듯했다. 갖고 온 북엇국은 냄비를 찾아 그곳에 담아 불에 올려 데우고 반찬 몇 가지를 꺼내 식탁 위에 차렸다.

"뭡니까?"

흰색 티셔츠에 청바지를 입고 나온 그의 모습은 심플하면서도 세련되어 보였다. 거기에 아직 젖어 있는 머리가 은근 그를 섹시한 남자로 둔갑시켰다. 정말 이서가 갑자기 어른 남자가 되어 돌아온 듯한 모습이 상상되어 심장이 쿵쿵 뛰었다.

"앉으세요. 아까 전화로 말했잖아요. 맛있는 해장국 드시게 해 드린다고."

연서는 그가 서 있는 자리 앞에 숟가락과 젓가락을 놓으며 씩 웃었다.

"아침에 엄마가 해장국을 엄청 많이 끓여놨더라고요. 그래서 갖고 왔어요. 어차피 본부장님도 해장하셔야죠. 어제 저 때문에 엄청 과음하셨잖아요."

팔팔 끓은 북엇국을 떠서 놓고 아직까지 서 있는 혁을 보았다. 의자와 자신을 번갈아 보는 그녀의 시선에 혁이 마침내 자리에 앉았다. 배 속에서 꼬르륵 소리가 나고 냄새에 자연스럽게 생겨난 침샘이 그의 입 안에 가득 고였다.

"밥이 없을 것 같아 햇반으로 가져왔는데, 괜찮죠?"

전자레인지에 데운 햇반을 꺼내 밥을 그릇에 옮겨 앞에 놓아주었다.

"맛있게 드세요."

그의 맞은편에 앉은 연서는 수저를 들어 국부터 맛을 보는 그를 지켜보았다.

"음, 맛있네요."

겨우 한 수저 뜬 국물이 몸속으로 들어갔을 뿐인데 파장 효과는 엄청났다. 예전에 한인식당에 가서 북엇국을 먹어본 적이 있었다.

그때는 그냥 먹을 만하다고 생각했었다. 그런데 지금 먹는 북엇국은 입 안에 착착 감기는 게 진짜 맛있었다.

"맛있죠? 저희 엄마가 음식 실력이 좋아요. 그래서 반찬투정 한 번도 안 했다니까요. 카페 관두고 식당이나 반찬 가게 차리라는 동네분들도 있는데, 엄마는 카페가 좋대요. 거기서 공방도 같이 운영하는데 수강생이 엄청 많아요. 그런데 전, 엄마를 닮지 않아서 만드는 음식이 매일 실패한다니까요."

묻지도 않았는데 주절주절 이야기를 꺼내는 연서의 모습에 혁의 입가에 저절로 미소가 잡혔다. 가족의 소소한 일상을 들려주는 그녀의 이야기에서 따스함이 느껴지며 가슴이 뭉클해졌다.

"같이 안 먹습니까?"

"아, 저 아까 통화할 때 먹었어요. 그것도 두 공기나 먹었다니까요. 배터질 정도로 먹었어요. 본부장님 많이 드세요. 국 더 드려요? 아님 밥?"

"됐습니다. 과식하는 편이 아니라서."

"그럼 남은 음식은 나중에 드세요."

자신이 할 일은 다 했다는 듯 일어서던 연서는 '아, 맞다.'라고 말하더니 냉장고를 열어 가져온 커피를 꺼내 시럽을 넣고 밥 먹고 있는 혁 앞에 놓아주었다.

"아침에 내린 커피예요."

사무실에 아침마다 챙겨서 갖다주던 커피를 잊지 않고 챙겨온 연서의 행동에 그저 고개를 저었다.

"혹시 말입니다."

국물까지 말끔히 비운 혁은 연서의 얼굴을 뚫어질 듯 쳐다보았다. 그의 시선을 처음엔 부담 없이 마주 보던 연서는 점점 집요해지는 그의 눈빛에 얼굴이 붉게 물들었다.

"나한테 관심 있습니까?"

돌려 말하거나 어려운 말을 지어내지 않고 나온 직설적인 말에 유난히 동그란 연서의 눈이 더 동글동글해졌다.

"네."

그녀 역시 대답을 회피하거나, 아니라는 말은 하지 않았다. 어차피 아니라고 해도 믿지 않는 눈치였기에 그냥 사실대로 대답했다.

"제 동생 이서와 너무 똑같이 생겨서 자꾸 챙겨줘야 될 것 같고, 자꾸 신경이 쓰여요."

그냥 자신에 대한 호기심이나 관심이길 바랐다. 하지만 또 그녀의 동생 이름이 나오자 나른하게 풀려 있던 혁의 얼굴이 굳어졌다.

"착각하고 있는 것 같아서 말입니다."

묘하게 뒤틀린 기분 탓에 차갑게 식은 말투가 느리게 나왔다. 그녀가 자신을 동생이라는 사람의 대용품으로 보고 있다는 생각이 강하게 들었다. 그게 싫었다. 자신이 싫어한다는 걸 알려주고 싶다는 생각이 강하게 들었다.

드르륵, 소리가 나면서 의자가 뒤로 밀렸다,

의자에서 일어선 혁의 긴 손가락이 탁자에 놓인 빈 그릇을 들었다. 싱크대로 갖다놓는 그의 행동이 느리게 재생되듯 움직였다. 순식간에 그의 바뀐 분위기를 연서도 느꼈다.

"난……."

그릇을 싱크대에 놓고 돌아선 혁이 천천히 연서에게 다가왔다.

"당신 동생 대용품이 아닙니다."

화가 난 듯한 그의 표정과 눈빛에 연서는 움찔하며 뒤로 한 걸음 물러섰다. 그와 동시에 식탁과 의자가 서로 부딪치며 달그락 소리가 났다. 더 이상 뒤로 물러설 곳이 없었다.

"대, 대용품이라니요. 설마……."

그가 점점 더 가까이 다가오자, 비누 냄새와 알싸한 스킨 냄새가 훅 치고 들어왔다. 꿀꺽! 긴장으로 입 안에 고인 침을 삼킨 연서는 억지로 입가에 미소를 만들어냈다.

"설마? 지금도 동생과 똑같이 생겨서 챙겨준다고 하지 않았던가요?"

"그건 그렇지만……."

닿을 듯 말 듯 가까이에 선 혁의 눈동자에 어색한 자세로 서 있는 자신의 모습이 비친다. 표정까지는 확실히 보이지 않지만 뭔가 불안해하는 자신의 모습을 깨닫고 이내 자세를 바로잡았다. 기죽을 필요 없어!

"사실 저, 계속 본부장님이 제 동생이 맞을지 모른다고 생각하긴 했어요. 아니, 지금도 사실 맞는 것 같다고 생각하기도 하고요. 외모도 식성도 너무 똑같아요. 가끔 보면 진짜 이서가 돌아온 게 아닐까 착각도 할 정도예요. 죄송해요. 저도 알아요. 본부장님이 제 동생 이서가 아니라는 걸 아는데 그게…… 잘 안 돼요."

사과를 한 연서는 그만 고개를 푹 숙이고 말았다.

그가 이서라고 하기엔 나이부터 다르다. 게다가 마음 따뜻한 이서는 늘 자신을 포함한 모든 사람들에게 다 친절했다. 늘 양보하고 뒤에서 사람들이 힘든 걸 도와주는, 착하고 마음이 여린 혹은 마음이 예쁘고 여린 아이였다.

공장에서의 일을 겪으면서 연서는 그가 단지 이서와 닮은 다른 사람일지 모른다고 생각하게 됐다. 그래서 테스트하던 걸 그만둘 생각이었다.

하지만, '그는 이서가 아니다.'라고 생각하면서도 자꾸만 그에게 시선이 가고, 자꾸 신경이 쓰였다.

"강연서 씨."

혁의 부름에 연서는 고개를 숙인 채 작게 '네.'라고 대답했다.

"당신 동생과 내가 다른 점은……."

그가 손을 들어 고개를 숙이고 있는 연서의 턱을 들어 올렸다. 서로의 시선이 허공에서 엉겼다. 미안함을 가득 담고 있는 연서의 눈빛이 가슴에 송곳이 되어 콕 하며 박혔다.

"당신 동생은 절대 이런 건 못 할 겁니다."

혁의 얼굴이 생각보다 가까이 다가온다고 생각한 순간 연서의 촉촉한 입술에 그의 부드러운 입술이 닿았다.

[9]

창문을 가리고 있는 블라인드를 살짝 걷어서 밖을 살피던 혁의 시선은 곧장 연서가 앉아 있는 자리로 향했다. 연서는 옆 자리 직원과 이야기를 나누고 있었다. 뭐가 즐거운지 연신 웃으면서 이야기를 나누는 그녀의 모습에 은근 속에서 부아가 치밀어 올라왔다. 어제 일이 떠오른 혁의 미간이 심하게 일그러졌다.

"이제 확실히 알겠습니까? 난, 당신 동생이 아니라는 사실을."

그녀에게 키스한 이후 뱉은 첫 대사였다. 연서는 얼굴을 붉게 물들인 채 키스 때문에 살짝 부어오른 입술을 잘근 씹어댔다. 손을 들어 씹고 있는 입술이 안타까워 잡아 빼자, 그녀의 눈에 당황스러움이 담겼다.

"그만 가볼게요."

여기서 더 몰아붙이고 싶고 조금 더 그녀의 입술을 탐하고 싶은 강한 욕망이 끓어올랐지만, 두려워하는 그녀의 눈빛과 떨고 있는 그녀의 목소리에 순순히 옆으로 비켜주었다. 그러자 연서가 그의 품에서 도망치듯 벗어났다. 품 안에 있던 그녀가 빠져나가자 허전함이 물밀듯이 밀려왔다.

"강연서 씨, 나와 연애할 생각 없습니까?"

현관으로 달려가던 연서는 그의 말에 그 자리에 우뚝 멈췄다. 혁은 빠르지도 그렇다고 느리지도 않은 걸음으로 그녀에게 다가갔다. 연서의 어깨가 떨리는 게 보였다. 뭔가 심상찮은 걸 느끼고 그녀의 어깨를 붙잡고 돌려세웠다. 그러자 기다렸다는 듯이 그녀의 눈에서 눈물이 흘러내렸다.

"아뇨, 없어요."

바로 돌아온 대답은 그의 심장에 대못을 박았다.

"왜……."

"전…… 사랑하는 사람 있어요."

그 말을 끝으로 연서는 그를 남겨둔 채 나갔다. 붙잡고 싶었지만 울면서 가는 그녀를 잡을 용기가 없었다. 심장이 답답해지고 심하게 두근거렸다. 처음엔 그냥 호기심이었다. 가까이 있어서 신경이 쓰이는 여자일 뿐이라고 생각했다. 하지만, 깨달았다. 지금 자신의 마음을. 강연서라는 여자에게 자신이 품은 마음이 단순한 호기심이 아닌 것을.

사랑하는 사람이 있다는 그녀의 말을 듣는 순간 엄청난 상실감과 절망에 빠진 혁은 그날부터 아무것도 할 수 없었다.

블라인드를 다시 내렸다. 다음 날 연서는 업무적인 일 빼곤 그가 말을 걸어도 무시했다. 차라리 화를 내지. 그게 더 마음이 편할 텐데, 그녀는 그를 피하며 얼굴조차 마주치려고 하질 않았다. 저 혼자만 그녀의 모습을 집요하게 눈으로 좇고 있었다. 화가 난 것일까? 깊은 한숨이 자꾸만 그의 입에서 쏟아졌다. 그녀에게 신경 쓰는 순간부터 업무 처리에 잦은 실수가 생기기 시작했다.

책상으로 돌아온 혁은 욱신거리는 가슴의 두드림을 외면하기 위해 쌓여 있는 서류를 검토하기 시작했지만 여전히 눈에 들어오지 않았다.

아무도 없는 옥상에서 주위를 보는 연서의 시선은 어느 한 곳도 머물지 못한 채 허공을 겉돌았다.

"하아."

사실 연서는 두려웠다. 이서와 닮은 혁을 볼 때마다 두근거리는 심장이 진짜로 그를 향할까 봐. 잠시나마 마음이 흔들렸다. 며칠째 가슴이 답답하고 무서워졌다. 그래서 그에게서 도망쳤다. 이서와 닮은 그에게 흔들렸다는 사실이 그녀를 혼란에 빠트렸다.

오늘 하루 종일 그녀에게 닿는 집요한 시선을 모르지 않았다. 얼굴이 따끔거릴 정도로 혁은 그녀를 보고 있었다. 회의 중에 잠깐 고개를 들었다가 마주친 그의 시선에 심장이 미친 듯이 반응했다. 다시 고개를 숙이고 외면한 연서는 그의 눈을 마주 보고 싶은 걸 꾹 참았다.

"어디에 있어? 왜 안 돌아와? 보고 싶다. 빨리 돌아와, 제발."

빨리 돌아와서 지금 흔들리는 이 느낌이 가짜라고 알려줘.

아침마다 이마와 입술에 닿던 모닝키스가 그리웠다. 강아지처럼 웃는 이서의 미소가 보고 싶다. 가늘고 예쁜 손으로 머리를 쓱 쓱 쓰다듬어주던 그 손길도 너무 느끼고 싶었다.

"자, 마셔."

종이컵에 믹스커피를 타 온 지애가 연서에게 내밀었다.

예전부터 연서와 지애는 누구 한 명의 기분이 좋지 않아 보이면 달콤한 것을 마셔야 기운난다며 믹스커피를 서로에게 타서 갖다주곤 했었다.

경민이 떠난 뒤 연서를 지켜보던 지애는 이젠 연서가 이서의 그림자에서 벗어나길 바라고 있었다. 이서의 그림자는 너무 오랜 시간 연서를 붙잡고 있어서 때론 이서가 너무 원망스러울 정도였다.

"기운 내."

오래 봐온 만큼 연서의 기분을 바로 알아챈 지애의 시선은 연서가 아닌 저 멀리 날아가는 새에게 머물렀다.

"혹시 경민이가 지방으로 간 것 때문이라면 너무 자책하지 마. 나도 솔직히 너랑 경민이가 잘되길 바라긴 했는데, 네가 경민이를 받아주지 않는 이유가 있을 거라고 생각했어. 그래서 네가 결정하는 일에 늘 찬성하고, 네 의견을 존중했어."

연서가 경민을 밀어낸 이유가 이서 때문이라는 걸 알고 난 후부터 돌덩이로 속을 꽉 막고 있는 것처럼 답답했다.

"하지만 연서야, 지금까지 돌아오지 않는 이서를 기다리고 있는 네 모습을 보면서 그게 정말 너에게 좋은 건지 나쁜 건지 솔직히 잘 모르겠다."

멀리 날아가버린 새가 보이지 않을 때쯤 지애는 연서를 마주 보았다.

"차라리 이서를 포기해."

그동안 마음엔 있어도 못 했던 쓴소리를 뱉어냈다. 이제 연서도 그만 이서를 놓고 새로운 누군가를 만나길 바라는 마음에서 더 독한 소리가 흘러나왔다.

"어쩌면 이서는 널 완전히 잊고 새로운 삶을 살고 있을지도 몰라. 그냥 잊자. 응? 옆에서 지켜보는 내가 답답해서 미치겠어."

이서가 잊어버리고 새로운 삶을 살고 있을지도 모른다는 지애의 말은 연서의 심장에 심한 물보라를 일으켰다. 마냥 돌아올 것이라 생각했었다. 단 한 번도 그녀를 잊어버리고 살고 있을 거라는 생각은 전혀 해본 적이 없었다. 그 누구도 그 말을 한 적도 없었다.

"아니야. 이서는 그런 애 아니야."

그럴 리가 없다. 연서가 알고 있는 이서는 절대 그런 애가 아니었다. 지애는 절대 모른다. 이서와 연서를 이어주던 그 감정을.

"그건 모르지. 이서가 너와 살던 그때와 모든 것이 바뀌었으니, 사람도 바뀔 수 있어."

사람은 환경에 따라 바뀌기도 한다. 그렇지만 이서는 절대 바뀌지 않을 거라 믿었다. 그런데 지애의 말에 자꾸만 흔들리려 한다.

"그리고 이서가 돌아온다고 치자. 그럼 이서도 너와 같은 마음일 거라는 확신이 있어?"

쿵!

심장에 엄청 큰 망치가 치고 지나갔다. 그 충격으로 연서의 눈동자가 불안감에 흔들리기 시작했다.

"난, 아니라고 생각해. 누나로 기억하는 널 이서가 과연 여자로 받아들일까?"

지애의 마지막 말은 한 줄기 동아줄처럼 붙잡고 있던 연서의 마음에 커다란 파문을 일으켰다.

"점심시간 끝나가. 마음 정리하고 내려와. 먼저 내려갈게."

다 마신 종이컵을 들고 돌아선 지애는 옥상 입구에서 다시 연서를 돌아봤다. 여전히 그 자리에 그대로 못 박힌 듯 움직이지 않는 연서의 모습에 짠한 마음이 들었다.

진짜 친구이기 때문에 당연히 쓴소리라도 해서 깨닫게 해줘야 하는 게 맞는데도 왠지 미안한 마음이 더 커졌다.

"미안하다, 연서야."

그녀에겐 들리지 않지만 사과를 하고 돌아섰다. 그러다 바로 그 순간 불쑥 튀어나온 사람 때문에 기함하며 놀랐다 이내 가슴을 쓸어내린다.

"끝나고 시간 괜찮으면, 이야기 좀 할 수 있습니까?"

그녀에게 말을 걸면서도 그의 시선이 연서에게 향하는 걸 바로 알아챈 지애는 이내 고개를 끄덕였다.

회사 근처 조용하고 한적한 카페에 도착한 지애는 이런 곳도 있었나 생각하며 주위를 살펴보다 바에 앉아 자신을 쳐다보고 있는 혁을 발견하고 그의 옆자리에 앉았다.

"와, 회사 근처에 이런 곳도 있었네요. 이상하다, 이쪽으로도 몇 번 다녔는데 처음 보네요."

"얼마 전 개업한 곳입니다. 뭐 마실 겁니까?"

"음, 전 칵테일은 잘 안 마셔봐서. 그냥 약하고 마시기 부드러운 걸로 추천해주세요."

"그럼 도수가 낮고 복숭아 맛이 나는 피치 크러시가 괜찮을 겁니다."

주홍빛의 예쁜 칵테일을 받아 든 지애는 '와.' 감탄을 쏟아내며 맛을 음미했다. 상큼하고 새콤달콤한 맛이 섞인 복숭아의 색다른 맛이 입 안을 개운하게 만들어주었다. 덕분에 알코올 특유의 맛은 거의 느껴지지 않았다.

"본부장님은 이런 곳에 자주 오시나 봐요?"

"가끔이요."

"저희는 매일 소주, 맥주를 마시는지라. 솔직히 이런 곳은 몇 년에 한 번 올까 말까 하거든요."

분위기도 나쁘지 않고 마시는 술도 꽤 마음에 든 지애는 반쯤 마신 뒤에 혁에게 입을 열었다.

"연서한테 관심 있으신 거죠?"

짙은 고동색의 눈동자가 한 치의 흐트러짐도 없이 지애를 향했다. 그의 입가에 살풋 미소가 잡힌다.

"눈치챘습니까?"

별로 놀라는 표정도 짓지 않고 빙그레 웃는다. 그 미소가 여심을 흔들 정도로 매력적이었다.

"그럼요. 눈치가 백 단인데."

"그럼 편하게 말하겠습니다. 강연서 씨가 좋아하는 것들을 좀 알려주십시오."

"너무 적극적인 것 아니에요?"

픽 웃음이 나왔다. 회사 내에서 본부장에 대한 소문은 그다지 좋은 편은 아니었기에, 내심 바짝 긴장하고 이 자리에 나온 지애는 지금 그의 모습이 당황스럽기도 했지만 왠지 인간미가 느껴져서 좋았다.

"솔직히 제가 좀 급해서 그럽니다."

"뭐가 급한데요?"

"강연서 씨…… 사랑하는 사람이 있다고 들었습니다."

지애는 그의 말에 자신도 모르게 그만 '아!' 하고 단말마의 말을 뱉어내고 말았다.

"그 사람이 누구든 상관없습니다. 그냥 나만 바라보게 만들 생각이거든요."

"네, 네?"

그의 대답에 지애는 그만 할 말을 잃었다. 대박! 연서 계집애 정말 남자 복은 타고난 모양이다. 정말 부럽게도 말이지.

"그러니 알려주십시오. 그녀가 뭘 좋아하는지, 뭘 싫어하는지."

"그럼, 이 술 한 잔으로는 부족한데요?"

지애가 배시시 웃으며 나머지 술을 입에 털어 넣었다.

"당연히 그럴 것이라 생각했습니다."

혁은 재빨리 바텐더를 불러 뭔가를 주문했다. 그러자 마치 기다렸다는 듯이 각양색색 꾸며진 과일부터 시작해 각종 안주와 식욕을 자극하는 음식들이 줄줄이 나왔다. 그리고 깔루아 밀크와 블루사파이어, 미도리 샤워를 포함한 여성들이 좋아하는 칵테일이 종류별로 나오자 지애는 속으로 쾌재를 불렀다.

이런 남자의 구애를 받는 연서가 진심 부러워지는 순간이었다.

음식을 입에 대면서 지애는 마음에 걸리는 걸 말해야 할까 말까 고민했다. 하지만, 지금 당장 말해도 소용없는 일이었기에 고민을 접었다. 굳이 나타나지 않은 이서 이야기를 꺼내 그를 더 긴장시킬 필요가 없겠지 싶었다.

이서를 닮은 혁, 혁과 닮은 이서. 똑같이 생긴 두 사람. 어쩌면 그의 외모가 연서에게 희망의 불씨가 되어주지 않을까 하는 기대도 있었다. 때마침 혁도 연서에게 확실한 마음이 있다는 걸 알게 된 지금 오히려 기대감이 더 커졌다.

잠시 업무를 보고 자신의 자리에 돌아온 연서는 고개를 갸우뚱했다. 주위를 둘러보자 다들 자신들의 일에 여념이 없는지 바쁘게 움직이고 있었다.

책상 위에는 자신이 좋아하는 바닐라 쿠키와 평소에 즐겨 먹는 초콜릿이 놓여 있었다. 지애가 놓고 간 건가?

연서는 톡으로 지애에게 '잘 먹을게.'라는 메시지를 보냈다.

[뭐가?]

[쿠키랑 초콜릿.]

[나 아닌데?]

지애의 답장에 연서는 잠시 미간을 좁혔다. 지애가 아니라면? 머릿속에 혁이 떠올랐지만 이내 머리를 흔들었다. 당연히 그럴 리가 없다고 생각하면서도 연서의 시선이 혁의 사무실로 향했다.

때마침 업체 사람과 함께 본부장실에서 나오던 혁이 연서를 쳐다보았다. 연서는 그의 시선을 피하려고 고개를 숙이려던 순간 그의 입 모양을 보고 말았다.

'맛있게 먹어요.'

놀라 눈을 동그랗게 뜬 연서를 보며 보일 듯 말 듯 웃던 혁은 업체 사람과 대화를 이어가며 밖으로 나갔다. 당황한 연서는 멍하니 서서 그가 나간 문을 쳐다보았다.

[모닝커피에 대한 보답입니다. 앞으로도 커피 부탁합니다.]

털썩 자리에 앉는 순간 들어온 핸드폰 문자를 보며, 연서는 뭉클해지며 뛰기 시작하는 자신의 가슴을 꽉 움켜쥐었다.

커피를 부탁한다는 혁의 메시지를 무시했지만, 책상 위에는 늘 달콤한 유혹을 하듯 그녀가 좋아하는 과자들이 놓였다. 결국 며칠 후 연서는 커피만, 단지 커피만 갖다주는 거라고 생각하고 이른 아침 그의 사무실에 들어갔었다.

커피만 책상에 놓고 돌아서던 그때, 문이 열리며 혁이 들어왔다. 그의 존재만으로 방을 꽉 채운 듯한 착각이 들 정도였다.

"모닝커피입니까?"

"네. 맛있게 드세요. 그리고 앞으로 제 책상에 아무것도 놔두지 마세요."

"왜?"

"그야 당연히……."

"당연히?"

갑자기 가까이 다가온 그 때문에 말문이 막히고 말았다. 뭐라고 말하려고 했더라? 자꾸만 의식하게 되는 혁 때문에 연서는 자신도 모르게 뒤로 한 걸음 물러섰다. 그렇게 한 걸음씩 물러서다 보니, 어느새 책상 모서리에 엉덩이가 닿았다.

점점 혁이 가까이 다가오자, 마른침이 입 안에 가득 고였다.

"본, 본부장님과 전 아무 사이 아니니까요. 사람들이 오해하면 안 되잖아요."

더듬긴 했지만 대답을 하고 나자 마음이 놓였다. 하지만 혁의 몸이 스윽 앞으로 다가오는 순간 연서는 바짝 긴장하며 몸을 굳혔다. 두근두근 심장 소리가 귓가에 울릴 정도로 심했다. 가까이 있는 그의 귀에도 들리는 게 아닐까 생각될 정도로 그녀의 심장은 요동쳤다.

그가 더 가까이 고개를 숙이자 움찔하며 두 눈을 감았다. 또, 키스하려는 건가?

"그럼…… 오해 아닌 진실로 만드는 건 어떻습니까? 난 그것도 괜찮은데."

진실로 만들자는 그의 말에 깜짝 놀란 연서가 두 눈을 뜨자, 눈앞에 그의 얼굴이 다가와 있었다. 서글서글하니 웃는 눈동자가 바로 보였다. 숨을 쉬는 걸 까먹은 연서가 결국 마른침을 꿀꺽 삼켰다.

"급하지 않게 천천히 다가갈 테니까 너무 겁먹지 말아요. 그렇다고 그런 표정이라니…… 엄청 서운한걸요."

긴장한 연서의 표정을 보는 혁의 미간에 살짝 주름이 잡혔다가 이내 펴진다.

"책상에 아무것도 놔두지 말라고 했죠?"

"……네."

잠깐의 틈이 생긴 뒤로 연서의 대답이 낮게 울렸다.

"그럼 이건 어때요? 갖다준 커피에 대한 답례."

잠시 방심한 사이 그의 입술이 이마에 닿았다가 떨어졌다. 순식간에 연서의 눈에 이서와 혁이 겹쳐 보였다. 너무 갑작스럽게 다가

온 이서의 흔적이 그녀를 흔들어 놨다.

'연서야.'

이서가 그녀의 이름을 부르던 목소리가 환청처럼 귓가에 울렸다. 그리운 목소리가 그녀의 심장에 파고들자, 연서의 두 눈에 순식간에 눈물이 맺혔다.

"왜……."

당황한 혁은 볼을 타고 흐르는 그녀의 눈물을 자신도 모르게 손으로 훔쳤다. 부드러운 손길이 더욱 연서의 마음을 흔들어댔다.

"비켜주세요. 제발……."

며칠 전 자신의 집에서 울던 연서의 모습을 또다시 보게 되자 혁의 얼굴은 굳어졌다. 그날과 똑같은 그녀의 반응에 혁의 기분이 바닥으로 내동댕이쳐지듯 가라앉았다. 연서는 '죄송합니다.'라는 말만 남긴 채 그의 사무실을 빠져나갔다.

그녀가 나간 문을 쳐다보던 혁은 자신의 이마를 짚었다.

"하아…… 또 뭘 잘못한 거지?"

그녀가 나간 사무실엔 아침에 내린 커피의 진한 향기만 풍기고 있었다.

옷 가방을 챙기던 연서는 문득 창문을 보았다. 이제 휴가철도 지나고 한산해진 8월의 마지막 주, 여전히 날씨는 아침인데도 후덥지근하고 더웠다. 새로운 사업에 대한 프레젠테이션을 빌미로 단체로 1박2일 동안 워크숍이 잡혔다. 사무실 사람들은 모처럼 회사를 벗어난다는 사실에 들떠 있었지만 연서는 고민에 빠져 있었다. 본부장인 혁이 그 워크숍에 참여하기 때문이었다.

"하아."

한숨을 깊게 쉰 후 가방을 들고 일어섰다.

Rrrr.

거실을 지나쳐 현관문을 닫고 문을 잠그려던 그때 집 전화벨이 울렸다. 그냥 이대로 갈까 아니면 들어가서 전화를 받을까 잠시 고민하던 연서는 결국 문을 벌컥 열고 집 안으로 들어갔다. 집 안으로 들어가니, 밖에서와 달리 마음이 다급해졌다. 운동화를 대충 벗은 후 뛰듯이 거실 전화기 앞으로 간 연서는 끊길지 모른다는 다급한 마음에 재빨리 수화기를 들었다.

"여보세요?"

-툭.

전화를 걸다 지쳤는지, 허망하게도 상대방은 결국 전화를 끊고 말았다. 정말 조금만 더 기다렸다 끊지. 투덜댄 연서는 수화기를 내려놓고 다시 밖으로 나와 문을 잠갔다. 문이 잘 잠겼는지 확인한 연서는 계단을 내려갔다. 두어 계단을 막 내려갈 때쯤 다시 거실 전화벨이 울렸다.

멈칫하며 잠시 멈췄다가 다시 뛰어 들어간다고 해도 결국 못 받을 것이라 판단한 연서는 그대로 계단을 내려갔다.

몇 번이나 전화를 시도했지만 결국 통화를 하지 못한 혁은 손에 들고 있는 전화번호가 적힌 메모지를 다시 보았다. 이 번호가 맞는 것인가? 낮에 전화해도 받지 않기에 일부러 아침 일찍 했는데 결국 또 통화는 할 수 없었다.

전화보다 다음엔 직접 찾아가는 게 빠르겠다고 판단한 혁은 전화번호가 적힌 메모지를 서랍에 집어넣고 닫았다.

"본부장님, 직원들 모두 모여서 기다리고 있습니다."

노크하고 들어온 김 비서의 말에 혁은 옆에 둔 가방을 어깨에 둘러멨다.

"가방은 제게 주십시오."

"아, 아닙니다. 제 물건은 제가 챙겨야죠. 가시죠."

드디어 워크숍을 떠나는 날이다. 강연서 그녀가 갑자기 울며 나간 후 계속 마음 졸이며 지켜보다 생각해낸 것이 바로 이 워크숍이었다. 이렇게 회사 일 핑계로 기분 전환이라도 하고 나면 그녀가 자신에 대해 조금은 더 좋은 쪽으로 생각해주지 않을까, 바라는 마음에 진행시킨 일이었다.

1층에 내려가자 45인승 대형버스 앞에 직원들이 옹기종기 모여서로 대화를 하다가 혁이 나타나자 일제히 약속이라도 한 듯 조용해졌다.

사람들의 시선에는 익숙해서 담담한 혁이지만, 자신을 쳐다보는 많은 시선들 중 오로지 단 한 사람, 그녀의 눈길에 더 민감하게 몸이 반응하고 있었다.

혁의 시선이 연서에게 닿자, 그녀가 곧바로 고개를 돌려버린다. 그녀가 일부러 자신의 시선을 피하는 것을 알면서도 워크숍에 빠지지 않고 참석해준 것만으로도 기분이 좋아졌다.

그녀가 피하면 피할수록 자꾸만 더 자신을 보게 만들고 싶은 강한 욕망이 꿈틀댔다. 그녀의 시선이 오로지 자신만을 향하게 하고 말겠다는 의지로 당장 그녀를 붙잡고 싶은 마음을 참고 있었다. 집요했던 시선을 거둔 혁이 먼저 차에 타자 뒤따라 사람들이 승차했다.

시원한 에어컨이 가동되는 차에 하나둘 사람들이 각자 자리를 잡았다. 차에 올라온 연서는 입구에 앉아 자신을 보고 있는 혁의 시선을 무시하고 가장 뒷자리에 가방을 내려놓고 앉았다.

커튼으로 가려진 창문이 답답해진 연서는 손으로 커튼을 밀어냈다. 그러자 기다렸다는 듯 환한 햇살이 창문 가득 들어왔다. 마치 그녀를 안아주려 다가오는 이서의 품처럼 느껴졌다.

맨 뒷자리는 연서 외에는 아무도 앉지 않았다. 덜커덩 소리가 나고 문이 닫히고 차가 천천히 출발했다. 며칠 야근에 전날 잠을 자지 못한 연서는 얼굴로 쏟아지는 햇살을 맞으며 눈을 감았다. 들뜬 사람들의 목소리가 마치 자장가처럼 들렸다. 잠시 선잠이 들 무렵, 누군가 연서 옆자리로 와서 앉는 걸 느꼈지만 연서는 그대로 눈을 감고 잠을 청했다.

눈을 감고 있어서인지 혁이 그녀 옆자리에 앉았는데도 별 반응이 없다. 얼굴로 쏟아지는 햇빛이 그녀의 얼굴을 환하게 비춰주고 있었다. 뒷자리에 앉아 사람들의 모습을 지켜보았다. 다행히 아무도 맨 뒤쪽 자리엔 신경을 쓰지 않았다. 잠을 청하거나 이어폰으로 음악을 듣거나 옆 사람과 대화를 하는 등 각자 할 일을 하고 있었다.

탁.

잠이 든 연서는 머리를 창에 살짝살짝 부닥치고 있었다. 차의 진동에 따라 머리가 살짝 멀어졌다가 다시 창문으로 향하자, 혁은 재빨리 손을 뻗어 그녀의 머리를 받쳤다.

그리고 그녀가 깨지 않게 조심스럽게 자신의 어깨로 끌어당겼다. 어깨에 닿은 연서의 머리를 쓸었다. 신기하게도 그 느낌이 낯설지 않고 익숙해, 기분이 좋았다. 햇살이 너무 강해 혹여 눈에 무리가 갈까 봐 그녀가 걷어놓았던 커튼으로 다시 창문을 가렸다.

일정하게 쉬는 그녀의 고른 숨결이 느껴졌다. 머리에서 나는 기분 좋은 냄새를 더 가까이 느끼고자 코를 갖다 대고 킁킁 맡았다. 그가 뭘 하는지도 모른 채 기분 좋은 꿈을 꾸는지 연서의 입가엔 미소가 잡혀 있었다.

덜커덩하는 진동에 부스스 눈을 뜬 연서의 눈에 옆으로 기울어진 사람들의 모습이 보였다. 잠이 들었구나, 생각하며 고개를 들려는 순간 머리 쪽에 누군가의 체온이 느껴졌다. 눈을 끔뻑끔뻑 하던 연서는 어떻게 해야 하지 고민하다가 고개를 들었다.

"히익!"

자신이 머리를 기대고 있던 사람이 혁이라는 사실을 알게 된 순간 자신도 모르게 나온 이상한 목소리에 놀라 재빨리 입을 틀어막았다. 이 사람이 왜 여기 앉아 있어? 당황한 연서는 재빨리 앞쪽 사람들을 살폈다. 다행히 대부분의 사람들은 잠이 들었고, 몇 명은 그녀의 놀란 목소리에도 전혀 반응이 없었다.

'휴우, 다행이다.'

안도의 한숨을 쉬는 것도 잠시, 연서의 시선이 재빨리 옆자리에 태연히 자고 있는 남자에게로 향했다. 눈을 반으로 접으며 째려보는 그녀의 시선을 느끼지도 못하는지 그는 편안한 표정으로 잠들어 있었다. 그녀는 왠지 그를 보는 순간 짠한 마음이 들었다.

잘생긴 얼굴에 다크서클이 눈 밑에까지 내려온 그를 본 이후 왠지 안쓰럽다고 느끼는 날이 가끔 있었다. 그래서 지금 당장 흔들어 깨워서 다른 자리에 가라고 하고 싶은 마음이 눈 녹듯 스르르 사라졌다.

나중에 깨면 왜 자꾸 사람을 곤란하게 만드는지 물어보고 싶다는 생각도 잠시, 연서는 창문을 가린 커튼을 살짝 걷어 밖을 보았다. 창밖에는 논과 밭이 흐트러진 시골풍경이 지나가고 있었다.

창문을 열면 곧바로 청량한 공기가 들어올 것 같은 밖을 보던 연서는 차가 휴게소에 들어서자 옆을 돌아봤다.

깨워야 하나? 아니면 그냥 놔둬?

이번이 아니면 화장실 갈 기회가 없기 때문에 깨워줘야겠다고 생각한 연서는 그의 어깨로 손을 뻗었다. 하지만 그녀의 손은 그에게 닿기 전에 단단한 그의 손에 잡혔다.

"……!"

감고 있던 눈을 천천히 뜬 혁이 놀란 그녀를 빤히 쳐다보고 있었다.

"잘 잤습니까?"

빙그레 웃는 그의 미소가 눈부시게 그녀의 마음에 닿았다.

시간이 멈춘 듯 두 사람의 시선이 엉켰다. 창문을 통해 들어온 햇빛이 그의 눈에 닿자 눈부심에 그가 얼굴을 찌푸렸다. 그 모습이 낯설지 않게 연서에게 다가왔다. 익숙하면서도 낯설지 않은 그의 모습에 당황했다.

"아……."

"아?"

"그게, 그러니까."

당황하면 하고 싶은 말이 기억 안 난다더니 지금이 딱 그 순간이었다.

"풋."

마치 장난치고 즐기는 사람처럼 혁이 웃자, 연서는 입을 삐죽 내밀며 불만을 표시했다.

"웃지 마세요."

"갑시다."

연서의 불만스런 표정에도 불구하고 그는 방글방글 웃으며 그녀의 손을 잡더니 앞장서서 앞으로 나아갔다. 손과 손이 맞잡아 닿은 부위가 화끈거릴 정도로 뜨겁다. 다행히 직원들이 모두 먼저 차에서 내린 뒤라서 아무도 보지 않았지만 심장이 놀라서 콩콩 뛰었다.

"저, 저기, 본부장님!"

당황한 연서는 그가 차에서 내리기 직전 억지로 힘을 주며 뒤로 빼며 버텼다. 그녀의 부름에 혁이 뒤돌아 그녀를 올려다본다. 맑고 짙은 고동색 눈동자가 오로지 연서만을 향했다. 두근두근, 심장이 고장 난 것처럼 삐거덕댔다.

"소, 손 좀 놔주세요."

그녀의 말에 '아.' 단말마를 뱉은 혁은 자신이 꽉 잡고 있는 연서의 손을 가볍게 한 번 더 쥐었다가 놔주었다. 마치 놓아주기 싫다는 듯 느껴지는 그의 손길에 연서는 잠시 자신의 손을 보았다. 그의 손이 닿았던 손바닥에 긴장으로 금세 땀이 찼는지 뜨겁게 끈적거리는 느낌이 들어 손바닥을 마주 대고 비볐다. 혁은 긴장하는 그녀를 부드러운 눈길로 보고 있었다.

천천히. 아직은 천천히.

당황하거나 긴장하는 그녀에게 갑자기 다가가면 또 울어버릴까 두려워 섣불리 다가가는 일은 하지 않으려 했지만, 그녀 앞에선 자신도 모르게 몸이 먼저 움직인다. 조금 전 그녀의 손을 꽉 잡았던 것 역시.

"휴게소는 처음인데 좀 알려줄래요?"

차에서 내리자 들려온 혁의 목소리에 연서는 그를 쳐다보았다. 미국에서만 살았기 때문에 한국 휴게소가 처음이라는 말인지, 아니면 애초에 휴게소 자체가 처음인지 그 뜻을 알 수 없었지만 연서는 조금 민망한 표정으로 그를 보았다.

"그 전에 화장실 좀……."

"아, 미안합니다. 전 저기 파라솔 있는 데서 기다리겠습니다."

그가 손가락으로 가리키는 곳을 힐끗 본 연서는 그와 멀어져 화장실을 찾아 들어갔다.

"후아."

급한 건 솔직히 화장실보다 두근거리는 심장을 진정시키는 것이었다. 오늘따라 평소 입는 양복이 아닌 청바지에 티셔츠를 입고 있는 그의 모습이 상당히 자극적일 정도로 섹시했다.

하, 미쳤다. 강연서, 남자한테 섹시라니.

거기다 편안한 표정으로 웃는 모습은 정말…….

다시 떠올리자 심장이 두근거리며 반응했다.

정신 차리자, 강연서.

손으로 양쪽 뺨을 탁탁 가볍게 치고 거울을 보며 앞으로 흘러내린 머리를 손으로 쓸어 넘겼다. 반듯한 이마가 보이자 머리를 넘기다가 멈칫했다. 이마를 손가락으로 쓸었다. 며칠 전 그의 따뜻했던 입술이 닿았던 곳이 보이지 않는 낙인처럼 화끈거렸다.

'강연서 씨, 나와 연애할 생각 없습니까?'

갑자기 그가 했던 말이 떠오르자 연서의 얼굴은 붉게 물들었다. 그는 정말 진심일까? 순간 그 생각을 하다가 연서는 고개를 저었다. 그가 뭐가 아쉬워서? 자신의 터무니없는 생각을 털어버리듯 고개를 좌우로 저었다.

제발 흔들리지 말자.

연서는 무장하듯 거울 속 자신을 보며 다짐했다.

많은 사람들 중에 섞여 있어도 눈에 띄는 사람이 바로 혁이었다. 큰 키에 피부가 뽀얀 그를 사람들이 힐끗힐끗 보는 것을 아는지 모르는지, 그는 뽑기 자판기 앞에서 열심히 스틱을 움직이고 있었다. 그의 옆에는 꼬마 아이들이 옹기종기 모여 기계 안을 뚫어질 듯 보고 있었다.

"형, 저거."

"오빠, 피카추."

아이들은 서로 자신들이 원하는 인형을 그에게 알려주었다. 하지만 크레인은 잡은 인형을 입구 근처에서 힘없이 떨구며 제자리로 돌아갔다. 그가 실패할 때마다 아이들은 옆에서 아쉬워하는 목소리를 같이 냈다.

"뭐 해요?"

"인형 뽑는 건데, 잠깐만 기다려요. 내가 여기서 하나 뽑아줄게요."

다시 지폐를 꺼내 기계에 넣은 혁은 이번엔 크레인과 가장 가까이 있으면서 등을 보이고 누워 있는 인형을 향해 버튼을 눌렀다. 지이잉, 기계 소리가 나며 인형은 천천히 들렸다. 아이들과 똑같이 연서의 시선도 움직이는 인형에 고정되었다.

'조금만, 조금만 더. 그, 그렇지!'를 외치며 연서도 어느새 집중하고 말았다. 곧 뽑힐 것 같았던 인형은 밖으로 나가는 통에 걸려 실패하고 말았다.

"아!"

아쉬움의 목소리가 아이들과 동시에 연서에게서도 튀어나왔다.

"본부장님, 이제 그만하고 가야 해요. 버스 타야죠."

이번이 마지막이라며 지폐를 넣는 그에게 말을 꺼냈지만 혁의 시선은 오로지 뽑기에 집중했다.

"전, 커피 사서 먼저 차에 가 있을게요. 커피 드실래요?"

"그럼 제 것도 부탁합니다."

집중하면서도 귀는 열어뒀는지 부탁하는 그에게 '네.'라고 대답하고 연서는 커피를 사러 갔다. 커피 두 잔을 들고 차에 오르며 맨 뒷좌석을 먼저 보았다. 혁의 모습이 보이지 않았다.

설마 아직도 인형 뽑기를 하고 있는 건 아니겠지?

연서의 시선이 아까 그가 인형을 뽑던 곳으로 향했다. 그의 모습은 보이지 않았다. 화장실이라도 갔나? 생각한 연서는 맨 뒷좌석에 가서 앉으며 한 잔의 커피를 조심스럽게 등받이에 설치된 컵 받침대에 넣었다.

"다 오셨습니까? 이제 출발합니다."

출발을 알리는 기사의 말에 연서는 고개를 들어 입구를 쳐다보았다. 혹시나 그가 타지 않았는데 출발하면 어쩌지? 불안감에 심장이 불규칙하게 뛰었다. 아무도 그의 부재를 알지 못하는 듯 기사 아저씨를 말리지 않았다. 자신이라도 말하지 않으면, 외국에서 살

다가 한국 휴게소에서 미아가 될지도 모른다는 터무니없는 생각이 먼저 들었다. 연서는 벌떡 일어났다.

"저, 저기, 본부……."

"늦어서 죄송합니다."

철렁 내려앉는 기분을 끌어안고 연서는 자리에 다시 앉았다. 혁은 성큼성큼 걸어와 연서 옆에 앉았다. 그런 그를 황망한 표정으로 보던 연서는 시선이 마주치자 재빨리 고개를 돌렸다.

"버스를 잘못 탔지 뭡니까."

"네?"

귓가에 소곤거리듯 낮게 말을 거는 그에게 자연스럽게 고개가 돌아갔다.

"똑같은 버스가 있을 거라고 생각도 못 하고 그 버스를 탔다가 늦었습니다. 하하."

"풋."

너무도 해맑은 표정으로 자신의 실수를 말하는 그에게 중독되듯 연서는 웃고 말았다. 생각지도 않았던 부분에서 엉뚱한 캐릭터를 만들어내는 그에게서 인간미가 흘러나왔다.

"그거 제 겁니까?"

컵 받침대에 있는 커피를 지적하자 연서는 그렇다며 그에게 건네주었다. 얼음이 찰랑거리는 투명 컵을 받던 혁의 손에 닿았던 손가락 끝이 불에 닿은 듯 뜨겁다. 화들짝 손을 떼는 연서와 달리 혁은 느긋했다.

"아, 이건 커피에 대한 답례."

그가 내미는 걸 본 연서는 작게 '아.' 하고 단말마의 목소리가 나왔다. 기어이 인형 한 개를 뽑아온 모양이다. 그냥 재미로 한두 번 하고 그만둘 줄 알았는데 의외로 집요한 성격인가 보다.

"산 겁니다."

커피를 마시면서 힐끗 연서의 표정을 살피는 그가 한 말에 연서는 멍한 표정을 지었다.

"그 기계 사기입니다. 사기. 안 뽑혀요."

눈을 부릅뜨고 입에 물고 있던 투명한 빨대를 잘근 씹는 모습에서 불만이 고스란히 표출되었다. 오늘따라 평소와 다른 그의 모습에 그녀의 입가엔 웃음이 끊이지 않았다.

"원래 잘 안 뽑히는 거예요."

"그런 게 어디 있습니까?"

"그래야지 남는 장사죠. 잘 뽑히면 남겠어요?"

"뭐, 그건 그렇지만……."

"도대체 얼마를 쓰신 거예요? 꽤 오래 거기 계셨는데."

"비밀입니다."

이만 원이라는 거금을 쏟아붓고도 인형 한 개도 뽑지 못한 혁은 자존심 때문에라도 얼마를 썼는지 도저히 말할 수 없었다.

"인형은 마음에 듭니까?"

말을 돌리는 혁의 의도를 알아차린 연서는 손에 든 인형을 보았다. 하얀 곰돌이 인형이었다. 문득 이서가 저 대신이라며 연서에게 안겨주고 간 그 큰 곰 인형이 떠올랐다. 코끝이 시큰해졌다.

"네."

짧게 대답한 연서는 고개를 돌려 창으로 시선을 돌렸다. 그런 연서의 얼굴을 뚫어져라 쳐다보는 혁의 시선이 얼굴에 닿아 따끔거렸지만 연서는 끝까지 창밖으로 시선을 둔 채, 펜션에 도착할 때까지 혁이 있는 쪽은 일부러 쳐다보지 않았다. 다만 유리창으로 그녀 쪽을 쳐다보고 있는 그의 모습을 간간이 확인할 수 있었다.

워크숍 장소에 도착해서 본 휴양지 같은 펜션은 건물도 건물이지만, 직원들 입에서 절로 감탄사가 나올 정도로 주위 경치가 장관이었다. 각종 꽃으로 꾸며진 화원과 야채를 직접 재배하는 텃밭, 수풀이 우거져 위엄을 과시하는 뒷산, 그 뒷산으로 잘 닦여진 등산로, 건물 옆의 대형 수영장, 건물 뒤쪽엔 각종 운동기구가 설치되어 있었다. 거기다 더 매력적인 건 펜션부터 바다로 이어지는 자갈과 모래로 만들어진 길이었다.

주위를 열심히 구경하는 직원들과 똑같은 표정으로 경치를 구경하고 있던 연서의 시선이 대형 수영장에 머물렀다. 한참 동안 수영장을 보던 연서의 표정이 살짝 구겨졌다. 그런 연서를 의아한 표정으로 보던 혁은 김 비서가 다가오자 건물 안으로 들어갔다.

3층짜리 건물 내부는 깔끔하고 정결했다. 1층은 거실과 주방, 그리고 방은 하나만 있었다.

"본부장님 방은 3층에 있습니다."

혁은 김 비서를 따라 계단을 올라갔다. 그리 높지 않은 계단이라 2층까지는 단숨에 올라갈 수 있었다.

2층엔 밖으로 통하는 테라스와 작은 탁자가 놓인 미니 거실과 방이 총 4개가 있었다. 힐끗 뒤를 돌아보니, 계단으로 올라오는 사람들의 모습이 보였다.

혁은 그대로 3층으로 올라갔다. 3층은 방이 2개가 있었고, 한쪽엔 아이들 놀이방처럼 꾸며진 시설이 자리를 잡고 있었다. 아마도 애들을 데리고 오는 사람들을 위해 만든 공간인 듯했다.

"여직원들은 어느 방을 씁니까?"

"2층을 쓰게 됩니다."

그녀는 어느 방을 쓰게 될까? 혁은 재빨리 거실을 내려다볼 수 있는 곳으로 향했다. 다행히 연서는 여전히 1층 거실에서 사람들과 이야기 중이었다. 혁이 어디를 보고 있는지 확인한 김 비서는 짐을 방으로 옮겼다. 연서가 움직이자 혁의 몸이 앞으로 쏠렸다. 그녀의 품에 자신이 사준 곰 인형이 안겨 있었다. 그녀 품에 안겨 있는 그 곰 인형이 부러웠다. 문득 자신이 곰 인형이 되고 싶다고 생각하자 스스로 웃겨 '피식' 바람 빠진 웃음이 나왔다.

"본부장님, 점심 식사 예약이 되어 있어서 움직이셔야 합니다."

자신의 짐이 옮겨져 있는 걸 확인한 혁은 고개를 끄덕이며 계단을 내려왔다. 짐을 모두 각자의 방에 옮긴 후 식사 예약이 된 식당으로 이동했다.

식사를 마친 후 펜션으로 돌아와 지하에 배치된 회의실에서 회의를 시작했다. 세 시간이나 쉬지 않고 회의를 했음에도 새 제품광고 모델에 대한 의견이 좁혀지지 않았다. 결국 30분 쉬고 다시 회의를 재개하기로 하자, 다들 한숨을 쉬며 회의장을 빠져나왔다.

"와아, 무슨 스파르타식 회의를 할 줄이야."

"그러게. 워크숍이래서 편하게 생각하고 왔었는데 완전 사람 피 말리는 기분이라니까."

"그래도 회의 끝나면, 가든파티가 기다리고 있잖아. 힘내자."

몰아붙이는 혁의 방식에 투덜대면서도 저녁 식사 겸 준비되고 있는 가든파티에 대한 기대감에 다들 들떠 있었다.

"강 주임님."

자신을 부르는 소리에 연서가 고개를 들자, 얼마 전 경민의 자리에 새로 들어온 신입직원이 보였다. 그녀는 들고 있던 종이컵에 든 물을 단숨에 비우고 옆에 배치된 소파에 앉았다. 그러자 현우도 그녀 옆에 털썩 앉는다. 그 반동에 잠시 소파가 흔들리다 이내 잠잠해졌다.

"아, 조현우 씨."

"회사도 아니고 둘만 있을 땐 그냥 '현우야.'라고 부르세요."

서글서글한 눈매가 예쁜 사람이었다. 그녀보다 나이가 두 살 어린 탓인지 꽤나 귀여워 보인다. 문득 그런 그의 얼굴에서 이서가 떠올랐다. 이서도 엄청 예쁘게 웃는 아이였는데.

"그래도 될까요?"

분명 회사에서는 지켜야 할 부분이 있었다. 하지만 회사가 아닌 곳에선 그렇게까지 해야 되나 싶기도 했다. 그래서 조금은 편안한 마음으로 대답을 했지만, 괜히 걱정은 되었다.

"에이, 말씀도 낮추세요. 제가 동생인데."

"봐서요."

"하하, 누나도 참. 낮추세요. 네? 네?"

결국 알았다 대답하자 현우가 눈을 곱게 접으며 웃는다.

낯설었다. 누나라는 단어는 연서가 그렇게 부르라고 소리치며 말했지만, 끝내 이서가 한 번도 불러주지 않았던 말이었다. 이서가 그렇게 거부하던 걸 눈앞에 있는 현우는 너무도 쉽게 사용했다. 그렇게 듣고 싶었던 말인데, 왜 가슴이 찡하니 아파오는지 모르겠다.

"누나는 가족이 어떻게 돼요?"

"나? 음, 엄마와 남동…… 생이 있어."

정말 오랜만이었다. 누군가 자신의 가족이 어떻게 되는지 물어보는 게. 그래서인지 습관처럼 예전과 같은 대답이 나오고 말았지만 굳이 정정하지 않았다.

"세 명이요? 우와 정말 좋겠다. 저는 7남매예요. 그것도 막내로 태어난 거 있죠? 그래서 가족이 적은 집이 부럽다니까요. 우리 어릴 때 어땠는지 아세요? 매일 먹을 거 때문에 싸웠어요. 형들한테 매일 맞기도 하고, 누나들한테 구박당하고. 그래도 커 가면서 누나들이 저 막내라고 제일 많이 챙겨줬어요. 누나는 먹을 걸로 싸워본 적 없었죠?"

그의 말에 마치 눈앞에 대가족의 모습이 상상이 된 연서는 설핏 웃었다. 정말 자신의 집은 늘 조용했다. 그나마 이서가 있을 땐 몰랐는데, 그가 미국으로 떠난 이후 집은 너무도 적적하고 삭막했다. 차라리 가족이라도 많았으면 외로움이 덜하지 않았을까. 그럼 이서의 빈자리가 그리 크게 느껴지지 않았을지 모른다는 생각도 해본다.

"응."

다시금 느껴지는 이서의 빈자리에 연서의 표정이 시무룩해지자, 옆에 있던 현우가 고개를 갸웃하며 그녀를 보았다. 집에 있는 누나들과 달리 늘 어딘가 외로워 보이는 연서의 모습은 괜히 보살펴주고 싶은 기분이 들고 지켜줘야 할 것 같아서 자꾸만 시선이 갔다. 분명 자신보다 누나인데 오히려 동생처럼 느껴지는 그녀였다. 하얀 손가락이 유독 가늘어 보였다. 손가락에 끼고 있는 반지가 없었다. 그걸 확인한 현우는 괜히 기분이 좋아졌다.

연서의 시선은 포켓볼을 치고 있는 직원들에게 머물렀다가 이내 핀볼 게임을 하고 있는 사람들에게 옮겨졌다. 다들 즐거워 보였다.

"누나, 저기 포켓볼 누가 이길지 알아요?"

"그걸 어떻게 알아?"

"그렇죠? 나도 몰라요. 그러니까 우리 내기할래요?"

'어떤?'이라는 표정으로 현우를 보자, 어느 팀이 이길지 맞히는 내기를 하자고 한다. 연서가 '글쎄?'라며 고개를 기울이자, 연서보고 먼저 팀을 고르라고 했다. 분위기를 보니, 두 손을 맞받아치는 분위기 좋은 팀이 이길 것 같아 그 팀을 지목하자 현우는 알았다며 자신은 다른 팀에 응원을 보냈다. 앉아서 지켜보던 두 사람은 어느새 포켓볼 다이 근처까지 다가가 서로가 이기길 바라는 팀을 응원했다. 결국 연서가 응원하는 팀이 이겼다.

"와, 누나 웃으니까 진짜 예쁘다."

"뭐?"

"그러니까 웃어요. 방글방글 이렇게요."

어안이 벙벙한 표정으로 보던 연서는 그만 현우를 따라 웃고 말았다. 정말 유쾌한 사람이구나, 생각하며 활짝 웃는 연서였다. 덕분에 연서의 기분도 한층 좋아졌다.

문득 느껴지는 시선에 옆을 돌아본 연서의 시선 끝에 회의장으로 들어가는 혁의 뒷모습만 보였다. 30분의 휴식이 끝나고 다시 회의실로 모여든 사람들의 표정을 각양각색이었다. 하지만 다시 회의가 시작되자 모두 더 바짝 긴장해야 했다. 첫 번째 회의보다 한층 더 까다로운 본부장의 지적에 사람들은 말문이 막히기도 하고, 날카로운 질문에 답변을 제대로 못 해 혼쭐이 나기도 했다. 그렇게 모두를 바짝 조인 회의가 끝나고 다들 맥이 빠진 것처럼 흐물흐물한 상태가 되어 회의장을 나올 수 있었다.

"우와, 진짜 무섭다."

"그러게. 평소 몰랐는데 오늘 진짜 실감하네. 본부장님 너무 무서워."

"쉬고 나서 더 날카롭지 않아? 기분 나쁜 일 있었나?"

"우리야 모르지. 자, 이제 가든파티나 생각하자고."

회의장을 빠져나가는 직원들의 숙덕거림 속에 연서는 힐끗 뒤를 돌아보았다. 저 멀리 팔짱을 낀 채 김 비서와 대화를 나누고 있는 혁의 모습이 보인다. 뭔가 심각한 이야기를 하는지 굳은 표정으로 고개를 끄덕이던 그의 시선이 출구 쪽을 향하자, 연서는 재빨리 고개를 돌리고 말았다. 이상하게 심장이 자꾸 반응했다.

그렇게 나쁘거나 무서운 사람이 아닌데……. 연서는 사람들의 말에 그렇게 나쁜 사람 아니라고 반박하고 싶은 마음이 가득했지만 결국 침묵하고 자신의 방으로 올라갔다.

수영장 옆에 차려진 가든파티장은 미국에서 살다 온 혁의 제안이었다. 비록 클래식한 음악은 스피커에서 흘러나오고 있었지만 잘 장식된 식탁 위에는 평소에 접하기 힘든 음식들이 가득했다.

눈으로 먼저 음식을 호강하고, 냄새로 다시 한 번, 그리고 마지막으로 입으로 맛을 보면서 모두의 머릿속에선 힘들게 몰아붙였던 회의실의 기억은 사라졌다.

앞으로 더 많은 신제품 개발과 홍보, 마케팅을 바란다며 혁이 건배 제안을 했고, 다들 기분이 업되어 잔을 들었다. 그렇게 가든파티 분위기는 무르익었다.

"강 주임은 언제 결혼해?"

함께 있던 배 주임의 뜬금없는 말에 와인을 음미하고 있던 연서는 사레가 걸릴 뻔했다.

"네? 결혼이요?"

"응. 차 대리하고 결혼하는 거 아니야?"

"그러게. 차 대리 지금은 지방 간 것도 실적 쌓아서 거기서 팀장되려고 갔다고 하던데. 맞지? 두 사람 결혼하려고 준비하는 거."

두 사람의 말에 연서는 할 말을 잃었다. 경민이 왜 떠났는지 알면 뭐라고 할까?

"아니요. 저희 결혼 안 해요."

"왜?"

"싸웠어?"

"아뇨. 저희 그냥 친구예요. 그러니까 관심 꺼주세요."

"우와, 대박!"

"오늘 소식 중에 가장 최고인걸. 그럼 그동안 둘이 어울린 건 그저 친구로서? 누가 봐도 연인이었는데……."

그 말을 하고 있는 직원의 옆구리를 옆에 있던 배 주임이 톡 건드린다.

"정말 두 사람 그저 친구였어? 몰랐네. 그럼 차 대리님은 솔로인 거지?"

"아우, 배 주임님, 강 주임이 여친 아니라면 당연히 솔로겠죠. 뭘 굳이 또 물어봐요."

당연한 이야기를 왜 하는지 모르겠다는 듯 말하는 여직원의 표정을 보면서 배 주임은 그저 웃었다. 연서는 그런 배 주임의 표정을 보면서 그녀가 그동안 경민을 마음에 두고 있었다는 걸 깨달았다. 자신만 없었다면 경민은 아마 다른 사람을 더 빨리 만나지 않았을까 생각하니 괜히 더 미안해졌다.

화장실을 핑계로 자리를 빠져나온 연서는 손에 들고 있던 와인을 내려놓고 진동이 울리는 핸드폰을 보았다. 호랑이도 제 말 하면 나타난다더니, 액정화면에 경민의 이름이 떠 있다. 받지 말까 고민하다가 사람들과 멀리 떨어져 수영장 근처에 다다르고 나서 결국 통화 버튼을 눌렀다.

'여보세요.'라고 말하자, 조금 뜸을 들인 경민의 목소리가 들렸다.

-잘 지냈어?

여전히 부드러운 경민의 목소리에 연서는 가슴이 아팠다.

"응."

-오늘 회사 워크숍 갔다며? 재밌어?

멀리 있어도 같은 회사이기에 소식을 접할 수 있는 건가 보다.

"응. 넌 어때? 거기 지낼 만해?"

-응. 나쁘지 않아. 다들 잘해주고, 음식도 향토 음식점이 많아서 맛집 탐방하는 기분이라니까. 하하.

웃는 경민의 목소리가 멀게 느껴졌다. 정말 잘 지내는 거지? 물기 없는 바닥을 찾아 앉았다.

"경민아, 고마워."

-뭐가?

"그냥."

-싱겁긴. 아차, 너 한참 신나는 시간인데 내가 너무 많이 방해한 것 같네. 다음에 다시 전화할게.

"응."

잘 지내라. 아니면 다시 보자라는 말은 하지 않고 통화를 끝냈다. 만약 연서가 처음부터 경민을 밀어냈다면 평범한 친구가 될 수 있었을까 생각해보지만, 그건 확신이 서지 않았다. 한때였지만, 연서 역시 경민에게 심장이 떨리던 날이 있었다. 비록 자신의 감정이 이서에게 더 깊이 담겨져 있었다는 사실을 깨닫기 전까지였지만.

"후아."

한숨을 쉬며 핸드폰을 만지작거리며 화면을 켰다가 끄는 동작을 반복했다. 그런 그녀의 행동을 지켜보던 혁이 그녀를 향해 걸음을 떼었다. 하지만 그보다 먼저, 현우가 그녀에게 가까이 다가가고 있었다. 한참 그러고 있다가 사람들이 모인 장소에 가기 위해 일어서던 연서는 뒤에서 다가오는 인기척을 미처 눈치채지 못했다.

"누나!"

"앗!"

순간이었다. 중심을 잃은 연서의 몸이 휘청거리다가 뒤로 쏠렸다. 그리고 이내 '첨벙' 하는 소리와 함께 거친 물보라가 튀기며 그녀의 몸이 수영장 물속으로 사라졌다.

[10]

'첨벙' 하는 소리와 함께 연서의 몸이 사라지는 순간 혁은 자신도 모르게 물속으로 몸을 던졌다. 작은 물보라를 일으키며 물속으로 들어간 혁은 깊게 잠수를 했다. 그러다 이내 물 밖으로 나와 그녀에게 미친 듯이 헤엄쳐 다가갔다. 순식간에 그녀에게 다다랐을 때, 혁은 그녀의 몸을 끌어당겼다.

물속에 빠져 잠시 허우적거리던 연서는 누군가 끌어당기는 느낌이 두렵고 무서워 어떻게든 도망치려 몸부림쳤다. 밑으로 빠져들면서 자신의 손을 쳐내는 연서를 혁이 바짝 잡아당겨 자신의 품에 안았다. 무작정 도망치는 그녀의 얼굴을 잡아 자신을 보게 만들었다. 그녀의 반항에 팔에 상처가 생기며 나온 옅은 피가 물속에서 흩어져 사라졌다.

팔의 상처보다 그녀가 자신을 보지 않고 손을 휘젓는 게 더 아팠다. 더구나 지금 그녀는 숨을 쉬기 힘든지 고개가 뒤로 젖혀지고 있었다.

'산소! 산소가 부족해.'

혁은 자신의 산소를 그녀의 입에 나눠주기 위해 입을 맞췄다. 입술이 맞닿자 두 눈을 감고 있던 연서의 눈이 가느다랗게 떠진다. 낯설지 않은 품과 입술에 연서는 입술을 열었다. 그 순간 막혔던 숨통이 트였다.

끌어안고 있는 산소를 넘겨주는 사람이 혁이라는 것을 아는 순간 연서의 반항이 멈추었다. 혁은 입술을 떼고 그녀를 더 꽉 잡았다. 연서의 눈이 혁에게 박힌 채 떨어지지 않다가 이내 다시 서서히 감겼다.

혁은 재빨리 힘을 줘 위로 치고 올라갔다. 마침내 두 사람이 함께 물 밖으로 고개를 내밀자, 수영장 앞에 사람들이 모여 발을 동동 구르며 걱정스럽게 그들을 기다리고 있었다. 수영 좀 한다는 남자직원들도 있었지만 혁이 물에 들어가는 걸 보고 물속에 뛰어들지 않고 기다리고 있었다. 만약 혁까지 구해야 되는 상황에 대한 대비책이었다.

"하아, 하아."

"괜찮습니까?"

연서는 고개를 끄덕였다. 걱정으로 가득한 혁의 표정에 또 다른 감정이 섞여 있었지만 물에 빠진 충격에서 벗어나지 못한 연서는 그의 표정을 미처 읽어내지 못했다.

연서는 또 죽을지 모른다는 공포에 온몸에 오소소 소름이 돋으며 한참 동안 숨을 쉬기 힘들었다. 그런 연서를 위로하듯 한참 동안 혁은 그녀를 꼭 안아주었다.

사람들이 손을 내밀었지만 혁은 잠시 기다리라며 손들 들어 표현한 후 덜덜 떠는 그녀의 몸이 가라앉을 때까지 그저 안아줄 뿐이었다. 그런 그들을 직원들도 말없이 지켜보았다.

그러다 그녀의 몸에 착 달라붙은 옷과 마른 줄 알았는데 의외로 육감적인 몸의 느낌과 숨을 쉴 때마다 오르락내리락하는 가슴 굴곡이 그를 제대로 자극했다. 혁은 인내심을 최대한 끌어 모아 참아야 했다. 마침내 연서의 몸의 떨림이 잦아들자 혁은 그녀를 조심스럽게 품에서 놓아주었다.

물 위로 먼저 올라가라는 그의 말에 고개를 끄덕인 연서는 사람들의 도움을 받아 계단을 밟고 올라갔다. 직원이 챙겨온 큰 수건을 몸에 두른 연서의 시선이 물에서 나오고 있는 혁에게 머물렀다.

무언가 형용할 수 없는 감정이 그녀의 눈에 가득 담겨 있었다. 그런 연서와 혁의 시선이 허공에서 맞물렸다. 둘만의 대화를 하듯 어우러지는 눈빛에 연서는 고개를 숙이며 고마움을 표했다. 펜션 안으로 빨리 들어가자고 재촉하는 직원을 따라가며 그녀는 그에게 두었던 시선을 거두어들였다.

혁은 펜션으로 들어가는 연서의 뒷모습을 보았다. 다행히 안정을 찾았는지 걷는 모습에서 흔들림이 없었다.

혁이 입고 있던 옷이 흠뻑 젖어 몸에 짝 달라붙자 운동으로 다져진 근육질의 몸이 고스란히 드러났다. 그러자 주위에 있던 여직원들이 그의 의외의 모습에 놀라 대놓고 쳐다보고 있었지만 그는 그들에게 신경 쓸 여유가 없었다.

김 비서가 큰 수건을 들고 와 내밀자 마침내 혁은 연서에게 두었던 시선을 거두었다. 수건으로 자신의 얼굴과 젖은 머리를 대충 말리며 몸에 두르자 아쉬움의 한숨이 여기저기서 들렸지만 생각에 깊이 빠진 혁의 귀에는 들리지 않았다.

직원들에게 파티를 마저 즐기라는 말을 남긴 후 옷을 갈아입기 위해 펜션 안으로 들어왔다. 현관에서 고개를 들자 2층에서 직원과 함께 움직이는 연서의 모습이 보였다. 불안감에 흔들리던 혁의 시선이 다시금 연서를 찾았지만 이미 그녀는 욕실로 씻으러 들어갔는지 보이지 않았다.

3층으로 곧장 올라가 자신의 방에서 옷을 꺼내 욕실로 향했다. 젖은 옷을 벗고 샤워기 앞에 선 혁은 조금 전 그녀를 구할 때 자신의 머릿속에 애절하게 울리던 목소리를 되새겼다.

'제발. 연서야, 안 돼. 네가 원하면 평생 동생으로 살게. 그러니까 제발 죽지 마.'

머릿속이 어지러웠다.

너무도 생경하게 들리던 그 목소리가 애가 닳고 아팠다. 지끈거리는 가슴이 그의 숨을 막고 있는 듯 답답했다.

"하아, 도대체 그건 뭐지?"

생각을 하면 할수록 머릿속이 지끈거리며 아파왔다. 뭔가 퍼즐이 맞지 않은 기분이 들었다. 분명 자신의 목소리였다. 하지만 전혀 기억에 없었다. 도대체 자신의 어디가 고장 난 걸까?

쿵, 쿵.

벽에 머리를 찧으며 기억을 해 내려 노력했지만, 도저히 기억이 나지 않았다. 그저 애가 타게 말하던 그 목소리만 계속 귓가에 울렸다.

씻고 밖으로 나온 연서는 서늘해진 밤공기를 맘껏 들이마셨다.

그녀가 나오자 현우는 얼굴에 가득 미안함을 담고 연서에게 다가 왔지만 차마 말을 꺼내지 못하고 있었다. 그런 현우의 표정을 읽은 연서는 부드럽게 미소 지었다.

"미안, 나 때문에 놀랐지?"

"미, 미안해요."

사실 사고 당시 현우는 자신 때문에 그녀가 물에 빠졌는데도 너무 놀라 꼼짝을 할 수 없었다. 본부장이 그녀를 구해주지 않았다면? 다시 생각해도 아찔했다. 그냥 미안한 마음에 고개를 들 수가 없었다.

"아냐, 그냥 사고였어. 네 탓 아니니까 너무 마음에 담지 마."

"하지만……."

"나, 사실 수영 잘해. 금방 나오려고 했는데, 놀라서 잠시 못 나온 거야. 운 좋게 본부장님이 먼저 구해주신 거야. 그러니까 괜찮아."

미안해하지 말라는 뜻에서 거짓말을 하고 말았다. 사실 죽을 뻔했던 그때 이후 여름휴가 때 친구들과 함께 간 바다는 멀리 떨어져 구경만 할 뿐 발조차 담근 적이 없었다.

"정말 미안해요, 누나."

"자꾸 미안하다고 하면 앞으로 아는 척 안 한다?"

"……네."

활달한 현우가 주눅 들어 있으니, 괜히 신경 쓰인 연서가 할 수 있는 건 그저 괜찮다며 미소 지어주는 일뿐이었다. 또 죽을 공포에 휩싸여 덜덜 떨긴 했지만 다행히 오늘은 그때보다 금방 극복할 수 있었다.

연서는 예전에 딱 한 번 수영을 배워보려 결심한 적이 있었다. 하지만 첫 수업부터 잠수를 먼저 시키는 바람에 결국 물에 대한 공포를 극복하지 못했다. 그래서 결국 수영은 아예 포기하고 말았다.

"벌써 가든파티도 다 끝나가네."

"아쉽죠. 아, 있다가 마지막으로 불꽃놀이 한다던데. 누나 같이 볼래요?"

"불꽃놀이도 해? 우와, 우리 회사 너무 준비 많이 했는걸."

"같이 볼 거죠?"

"그래. 같이 보자. 물론, 다른 사람들과 같이."

연서의 첫마디에 씩 웃던 현우는 이내 다른 사람들과 같이 보자는 말에 시무룩한 표정을 지었다. 하지만 연서는 그저 밤하늘의 반짝이는 별을 눈으로 세고 있기에 현우의 표정 변화를 볼 수 없었다. 저 멀리 북두칠성이 선명한 빛을 내고 있었다. 이곳이 도시를 벗어난 공기 좋은 시골이라는 게 실감났다.

멀리서 누군가 연서의 핸드폰을 물에서 꺼냈다며 배 주임이 그녀에게 전해주었다. 물에 빠질 때 떨어트린 핸드폰을 잊고 있었던 연서는 흠뻑 젖은 핸드폰을 보며 아연실색한 표정을 지었다가 이내 말려봐야겠다며 일어섰다. 물이 뚝뚝 떨어지는 핸드폰은 가망이 없어 보였지만, 일단 시도는 해봐야 했다.

잠시 펜션으로 들어와 물에 빠진 핸드폰을 배터리와 분리해서 닦는 동안 밤하늘에 불꽃이 시작되었다. 닦던 핸드폰을 내려놓고 2층 테라스 밖으로 나가서 불꽃을 감상했다. 형형색색 뿌려지는 불꽃은 각양각색의 모양으로 꽃을 피웠다가 사라졌다. 사라지는 불꽃의 잔재를 따라가던 눈길은 다시 피어오르는 불꽃을 향하느라 사라지는 불꽃을 이내 놓쳐버린다.

"마음에 듭니까?"

언제 다가왔는지 혁이 그녀 곁에 서서 같이 불꽃놀이를 보고 있었다. 막 샤워를 했는지 그에게서 향긋한 향기가 풍겨 나왔다.

"회사에서 엄청 돈 많이 썼겠어요."

"처음이니까요."

처음이라는 말에 연서의 고개가 갸웃거린다.

"제가 부임하고 처음 진행한 워크숍이니 신경 좀 썼습니다."

"아……."

그를 향했던 시선이 불꽃이 터지는 소리에 다시 하늘로 향했다. 분수 모양의 불꽃이 하늘에서 곱게 획을 그리며 쏟아졌다.

"혹시…… 예전에 물에 빠진 적 있습니까?"

혁의 질문에 불꽃에 머물렀던 이서의 눈에 놀라움이 담긴 채 그를 향했다. 심장이 덜커덩 소리를 내며 뛰어댄다.

"그건 왜 물어보세요?"

그 당시 물놀이를 같이 갔던 친구들 외에 아무도 모르는 사고였다. 혹시 지애한테 들었나?

"정말 물에 빠져서 죽을 뻔한 적 있습니까?"

"어떻게 알았어요? 완전 신기하네요. 사실 고등학교 때 친구들이랑 놀러갔다가 물에 빠져 죽을 뻔한 적 있었어요. 만약 그날 이서가 구해주지 않았다면……."

그때 기억을 다시 더듬던 연서는 미간을 좁혔다. 다시 떠올려도 정말 아찔한 기억이었다.

"그때…… 이야기를 자세히 해줄 수 있습니까?"

혁의 목소리가 미세하게 떨리고 있었지만 알아차리지 못한 연서는 고개를 저었다.

"아니요. 좋은 일도 아니고, 다시 생각하고 싶지 않아요."

"아, 미안합니다."

"괜찮아요. 아, 아까 도와주셔서 감사합니다."

뒤늦은 인사를 하는 연서의 모습에 혁은 잠시 침묵을 두었다.

"별거 아닙니다. 도와줄 만해서 그런 거니까."

다시 터지는 불꽃놀이를 보면서 연서는 아까 그가 물속에서 산소를 나눠주기 위해 했던 키스를 떠올리고 말았다. 파르르 떨리는 연서의 눈썹이 조심스럽게 올라가며 동그란 그녀의 눈동자가 그의 입술을 훔쳐보고 있었다. 양 볼이 살포시 물들었다.

"동생 이름이 이서라고 했던가요?"

밤하늘을 수놓던 불꽃 여러 개가 동시에 터지는 순간 들려온 혁의 말에 연서는 불꽃 대신 그를 보았다. 이서와 닮은 그의 얼굴에 불꽃이 비쳐 붉게 물들어 있었다. 만약 이서가 나이 먹었다면 눈앞에 있는 혁처럼 남자답게 변했겠지.

"네. 강이서. 아주 자상하고 사랑스럽고 예쁜 애였죠."

연서는 기억 속에 그대로 남아 있는 이서를 떠올리며 대답했다. 이서의 이야기를 하는 그녀가 웃고 있었다. 마치 사랑하는 사람을 떠올리는 듯한 그녀의 표정을 보던 혁의 심장이 덜커덩 놀라 방망이질을 한다.

"동생을 기다린다고 했었죠? 왜 헤어졌는지 물어봐도 됩니까?"

자신이 찾는 답을 어쩌면 그녀에게서 얻을 수 있을지 모른다는 무의식적인 기대감에 혁은 연서를 뚫어질 듯 쳐다보았다.

"이서는…… 가족을 찾아서 떠났어요."

"가족을 찾다니, 그게……."

머릿속에 폭탄이 투하된 듯 심장과 동시에 쿵쾅쿵쾅 울렸다. 어쩌면. 그래, 어쩌면…….

하지만, 그의 질문은 더 이상 이어질 수 없었다.

"누나! 여기 계셨어요? 불꽃놀이 시작했어요. 같이 보기로 했잖아요."

계단을 막 올라온 현우의 목소리에 연서가 먼저 뒤를 돌아보았다.

"아, 맞다."

현우의 등장에 같이 불꽃놀이를 보기로 했던 약속이 그제야 떠오른 연서는 미안한 미소를 지었다.

"어, 본부장님 같이 계셨네요."

혼자 남아 있을 혁을 보는 연서의 난처한 표정에 혁은 두 사람을 그저 묵묵히 쳐다볼 뿐 아무런 행동도 하지 않았다. 그러자 현우가 허리를 굽혀 넙죽 인사를 하고 연서의 팔을 끌어당겼다.

"어서 가요."

연서는 어쩔 수 없이 가볍게 고개를 숙이고 그와 함께 아래로 내려갔다. 그에게 같이 가자고 말하고 싶었지만 쉽게 말이 나오지 않았다.

계단을 내려가는 그들의 뒷모습을 지켜보던 혁의 입술이 기분 나쁜 듯 옆으로 틀어졌다. 쏘아보는 그의 시선을 느꼈는지 밖으로 나가던 현우가 문득 뒤를 돌아보더니 그들을 지켜보는 혁의 모습을 확인하고 나서 씩 웃었다. 연서가 뒤돌아보려고 하자 재빨리 뒤에서 끌어안는 모양새로 밖으로 나가게 종용했다. 절대 뒤에서 보고 있는 혁의 모습을 볼 수 없게.

"누나…… 라고 불렀어?"

뒤늦게 현우가 연서를 친근하게 부르던 그 단어를 깨달은 혁의 입에서 자신도 모르게 '빠드득' 이 가는 섬뜩한 소리가 울려 퍼졌다.

펜션에서 나오자마자 미친 듯이 웃어대는 현우의 모습에 연서는 고개를 갸웃거렸다.

"왜 그래? 뭐가 있어?"

"아, 아니요. 그냥 조금. 아무것도 아니에요. 어서 가요."

여전히 배시시 웃으며 연서의 팔을 잡아당긴 현우는 사람들이 모여서 불꽃놀이를 구경하고 있는 장소에 연서와 함께 도착했다. 연서를 발견한 직원들은 괜찮은지 다시 한 번씩 묻고 이내 불꽃놀이에 시선을 빼앗겼다.

화려한 불꽃놀이는 어느새 멈췄고, 삼삼오오 모여 뒤풀이하듯 남은 술과 음식을 먹기 위해 자리에 앉았다. 연서 역시 허기가 져서 음식을 조금씩 먹었다. 연서 곁에 붙어 있던 현우는 막내가 빼면 안 된다는 남자직원들에게 붙들려 가서 억지로 술을 마시고 있었다. 툴툴대는 현우의 목소리가 밤하늘에 울렸지만 아무도 그들을 말리지 않았다.

"에이, 그만요! 저 술 약해요!"

"사내자식이 술 한 잔 마시고 약한 척은! 얌마, 내가 너 나이 땐 말술을 마셔도 끄떡없었단 말이야. 그런데 이거……."

술만 마시면 옆 사람에게 계속 먹이는 양 과장에게 잡힌 현우의 얼굴이 일그러졌지만 아무도 나서서 구해주지 않았다. 구해주려고 했다가 오히려 대신 술을 받아먹어야 하는 경우가 허다했기 때문이었다.

현우는 구해달라는 눈빛으로 연서를 보고 있었지만 연서도 양 과장만은 피하고 싶었기에 고개를 휘휘 저어가며 '미안, 고생해.'라는 말을 입 모양으로 말하고 자리에서 일어났다.

입을 내밀고 우는 척하는 현우는 영락없는 막냇동생의 귀여운 모습이었다.

2층 테라스에 앉아 지끈거리는 머리를 꾹꾹 누르던 혁은 핸드폰을 꺼내 전화를 걸었다. 몇 번 신호가 가고 'hello' 대답하는 현덕수 실장의 목소리가 수화기 너머 들렸다.

"현 실장님, 접니다."

-네, 도련님.

"한국에 언제 오십니까?"

-다음 달에 갈 예정입니다. 무슨 급한 일이라도?

"아닙니다. 일정 확인차 전화드렸습니다."

-네. 알겠습니다.

전화를 끊으려는 찰나 혁은 확인하고 싶은 이야기를 살짝 꺼냈다. 그저 확인하는 거다. 그래, 확인하는 것일 뿐이었다.

"아, 한 가지 여쭤보고 싶습니다."

-네. 말씀하십시오.

"제가 한국에서 살 때 이름이 뭔지 아십니까?"

-그건…… 왜?

"그냥 궁금해서요."

잠시 침묵이 이어지고 나서 현 실장이 머뭇거리며 대답하는 게 느껴졌다.

-죄송합니다. 잘 모르겠습니다.

"정말 모릅니까?"

-……네.

현 실장답지 않게 또 뜸을 들인 대답이 이어졌다.

"알겠습니다. 그럼 다음 달에 뵙겠습니다."

전화를 끊고 난 혁은 의자에 앉아 고개를 뒤로 젖혔다. 대답을 회피하는 건 분명 자신이 알면 안 되는 뭔가가 있다는 뜻이었다. 머리가 점점 더 복잡해지자 기분 전환의 필요를 느꼈다.

바닷가에 나가서 바람이나 맞아볼까 생각하며 일어서던 그때 저 멀리 바닷가로 이어지는 모래밭을 따라 걸어가는 연서의 뒷모습을 발견했다.

바닷가를 가려고 생각하는 순간 그녀를 본 것이 신기했다. 이건 과연 우연일까? 아니면 인연인 걸까? 피식 웃던 혁은 재빨리 일어나 펜션을 나왔다. 가든파티를 했던 장소에 몰려 있는 사람들이 떠들면서 술을 마시고 있는 모습이 보였다. 그 속에 현우의 모습도 보였다.

그들의 모습을 뒤로하고 바닷가로 이어진 모랫길을 따라 뛰다시피 빠른 걸음으로 걸었다. 그녀를 뒤따라가면서 스스로에게 최면을 걸었다. 그냥 걱정돼서 따라가는 거라고.

연서는 물이 무서워 바닷물에 들어가지는 않고 멀리 떨어진 곳에 가만히 서서 파도가 넘실거리는 바다를 보고 서 있었다. 그러다 모래 위에 있는 조개를 발견하고 그 자리에 쪼그려 앉았다. 조개 하나를 손에 들자 아련히 어릴 적 기억이 떠올랐다.

"이거 어때?"

"뭐야?"

"조개. 내가 예쁜 목걸이 만들어줄게."

"조개 목걸이? 만들 줄 알아?"

이서의 손에는 작고 예쁜 조개가 가득했었다. 하얗고 모양이 선명하고 예쁜 조개에는 파도에 저절로 난 크고 작은 구멍이 적게는 한 개, 많이는 두 개 정도 있었다. 한곳에 조개를 차곡차곡 모은 이서는 누군가에게 얻어왔는지 가늘고 긴 끈에 조개를 차례대로 끼우며 조개 목걸이를 만들었었다.

다 만든 목걸이를 연서의 목에 걸어주며 활짝 웃던 이서의 모습이 아련히 떠올랐다가 사라졌다.

그때 만든 조개 목걸이는 어떻게 했더라? 아무리 기억하려 해도 기억이 나지 않았다. 나중에 집에 가서 찾아야겠다고 생각하며 그대로 모래 위에 털썩 앉았다.

"후우."

언제쯤이면 이서가 돌아올까? 자꾸만 불안해지는 마음에 한숨이 저절로 나왔다.

누군가 다가오는지 발길에 자갈이 부딪치는 소리가 나자, 연서는 소리가 나는 쪽으로 고개를 돌렸다. 어두웠지만 달빛에 비친 사람이 누군지 알아볼 정도의 어둠이었다.

"여기서 뭐 합니까?"

"그냥, 바다 구경하고 있어요."

"안 무섭습니까?"

"멀리 떨어져 있으면 괜찮아요."

그녀 곁에 다가온 혁은 옆에 자리를 잡고 앉았다. 저 멀리 파도가 밀려왔다 다시 쓸려 나가는 모습이 보였다. 뺨에 닿는 바람이 차게 느껴졌다.

"이젠 바닷바람이 찬데……."

"원래 추위를 별로 안 타요."

추위는 오히려 이서가 많이 탔다. 이서는 어릴 때 겨울만 되면 춥다며 연서에게 안아달라 보채기도 했었다. 그러면 연서는 꼭 안아주며 '따뜻해?'라고 물어보곤 했었다. 이서는 그런 연서의 품에서 '아직 추워. 더 안아줘.'라고 말하며 그녀 품에 오래 안겨 있곤 했었다. 그러던 이서가 언제부턴가 추우면 그녀를 뒤에서 끌어안았다. 그리고 속삭이듯 말했었다.

'연서야, 넌 히터같이 따뜻해서 좋아.'라고.

"뭘 생각합니까?"

"동생이요."

또다시 그녀의 입에서 나오는 동생이라는 단어에 혁은 미간을 좁혔다.

"연서 씨는 늘 동생 이야기뿐이군요."

"제가 그랬나요?"
생각해보니 늘 그에게 이서 이야기를 했던 것 같았다.
"동생이랑 사이가 각별했나 봅니다."
"네. 각별했죠. 다른 사람들은 모를 거예요. 우리 둘만의 유대감이랄까. 여튼 우린 남들과 다르게 특별한 사이거든요."
"거기에 나도 껴주면 안 됩니까? 특별한 사이에."
"네?"
"껴달라고 보채는 겁니다. 나도 특별하게 봐달라고."
분명 그의 외모나 집안을 보고 그에게 좋다고 고백한 여자들도 많을 텐데, 왜 별 볼 일 없는 자신에게 자꾸 다가오는 건지 이해할 수가 없었다.
"왜 저예요?"
"그러게요. 왜 강연서 씨일까요? 나도 모릅니다. 다만 내 눈에 당신만 보일 뿐입니다. 그게 제일 큰 이유겠죠."
연서의 눈동자가 미세하게 흔들리고 있었다.
"당신이 나한테 무슨 짓을 했는지 모르지만, 마치 내가 주인이 하는 말만 듣고 하루 종일 주인만 쳐다보며 기다리는 강아지가 된 것 같은 기분이 든단 말입니다. 지금 당신을 따라 여기 온 것도 마찬가지고."
강아지를 비유하는 그의 말에 일순 웃음이 터질 뻔했지만 연서는 겨우 참았다.
"전…… 사랑하는 사람이 있어요."
밀어내야 한다는 마음에 다시 그에게 강조하듯 말했다. 하지만 그녀의 말에는 더 이상 힘이 실려 있지 않았다.

"압니다. 알아요. 그걸 아는데도 당신에게만 반응하는 내 심장이 문제지."

혁의 시선에 옭아매듯 연서를 끌어당겼다.

"제발 절 흔들지 말아주세요."

"그 말은 이미 흔들리고 있다는 뜻으로 받아들여도 되겠습니까?"

혁의 눈동자가 반짝 빛을 발했다. 흠칫 놀라며 연서가 뒤로 몸을 빼자 혁은 더 가까이 얼굴을 들이댔다. 당황한 듯 눈을 마주치지 못하는 그녀의 모습이 한눈에 들어왔다.

"그게 아니라……."

"그게 아닙니까? 그럼 끝까지 흔들어야겠군요. 완전히 넘어올 때까지."

손을 뻗어 떨리는 그녀의 뺨을 쓸었다. 손끝에 닿는 살결이 부드럽게 감겼다. 찬바람 탓인지 아니면 자신 때문인지 모르지만 그녀가 떨고 있는 것만 확실했다.

"아뇨. 절대 그렇게 안 될 거예요."

연서가 그의 손을 밀어내려 손을 들었다. 하지만 오히려 그의 손에 잡히는 꼴이 되고 말았다. 바닥에 있는 조개를 만지고 있었던 탓에 그녀의 손은 생각보다 차가웠다. 혁은 붙잡고 있는 손을 향해 천천히 고개를 숙였다.

그리고 그녀의 손을 펼쳐 손바닥 위에 자신의 입술을 갖다 댔다. 갑자기 닿는 뜨거운 입김에 전율을 느낀 연서가 손을 움찔하며 빼려고 했지만 혁은 놓아주지 않았다. 숙였던 고개를 든 혁이 미소 지으며 당황한 연서를 마주 보았다.

"그럼 확인해볼까요? 당신이 나를 받아줄지, 안 받아줄지."

이미 흔들리고 있던 연서는 안쪽 손목을 엄지로 쓱쓱 문지르듯 쓰다듬는 그의 손길에 침을 꿀꺽 삼켜야 했다. 혁은 남자의 진한 향기와 페르몬이 불안하게 흔들리며 마음을 다잡고 있는 연서를 점점 더 강하게 흔들었다.

혁의 얼굴이 점점 가까이 다가왔다. 머릿속으로 그를 밀어내고 일어나야 한다고 생각하면서도 막상 연서는 아무것도 할 수 없었다. 숨결이 가까이 다가오고, 심장이 미친 듯이 뛰며, 점점 머릿속은 아무 생각도 할 수 없었다. 연서의 시선은 다가오는 그의 입술에 머물렀다.

서로의 숨결이 확연하게 느껴질 정도로 그가 가까이 다가오자 연서의 자신도 모르게 두 눈을 감았다.

[11] 

떨고 있으면서도 눈을 감은 채 자신을 기다리는 그녀의 모습을 보던 혁은 발그레하게 물든 그녀의 뺨에 먼저 입술을 묻었다. 그리고 그녀의 귓가에 작게 속삭였다.

"지금 너무 섹시하고 아름답다는 거 알고 있습니까? 그것도 엄청."

귓가에 닿는 감미로운 말에 더욱 붉게 얼굴이 물들었다. 걱정과 달리 그녀가 뒤로 물러서지 않았기에 조금 더 욕심을 내기 시작했다. 볼을 타고 내려간 입술이 앙다문 입술과 살짝 겹쳐졌다. 겹친 입술을 사이에 두고 거칠어진 서로의 숨결이 섞였다.

"싫으면…… 지금 말해요."

입술을 살짝 훑고 멀어진 그의 경고가 너무도 달콤하게 그녀를 유혹했다. 연서는 자신의 마음을 알 수 없었다. 그를 밀어내고 싶은지, 아니면 그에게 닿고 싶은지. 흔들리는 연서는 눈을 뜨고 천천히 그를 보았다. 곧은 눈길이 그녀의 눈길을 단단히 옭아맨다. 그의 키스를 기억하는 입술과 떨리면서 전율하는 심장이 그녀를 붙들었다. 그 느낌이 너무도 달콤해 차마 그에게서 멀어지고 싶지 않다는 마음이 더 크게 그녀를 유혹의 덫으로 끌어당기고 있었다.

"지금 시작하면 나도 멈출 수 없을지 모릅니다."

그녀를 품은 마음과 온전히 혼자 가지고 싶은 욕심을.

낮고 허스키한 울림은 지금이라도 물러서라면 그대로 물러설 수도 있다는 달콤한 유혹을 하고 있었다. 하지만 이미 덫에 빠진 연서는 대답 대신 달뜬 숨결을 그에게 보내고 말았다. 그녀의 뜨거운 숨결이 혁의 볼에 닿아 간질이며 자극하고 있었다.

반쯤 닫힌 눈썹 사이에 보이는 은밀한 눈동자가 고혹적으로 그를 끌어당겼다. 그녀가 밀어내거나 도망치지 않았기에 고스란히 밀고 나갈 생각을 굳혔다. 그녀가 자신을 밀어내지 않았다는 사실만으로도 기뻐서.

입술에 닿기만 했는데도 달콤함이 먼저 스며들었고 이내 혀끝에 묻어나는 맛은 꿀처럼 달짝지근했다. 입술 라인을 따라 혀를 움직이다가 아랫입술을 살짝 깨물었다. 움찔 놀라며 연서가 다물고 있던 입술을 열어 길을 터준다.

그 틈을 놓치지 않고 밀고 들어가 입 속 탐험을 시작했다. 놀라 움찔하며 허겁지겁 뒤로 도망치는 혀를 향해 돌진하기 전 내벽과 입천장을 먼저 훑었다. 목울대가 넘실댈 정도로 게걸스럽게 그녀의 입 속을 훑고 삼켰다. 마실수록 허기지고 목이 탔다.

조금만 더, 많이. 그녀를 가지고 싶다는 강한 욕망이 꿈틀대며 몸에 힘이 들어갔다. 이대로 모두 흡입하고 영원히 갖고 싶다는 욕심이 생겼다. 혀끝을 굴려 뒤로 물러서 움찔대는 그녀를 잡았다.

혁은 혀를 깊이 넣어 그녀의 혀를 휘어감아 자신의 혀와 엮은 후 부드럽게 끌어당겨 그대로 삼켰다. 그녀의 가느다란 손을 잡고 있던 혁의 손이 저절로 그녀의 허리를 끌어안았다. 남은 공간이 없을 정도로 품에 꽉 안고 고개를 깊이 숙이며 그녀의 모든 것을 집어삼킬 듯이 빨아들였다.

연서는 저의 허리가 휘며 중심이 뒤로 쏠리자 자신도 모르게 손을 뻗어 그의 어깨를 붙잡았다. 그렇게 바닷가에서 달빛 아래 파도 소리가 점점 높아지는 가운데 두 사람의 달콤한 키스는 오랫동안 이어졌다.

"하아, 하아."

마침내 혁이 그녀의 입술을 살짝 열어주자 연서는 있는 힘껏 그의 어깨를 밀었다. 방심하고 있던 혁은 고스란히 뒤로 밀려났다.

"왜……."

키스를 잘하고 나서 밀어내자 혁은 당황한 얼굴로 그녀를 보았다. 긴 키스의 여운인지 얼굴은 온통 핑크빛으로 물들인 채 방금까지 세차게 물고 빨던 그녀의 입술은 부풀어 올라 있었다. 그 모습 역시 너무 사랑스럽다 느꼈다. 다시 품에 안고 키스보다 더한 것도 하고 싶다는 욕망에 그의 아랫도리가 뻐근해졌다.

"심…… 심장이 터질 것 같아서요."

혁은 들려온 그녀의 대답에 처음엔 두 눈만 끔뻑끔뻑하다가 이내 입술이 옆으로 찢어지며 활짝 열렸다. 바닷가에 유쾌한 그의 웃음소리가 울려 퍼졌다. 그의 웃음소리에 연서의 얼굴은 더욱 붉게 물들었다.

정말 사랑스러워서 미칠 것 같다.

과음을 했든 안 했든 오전부터 등산로를 따라 산에 올라가는 일정은 이미 잡혀 있던 탓에 사람들은 모두 인상을 쓰며 산행을 시작했다.

오전에 미국에서 걸려온 통화가 길어진 탓에 뒤늦게 산행에 동참한 혁은 연서를 찾으며 주위를 재빨리 훑었다. 다행히 멀지 않은 위치에서 그녀를 발견할 수 있었다. 입가에 미소가 지어지려던 그 순간 그녀와 나란히 걷고 있는 현우도 함께 발견하고 만다. 그대로 입을 꾹 다물고 속도를 높였다. 거슬리는 녀석.

"같이 갑시다."

그녀를 냉큼 따라잡은 혁은 둘 사이를 비집고 들어갔다. 그런 혁의 행동에 현우가 잠시 인상을 구겼지만 혁에게 가로막혀 연서는 현우의 일그러진 얼굴을 보지 못했다.

"어, 늦으셨네요."

혁의 등장에 연서는 잠시 발그레 얼굴을 붉혔다. 그를 보자마자 어제 일이 떠오르고 말았다. 안 그래도 그의 생각에 밤새 뒤척이며 잠을 설쳤다.

"일 때문에 통화하다가 늦었습니다."

연서가 붉어진 얼굴을 들키지 않으려 고개를 돌렸지만 오히려 혁의 눈에 붉어진 목이 더 도드라지게 보였다. 그의 입가에 미소가 잡혔다. 그런 둘을 쳐다보던 현우가 뒤로 살짝 빠지다가, 이내 둘 사이를 밀고 들어왔다.

"정상까지 누가 빨리 도착하나 시합할래요?"

연서를 향해 말을 하면서 힐끔 옆을 보았다. 예상대로 본부장의 얼굴이 심하게 굳어진다. 그가 숨기지 않고 바로 반응을 보이자 은근 재미가 들리는 현우였다. 본부장의 반응은 재밌지만, 연서도 흘끔흘끔 혁을 보는 것이 묘하게 그를 자극하고 있었다. 정말 둘 사이에 뭔가 있나?

"그, 그래. 안 그래도 더웠는데, 빨리 가서 쉴까?"

붉어진 얼굴을 겨우 가라앉히며 연서는 자꾸만 혁에게 쏠리는 시선을 산 정상 쪽으로 돌렸다. 아직은 끝이 보이지 않았지만 당장은 혁에게서 도망치고 싶었다. 자꾸만 부끄러워서.

"시합에서 이긴 사람 소원 하나씩 들어주는 겁니까?"

"네?"

"그거 좋네요. 소원 들어주기."

혁의 말에 당황하는 연서와 달리 현우는 흔쾌히 받아들였다.

"전, 별로……. 그냥 저는 빼고 두 분이서 하세요."

"빠지는 게 어디 있습니까. 당연히 같이 해야죠? 안 그렇습니까?"

현우의 동조를 이끌어내는 혁이었다. 현우 역시 그렇다며 그의 의견에 맞장구를 쳤다. 결국 연서는 한숨을 푹 쉬어야 했다.

"두 분은 남자고, 전…… 여자잖아요. 체력적으로 차이가 너무 나는걸요. 저만 손해라고요."

"그럼 10분 먼저 가요. 본부장님과 전 10분 후에 출발할게요. 그럼 괜찮죠?"

끝까지 시합을 포기할 마음이 없는지 현우의 말에 결국 연서는 억지로 먼저 출발해야 했다.

10분이 지나자 현우와 혁은 달리기 시작했다. 그러나 시합은 예상을 깨고 연서가 이겼다. 이유는 산 정상이 그들의 생각보다 훨씬 가까웠기 때문이었다.

정상에 먼저 도착한 연서는 느긋하게 물을 마시면서 두 사람이 뛰어오는 장면을 보고 있었다. 마침내 숨을 헐떡이며 도착해서 황당한 표정을 짓는 그들 앞에 손으로 승리의 브이를 보이며 활짝 웃었다.

처음에 힘들다며 투덜대던 사람들은 산 정상에 도착한 후 보이는 경치에 모두 감탄하며 올라오기 잘했다며 마른 목을 축였다. 지친 체력을 보완하고자 바닥이나 바위에 걸터앉아 휴식을 취했다.

"다들 수고 많으셨습니다. 내려가면 아침이 준비되어 있습니다. 식사 후 바로 출발할 예정이니 차에 오르시기 바랍니다. 이로써 이번 워크숍 일정은 이것으로 모두 마치고 내일부터 새로운 마음으로 일에 매진해주시기 바랍니다."

김 비서의 말에 다들 함박웃음과 함께 박수치며 환호했다. 이틀간 준비한 모든 일정이 끝났다는 시원함과 회사에서 마련한 워크숍 일정이 끝난다는 아쉬움을 뒤로한 채 산을 내려갔다.

늦은 밤까지 벌어진 술 파티에 이어 아침부터 산행을 해서인지 돌아가는 차 안은 깨어 있는 사람은 거의 없었다. 깨어 있는 사람들은 이어폰을 낀 채 노래를 듣거나 핸드폰 게임을 하며 시간을 보내고 있었다. 그중엔 밤새 억지로 술을 마신 현우도 창문에 머리를 기대고 잠들어 있었다.

설레는 마음에 새벽까지 잠을 못 잔 연서는 병든 닭처럼 꾸벅꾸벅 졸고 있었다. 그런 연서 옆에는 여전히 혁이 앉아 있었다. 또다시 창문으로 향하는 그녀의 머리를 자신 쪽으로 이끌었다. 새근새근 잠든 그녀의 숨소리가 듣기 좋았다.

어젯밤 방으로 돌아온 혁은 자신의 태블릿PC를 꺼내 회사 직원들 명단이 들어 있는 목록을 열어 연서의 이력서에 적힌 주소를 확인했다. 확인하던 그의 눈이 흔들렸다. 그가 한국에 와서 찾아갔던 주소와 동일한 곳이었다.

맞지 않은 퍼즐이 예상하지 못한 엉뚱한 곳에서 맞춰지고 있었다. 스멀스멀 올라오는 불안감이 그를 감싸고 있었다.

결국 아침 일찍 미국으로 다시 전화를 걸었다. 현 실장은 다시 걸려온 혁의 전화에 결국 한숨을 길게 내쉬었다. 한국으로 갈 때 어쩌면 예감했던 일이기도 했기 때문이었다.

취조하듯 캐묻는 혁의 질문에도 현 실장은 모른다는 답변만 반복했다. 예상했던 대답이지만 혁은 포기하지 않았다.

"정말 이러실 겁니까? 그럼 할아버지께 직접 전화해서 물어볼까요?"

-도련님! 그건 안 됩니다.

다급해지는 대답에 혁의 입가에 작은 미소가 잡혔다. 그렇지. 현 실장에겐 할아버지가 약점이었지.

"다시 묻죠. 제가 쓰던 이름 뭡니까?"

-그건…….

여전히 쉽게 대답을 해주지 않자 혁은 낮은 한숨을 쉬었다. 그래, 대답해주기 쉽지 않겠지.

"그럼 이렇게 묻죠. 제가 한국에서 신세지던 집에서 쓰던 이름이 뭡니까?"

대답을 기다리며 바짝 긴장했다. 폰을 쥐고 있는 손에 땀이 차고 있었다. 모른다는 대답을 기대했는지, 그 반대의 대답을 바라고 있었는지 저도 확실히 알 수 없었다.

-도련님, 도대체 왜 그러십니까? 그 이름을 알아서 뭐 하시려고? 지나간 일인데 굳이 왜 알고 싶어 하십니까?

"그러니까요. 지나간 일인데 왜 굳이 그걸 숨기는 겁니까? 내가 알면 안 되는 비밀이라도 있는 겁니까?"

-아뇨. 그런…… 건 없습니다.

또 뜸을 들이는 대답. 역시나 뭔가 있구나. 그가 쉽게 입을 열지 않을 거라는 걸 알기에 한발 뒤로 물러섰다.

"말해주십시오. 다른 사람을 통해서 듣고 싶지 않아서 이렇게 말하는 겁니다. 아니면 제가 직접 조사할까요? 지금이라도 흥신소에 의뢰를 맡기면……."

-도련님! 제발.

"현 실장님 입장이 곤란하시다는 건 저도 이해합니다. 그러니까 다른 건 더 이상 여쭙지 않겠습니다. 이름만 알려주시면 됩니다."

결국 혁의 설득에 고민을 하는지 대화 없이 타협의 시간이 무작정 흘러갔다.

-네. 알겠습니다. 약속 꼭 지켜주십시오.

마침내 결심한 듯 현 실장의 대답이 들려오자 혁은 마른침을 삼켰다. 사실 저가 예상하는 대답이 아니길 바라는 마음이 더 간절했다. 밀려오는 두려움에 자꾸 심장이 빨라졌다.

-도련님이 한국에 계실 때 이름은 성은 강씨 이름은 이서. 강이서입니다. 제가 드릴 수 있는 답은 이게 전부입니다. 다른 건 물어보셔도 대답해드릴 수 없…….

순간 손에서 힘이 빠졌다. 쥐고 있던 핸드폰이 손에서 빠져나와 바닥으로 툭 떨어졌다. 바닥에 닿는 소리가 나며 배터리가 분리되어 흩어졌다.

침대 위에 털썩 앉은 혁은 한동안 넋을 놓고 바닥에 흩어진 핸드폰만 쳐다볼 뿐이었다.

"이게 무슨……."

두 손으로 얼굴을 가린 혁은 마른세수를 했다.

강이서. 강연서.

얼마나 기가 막힌 일인가? 그녀가 기다리는 동생이 바로 자신이었다는 사실을 확인하는 순간 송곳처럼 날카로운 것이 심장을 찢어질 듯 아프게 찔러댔다.

기억 속에서 지워졌지만 자신의 내면에서 그녀를 기억하는 게 틀림없다. 그렇다면 지금 그녀에게 닿는 감정은? 이건 도대체 뭐란 말인가? 그저 가족으로 느끼는 감정을 자신이 오해한 건가? 혼란스러웠다. 두 손으로 마른세수를 하는 동안에도 현실이 받아들여지지 않았다.

아니, 그건 절대 아니다. 분명히 저가 느낀 감정은 가족 간에 느끼는 감정이 아니다. 강연서에게 느끼는 감정은 분명 남자로서 여자에게 느끼는 감정이었다. 혼란스러웠다. 그동안 대수롭지 않게 생각하며 찾으려 하지 않았던 잃어버린 기억이 중요해졌다. 이제는 그 기억을 빨리 찾아야 한다는 걸 깨달았다.

하지만 기억을 찾는다고 해도 강연서 그녀의 동생으로 돌아갈 생각은 추호도 없었다. 동생이라니? 하! 생각만으로도 기가 막혔다. 동생? 말도 안 돼! 그녀와 남매라니 생각만 해도 끔찍했다. 그래도 다행인 건 그녀와 친남매 사이가 아니라는 사실이었다.

과속방지턱을 넘는 버스의 진동에 연서의 머리가 떨어졌다 다시 어깨에 돌아왔다. 혁은 혹여 그녀가 깼을까 보았지만 연서는 눈을 뜨지 않았다. 여전히 고른 숨소리가 그의 귓가에 울렸다.

자신은 그녀 때문에 어제부터 심란하고 괴롭고 머릿속이 복잡한데 잘 자고 있는 그녀에게 괜히 심술이 났다.

그냥 깨워? 아니면…….

살짝 열려 있는 그녀의 입술이 눈에 들어왔다. 지금 저 입술에 키스하면? 깰까? 슬쩍 앞을 보자 누구 하나 뒤에 관심을 가지고 있는 사람은 없었다.

천천히 고개를 숙이자 어깨에 기대고 있던 그녀의 얼굴이 하늘을 향해 조금씩 기울면서 키스하기 딱 좋은 위치에 머물렀다. 이대로 입술을 갖다 대면…….

심장이 심하게 두근거렸다. 마치 도둑질하는 사람의 마음이 이런 것일까? 혁은 쿵쿵 울려대는 심장 소리가 그녀에게 들릴까 걱정도 되지만 가까이 닿은 그녀의 입술만 그에게 보였다. 조금만 살짝 닿았다가 떼어볼까? 그러면 그녀도 모르겠지?

혼자만의 은밀한 상상을 하던 혁은 재빨리 그녀의 입술에 자신의 입술을 갖다 댔다. 달콤한 향내가 진동하며 그를 더욱 유혹했다. 조금만 더 보드라운 그녀의 입술을 맛보고 싶다고 생각했다. 하지만 이내 들려오는 그녀의 잠꼬대에 찬물로 샤워한 듯 순식간에 온몸이 차갑게 식었다. 연서의 눈에서 눈물이 흘러내렸다. 잠든 그녀의 두 손이 그의 옷을 꽉 움켜쥐고 있었다.

"가지 마…… 이…… 서야."

새벽까지 잠을 잘 수 없었던 연서는 아침에 달리듯 올라간 산행에 지쳐 결국 차에 앉자 금세 잠에 빠져들었다. 그녀 옆에 혁이 앉는 것도 그가 자신의 머리를 또다시 끌어당겨 편안하게 기대게 해주는 것도 모른 채 깊이 잠들었다.

그러다 꿈을 꾸었다. 그동안 그렇게 기다리던 이서가 헤어질 때 모습 그대로 그녀 앞에 나타났다. 반가운 마음에 이서에게 뛰어갔다. 하지만 이서가 고개를 저으며 뒤로 물러선다. 연서가 다가가면 이서는 자꾸 멀어졌다. 그렇게 그리워하며 보고 싶어 하며 몸부림칠 때는 한 번도 꿈에 오지 않더니 이렇게 늦게 와서는 자꾸 거리를 두는 이서가 서운했다.

'왜 그래?'

연서가 묻자 이서는 그저 웃기만 했다. 그러면서 그녀가 다가가려 하면 안 된다고 했다.

'싫어. 널 얼마나 기다렸는데? 응?'

연서는 이서가 멀리 사라질까 조바심이 났다.

'이서야? 한 번만, 응? 한 번만 나 안아주면 안 돼? 응?'

애가 타는 연서의 마음을 알았는지 결국 이서가 가까이 다가왔다. 여전히 이서의 미소는 따뜻했지만 어딘가 낯설었다.

'왜 이제 왔어? 응? 이제 다시는 어디 안 갈 거지?'

묻는 연서에게 이서는 그저 웃어준다. 그러다가 모닝키스를 하듯 입술에 가볍게 입술을 살짝 겹치며 기분 좋은 느낌을 남기고 멀어졌다.

'곧 다시 만나러 올게.'

헤어지기 싫어 이서의 옷을 꽉 잡은 연서는 가지 마라 애원하며 고개를 저었다. 하지만 점점 이서는 그녀에게서 멀어지고 있었다. 꽉 틀어쥐고 있는데 이서는 점점 희미해지며 사라지고 있었다. 자꾸만 가슴이 먹먹해지고 눈물이 차올랐다. 가지 마라 울부짖으며 이서를 찾았지만 소용없었다. 가슴이 내려앉았다. 이서에게 버림을 받은 기분이 들었다. 그럴 리가 없다고 울며 계속 불렀다. '이서야, 이서야.' 하지만 끝내 이서는 다시 그녀 앞에 나타나지 않았다.

"……!"

갑자기 두 눈을 번쩍 뜬 연서는 잠시 멍한 표정으로 흐려진 눈으로 주위를 보았다. 여전히 덜컹거리는 차의 진동에 연서는 마침내 자신이 차에서 잠이 들었고, 이서의 꿈을 꾸었다는 것을 깨달았다.

"휴."

두 손으로 얼굴을 가리자 손에 촉촉한 느낌이 묻어난다. 고개를 들자, 물이 손에 묻어 있었다.

눈물?

손으로 자신의 눈가를 훔치자 촉촉이 젖은 눈물이 손에 닦여 흩어졌다.

꿈에서만 운 게 아니었구나. 두 손으로 뺨에 묻은 눈물까지 쓱쓱 닦은 연서는 힐끗 옆을 보았다. 잠이 든 혁이 보였다. 팔짱을 낀 채 눈을 감고 등을 기대고 잠든 그의 모습을 보면서 연서는 이서를 떠올렸다.

죄책감일까? 이서와 닮은 혁에게 향하는 감정 때문에 이서에게 미안한 마음에 이서의 꿈을 꾼 건 아닐까? 이서가 이제 그를 기다리지 않고 다른 사람에게 마음을 줘버린 그녀를 탓하는 걸까? 마음이 커다란 돌덩이가 얹힌 것처럼 무거웠다.

"어쩌죠? 안 되는 거 아는데 당신을 좋아하는 마음이 더 커질까 봐 두려워요."

그가 잠들었을 거라 짐작하고 작게 중얼거리는 연서였다. 그녀의 마음에 무거운 돌덩이가 자리 잡고 있는 동안 두 눈을 감은 채 잠든 척하던 혁은 두 눈을 번쩍 뜨고 그녀를 쳐다봤다.

창밖으로 고개를 돌리면서 눈을 감은 연서가 잠을 청하자 혁의 시선이 그녀의 얼굴에 고스란히 꽂혔다. 그의 눈에 혼란스러움과 아픔이 동시에 차올랐다. 그리고 그녀를 향해 점점 더 깊어지는 마음까지.

지난번엔 밤에 와서 몰랐지만 3층짜리 건물은 상당히 깔끔하고 예쁘게 관리되어 있었다. 맞은편에 차를 세운 혁은 1층에 열려 있는 작은 공방카페를 한참 동안 지켜보았다. 그곳엔 연령층이 다양한 사람들이 수시로 드나들고 있었다.

점심시간에 잠시 둘러보러 왔지만 사람들이 많아 기다리다 보니, 결국 오후 3시쯤 사람들이 뜸해지고 나서야 마침내 카페 가까이 다가갔다.

문을 밀고 들어간 카페 입구는 아담했지만 내부는 생각보다 넓었다.

벽면에 장식된 각종 공예품을 쓱 눈으로 훑어보던 혁의 시선이 마침내 카운터에 닿았을 때 자신을 놀랜 눈으로 쳐다보며 손으로 자신의 입을 막고 서 있는 허연주 여사를 발견했다.

혁은 연서의 엄마이자 자신의 엄마였던 그녀를 마주 보았다.

그은 미묘한 감정을 느끼며 그녀에게 다가갔다. 가까이 다가갈수록 연주의 눈에 눈물이 차오르는 모습을 볼 수 있었다. 기억엔 없지만 가슴이 뭉클해지며 찡해졌다.

"이, 이서야……."

그를 부르는 목소리가 따뜻함을 품고 있었다. 자신도 모르게 그리워하고 있었던 건가? 알고 왔기 때문인가. 혁은 기억보다 가슴이 기억하는 연주를 향해 부드러운 미소를 지었다. 연서와 다른 먹먹함과 그리움과 두근거림을 느끼면서도 머뭇거리는 혁에게 연주가 먼저 다가와 그를 안았다.

"잘 다녀왔니? 우리 아들."

연주의 따뜻한 말에 그의 두 눈에 눈물이 고이더니 이내 볼을 타고 주르륵 흘러내렸다.

낯설지 않은 자신의 방을 구경하던 혁은 책상에 놓인 사진을 들어 올렸다. 이서의 중학교 졸업 사진인 듯 풋풋하게 웃으며 꽃다발을 안고 있는 이서 옆에 연서가 환하게 웃으며 두 손가락으로 브이를 그리고 있었다. 사진을 보던 혁의 시선이 부드럽게 풀렸다.

한때 자신이 살았던 방이라는데 딱히 기억에 없으니 난감했다.

'달칵' 소리가 나면서 연주가 손에 시원한 아이스티를 들고 들어왔다. 혁은 손에 들고 있던 사진을 다시 제자리에 놓았다.

"이 방, 기억 나?"

대답 대신 벽을 훑으며 고개를 저었다.

"천천히 기억해도 돼. 어차피 네 기억이잖니."

아이스티를 혁에게 내밀며 감회가 새로운 듯 연주가 책상 위 사진을 들어 올렸다. 아까 혁이 보던 사진이었다.

"연서가 너 정말 많이 기다렸어. 이 방에도 자주 들어와서 청소하고, 네 물건 정리하려고 하면 손도 못 대게 하더라. 너희들 엄청 사이좋았지. 이서야, 연서 올 때까지 기다릴 거지?"

아이스티를 한 모금 마신 후 책꽂이에 있는 책을 훑어보던 혁은 연서 이름이 나오자 멈칫했다. 기억이 돌아오지 않은 상태에서 연서를 만나? 그녀가 자신이 한때 동생이었던 이서라는 걸 알면? 등줄기로 한기가 뱀처럼 스쳐지나가며 소름이 돋았다.

"아니요. 기억이 돌아오면 다시 오겠습니다."

들고 있던 책을 다시 제자리에 놓으며 애매모호한 미소를 지었다. 아직은 아니다. 그녀가 자신이 누구인지 알게 되는 건 절대 안 된다.

"그래, 기억이 나지 않아도 언제든지 오렴. 여긴 네 집이잖아."

"네."

"지금 갈 거니?"

연서가 섭섭해할 것을 알면서도 연주는 차마 혁을 붙잡지 않았다. 어차피 기억을 잃었다고 했다. 그래서일까, 예전 이서와 분위기가 확연히 달라져 있었다. 자신도 적응하기 힘든데, 연서는 어떨지 걱정도 되었다. 차라리 기억을 되찾은 다음 만나는 것도 나쁘지 않을 것 같았다.

두 아이의 특별한 유대감은 자신조차 끼어들지 못했던 부분이 많았었다. 그런 연서와 이서였기에 연주는 예전 함께 살았던 기억이 없는 상태로 만나 서로 거리감을 느끼게 되고, 그것 때문에 상처받을 연서를 먼저 걱정했다.

"조금 더 구경하고 가도 될까요?"

"그래. 난 카페 일 때문에 내려가야 하니까 이따 가기 전에 들렸다 가."

연주가 나가고 혁은 남은 음료를 마시며 자신이 살았던 방을 차근차근 살폈다. 그러다 책상 맨 아래에 서적 밑에 있는 수첩을 발견했다.

갈색 가죽으로 된 수첩에는 번호로 된 자물쇠가 걸려 있었다. 번호가 뭘까? 어차피 자물쇠는 비틀어서 그냥 빼버리면 그만일 정도로 허술했다. 한참을 고민하던 혁은 수첩을 품속에 챙겼다. 집에 가져가서 느긋하게 확인해볼 생각이었다. 어차피 제 것이니.

"그만 가보겠습니다."

카페에 내려온 혁을 본 연주는 수업 중이던 수강생에게 잠시 양해를 구하고 그에게 다가왔다. 훨씬 늠름하고 남자다워진 그의 모습에 흐뭇한 미소가 절로 지어졌다. 예전에 부드러웠다면 지금은 든든하고 믿음직했다.

"이서야, 연서 오면 너 왔다고……."

"아닙니다. 제가…… 직접 만나서 이야기하겠습니다. 그동안만 비밀로 해주십시오. 부탁드립니다."

아직은 아니다. 그녀에게 자신이 동생이라고 알리면 안 된다. 그것만은 막아야 했기에 자신도 모르게 얼굴이 굳어졌다. 굳어진 혁의 모습에 연주는 나중에 알고 서운해할 연서를 떠올리면서도 그저 고개를 끄떡였다. 뭔가 이유가 있겠지, 생각했다.

"그, 그래."

"또 찾아뵙겠습니다."

혁이 가는 뒷모습을 한참 동안 눈에 담고 있던 연주는 수강생의 부름에 다시 자리로 돌아갔다.

집으로 돌아오자마자 열쇠를 비틀어 빼버린 혁은 잠시 수첩을 보기 전 긴장했다. 그러다 천천히 가죽 표지를 넘겼다. 수첩에 적힌 내용은 예상대로 일기장이었다.

한 장 한 장 넘기며 내용을 확인할 때마다 혁의 표정은 점점 더 일그러졌다. 일기장엔 온통 연서에 대한 이야기만 적혀 있었다. 그녀가 좋아하는 것들이 적혀 있고, 모닝키스를 하면 어떤 얼굴이 되는지 다 적혀 있었다.

그러다 경민이 등장했을 때 하늘이 무너지던 감정조차 고스란히 기록되어 있었다.

마침내 마지막 장까지 모두 읽고 수첩을 덮은 혁의 눈엔 공허함과 동시에 안도감이 깃들었다.

이서일 때나 혁이 된 지금이나 온통 강연서, 그에겐 그녀 하나가 전부였다. 오직 한 사람에게만 기울어진 자신의 일방통행에 비릿한 비웃음이 새어 나왔다.

'절대 누나라고 안 불러.'

일기장 속에 적혀 있는 그 문장에서 쿡 웃음이 나왔다. 그녀의 동생으로 살 때조차 연서를 가슴에 품고 있었다는 사실에 안도했다.

하지만 바로 혁의 표정이 굳어졌다.

연서가 그가 이서, 그러니까 그녀의 동생이었다는 사실을 알게 된다면 어떻게 되는 거지? 그녀가 동생 이서에게 남자라는 감정을 갖고 있었던 걸까? 그냥 동생으로만 생각하고 있었던 건 아닐까? 갑자기 머릿속이 복잡해졌다. 알게 되는 순간 그를 바로 밀어내는 건 아닐까? 동생 취급하면서.

"하아."

한숨이 쏟아져 나왔다.

저의 감정은 오로지 연서인데, 그녀는 아닐 수도 있다는 사실을 인지하는 순간 가슴이 답답해졌다.

그에게 그녀는 벗어나지 못하는 올가미였다. 그러면서도 그 올가미가 싫지 않았다. 오히려 더 꽁꽁 묶여 평생 그녀만 볼 것이라는 걸 예감했다. 이제부터는 그녀가 자신만 보게 만들어야 했다.

동생이라는 게 밝혀져도 그녀가 거부하지 않게 단단한 그물을 쳐놔야 한다. 그러기 위해선 그녀가 사랑하고 있다는 남자부터 확실하게 끊어내는 게 가장 중요하다는 걸 깨달았다. 그가 어떤 남자든 무조건 떼어내야 했다.

핸드폰 전화 목록에서 전화번호를 찾아 통화 버튼을 눌렀다.

모처럼 쉬는 주말, 데이트 약속 시간이 늦춰진 덕분에 시간을 내서 나온 지애는 느긋하게 의자에 몸을 묻었다.

혁이 알려줘서 알게 된 칵테일 바는 요즘 지애가 가끔 찾는 단골 장소가 되고 있었다. 며칠 온 덕분인지 바텐더가 아는 척하며 그녀가 즐겨 마시는 칵테일을 먼저 내밀었다.

"여기 자주 오시나 봅니다."

바텐더와 살갑게 인사하는 그녀를 지켜보던 혁 역시 자신이 즐겨 마시는 칵테일을 시켰다.

"덕분에요."

코끝을 찡그리며 싱긋 웃어넘긴 지애는 앞에 놓인 칵테일을 한 입 머금었다. 호박색 액체가 출렁이다 자리를 잡았다.

"또 뭐가 궁금하신데요?"

입가에 묻은 액체를 쓱 닦아낸 지애는 술을 입에도 대지 않고 그녀만 쳐다보는 혁을 향해 싱긋 웃었다. 뭐가 또 애가 닿으셨나?

"연서 씨가 좋아한다는 그 남자 지금 어디 있습니까?"

"쿨럭!"

갑자기 쏟아진 기침에 마시던 칵테일이 입 밖으로 튀었다. 급히 넘겨받은 티슈로 입가를 닦은 지애는 불안한 시선으로 혁을 보았다. 이젠 이서에 대해 이야기를 해야 하나?

"그 사람은 지금 한국에 없어요."

"어디 갔습니까?"

"미국이요. 그것도 아주 오래전에. 이제 조금 있으면 십 년 정도 되어가요. 그동안 소식도 없어요."

벌써 9년이 훌쩍 지나 벌써 10년이 되는 시간에도 연락이 없는 이서를 마냥 기다리고 있는 연서가 안타까웠다. 이제 그만해도 되는데 연서는 기다림을 그만둘 생각이 없어 보였다. 그러니 옆에서 항상 그녀만을 보고 있던 경민조차 밀어내고 아직도 이서를 기다리고 있는 게 아닌가.

"무슨 10년이나……."

어이없었다. 그렇게 오랫동안 소식조차 없는 사람을 기다리고 있다고? 바보라고 해야 하나? 아니면 좋은 말로 순애보?

"어이없죠? 저도 그래요. 이제 그만 기다리라고 했는데도 연서는 반드시 돌아올 거라고 믿고 아직 기다리고 있어요. 순애보도 그런 순애보가 없다니까요. 완전 바보처럼."

"도대체 어떤 사람입니까?"

그의 질문에 예전 이서를 떠올리던 지애의 입가에도 미소가 자리 잡는다.

"글쎄요. 제가 기억하는 그는 따뜻한 사람이었어요. 누구에게나 차별 없이 똑같이 대했고, 예의도 바르고 주위 사람에게 양보도 잘했어요. 그래서 사람들 모두 좋아했어요. 아, 공부도 엄청 잘했어요. 지금까지 말한 건 제 개인적인 생각이에요. 제가 말씀 드릴 수 있는 건 여기까지예요. 진짜 그 사람에 대해 알고 싶으면 연서한테 직접 물어보세요."

남은 칵테일을 한입에 털어 넣은 지애는 남자친구와 약속 시간이 한참 남았지만 자리에서 일어났다. 조금 더 함께 있다가는 그 남자가 한때 연서의 동생이었다는 말까지 하게 될까 봐.

"오늘은 본부장님 힘내시라고 제가 쏘는 거예요."

먼저 밖으로 나가는 지애의 뒷모습을 보는 혁의 얼굴엔 복잡한 심정이 고스란히 드러났다. 지애조차 그 남자에 대한 기억이 좋다는 건 정말 그 남자가 괜찮다는 거였다.

젠장!

지금 한국에도 없고 소식도 알 길 없는 남자가 경쟁자라니. 기가 막힌다. 그 긴 세월 동안 연락조차 없는 남자를 아직도 기다린다고? 분명 그 남자는 연서를 잊은 게 틀림없다. 다른 여자를 만나 잘 살고 있을 수도 있다. 그렇지 않다면 말이 안 된다. 지금까지 연락조차 없고 돌아오지 않고 있다는 건.

혁은 남은 칵테일을 입에 털어 넣었다. 내일부터 당장 연서를 만나 설득할 생각이었다. 인정하고 싶지 않겠지만 그녀에게 그가 돌아오지 않는 건 다시 돌아올 마음이 없어서 그럴지도 모른다는 걸 각인시켜 그녀가 스스로 깨닫고 인정하기를 바랐다.

눈앞에 없는 연적을 보듯 혁의 눈동자가 활활 타올랐다. 두고 봐. 어떤 사람인지 몰라도 강연서의 머릿속에서 당신 따위 철저하게 없어지게 해줄 테니.

다행인 건 워크숍 마지막 날 돌아오던 버스에서 들은 고백이었다. 그때 그녀의 마음이 반 이상 저에게 옮겨왔다는 것을 확신했다.

혁은 주먹을 불끈 쥐며 다시 한 번 다짐했다. 그 남자를 확실하게 잊게 만들어 주겠어.

다음 날부터 남들의 시선 따위 신경 쓰지 않는 듯 대놓고 집요하게 자신만 따라다니는 시선에 연서는 불편함을 느꼈다. 처음엔 그냥 모른 척했지만 이젠 주위 동료들조차 그와 연서를 번갈아 가며 힐끔힐끔 쳐다보았다. 결국 참지 못한 연서는 본부장실에서 나오는 혁 앞을 막아섰다. 그녀가 막아서자 혁의 눈썹 한쪽이 실룩거리며 올라간다.

"본부장님, 시간 좀 내주시겠어요?"

"물론."

그는 무슨 일인지조차 묻지도 않고 기다렸다는 듯이 흔쾌히 본부장실 문을 열었다. 연서가 사무실 안으로 들어가자 뒤따라 들어간 혁은 재빨리 문을 닫았다. 그러자 직원들의 호기심 가득한 시선이 그쪽으로 쏠렸다.

본부장실 창으로 쏟아지는 사람들의 시선을 알아챈 연서가 잠시 머뭇거리자, 혁은 창에 있던 블라인드를 내렸다. 그의 배려에 고마우면서도 그 원인 제공자가 바로 그라는 사실에 괜히 마음이 더 불편하다.

"자, 이제 용건이 뭔지 들어볼까요?"

밖과 차단된 상황에서 혁은 빙그레 웃으며 그녀를 돌아보았다. 느긋해 보이는 그의 표정에 오히려 긴장한 건 연서였다.

"오늘 왜 자꾸 쳐다보시는 거예요?"

"내가요?"

전혀 그런 적 없다는 듯이 어깨를 으쓱하며 시치미 떼는 그를 보는 연서는 황당한 표정을 지었다. 지금 사무실에 있는 모든 직원이 다 알 정도인데 아니라고?

"네. 본부장님이요."

"내가 누구를?"

입을 꽉 다문 채 서 있는 그녀의 시선에 결국 검지를 들어 그녀를 가리켰다. 그러자 연서는 기다렸다는 듯이 고개를 끄떡였다.

"설마, 쳐다본 적 없습니다만?"

"보셨거든요."

발끈하며 대답하는 연서의 눈썹이 가운데로 모인다. 모인 부분을 눌러주고 싶었다. 저렇게 인상 쓰면 이마에 주름 생길지 모르는데…….

"안 봤습니다."

"진짜 보셨거든요! 정말 왜 그러세요? 오늘 하루 종일 얼마나 신경 쓰였……."

"신경 쓰였습니까?"

씩 웃으며 책상에 엉덩이를 기대서 선 그가 팔짱을 낀 채 재미있다는 표정으로 그녀를 보고 있었다.

"당연하죠!"

놀리는 기분이 들었지만 그래도 아닐 거라고 생각하기로 했다. 설마.

"그럼 성공한 것 같군요."

"네?"

"강연서 씨 시선 끌기."

"네?"

"그리고 앞으로 강연서 씨 유혹하기 위해 최선을 다할 생각인데."

말문이 막힌다는 게 어떤 기분인지 연서는 오늘 깨달았다. 정말 할 말 없게 만드는 재주는 타고나는 모양이다.

"앞으로도 더 자주 그럴 건데 어때요? 감당할 자신 있어요?"

"장난 그만하세요."

갑자기 긴장감이 더 배로 높아졌다. 긴장하면 할수록 연서의 시선이 자꾸 다른 곳을 헤맸다.

"누가 장난한답니까?"

지금 그가 하는 행동이 절대 장난이 아니라는 걸 그녀는 모른다. 혁은 지금부터 그녀에게 오로지 진심만 보일 생각이었다. 이서

일 때도, 권혁일 때도 오로지 그녀만 향해서 발작하듯 반응하는 심장이나, 그녀만 보게 되는 상황이면 평생 그녀를 벗어나지 못할 게 분명했다. 그럴 바엔 차라리 그녀에게 자신을 완벽한 남자로 먼저 각인시키고 싶었다.

그렇게 되면 자신이 이서라는 사실이 그 후에 밝혀진다고 해도 그녀와의 관계가 바뀌는 일이 생기지 않을 정도로. 그러려면 그녀를 완벽하게 자신의 여자로 만드는 게 먼저였다.

"지금 본부장님이 장난하시고 계시잖아요."

"진심입니다."

담담하고 진지한 혁의 대답에 연서가 멈칫 놀란 얼굴이다.

"네?"

"난, 연서 씨한테 내 진심을 모두 보이고 있는 겁니다. 나도 좀 신경 쓰고, 봐달라고."

진짜다. 그녀가 자신을 봐주길 바라는 마음이 닿기를.

"스킨십 몇 번 했다고 이러시는 건……."

"아, 압니다. 알아요. 고작 키스 몇 번에 넘어오지 않을 거라는 거. 당신이 기다리는 사람이 있다는 것도 압니다. 내가 사귀자고 다시 말해도 거절할 거라는 것도. 하지만, 포기가 안 되니 어쩝니까? 이게 마음대로 안 되는데 말입니다. 그러니까 난 앞으로도 계속 당신한테 들이댈 겁니다. 그게 부담스럽다면 내가 스스로 포기하게 만들어요. 안 되면 내가 지쳐 떨어질 때까지 당신이 버티든가."

지끈 가슴이 아프다. 그녀에게 사랑하는 남자가 있다는 사실을 받아들이기 너무 힘들었다. 하지만 곧 그 대상이 자신으로 바뀔 것이라며 스스로 위로했다.

굳이 키스라고 말하고 싶지 않아 스킨십이라는 단어를 사용했는데, 혁은 그걸 콕 집어 키스라고 말하고 있었다.

“물론 난 당신 스스로 그 남자를 잊고 나에게 넘어오길 가장 바라지만.”

그녀 스스로 움직이지 못한다면 자신이 무너뜨릴 의향이 다분했다.

“그만 나가보겠습니다.”

도저히 대화를 이어갈 의향이 없는 연서가 뒤돌아서려 했다.

“멈춰요. 그렇게 도망치는 건 나한테 도발입니다. 도발하지 않는 게 좋을 겁니다.”

“……!”

도발이라는 단어가 이렇게 달콤했던가? 아니, 오싹하고 소름이 끼치는 건가?

“당신이 그렇게 도망치려고 할수록 더 섹시하고 매력적으로 보이니 분명한 도발 맞습니다.”

그의 말이 섬뜩할 정도로 야하게 와 닿아 그녀의 귓가를 간질였다. 살랑살랑 부는 봄바람처럼 심장을 자극했다. 연서는 그와 함께 할수록 점점 그에게 말리는 자신을 깨달았다.

“무, 무슨 말을 그렇게!”

불이 난 듯 얼굴이 순식간에 붉게 물들었다. 맑은 눈동자가 불안하게 흔들렸다. 저 모습이 얼마나 예쁘게 보이는지 그녀는 모르는 것 같았다.

“내 눈엔 이미 당신 자체가 유혹이고 달콤한 향기라고 말하는 겁니다. 그러니까, 자꾸 나한테서 등 돌리지 말라고 경고하는 겁니다. 점점 제어가 안 돼서 미쳐버릴지 모르니까."

키스하고 싶다는 강한 욕망이 꿈틀거렸다. 이대로 끌어안고 립스틱이 예쁘게 색을 내며 윤이 나는 그 입술을 먹어버리고 싶다. 손을 뻗으면 바로 닿을 거리에 있는 그녀였지만 섣불리 붙잡지 않았다. 여기는 사무실이었다. 있는 힘껏 모든 인내를 끌어모아 그녀를 잡고 입술을 삼키고 싶은 것을 겨우 참고 버텨내고 있었다.

"한쪽의 일방적인 감정은…… 서로에게 상처가 될 뿐이에요."

연서가 떨고 있었다. 그녀가 동요하고 있는 마음을 속이고 그가 다가오는 것을 막기 위해 억지를 쓰고 있다는 것을 한눈에 알 수 있었다. 그녀가 휘청거리며 문으로 향했다. 그와의 관계에 마침표를 찍으려고 하는 게 느껴졌다.

"앞으로 업무적인 것 외엔 부르지 말아주시기 바랍니다."

그래, 그게 맞다. 지금 흔들리는 자신의 감정을 더 이상 숨기기 힘들다. 어쩌면 그도 알고 있을 것이다. 무섭다. 이대로 자신의 심장에 담긴 자신만의 이서가 완전히 지워질까 봐. 연서는 도망치려 하고 있었다.

새롭게 다가오는 낯선 감정에 이렇게 쉽게 휘둘리는 자신이 한심하고 무서웠다. 오랜 시간 곁을 지키며 기다린 경민에게도 흔들리지 않았는데 이 남자는 너무도 쉽게 그녀를 흔들었다.

"그게 진심입니까?"

문손잡이를 잡고 침을 꿀꺽 삼켰다. 그래, 이대로 문을 나가면 돼. 그리고 앞으로 그와 업무적으로만 대하면 돼. 결심을 굳힌 연서가 손잡이를 돌렸다.

탁.
하지만 문은 열리지 않았다. 언제 다가왔는지 혁의 커다란 손이 그녀 뒤에서 문을 누르고 있었기 때문이었다.
"진심인지 물었습니다."
"네."
"쿡. 거짓말. 날 똑바로 보고 다시 대답해봐요. 진심인지."
그의 웃음에 연서의 어깨가 떨리고 있었다. 그의 시선을 피하는 연서였다. 차마 그의 눈을 마주 보며 거짓말을 할 수가 없었다.
"아니…… 요."
"거짓말 못하는 강연서 씨, 당신도 나한테 끌리고 있잖아. 그냥 인정하지 그래."
결국 그녀가 고개를 들어 혁의 눈을 똑바로 쳐다보았다.
"그래요. 그건…… 인정할게요. 하지만 그뿐이에요. 절대로 우린……."
"분명 경고했습니다. 도발하지 말라고."
낮고 짙은 그의 말투에 등줄기로 소름이 돋았다. 그와 동시에 심장이 백만 볼트 전기를 맞은 듯 심하게 요동쳤다. 요란하게 뛰는 심장 소리가 머릿속에서 울렸다. 고개를 숙인 혁이 그녀의 귓가에 얼굴을 바짝 갖다 대자 그의 숨소리가 거침없이 그녀의 살갗을 할퀴고 지나갔다.
"도발했으니 앞으로 기대해요."
그가 말할 때마다 귓등을 간질이는 뜨거운 숨결이 스치자 연서는 자신도 모르게 어깨를 움츠렸다. 혁은 엄청 빨개진 그녀의 귓불을 보았다. 감각이 예민한 곳이 여기인가?

“내가 어떻게 행동할지.”

정말 예민한지 한번 확인해보고 싶은 마음에 혀를 내밀어 살짝 귓불을 핥았다.

“흐읍!”

놀란 연서가 자신의 귀를 손으로 막으며 뒤로 물러섰다. 좁은 공간이라 여전히 그의 품에 갇힌 연서의 얼굴은 홍당무처럼 온통 붉게 물들어 있었다. 귀여웠다. 눈에 콩깍지가 껴도 제대로 낀 모양이었다. 안 예쁜 곳이 없으니.

“내가 먼저 나갈 테니, 조금 안정되면 나와요.”

“제가 먼저…….”

“쉿! 얼굴이 엄청 빨갛습니다. 홍당무처럼 말입니다. 그 얼굴로 나가면 아마 사무실에 온통 소문이 날 텐데, 그래도 먼저 나가겠습니까? 물론 난 상관없지만.”

“본, 본부장님 때문이잖아요.”

입을 삐죽 내밀며 그의 탓을 하는 모습조차 예쁘다. 콩깍지도 이런 콩깍지가 없을 듯.

“아니죠. 이건 강연서 씨 때문입니다. 나를 도발한 건 당신이니 강연서 당신 때문이 맞습니다.”

그의 손에 의해 결국 문이 열렸다. 열리는 문 뒤쪽에 선 연서의 얼굴은 여전히 붉게 물들어 있었다. 이대로 품에 안고 싶다. 끓어오르는 욕망을 억지로 내리누르는 일은 정말 팔다리를 도려내는 고통이었다. 그걸 참기 위해선 찬바람이라도 필요했다.

“강 주임은 서류 확인하고 나오십시오.”

사무적인 말투로 바뀐 그가 연서와 눈이 마주치자 한쪽 눈을 찡긋 감으며 윙크를 보냈다. 긴장으로 바짝 얼어 있던 연서는 그가 나가고 나서도 한참 동안 멍한 표정으로 문을 쳐다보았다.

그러다 그와 했던 대화를 다시 떠올리자 부끄러운 마음에 얼굴이 더 붉게 물들고 말았다. 심장이 뛰는 소리가 귓가에 점점 더 크게 울렸다. 이러다 정말 그를 밀어내지 못하고 자신이 더 좋아하게 될까 봐 점점 두려워졌다.

"아, 정말. 어떻게 해."

열이 오른 얼굴을 식히기 위해 열심히 손으로 부채질을 해보지만 쉽게 가라앉지 않았다.

사람들로 북적대는 식당 한쪽에 자리 잡은 지애와 연서는 점심 식사를 함께하고 있었다.

"여기 진짜 사람 많지?"

"응. 구내식당도 맛있지만 가끔 나와서 사 먹는 것도 괜찮은 것 같아."

식사를 마치고 계산을 하려는데 지애가 먼저 카드를 내밀었다.

"점심은 내가 살 테니까 넌 후식 사."

"그래."

"회사 건너편에 있는 카페 알지? 거기 뱅쇼가 맛있어."

지애는 요즘 즐겨 먹는 음료 이름을 말하며 씩 웃었다.

"계집애. 알았어."

얼마나 맛있는지 연서는 나도 먹어봐야지, 생각하며 시간을 확인하니 벌써 점심시간이 끝나간다.

"나 화장실이 급한데, 테이크아웃 해 올래?"

“그래, 사 갖고 갈게.”
부탁한다는 말을 남기고 정말 화장실이 급한지 지애는 먼저 사무실 쪽으로 뛰어갔다.
“정말 급했나 보네.”
카페에도 사람들이 많아서 주문하고 포장된 음료를 들고 나오는데 벌써 점심시간이 조금 지나 있었다.
급한 마음에 카페 문을 열고 뛰었다. 그리고 횡단보도에 다다르던 그 순간 연서의 몸이 뒤로 휙 잡아당겨졌다. 그 탓에 손에 쥐고 있던 음료를 놓쳤다.
순식간에 오토바이 한 대가 그녀가 떨어트린 음료를 짓밟고 지나갔다. 일회용 잔에서 나온 음료가 터지며 바닥을 흠뻑 적시고 있었다.
“괜찮아요? 큰일 날 뻔했잖습니까!”
올려다보지 않아도 화가 난 목소리만으로도 그가 누군지 알았다. 조금 전 상황도 상황이지만 지금 자신을 꽉 끌어안고 있는 남자 때문에 더 놀란 심장이 좀처럼 진정되지 않았다. 단단하고 탄력적인 가슴의 촉감이 고스란히 그녀의 손바닥에 전해졌다.
“네. 괜, 괜찮아요.”
숨을 고르고 고개를 들자 그의 목젖이 보였다. 울렁거리며 이미 지나간 오토바이 운전자를 향해 욕설을 뱉는다. 그가 말을 할 때마다 움직이는 목울대가 섹시하게 보였다.
한참 동안 오토바이가 사라진 방향을 대고 화를 내던 그가 연서의 어깨를 꽉 잡고 그녀를 자신의 품에서 떼어냈다.
“정말 괜찮아요?”

"네."

갑자기 그의 품에서 멀어지자 마치 둥지에서 떨어진 아기 새가 된 기분이었다. 다시 그의 품에 안기고 싶다는 강렬한 욕망에 휩싸였다.

"아니, 어떻게 앞도 안 보고 그렇게 막 다니면 어쩌자는 겁니까? 정말 사람 심장 떨어지게!"

이제 그녀 탓을 하는 그의 말에 연서는 고개를 획 들었다.

"인도로 다닌 오토바이 잘못이지 왜 갑자기 제 잘못이 된 거죠? 그리고 구해준 건 고마운데, 본부장님 아까부터 왜 자꾸 화내세요?"

따지는 연서의 말에 잠시 멍해진 혁은 그녀의 시선을 고스란히 맞받아쳤다.

"당신 때문이잖아. 내가 얼마나 놀랐는지……. 정말 심장 떨어지는 줄 알았단 말입니다."

심장이 떨어지는 줄 알았다는 그의 말에 연서의 머릿속이 새하얗게 변했다. 그저 장난인 줄 알았는데. 저를 향한 그의 고백이 가벼운 것이라고 치부하고 무시하려고 했는데 그게 아닌가 보다. 많이 놀란 듯 그의 턱 근육이 떨리고 있었다.

생각만 해도 아찔한 순간이었다. 저가 때마침 그녀를 발견하고 가까이 다가오지 않았다면……. 생각만으로도 끔찍했다.

"여, 여튼 앞으로 조심하십시오."

연서에게 예상치 못한 타박을 받아서 머쓱한지 혁은 자신의 머리를 긁적이며 때마침 바뀐 횡단보도 앞에 섰다.

"뭐 합니까? 회사 안 들어갑니까?"

신호가 바뀌었는데도 꿈쩍도 하지 않고 그 자리에 있는 연서를 돌아보는 혁에게서 시선을 떼지 못하는 연서였다.

"먼저 가세요. 전, 이것만 다시 사 갖고 갈게요."

"그럼, 먼저 갑니다."

바닥에 떨어져 찌그러져 형태를 잃어버린 종이팩을 들어 올린 연서는 그가 시야에서 사라질 때까지 쳐다보다가 다시 카페로 향했다. 카페에서 다시 똑같은 음료를 주문한 후 기다리는 동안 연서는 아까 일을 되새겼다.

그가 화내던 것도, 그의 따뜻한 가슴과 손바닥에 고스란히 전해지던 심장박동까지. 회사로 가자며 돌아보는 그에게서 빛이 쏟아지는 착각에 눈을 뗄 수 없었다. 요즘 그를 떠올릴 때마다 심장이 주체할 수 없을 정도로 제멋대로 움직인다.

그의 목소리에, 그의 향기에, 그의 몸짓에 이젠 자연스럽게 반응이 나온다. 결국 연서는 이서보다 그에게 더 끌리고 있다는 걸 스스로 인정했다.

미안해, 이서야. 이젠 널 가슴속에 남겨두고 그의 자리를 만들어야 하나 봐.

하지만 그를 마음속에 완전히 받아들이기 전에 할 일이 있었다. 이서를 꼭 다시 만나서 남아 있는 감정을 정리해야 한다. 이서가 한국에 돌아오지 않는다면, 이젠 그녀가 찾아가야 한다. 연서는 이서를 직접 찾아 미국에 갈 마음을 굳혔다.

계속 핸드폰으로 전화를 걸고 있던 연서는 오늘도 통화가 되지 않자 짜증이 머리 꼭대기까지 쌓이는 기분이었다. 최근 권혁 그 남자 때문에 이서를 잊어버리고 있었다. 그런 자신의 모습이 이서에게 자꾸만 죄를 짓는 것 같았다.

"엄마, 이 전화번호 확실해?"

이서를 데려간 비서실장의 명함을 보던 엄마는 '응.'이라고 대답했고 연서는 알았다고 대답하고 난 뒤 상대방이 전화를 받을 때까지 전화를 할 결심을 하고 다시 통화 버튼을 눌렀다.

그런 연서를 보면서 얼마 전 이서가 왔었다고 말해줄까 생각하던 연주는 이서의 부탁을 떠올리고 입을 다물었다. 점심을 챙겨 먹고 다시 가게로 내려가는 엄마의 등을 보며 연서는 제발 통화가 되게 해달라고 빌었다.

-네. 현덕수입니다.

마침내 전화가 연결되자, 연서는 벅차오르는 감정과 그동안 연결되지 않아 속을 끓였던 불편한 마음이 한 번에 터져 나왔다. 괜히 화도 났지만 연서는 마음을 차분히 가라앉혔다.

"안녕하세요."

-네. 누구십니까?

"전, 강연서라고 합니다. 예전에 저희 집에서 이서를 데려가신 분 맞으시죠?"

-아, 네. 맞습니다. 무슨 일이십니까?

"강이서. 우리 이서가 안 돌아와서요? 혹시 이서에게 무슨 일 있는 건 아니죠? 이서를 만나고 싶어요. 미국으로 제가 만나러 갈게요. 어디 있는지만 알려주세요. 우리 이서, 제 동생 좀 만나게 해주세요. 딱 한 번이라도 좋아요. 얼굴 좀 보게 해주세요. 부탁드릴게요. 네?"

-도련님은 이곳에 안 계십니다.

잠깐의 시간의 흐름이 지난 후 들려온 대답에 연서는 울컥했던 마음을 가라앉혔다. 이서가 미국에 없다고? 그럼 어디에 있는 거지? 정말 이서한테 무슨 일이 생긴 건 아니겠지? 심장이 불안감에 크게 뛰다가 이내 쿵 내려앉았다.

"네? 그럼 어딜 가야……."

-죄송합니다. 제가 다음 달 한국으로 가니, 그때 찾아뵙겠습니다.

다급한 목소리가 들리고 이내 전화가 끊겼다.

"여보세요. 그럼 이서는 어디……."

상대방이 일방적으로 전화를 끊자 오기가 생긴 연서는 다시 전화를 걸었다. 하지만 그는 전화를 받지 않았고, 결국 다시 통화는 할 수 없었다. 불안감이 점점 더 커졌다.

문으로 들어오는 권 회장을 보는 순간 당황해서 다급하게 전화를 끊은 덕수는 곧바로 무음으로 핸드폰 벨소리를 바꾼 뒤 회장에게 허리를 숙이며 인사했다.

"무슨 전화기에 그리 급하게 끊나?"

"잘못 걸려온 전화였습니다."

날카로운 눈빛에도 현 실장의 표정이 평소와 별반 다르지 않았기에 권 회장은 자신의 자리에 앉았다.

"다음 달 한국 들어간다고?"

"네, 회장님."

"그래, 한국으로 간 권혁 본부장은 일 잘하고 있는가?"

"네. 최근 신제품 개발과 홍보에 집중적으로 신경을 쓰고 계십니다. 지금 이쪽 미국 내에서 시판되고 있는 신제품과 함께 세트로 판매가 가능한지에 대한 회의를 한 후에 본사에 협조 공문을 발송하시기로 했습니다."

"날 닮아서 일 처리 능력이 좋군 그래. 허허."

허허 웃으며 만족스런 미소를 짓던 권 회장이 책상에 놓인 서류를 하나씩 살펴보다가 살짝 미간을 좁혔다.

"권 실장."

"네, 회장님."

"한국지사에 혁이가 아는 사람이 근무하고 있는 건가?"

"네?"

"여기 말이야. 이 이름이 낯설지 않아서 그러네."

최근 한국지사에 근무하는 직원들 명단을 정리해서 회장 책상에 올려놓았다. 권 회장이 콕 찍은 부분엔 '강연서'라는 이름이 적혀 있었다.

기억력이 상당히 좋은 편인 권 회장은 예전 혁을 데려오던 날 전달받아 보았던 가족들에 대한 인적 사항이 적힌 서류에 적혀 있던 이름을 설핏 떠올렸다. 하지만 시간이 워낙 오래된 일이라 확실치 않았기에 현 비서에게 확인차 물었다.

"한국에도 이곳처럼 같은 이름이 많습니다. 그리고 걱정 마십시오. 도련님도 그때 일은 기억에 없습니다. 설사 만났다고 해도 도련님이 기억도 못 할 겁니다."

"그래, 그렇겠구먼."

현 비서의 의견에 고개를 끄덕인 권 회장은 서류를 한쪽으로 밀었다. 그 손을 따라 시선을 돌리던 현 비서는 이미 혁이 모든 사실을 알고 한국에 있다는 사실을 끝까지 비밀로 유지해야겠다고 생각하며 놀란 가슴을 쓸어내렸다.

모니터 화면을 쳐다보며 일을 하던 연서는 잠시 뻐근해진 목을 누르며 고개를 들었다가 그녀가 앉아 있는 곳을 보고 있는 혁과 시선이 마주치자 이내 고개를 돌려버렸다.

아직은 아니야. 그래, 무시하는 척하는 거야.

연서는 아직은 그와 엮이지 않으려고 억지로 그를 외면했다. 하지만 그녀 쪽으로 다가오고 있는 그를 온 몸으로 느끼고 있었다. 긴장으로 마른침이 목을 타고 넘어갔다.

똑똑.

"강연서 주임님."

가까이 다가와 부르는데 모른 척할 수가 없었다. 결국 연서는 고개를 들었다. 아, 정말 이 남자를 멀리할 수가 없는 걸까?

"네, 본부장님."

"점심 약속 있습니까?"

이번엔 점심인가? 연서는 능글능글 웃고 있는 그의 눈에 스르르 무너지려는 마음을 다잡았다. 하지만 그의 웃는 얼굴에 결국 시선을 빼앗기고 말았다. 점점 그의 미소에 빠져든다.

"네. 선약 있습니다."

그래, 이렇게라도 밀어내야지.

"그럼 저녁은?"

"있습니다. 오늘도 있고, 내일도 있고, 앞으로도 쭉 있을 예정입니다."

잘하고 있어, 강연서!

"흠. 그럼 곤란한데요."

곤란하긴 뭐가 곤란해. 연서는 속으로 툴툴거렸지만 막상 그녀의 입가엔 미소가 걸려 있었다. 업무용 미소인데 자세히 보면 입꼬리가 흔들리고 있었다. 그에게 흔들리는 마음이 고스란히 드러났다.

"뭐가 곤란하다는 말씀이세요?"

"현장 공장장님이 신제품 샘플 미팅을 요청하셨습니다. 오늘 저녁을 같이 먹으면서 보완점에 대해 회의하자고 했습니다만?"

연서의 얼굴에 당황한 표정이 드러났다.

"그런 이야기면 진즉……."

당황한 연서의 목소리가 커지고 자리에서 벌떡 일어났다. 그녀의 목소리가 잠시 커지자, 주위 직원들 시선이 잠시 그녀에게 쏠렸다. 아, 창피해.

"진즉 이야기해주셨어야죠. 선약 취소할 수 있습니다."

작아진 목소리에 약간의 원망이 서려 있다.

"그래요? 그럼 약속 장소는 나와 같이 가야 하니 이따 봅시다."

순식간에 꽃 미소를 풀풀 날리며 뒤돌아 가는 혁의 뒷모습을 보며 연서는 의자에 스르르 무너지듯 앉았다.

으악! 착각했다. 그것도 완전 오버하면서. 창피해서 얼굴이 화끈거렸다. 거기다 그의 미소에 자꾸 심장이 반응하니 더 미칠 지경이었다. 연서는 자신의 머리를 쥐어뜯으며 머리를 책상에 박았다. 쿵쿵.

퇴근 시간보다 조금 이른 시간에 회사를 나온 연서는 혁이 직접 운전하는 차 앞에서 멈칫했다.

"김 비서님은요?"

"오늘 업무 때문에 지방에 출장 갔습니다. 어서 타십시오."

그냥 버스 타고 간다고 하면 너무 웃길까? 같은 장소에 가는데 일부러 버스를 타고 가겠다고 고집 피우는 게 더 웃길 것 같았다. 결국 매끈한 차 문을 열고 천천히 차에 올랐다.

"공장장님은 어디시래요?"

"우리보다 조금 늦게 도착하실 겁니다."

시동이 걸렸는지조차 느낄 수 없을 정도로 차는 소음이 없었다. 그렇게 혁과 연서가 탄 차는 어딘가로 향해 움직이기 시작했다. 차에 둘만 있다는 사실에 바짝 긴장한 연서는 두 손을 꽉 쥐었다. 힐끗 쳐다본 그는 전혀 그녀를 의식하지 않는 것처럼 보였다. 괜히 혼자만 앞서가는 것 같아 괜히 무안해진 그녀는 창밖으로 지나가는 건물만 의미 없이 쳐다봤다.

연서는 깨닫지 못했지만 오늘은 금요일이었다. 직장인이든 아니든 일주일 내내 기다린다는 불금이었다. 하나 더 보태자면, 지금 그녀는 흑심을 잔뜩 품고 그녀를 잡아먹고 싶어 안달 난 한 마리 늑대를 전혀 경계하지 않고 있다는 점이었다.

[12]

전날 늦게까지 잠을 못 잔 데다 차에서 느껴지는 안락함과 편안함에 깜빡 잠이 든 연서는 덜컹거리는 차의 진동에 눈을 뜨고 잠시 눈앞에 펼쳐진 검은색 바다 풍경을 멍하니 눈에 담았다. 하얀 거품이 뭉게뭉게 구름처럼 일어난 거친 파도가 덮치듯 가까이 다가왔다가 다시 뒤로 물러선다. 파도만 하얀색일 뿐 바다는 온통 까맣다. 바람이 많이 부는지 곳곳에 설치된 커다란 바람개비가 돌아가고 있었다.

다시 덜컹거리는 진동에 옆 창문을 통해 바다를 보던 연서는 고개를 돌려 차 앞을 보았다. 그러다 옆을 돌아보니 앞만 보며 느긋하게 운전을 하고 있는 혁의 모습이 보였다. 내비게이션에서 시속 100km 구간이라며 속도를 줄이라는 안내 메시지가 흘러나왔다.

“아직 멀었어요?”

약속 장소가 어디지? 바다가 보이는 걸 보니 인천인가?

시속 100km라는 안내에 의아해하면서 혼자만 잠든 것이 미안한 마음에 조용히 물었다. 옆에서 졸고 있으면 운전하는 사람도 같이 졸릴 수 있다는 이야기를 인터넷에서 본 기억이 있었다.

"깼어요? 거의 다 왔습니다."

커브길이 끝나고 직진코스에 접어들자 혁은 슬쩍 그녀 쪽을 돌아보았다. 꽤 오랜 시간 잠을 잔 탓에 그녀의 얼굴이 살짝 부어 부스스했지만 그 모습조차 예쁘다.

"꽤 먼 곳에 약속 잡으셨나 봐요. 생각보다 시간이 좀 걸리네요. 지금 시간이……!"

연서는 차에 달려 있는 전자시계를 보다가 말문이 막혔다.

8시 21분? 김 비서님이 시계를 맞춰놓지 않았나 보다 생각하며 가방에서 핸드폰을 꺼냈다. 액정화면을 켠 연서는 자신이 보고 있는 시간을 몇 번이고 다시 봤다.

"저, 본부장님, 이상해서 그러는데 지금 시간이 몇 시죠?"

핸드폰에서 확인한 시간과 차에 달린 시계 시간이 똑같이 보이는 건 착시현상인가?

"8시 22분입니다."

그 잠깐 사이에 1분이라는 시간이 지나갔다.

"네?"

"조금 있으면 도착할 겁니다. 그때까지 조금 더 쉬고 있어요."

재빨리 정면을 봤다. 때마침 이정표가 그녀의 눈에 들어왔다.

[서천, 군산]

서천 군산? 충청도와 전라도 경계선이라 불리는 두 곳의 이름이 표기된 이정표를 보는 순간 놀라 벌어진 입이 다물어지지 않았다.

“지금 어디 가시는 거예요?”

결국 이정표 때문에 눈치를 챈 연서의 반응에 혁은 어색한 미소를 지었다. 어차피 지금은 늦었다는 걸 그녀도 알까? 잠든 연서를 깨우지 않으려 얼마나 조심스럽게 최대한 빠르게 운전했는지 잠든 그녀는 모른다.

“공장장님과 미팅하러 가는 거 아니었어요?”

“아, 공장장님이 급한 일이 생겼다고 다음 주 월요일에 미팅하자고 연락 왔었습니다.”

“그럼 절 그냥 내려주셨어야죠.”

“너무 잘 자고 있어서 잠시 드라이브나 하려고 했죠. 그런데 길을 잘못 들어와서 고속도로를 탔지 뭡니까. 제가 운전이 초보라 옆으로 빠지지 못해 계속 달리다 보니, 여기까지 왔네요.”

늘 김 비서가 운전하는 차만 타던 그였기에 운전초보라는 말은 그냥 이해할 생각이었다. 하지만, 아무리 드라이브로 길을 잘못 들었어도 충청도와 전라도라니.

“하, 그래도 여긴 도대체…….”

“한국에 왔을 때 회계팀 고 이사님이 고향이 군산이라며 군산에 맛집 몇 곳을 자랑하셨습니다. 그 이야기 듣고 한번 가고 싶었거든요. 이렇게 우연찮게 기회가 생겼네요. 어차피 여기까지 왔는데, 그냥 나 믿고 갑시다. 사실 강연서 씨가 같이 가면 정말 좋을 것 같습니다.”

그의 말을 듣고 보니, 일부러 그런 것도 아니고, 운전 미숙으로 고속도로를 벗어나지 못해 그런 것이라고 말하니 다시 돌아가자고 고집부리기도 애매했다.

"네, 알았어요. 집에 전화 좀 할게요."

회사 일 때문에 늦는다고 연락은 했었지만 생각보다 더 늦을 것 같기에 연서는 엄마에게 전화를 걸었다. 엄마는 흔쾌히 알았다며 조심히 다녀오라는 말과 함께 이왕이면 먼 곳에 간 김에 하루 정도 더 놀다 와도 된다는 말을 하며 통화를 끝냈다. 평소 엄마답지 않은 반응에 연서는 고개를 갸우뚱했지만 이내 머릿속에서 지웠다.

다행히 차들이 없어 군산 IC를 무사히 빠져나온 혁은 미리 검색해서 내비게이션에 저장해 놓았던 밥집을 향해 출발했다.

간장게장과 양념게장만 전문으로 판매하는 밥집은 11시까지 영업시간이었다. 10시 조금 넘어 도착한 그들을 손님으로 받을까 말까 고민하는 주인에게 혁이 미국에서 한국의 맛집만 찾아다니는 사람이며, 내일 미국으로 가면 언제 올지 모른다는 거짓말까지 슬쩍 보태며 사정했다.

얼굴 표정 하나 변하지 않고 말을 하는 그의 능청스런 연기에 연서는 정말 할 말을 잃었다. 그렇지만 그 덕분에 식탁에 간장게장과 양념게장을 올려놓고 먹을 기회가 생겼다. 뭐 자신은 아니지만 본부장인 혁이 미국에서 온 것과, 군산에 또 언제 올지 모른다는 건 거짓말이 아니니 양심의 가책은 조금 덜었다.

연서는 커다란 접시에 나온 음식들을 먹기 전에 핸드폰으로 찍어 남겼다. 먹기 아까울 만큼 모양이 좋았고, 맛은 더욱 좋았다. 보통 간장게장을 비린 맛이 강해서 먹지 못했었는데 비린내도 전혀 나지 않고 맛도 짜지도 않아 맛있게 먹을 수 있었다.

양념게장 역시 깔끔하고 매콤한 맛이 그녀의 입을 기분 좋게 만들었다. 혁은 간장게장은 잘 먹었지만, 양념게장은 두 조각 먹고 난 뒤 생각보다 매워서 결국 먹는 걸 포기했다. 덕분에 연서 혼자 양념게장을 독차지해서 먹게 되었다. 맛있게 먹는 연서의 모습에 그저 흐뭇한 미소를 짓는 그였다. 혁은 계산을 하고 나오며 연서에게 사진을 왜 찍었는지 물었다.

“나중에 같이 와서 먹고 싶은 사람이 있어서요. 그 사람한테 보여주려고요.”

혁은 그 말을 듣고 미세하게 미간을 좁혔다. 그 사람이 그녀가 사랑하는 사람이라 짐작했다. 그 사람이 누구인지 물어보고 싶었지만 질투심과 마지막 남아 있는 자존심 때문에 입을 다물었다.

“이제 서울 가는 거죠?”

식당 입구에 배치된 버튼만 누르면 나오는 커피를 꺼내 혁에게 건네주었다. 헤이즐넛 향이 강하게 나는 믹스커피는 부드럽게 입 안을 채워주었다.

“너무 달고 헤이즐넛 향이 강하네요.”

“아, 어쩔 수 없어요. 그래도 여기 커피는 맛있는 거예요. 어떤 곳은 너무 밍밍해서 정말 먹지 못하고 버리는 경우가 많아요.”

연서가 준 커피에 입맛이 길들여진 혁은 알았다며 향이 나는 커피를 마셨다. 커피를 다 마신 후 차에 먼저 오른 연서는 안전벨트를 매고 그가 타기를 기다리고 있었다. 밖에서 한참 서 있던 혁이 마침내 차에 타고 시동을 걸었다. 차가 출발하자 마치 기다렸다는 듯이 창문에 비가 한 방울씩 떨어지더니 어느새 점점 더 많이 내렸다.

"비 와요."

어두운 밤인데 비까지 내리니 괜히 걱정되는 연서였다. 결국 비가 많이 쏟아지자 혁은 우측 깜빡이를 켠 채 길에 차를 세웠다.

"연서 씨."

천천히 출발하는 차에서 그의 목소리가 부드럽게 흘러나왔다.

"네?"

"미안하지만 난 오늘 서울 못 갈 것 같습니다."

그녀의 심장이 먼저 반응하고 있었다. 아니, 비가 내리기 시작할 때 이미 예상을 하고 있었는지 모른다.

"본부장님?"

어떻게 이야기할까 고민하던 혁은 결국 또 운전 미숙을 핑계 댈 생각이었다.

"어쩌죠? 초보인 제가 밤에 비까지 오는데 운전한다는 건 정말 위험할 것 같습니다."

난감한 상황이었다. 이대로 서울로 가자고 우길 수도 없고, 연서 역시 면허증이 없었기에 대신 운전해줄 수도 없었다. 차를 놔두고 대중교통을 이용하자고 말하고 싶지만 시간이 늦어 대부분 교통은 이미 다 끊겼을지도 모른다. 어쩌면…….

"어떻게 할까요? 연서 씨 의견에 따르겠습니다."

갑자기 자신에게 결정권을 넘겨버린 그의 말에 당황했다.

"비가 멈추면 가요."

혁이 알았다며 켠 라디오에서는 내리는 빗소리와 어울리는 노래들이 계속 나왔다.

대화보다는 침묵이 흐르는 차 안의 분위기는 편안했다.

"비가 안 멈추네요."

시간이 지날수록 빗줄기는 더 거세지고 있었다.

"정말 이러다 차 안에서 날을 샐 수도 있겠어요."

그의 말에 걱정이 가득한 시선으로 앞 유리창을 두들기는 비를 쳐다보았다. 정말 이대로 여기서 밤을 샐 수는 없었다. 그러다 둘 다 감기에 걸릴지도 모른다.

"어디 비를 피할 곳이라도 알아봐요."

"그럴까요? 숙박시설이 있는지 알아봐야겠군요."

그녀의 허락에 혁은 재빨리 핸드폰으로 숙박시설을 검색하다가 마땅한 곳을 찾았는지 전화를 하더니 이내 내비게이션에 주소를 찍고 운전대를 잡았다.

오늘의 날씨를 딱 맞힌 기상청에 정말 감사했다. 연서는 엄마에게 오늘 집에 못 들어갈 것 같다는 문자를 보내느라 그의 입가에 걸린 흡족한 미소를 미처 눈치채지 못했다.

그날 오전 11시.

사무실에 앉아 연서가 남겨 놓았던 '콩콩'이라는 메모를 손에 쥐고 보고 있던 혁은 뭔가 떠오를 듯한 기억의 조각에 미간을 좁혔다. 조금만 더 집중하면 떠오를까? 하지만 그럴수록 머리만 아프고 지끈거리기만 했지 기억은 돌아오지 않았다.

띠리링.

사무실로 직접 걸려온 전화는 공장장이었다.

"네, 공장장님."

-본부장님, 오늘 신제품 샘플이 완성되었는데, 어떻게 할까요? 제가 직접 가지고 갈까요? 아니면…….

"강연서 주임과는 통화하셨습니까?"

-아, 강주임에겐 아직 안 했습니다. 강 주임과 바로 통화할까요?

"아닙니다. 일단 제가 따로 연락드릴 때까지 대기해주십시오."

-네, 알겠습니다.

"아, 강 주임에게는 제가 직접 이야기하겠습니다."

-감사합니다.

전화를 끊은 후 컴퓨터 모니터에서 날씨 정보를 확인한 혁의 입가에 묘한 미소가 걸렸다. 뭔가 궁리하던 그는 수화기를 들더니 어딘가 급히 전화를 걸었다.

"고 이사님, 강혁입니다."

-네, 본부장님.

"고향이 군산이라고 들었는데 맞습니까?"

-네. 맞습니다. 그런데 왜 그러시는지…….

"군산에 유명한 맛집이 많다고 하셨잖습니까? 오늘 갈 예정인데 몇 곳 알려주시겠습니까? 아, 그리고……."

잠시 뜸을 들인 혁의 말이 이어졌다.

"호텔도 괜찮은 곳 부탁합니다."

맛집 몇 곳과 괜찮은 호텔을 적은 혁은 전화를 끊고 재빨리 자리에서 일어섰다. 문을 열면서 시계를 보니 11시 30분이었다. 목이 뻐근한지 고개를 돌리며 어깨를 톡톡 치던 연서가 고개를 들었다가 혁과 눈이 마주치자 눈동자가 커졌다가 순식간에 시선을 돌린다. 노골적으로 자신을 피하는 그녀의 행동에 잠시 멈칫했지만 책상에 가까이 다가갔다. 참으로 티가 팍팍 난다. 물론 그게 그녀의 매력이긴 하지만.

똑똑.

"강연서 주임님."

가까이 다가오니 향긋한 그녀만의 향기가 그를 감미롭게 유혹한다. 그냥 보기만 해도 기분이 좋아지는 그녀 곁에 계속 있고 싶었다. 예전에도 자신이 그녀를 좋아한 게 아마도 그녀만의 향기 때문이 아닐까라는 생각도 잠시 해봤다.

"네, 본부장님."

혁의 눈동자가 그녀의 옆자리에 앉아 모니터를 뚫어져라 보고 있는 직원을 향했다가 다시 그녀를 향했다.

"점심 약속 있습니까?"

연서가 쳐다보자 가슴이 즉각 반응했다. 저 눈동자에 사랑을 담아 자신만 보면 어떤 느낌일까? 상상하니 가슴이 기대감으로 더 크게 울린다.

"네. 선약 있습니다."

자신을 피하려는 그녀의 말투와 행동에 대한 이유를 알기 때문인지 전혀 섭섭하지 않았다.

"그럼 저녁은?"

"있습니다. 오늘도 있고, 내일도 있고, 앞으로도 쭉 있을 예정입니다."

그녀의 대답에 옆에 앉은 직원의 의아한 눈빛이 그들에게 쏠렸다. 아니, 아까부터 사무실 모든 직원들의 호기심 어린 시선이 얼굴이 따가울 정도로 느껴졌다.

직원들의 눈치에 귀가 빨개진 연서가 고개를 숙이자 혁은 눈을 들어 사무실을 휙 둘러보았다.

서로 마주치는 눈빛이 좋았는데. 방해를 받자 괜히 심술이 난다.

"뭡니까? 다들 일 안 합니까?"

그의 지적에 놀란 직원들은 허둥지둥 움직이며 자신들의 자리에서 일거리를 찾는 척했다. 다시 느끼는 거지만 참 한국 사람들은 남의 일에 관심이 많았다.

"흠. 그럼 곤란한데요."

빨리 혁이 자신 앞에서 사라져주길 바라는 연서의 입가엔 억지로 짓는 어색한 미소가 보인다. 여전히 귓가는 빨갛게 물들어 있었다. 부끄러워하는 게 분명한데 그걸 들키지 않으려 애쓰는 모습에 웃음이 났다.

"뭐가 곤란하다는 말씀이세요?"

참 섭섭해지려 하네. 키스까지 한 사이에 너무 거리를 두려고 애쓰네. 그녀와 나눴던 바닷가 키스를 떠올리자 입술이 말라왔다. 다시 그녀의 촉촉하고 말랑한 입술의 감촉을 느끼고 싶었다.

"공장장님이 신제품 샘플 미팅을 요청하셨습니다. 오늘 저녁을 같이 먹으면서 보완점에 대해 회의하자고 했습니다만?"

물론 거짓이었다. 아직 공장장은 혁의 연락을 기다리고 있었다. 그의 대답에 연서의 얼굴에 당황한 표정이 고스란히 드러났다. 결국 당황한 그녀의 양쪽 볼이 살짝 붉어졌다. 그 모습이 귀여워 순간 손을 뻗어 볼을 쓰다듬을 뻔했다.

"그런 이야기면 진즉……."

당황한 연서가 벌떡 일어나자 주위 직원들이 다시 그들에게 호기심을 보였다. 거참, 꽤나 관심을 가지네. 혁은 눈을 부라리며 주위를 다시 한 번 휙 둘러보았다. 다시 호기심을 누른 사람들은 저마다의 일을 위해 분주히 움직였다.

"진즉 이야기해주셨어야죠. 선약 취소할 수 있습니다."

빙고! 혁은 속으로 외치며 자꾸 드러나는 승리의 미소를 감추기 위해 입 안을 잘근 씹으며 겨우 참을 수 있었다.

"그럼 다행이군요. 약속 장소는 나와 같이 가야 하니 이따 봅시다."

미련 없이 돌아서는 그의 뒤에서 그녀가 의자에 스르르 무너지듯 앉는 소리가 들리자 결국 혁의 입에서 결국 작은 웃음이 새어 나왔다. 민망해진 탓에 머리를 책상에 박고 있는 연서는 그의 웃음소리를 들을 여유조차 없었다.

점심시간에 서둘러 밖으로 나온 혁은 그길로 차를 몰아 연서의 집으로 향했다.

"어서 와."

반갑게 맞아주는 연주에게 인사를 하고 난 혁은 잠시 집에 들어가도 되냐고 물었다. 그러자 연주는 흔쾌히 비밀번호를 알려주며 먼저 가 있으라 했다.

도어록 비밀번호를 누르고 집 안으로 들어온 혁은 잠시 집을 찬찬히 둘러보았다. 그의 기억 속에 고스란히 남아 있어야 할 부분이 삭제되어 거실에서의 일상이 떠오르는 게 없다. 다만 창문 쪽으로 다가가 밖을 쳐다보는데 가슴 한쪽이 사늘해지며 시큰거렸다. 특히 집 앞 가로등을 보는 순간 기분이 묘하게 나빠졌다. 그는 옆에 있는 커튼으로 창문을 가려버리고 나빠지는 기분을 애써 누르며 그 자리를 벗어났다.

2층으로 향하는 계단을 오르는 그의 발걸음이 떨렸다. 천천히 올라간 뒤 깊게 심호흡을 했다. 우선은 자신의 방에 먼저 들어갔다. 닫힌 창문 사이로 햇살이 방을 환하게 밝혀주고 있었다. 푹신한 침대에 잠시 앉았다. 자신이 돌아오지 않은 동안에도 꾸준히 침대 시트와 이불을 교체했는지 이불에선 향긋한 섬유유연제 향기가 나고 있었다. 뒤로 털썩 누워보았다. 하늘에서 쏟아지는 햇볕이 강하게 그의 얼굴에 와 닿았다. 손으로 눈을 가리고 잠시 그대로 있었다. 등서 전해져 오는 따스함이 좋았다.

"이대로 낮잠 자고 싶을 정도로 좋네."

정말 온몸이 나른해졌다. 하지만 오늘 부지런히 움직여야 한다는 사실을 깨닫고 착착 감기는 이불 위에서 일어났다. 다음에 와서 그땐 낮잠 한번 푹 자고 가야겠다, 생각하며 방을 나왔다. 문을 닫고 나자 맞은편 방문이 보인다. 지난번에 왔을 때 강연서 그녀의 방이라고 들었던 방이었다. 밖으로 나가려던 혁은 방문 손잡이를 잡고 천천히 돌렸다.

문을 열고 들어가자 먼저 방을 차지하고 있는 커다란 침대가 한눈에 보인다. 그 위에 하얀 곰돌이 인형이 반 이상을 차지하고 있었다. 햇볕은 반대쪽에 위치한 자신의 방에 흠뻑 들어오지만, 그녀의 방엔 조금 열린 창문으로 바람이 솔솔 들어오고 있었다.

대충 둘러본 그녀의 방은 물건이 별로 없고 깔끔하게 정리되어 있었다. 마치 그녀의 성격인 듯 방은 먼지조차 잘 보이지 않았다. 혁은 잠시 그녀의 방 침대에 앉아 곰돌이를 쓰다듬었다. 이렇게 큰 인형이 취향인가? 지난번에 자신이 사다준 인형이 그 옆에 앙증맞게 자리 잡고 있었다.

'나 없는 동안 곰돌이 잘 껴안고 자.'

곰돌이를 쓰다듬던 손이 그대로 멈췄다. 지끈거리며 머리에 짧은 통증이 스쳐 지나갔다.

뭐지? 혁의 미간이 좁혀졌다. 곰 인형의 맑은 눈동자가 그를 빤히 쳐다보고 있을 뿐이었지만 뭔가 머릿속을 헤집는 낯선 기억이 그를 당황스럽게 만들었다.

'누나라고 부르라고!'

'누나라고 부르면 키스해도 돼?'

또다시 들리는 환청에 혁의 눈동자가 심하게 흔들렸다. 한동안 괜찮았었는데 머릿속을 헤집는 심한 두통이 다시 시작되었다. 머리를 쥐어뜯으며 머릿속 울림을 막으려 했지만 멈춰지지 않는다. 점점 더 심해지는 두통 때문에 머리를 감싸고 침대 아래 주저앉았다. 그렇게 한참 동안 혁은 움직일 수 없었다. 진통제도 챙겨오지 않아서 그저 가만히 앉아 참을 수밖에 없었다. 이렇게 참고 쉬고 있으면 종종 괜찮아지기도 했다. 가끔 나타나는 기억은 더 많이 더 듣으려 할수록 그에게 고통을 안겨주었다.

"이서야, 괜찮아?"

바쁜 시간이 끝났는지 집으로 올라온 연주가 마침내 연서 방에 주저앉아 머리를 감싸고 있는 혁을 발견했다.

그녀의 부름에 천천히 고개를 든 혁의 얼굴이 심하게 일그러져 있었다. 그의 아픔이 고스란히 연주의 마음에 닿았다.

"아파요. 많이. 뭔가 기억나려고 하는데…… 기억이 안 나요. 머리가 아파서…….”

연주가 손을 뻗어 혁의 머리를 찬찬히 쓰다듬었다. 조금이라도 이 아이가 아프지 않길 바라면서.

“억지로 기억해내려 하지 마. 다 때가 되면 기억날 거야. 그러니까 네가 아파하지 않았으면 좋겠구나. 네가 아프면 엄마 마음이 더 많이 아프구나.”

“……네.”

따뜻한 손길에 혁이 눈에서 머물러 있던 투명한 눈물이 그의 볼을 타고 흘러내렸다. 애써 잃어버린 기억을 찾으려 노력하는 그의 마음에 쌓여 있던 무거운 짐이 조금 가벼워졌다.

탁자에 마주 앉은 혁과 연주 앞에는 혁이 좋아하는 커피가 놓여 있었다. 아침마다 연서가 챙겨주던 커피였다. 자신이 좋아하는 커피의 출처를 알게 되자 커피 맛도 훨씬 좋게 느껴졌고 기분도 좋아졌다.

“연서도 함께?”

“네.”

“흠……. 하룻밤 자고 올 수도 있다고?”

“네,”

오늘 연서와 출장 가서 일이 지연되거나 많이 늦게 되면 하루 정도는 자고 올 수도 있다고 하자, 한참 뜸을 들이던 연주의 눈동자가 흔들렸다.

어릴 때부터 유독 연서만 보고 따르던 이서였다. 그런 그가 떠나고 나서 이서만 찾던 연서가 한 고백에 충격을 받았었다.

‘엄마, 그동안 몰랐는데 이서를 좋아하고 있었어.’

'그거야, 네 동생이니…….'

'아니! 동생이 아니라 남자로 좋아한다고.'

그날의 충격은 여전히 가시지 않았다. 그 후 오랫동안 이서가 돌아오지 않았기에 연서의 마음도 이제 달라졌을 거라 생각했다. 하지만, 경민이와 결혼을 거부하는 연서의 행동에서 알 수 있었다. 여전히 연서는 이서를 기다리고 있다는 것을.

연주는 혁을 똑바로 쳐다보았다. 성장해서 어른이 되어 돌아온 이서는 이제 어엿한 성인 남자가 되어 있었다. 연서에 대한 이서의 마음은 어떤 마음일까? 여전히 누나일까. 아니면…….

"이서야, 연서는 너한테 누나 맞지?"

누나로 생각하는 이서의 마음만 확고하다면 걱정할 게 없었다.

"아니요."

연주의 얼굴이 굳어지는 것을 알면서도 혁은 다음 말을 뱉어냈다.

"연서는 여자입니다."

확고한 말투에 흔들림 없는 눈동자로 대답하는 그에게서 연서를 향한 마음이 느껴졌다.

"하지만, 연서는 너와 함께 오랫동안 남매로……."

"남매로 살았을 뿐이지 실제로 남이죠. 그리고 다시 한 번 말씀드리지만 지금 전, 이서가 아닌, 권혁이라는 이름으로 살고 있어요. 지금 연서를 여자로 생각하고 좋아하고 있습니다. 용서해주세요."

"이서야……."

혁은 가슴에서 뭔가를 꺼내 그녀에게 내밀었다.

"얼마 전 왔을 때 가져갔던 건데. 오늘 제자리에 갖다 두려고 했는데 이렇게 드리게 되네요. 이서로 살 때 쓴 일기예요."

연주는 넘겨받은 일기장과 혁을 번갈아 보았다.

"읽어보시면 알겠지만 그때나 지금이나 제가 연서만 좋아하는 건 변함이 없더군요."

살며시 접히는 그의 반짝이는 눈동자에서 연서를 향한 감정이 고스란히 드러났다.

"하지만, 연서의 감정은?"

"제가 확실히 붙잡을 겁니다."

확신에 찬 그의 대답에 결국 연주는 불안감이 잦아들었다.

"그래. 알았어. 조심히 잘 다녀오고 이왕이면 외박은 안 했으면 좋겠구나."

이서일 때나 혁으로 돌아와서도 연서를 좋아한다는 그의 말에 더 이상 반박할 수가 없었던 연주는 결국 승낙하고 말았다.

연주의 배웅을 받으며 집을 나온 혁은 손에 들린 작은 파우치백을 보며 픽 웃었다. 그 안에는 연주가 챙겨준 연서의 속옷이 담겨 있었다.

다시 회사로 돌아가는 길에 공장장과 통화를 했다. 금요일은 주말이라 차도 많이 막히는 데다, 지금 샘플 일정이 그렇게 빡빡한 게 아니니 다음 주 월요일에 회의를 하자며 일정을 미뤘다. 공장장은 오히려 좋아하는 눈치였다. 그렇게 혁은 연서와 단둘이 갈 여행계획을 혼자 세우고 뿌듯한 기분으로 회사로 돌아오던 그의 입은 휘파람을 불고 있었다.

예약한 호텔은 생각보다 나쁘지 않았다. 혹여 연서가 눈치챌까 봐 자신이 먼저 방이 있는지 확인해보겠다며 카운터로 서둘러 갔다. 예약한 방 카드 열쇠를 받아 든 혁은 느긋한 미소를 지으며 연서에게 다가갔다.

“다행히 방이 있네요. 올라갑시다.”

얼떨결에 그를 따라가면서 연서는 주위를 둘러보았다. 몇몇 사람들은 자신들처럼 비를 피해 온 것인지 옷이 젖어 있었고, 그 옆에는 연인으로 보이는 사람들이 다정하게 팔짱을 끼고 다니는 모습도 보였다.

엘리베이터가 도착하는 소리에 연서는 사람들에게서 고개를 돌렸다. 올라가는 동안 연서는 어색함을 어찌하지 못해 그저 바뀌는 숫자판을 보았다. 둘만 타고 가는 엘리베이터 안이 두 사람 사이에 흐르는 긴장으로 숨이 탁 막힐 정도였다. 입 안에 마른침이 자꾸 고였다.

엘리베이터에 타자마자 7층 버튼을 누르고 곧바로 핸드폰을 꺼내 뭔가를 하고 있는 본부장의 행동이 자꾸 눈에 거슬렸다. 괜히 혼자만 긴장하고 신경 쓰고 있는 것 같아 민망했다.

전광판에 보이는 숫자가 하나씩 바뀔 때마다 속으로 숫자를 세었다. 마침내 7층에 도착하고 문이 열리자 연서는 재빨리 엘리베이터에서 내려 혁을 돌아보았다. 몇 호인지 몰라 먼저 움직일 수 없었기 때문이었다. 혁은 손에 들고 있던 핸드폰을 주머니에 넣으며 느긋하게 내렸다. 그리고 안내판에 적힌 걸 확인하더니 왼쪽으로 몸을 틀어 먼저 앞서 나아갔다.

그는 뒤따라가는 연서는 돌아보지 않고 혼자 걸어가며 방 번호를 확인했다. 그런 그의 뒷모습을 보면서 긴장하며 조심했던 자신이 괜히 오버했나 싶어 더 민망해졌다. 하지만 이내 혁의 손에 호텔방 카드 열쇠가 하나밖에 없다는 사실을 알게 되자 입 안이 더 바짝 마르며 긴장감은 배가 되고 말았다.

"저…… 호텔방 이거 하나예요?"

"하필 성수기 주말이라 여기밖에 없답니다."

문을 열고 들어간 혁이 열쇠를 끼우자 곳곳에 은은한 조명이 켜졌다. 거실처럼 꾸며진 공간에는 작은 탁자 하나와 소파가 놓여 있었다.

"뭐 합니까? 안 들어옵니까?"

"저기, 전 다른 호텔이라도……."

"침실은 두 개니까 걱정 말고 어서 들어와요."

그래도 뻣뻣하게 버티고 있자 혁이 마침내 숨을 뱉어낸다.

"내가 덮칠까 봐 두려운가요?"

"네?"

"걱정 말아요. 내가 연서 씨 좋아하는 건 맞지만 짐승은 아니니까요."

그의 말에 오히려 놀란 연서의 눈동자가 끔뻑끔뻑 움직였다가 이내 얼굴이 순식간에 물들었다.

"뭐, 사실 덮칠 정도로 매력이 넘쳐나는 것도 아니고."

그의 눈동자가 그녀를 위아래로 쓱 훑었다.

"누, 누가 뭐래요?"

그의 말에 발끈한 연서는 마침내 안으로 발을 들였다.

덜커덩.

문이 닫히는 소리에 잠시 뒤를 돌아보는 연서의 행동에 혁의 시선이 따라붙었다. 드디어 그녀가 그가 원하는 덫에 걸려들었다. 이제 길들일 시간이 다가왔다. 만족스런 미소가 혁의 입가에 걸려 있었다.

[13] 

거실에 있는 혁을 두고 먼저 침실에 들어온 연서는 준비도 없이 도착한 상태라 딱히 짐이랄 것도 없었기에 어깨에 멘 가방을 내려놓았다.

화장품이 있던가? 파우치 백에 넣고 다니는 간단한 기초화장품과 담겨 있는 화장품을 보며 한숨을 쉬었다. 겨우 선크림과 립스틱이 다였다. 평소에도 그다지 화장을 진하게 하는 편은 아니지만 맨얼굴을 본부장에게 보여야 한다는 사실이 신경 쓰였다. 워크숍에 가서도 보여준 적이 없었던 맨얼굴이었다. 손으로 자신의 뺨을 쓸며 침대에 주저앉았다.

차라리 오늘 세수를 하지 말까? 그러면 내일 그대로 집에 가서 씻으면 되는 거 아닌가?

그 생각을 하다가 고개를 저었다. 맨얼굴 보이는 것보다 씻지 않아서 더러운 이미지를 남기는 게 더 아닌 것 같았다. 털썩 침대에 앉아 정면에 보이는 거울을 보았다. 평소 자신의 모습이 고스란히 비친다. 그러고 보니, 오늘 잘 때 입을 옷도 없다. 어쩌지? 시계를 보니, 쇼핑하러 가기엔 이미 늦은 시간이었다. 아무래도 입고 있는 옷 그대로 입고 자고 내일 구겨진 옷을 입어야 하는 판이다.

"에휴."

집에 못 가는 것과 옷과 화장품 때문에 한숨을 쉬고 있는데 문득 가방 안에 파우치 백이 하나 더 들어 있는 걸 발견했다.

이게 뭐지?

연서는 파우치 백을 꺼내 열었다. 그 안에는 속옷이 잘 개어져 들어 있었다. 꺼내보니 자신의 속옷이었다. 언제 이걸 넣었지? 아무리 생각해봐도 기억나지 않았다. 워크숍 갈 때 옷 가방에 넣어야 하는 걸 잘못 넣었나?

도저히 기억나지 않아 고민하는데 노크 소리가 들려왔다. 그 소리에 반사적으로 '네.'라고 대답하며 침대에서 벌떡 일어났다. 문이 열리며 혁이 뭔가를 내밀었다. 받아서 보니 흰색과 회색의 줄무늬가 있는 티셔츠와 회색 면바지였다.

"어? 이건 어디서……?"

"호텔 2층에 매장이 있어서 급한 대로 사왔는데 마음에 들지 않아도 오늘 하루만 입어요."

그의 시선이 그녀의 손에 들려 있는 속옷을 들고 있는 다른 손을 쳐다보자 놀란 연서는 재빨리 뒤로 숨겼다. 봤나? 못 봤나? 그의 표정을 봐서는 확실히 알 수 없었다. 다만 느낌이 본 것 같았다. 뒤에 숨긴 게 뭐냐고 물으면 뭐라고 대답하지? 정말 난감하네.

"감사합니다. 입고 나갈게요."

혹시 들고 있는 속옷을 보고 이상한 오해 하는 건 아니겠지? 얼굴이 화끈 달아올랐다. 어서 빨리 나가길 바라는 마음을 알아챘는지 혁은 별다른 말없이 문을 닫고 나갔다.

"하아, 미치겠다. 정말."

그가 나가자 곧바로 침대에 털썩 주저앉은 연서는 손에 들고 있는 옷과 속옷을 번갈아 보았다. 정말 오늘 계속 일정이 꼬이는 느낌이 들었다. 옷을 갈아입고 파우치 백에 다시 넣은 속옷은 샤워할 때 같이 들고 갈 물건과 함께 서랍 한쪽에 넣어두었다. 어디서 어떤 경로로 자신의 가방에 들어갔건 당장 갈아입을 속옷이 있다는 사실에 감사했다.

식당에서 그녀가 화장실 간 사이 혁이 가방에 몰래 넣어두었다는 것을 연서는 하늘이 두 쪽 난다고 해도 절대 알 수 없는 일이었다.

침실에서 나온 연서는 소파에 앉아 텔레비전을 보고 있는 혁을 발견했다. 그녀가 나오는 소리에 그가 자리에서 일어섰다.

"……!"

그도 연서와 똑같은 티셔츠와 바지를 입고 있는 모습에 당황했다. 당황하는 그녀의 표정을 보며 혁은 멋쩍은 미소를 지었다.

"거기서 요즘 인기 있는 커플룩이라고 추천해주더군요. 어때요? 옷 불편하지 않아요?"

"아뇨, 괜찮아요."

커플룩이라는 말에 심장이 고장 난 듯 심하게 요동쳤다. 정말 다른 사람들이 봤다면 사귀는 사이로 보이겠구나 싶었다.

연서의 대답이 만족스러운지 혁이 그녀에게 다가왔다. 가까이 다가온 그가 그녀와 마주 보더니 손을 쓱 내밀었다. 그의 손이 느닷없이 다가오자 연서는 어깨를 움찔했다. 안 그래도 벌렁거리던 심장이 놀라 제멋대로 움직였다. 키스하려는 건가? 아니면 껴안는 건가? 그럼 어떻게 해야 하지? 긴장으로 어깨에 힘이 잔뜩 들어갔다.

"이거."

그가 그녀의 어깨에 붙어 있던 실밥을 떼어 내밀었다. 하얀색 실밥이 그녀의 눈앞에서 부드럽게 흔들리고 있었다.

"직원한테 물어보니 여기 근처에 괜찮은 술집을 추천해주더군요. 간단히 한잔하고 들어옵시다."

먼저 앞장서서 문으로 향하는 그의 뒷모습을 보면서 혼자 자꾸 착각한 게 민망해진 연서의 양쪽 볼이 살포시 붉게 물들었다. 그들이 밖에 나오자 폭우처럼 쏟아지던 비는 잠시 소강상태인지 내리지 않았다. 같이 걸어가는 동안 폐에 들어온 공기가 상쾌했다.

도착한 술집엔 생각보다 많은 사람들이 자리 잡고 앉아 있었다. 실내에는 잔잔한 음악소리가 흐르고 있었고 사람들은 각자 자리에서 음식과 술을 즐기고 있었다. 웨이터의 안내에 따라 자리에 앉은 연서는 주위를 두리번거리며 대놓고 구경했다. 신기하게도 건물 전체가 통유리로 되어 있었다.

"여기 예쁘네요."

"마음에 듭니까?"

"네. 신기해요."

그의 말에 대답하며 머리 위쪽을 올려다본 연서의 눈동자가 커졌다. 건물 전체가 유리로 되어 있어 마치 밖에서 술을 마시는 듯한 착각이 드는 특이한 술집이었다. 연서가 쳐다보고 있는데 때마침 소강상태였던 비가 다시 내리기 시작했다. 천장 유리엔 빗방울이 떨어지는 멋진 광경이 펼쳐졌다. 호텔에 도착했을 때보다는 적은 양이지만 눈으로 구경하기 딱 좋을 정도로 비가 내리고 있었다. 집중해서 귀를 기울여보니 빗방울 소리가 음악과 어울러져 자연스럽게 스며들듯 귓가에 파고들었다.

마음이 차분해지는 기분에 연서는 자신도 모르게 입가에 미소를 짓고 있었다.

맥주를 시킬 것이라 예상했던 것과 달리 혁은 과일안주와 함께 연서에겐 칵테일을, 자신은 마티니를 시켰다. 혹시 어색하면 어떤 말을 해야 괜찮을까 생각하던 연서의 고민이 무안할 정도로 음악과 빗소리만으로도 충분했다.

그렇게 분위기에 취한 연서는 기분이 좋을 정도로만 술을 마셨다. 그러다 문득 예전에 비가 오면 늘 버스정류장 앞에서 우산 두 개를 들고 자신을 기다리던 이서의 모습이 떠올랐다. 갑자기 비가 오면 항상 이서가 그녀를 기다리고 있었기에 연서는 우산을 잘 챙기지 않았다. 하지만 이서가 떠난 이후 그녀의 가방엔 항상 작은 우산이 담겨 있었다. 또다시 이서를 떠올린 연서가 앞에 앉아 마티니를 다시 주문하는 혁을 보았다.

분명 다른 사람인 걸 확인했는데도 계속 이서가 그와 겹쳐 보인다. 이서와 그가 닮아서인가 지금 마시는 술 탓인가? 아니면 비 때문인가……. 아니면 여기 술집의 특이한 분위기 탓에 그런 것인지 모른다.

"하아."

깊은 한숨을 쉬며 애써 시선을 돌렸다. 그런 그녀의 한숨 소리에 혁의 시선이 그녀를 향했다.

"고민 있습니까?"

"아니요. 그냥."

대충 얼버무린 연서는 남은 칵테일을 입에 털어넣었다. 혁은 연서에게 묻지도 않고 마티니를 들고 온 직원에게 그녀의 술을 주문했다.

신기하게도 술을 마시면서 둘 사이의 대화보다는 침묵이 더 길었지만 지루하지 않았다. 시간이 흘러 빗줄기가 점점 더 굵어지자 사람들이 하나둘씩 자리에서 일어났다.

"그만 갈까요?"

기분 좋을 정도로 적당히 술을 마신 연서는 혁을 따라 일어나며 다시 한 번 천장을 올려다보았다. 여전히 비는 내리고 있었다. 멍하니 서서 비가 내리는 모습을 보고 있던 그녀는 자신을 부르는 혁의 목소리에 정신을 차리고 서둘러 자리를 떠났다.

"비가 많이 오네요. 어디 우산을 살 만한 곳이……."

"저, 우산 하나 있어요. 이거 같이 쓰고 가요."

편의점을 찾기 위해 주변을 두리번거리던 혁은 그녀가 가방에서 꺼내는 우산을 쳐다보았다. 노란색 우산이 앙증맞다. 그녀 혼자 쓰기에 적당한 크기였다. 그걸 같이 쓰면 그녀도 자신도 모두 비에 젖을 것 같았다.

"그럼 연서 씨 혼자 써요. 난 그냥 맞아도 될 것 같으니."

먼저 빗속으로 나가서 성큼성큼 걷는 그의 모습에 놀란 연서는 재빨리 우산을 쓰고 뛰었다. 그리고 그의 팔을 잡았다. 들고 있는 우산은 손을 쭉 뻗어 그의 머리 위로 올렸다. 혁이 돌아보았다. 비를 맞아 젖은 머리가 앞에서 찰랑거리며 빛을 발했다.

"같이 써요. 비에 젖으면 감기 걸려요."

연서의 목소리가 살짝 떨리고 있었다. 다른 사람과 우산을 같이 쓰는 건 경민이 이후 처음이었다. 그러고 보니 이서와 함께 우산을 쓴 적은 없었다. 늘 이서가 우산을 두 개 챙겨 왔기 때문에.

"같이 쓰기엔 우산이 작아서 둘 다 비에 젖습니다. 그냥 연서 씨 혼자 쓰십시오."

"참 말 안 들으시네. 같이 써요. 옷 조금 젖으면 호텔에 가서 드라이기로 말리면 돼요. 하지만 흠뻑 젖으면 말리기 힘들잖아요."

"아, 그렇군요."

결국 그녀의 설득에 수긍하듯 고개를 주억거린 혁의 시선이 쭉 뻗고 있는 연서의 팔로 향했다. 자신의 키에 맞춰 우산을 들고 있는 모습이 앙증맞다. 조금 그대로 있어볼까? 그녀의 모습을 계속 지켜보고 싶다는 생각을 하면서도 팔이 아플지 모른다는 걱정이 앞섰다.

"그럼 우산은 내가 들죠."

연서의 손에 들려 있던 노란색 우산 손잡이를 맞잡았다. 그의 손이 우산을 잡으면서 서로의 손이 겹쳐졌다. 화들짝 놀란 연서가 재빨리 손을 뺀다. 그녀처럼 혁 역시 당황했지만 우산을 똑바로 고쳐 들었다.

"흠흠. 갑시다."

어색함을 애써 물리치고 움직였다. 하지만 작은 우산은 그와 그녀의 어깨에 내리는 비를 막아주진 못했다. 자신이 비를 맞는 건 별로 신경 쓰이지 않았다. 하지만 연서의 한쪽 어깨가 젖는 것을 보는 순간 손을 뻗어 그녀의 어깨를 끌어당겼다. 움찔하는 그녀의 행동에 혁이 재빨리 변명을 했다.

"우산이 작아서 이렇게 하면 비를 덜 맞을 것 같군요."

갑작스런 그와의 접촉에 심장이 가만히 있지 않았다. 그 바람에 어깨가 떨리고 있었다. 그걸 그가 알아챘는지 슬쩍 곁눈질을 했지만 알아채지 못한 것 같아서 남몰래 한숨을 내쉬었다. 예전 경민과 같이 우산을 썼을 땐 설렘만 있었다. 하지만 지금은 설레는 것보다 떨렸다. 같은 우산 아래 함께 있다는 사실만으로도 신경 쓰이고 자꾸 떨리는데, 연서의 눈에 보이는 그는 태연했다.

연서는 슬쩍슬쩍 그의 얼굴을 보았다. 정말 이대로 괜찮을까? 자신이 뿌리채 흔들리는 걸 그도 알고 있을까? 이젠 이서가 돌아오기를 기다리는 대신 이 남자를 선택해도 될까? 그러다 나중에 정말 이서가 돌아왔을 때 후회하지 않을 자신이 있을까?

연서는 자꾸만 자신에게 되물었다. 이대로 괜찮은지. 하지만 그를 진짜 끝까지 밀어내서 그와 완전히 타인이 된다면? 생각만으로도 가슴이 지끈거리며 아려왔다. 그건 견딜 수 있을까? 얼마 전까지는 그럴 수 있다고 생각했었다. 하지만 자꾸만 다가오는 그를 밀어낼 수가 없었다. 밀어내려고 하면 할수록, 그가 멀어져 멀리 떠난다는 생각만 해도 가슴이 찌르듯 아프고 끊임없는 통증이 몰려왔다.

만약 지애의 말대로 이서가 평생 돌아오지 않는다면? 그 생각을 안 할 수가 없었다. 솔직히 이젠 소식조차 없는 이서를 기다리는 일도 많이 지친 상태였다. 그 때문에 그에게 마음을 더 빨리 열게 된 게 아닐지. 어쩌면 이서 대신 그가 자신에게 다가온 것이 운명이 아닐까 생각해봤다.

"왜요? 제 얼굴에 뭐가 묻었습니까?"

뚫어질 듯 쳐다보는 그녀의 시선을 느낀 혁의 따뜻한 시선이 연서의 흔들리는 눈길을 붙잡았다. 자꾸만 그를 가슴에 담는 자신의 마음을 들킬까 이내 고개를 돌렸다.

"아니요. 그냥요."

"그렇게 잘생겼습니까?"

"네?"

그녀의 시선이 자신에게 머물러 있는 것과 그에게 오늘이 기회라는 걸 알기에 혁은 능구렁이처럼 씩 웃었다. 그녀가 자신에게 어떤 마음을 갖고 있는지 마지막으로 확인할 때였다.

"하긴, 제가 좀 잘나긴 했습니다. 미국에 살 때 길거리에서 헌팅을 당했던 적도 있었습니다."

헌팅을 당했다는 그의 표현에 연서가 잠시 멍한 표정으로 그를 보았다. 하긴 주위 여자들이 그를 가만히 두지 않았을 것이라는 예상은 했지만 그의 입에서 직접 들으니 괜히 기분이 나빠졌다. 그와 함께 있는 날씬하고 긴 노란 생머리의 섹시한 여자들을 상상하니 화도 났다. 어쩌면 그런 여자들을 많이 보고 살았으니 저처럼 평범한 여자는 눈에도 안 들어오겠다 싶으니 괜히 질투와 샘이 났다. 덩달아 아까 마셨던 술이 머리끝까지 올라오는 기분이었다. '좋았겠어요.'라고 대답하는 말투가 결코 곱지 않았다.

그런 그녀의 말투에 조금씩 확신이 들었다. 혁은 기대를 품고 그녀를 조금 더 자극했다.

“질투하는 겁니까?”

“질투라니요. 아니요. 절대 아니에요.”

커지는 그녀의 목소리에 혁은 속으로 웃음을 삼켰다. 정말 얼굴에 고스란히 감정이 드러나는 그녀가 사랑스럽다.

“강한 부정은 긍정이라던데…….”

“아니라니까요!”

“농담입니다.”

이제 자극은 그만. 그녀의 질투를 바랐지만 화를 내면 안 되니까.

“뭐, 뭐가요?”

“미국에선 공부하고 회사 일만 해서 여자를 만난 적이 없었습니다. 물론 그쪽으로 관심이 전혀 없기도 했고요.”

“그럼 헌팅 이야기는…….”

“맞아요. 연서 씨를 놀리기 위한 거짓말이었습니다. 하하.”

“뭐예요, 정말!”

그의 말에 안도하면서 연서는 주먹을 쥔 손으로 연인들이 장난하듯 그의 가슴을 툭툭 쳤다. 정말 사람 기분을 들었다 놨다 하는 그의 말에 연서의 입술이 뿌루퉁하게 튀어나왔다. 그런 그녀의 모습에 자신이 얼마나 설레는지 혁은 알려주고 싶었다.

“어, 호텔이다.”

조금 먼 거리에 호텔 건물이 보였다. 연서를 보던 혁은 호텔을 보곤 이내 그녀에게 시선을 고정했다. 그의 손이 붙들고 있는 그녀의 어깨가 여전히 떨리고 있었다. 손에 느껴지는 그녀의 체온과 떨림이 그에게 확신을 주고 있었다. 이젠 끝까지 아니라고 하지 않겠지. 어깨를 안았던 손에 힘을 주며 그녀가 자신을 마주 볼 수 있게 위치를 틀었다.

"마지막으로 말하고 싶은 게 있습니다."

그의 진지한 표정에 연서는 침을 꿀꺽 삼키고 말았다. 말하지 않아도 이미 그녀도 알고 있었다. 그가 무슨 말을 할 건지. 그래도 긴장으로 자꾸만 마른침으로 입 안을 적셨다. 심장은 마치 그의 질문을 기다리며 조금씩 들썩이고 있었다.

"당신을 사랑하고 싶습니다."

아니, 사실은 이미 사랑하고 있어. 사랑해. 그 말이 당장 하고 싶었지만 아직은 아니었다.

그의 고백에 심장이 하늘을 향해 날아갈 듯 열심히 요동치며 미친 듯이 몸부림치며 소리치고 있었다. 쿵쿵쿵.

그의 진지한 눈빛을 차마 외면할 수가 없었다. 집요하게 그녀의 눈을 붙잡고 놓아주지 않았다. 꿰뚫을 듯 보는 그에게 자신이 조금 전까지 고민한 마음이 들킨 것 같았다. 그 생각을 하자 순식간에 붉게 달아오른 얼굴은 귀까지 붉게 물들였다.

"그래서 당신이 나를 받아들일 때까지, 지금부터 절대 물러서지 않을 생각입니다."

그녀에 대한 감정과 신념은 이전부터였지만 지금부터는 어떤 일이 있어도 물러서지 않고 다가가겠다는 의미였다. 그녀가 거부한다고 해도.

그의 얼굴이 천천히 다가왔다. 그의 눈빛 역시 가까이 다가왔다. 뜨거웠다. 무척 뜨거운 눈빛에 연서는 결국 눈을 감았다. 그리고 감미롭게 감기는 그의 입술이 닿자 연서는 자신의 온몸이 그의 키스만으로도 뜨겁게 달궈질 정도로 반응하는 걸 알았다.

이미 그녀의 마음엔 그가 가득 차 있었는데 그동안 인정하지 않았던 것을 깨달았다. 그를 이젠 놓치고 싶지 않았다. 연서는 입술을 간질이듯 닿기만 하는 키스보다 프렌치 키스가 더 하고 싶었다.

두 손으로 그의 어깨를 붙잡았다. 하지만 그는 숙였던 고개를 들며 그녀와 멀어졌다. 아쉬움이 가득 담긴 탄식이 그녀의 입에서 터져 나왔다.

그도 아쉽기는 마찬가지였다. 하지만 밖에서 버티기엔 비가 아까보다 더 많이 내리고 있었다. 이미 그녀도 그도 많이 젖은 상태였다. 그녀가 비를 맞아 추위에 떠는 건지, 자신의 고백 때문에 떠는 건지 몰라도 일단은 안으로 들어가야 할 것 같았다. 비에 젖은 그의 어깨엔 이미 하얀 김이 모락모락 피어오르고 있었다.

"이대로 비를 더 맞으면 둘 다 감기 걸려서 고생할 겁니다. 일단 호텔로 들어갑시다."

자연스럽게 어깨를 끌어당기는 그의 품에 연서가 쏙 안겼다. 그녀를 품에 안은 혁의 입가에 만족스런 미소가 지어졌다. 호텔로 향하는 내내 그와 그녀의 심장 소리가 서로를 감지하며 울려댔다. 덫에 걸린 새를 잡는 데 성공했다. 이제 길들이는 것만 남았다.

막상 호텔방에 들어오니 아까보다 더 어색해진 연서는 지금부터 뭘 해야 될지 몰라 두 눈만 이리저리 굴렸다. 그러는 사이 혁은 욕실에서 수건을 가져와 그녀의 젖은 어깨와 머리를 감싸주었다. 그리고 그 역시 젖은 부위를 수건으로 대충 닦아주려고 하자 연서는 괜찮다고 대답했다.

먼저 씻고 오겠다며 혁이 욕실에 들어간 사이 연서는 침실에서 속옷이 든 파우치 백이 든 가방을 들고 거실에서 기다렸다.

신혼여행 온 신혼부부 같다는 생각을 하는 순간 스스로 놀라 얼굴이 달아올랐다.

정말 어디까지 상상하는 거야! 두 손으로 달아오른 뺨을 꾹꾹 눌렀다. 달칵 하는 소리가 들리자 재빨리 가방을 챙겨 일어섰다. 하지만 부끄러워 차마 그를 마주 볼 수가 없었다. 그가 젖은 머리를 털며 나오는 순간 재빨리 욕실로 쏙 들어갔다.

욕실로 뛰어 들어가는 그녀의 얼굴이 붉게 물들어 있는 걸 얼핏 본 혁은 자신을 의식하는 그녀의 행동에 기분 좋은 웃음을 머금었다. 그녀가 간단히 샤워하고 나오자 처음 입었던 셔츠로 갈아입은 혁이 주방에서 바지런히 움직이는 걸 볼 수 있었다. 젖은 옷은 거실 한쪽에 얌전히 걸려 있었다. 밤새 저렇게 둬도 마를 것 같진 않았다.

"뭐 좀 마실래요?"

호텔 생활에 익숙한 듯 움직이는 그의 모습에 조금 의아해하는 연서의 표정을 깨달은 혁은 '지금 생활하는 곳이 호텔이라서 그렇습니다.'라고 설명을 덧붙이며 냉장고 문을 열었다. 대충 훑어보니 맥주 몇 개와 생수, 캔 커피가 가지런히 놓여 있다.

"그럼 집이 아니라 호텔에서 지내신다고요?"

"한국에 오래 있을 예정이 아니었거든요."

머릿속에 망치로 한 대 크게 얻어맞은 기분이었다. 그리고 커다란 송곳 하나가 찔러대는 것처럼 가슴이 콕콕 쑤시며 아팠다. 그가 언젠가 다시 떠난다는 걸 이제야 알아버린 연서는 가슴이 아팠다. 이서처럼 그도 떠난다. 그게 그녀의 가슴을 죄며 숨을 막았다.

"커피 마실래요? 아니면 맥주?"

냉장고 안을 살피던 그가 그녀의 심리적인 변화를 깨닫지 못한 채 묻는 말에 연서는 울컥하는 마음을 애써 누르며 맥주를 달라고 했다. 혁은 맥주 네 개를 꺼내 그녀가 앉아 있는 소파에 다가왔다. 탁자 위에 맥주를 내려놓은 그는 다시 주방으로 가 뭔가를 찾는지 여기저기 뒤적거리다가 잠시 다녀오겠다며 문을 열고 밖으로 나갔다.

"큭."

결국 그가 나가자 연서는 울컥 올라오는 감정을 참지 못하고 울음을 터트리고 말았다. 겨우 이서를 가슴에 묻고 그를 받아들였는데. 그런 그가 떠날지도 모른다는 사실을 깨달은 그녀를 절망에 빠트렸다. 겨우 이서의 빈자리를 채워줄 남자를 찾았는데. 자신이 참 바보 같지만 그가 떠나고 나면 이제 누구도 마음에 담을 수 없을 것 같았다.

사랑이라는 감정이 이렇게 가슴이 벅차지만 어떤 것보다 아프다는 걸 다시 깨달았다. 이서는 떠난 다음 깨달았지만, 그는 떠나기 전에 먼저 알아버렸다. 그래서 더 아팠다. 두 손으로 가슴을 퍽퍽 쳤다. 이대로 멈춰, 제발.

연서는 스스로 가슴을 치면서 심장이 더 이상은 다른 사람을 향해 뛰지 않고 사랑이라는 감정을 느끼지 않았으면 좋겠다고 생각했다. 그러면 앞으로 아프지 않을 테니까. 하지만 심장은 그녀의 바람과 반대로 더욱 힘차게 뛰어댔다.

한번 터진 눈물은 멈추지 않고 쉼 없이 흘러내렸다. 마음이 너무 아팠다. 밖으로 나간 혁이 벨을 누르자 그때서야 연서는 겨우 눈물을 멈출 수가 있었다.

"다행히 호텔 편의점 문이 열려 있어서 안주 몇 개……."

숨기기 위해 그의 시선을 피한다고 고개를 돌렸지만 혁이 그녀의 팔을 잡아 돌려세웠다. 그의 손에 들린 봉투가 바닥에 떨어졌다. 안주와 함께 산 맥주 캔이 부딪치는 소리가 요란하게 울렸다가 잠잠해졌다.

"왜 그래요? 울었…… 어요?"

"아니에요. 하품하다 눈물이 조금 난 거예요."

뻔한 거짓말에 속을 그가 아니었다. 퉁퉁 부은 눈동자가 말해주고 있었다. 그녀가 얼마나 많이 울었는지. 그녀가 울었다는 것만으로도 가슴이 지끈거리며 아팠다. 자신 때문인가? 하지만 아까까지 멀쩡했던 그녀가 도대체 왜 운 거지?

"눈이 엉망인데."

손으로 그녀의 뺨에 남아 있는 눈물을 닦았다. 그의 부드러운 손길에 겨우 멈췄던 눈물이 다시 터지고 말았다. 울고 있는 그녀가 안타까워 혁은 제 품에 그녀를 꼭 안았다. 그녀가 우는 만큼 그의 가슴도 함께 울었다. 그렇게 현관에서 끌어안은 채 둘은 꼼짝도 하지 않았다.

시간이 흐르고 그녀의 울음이 잦아들었지만 혁은 여전히 그녀를 안고 풀어주지 않았다.

"이제 놔…… 주세요."

품에서 살짝 풀어 그녀의 얼굴을 살폈다. 아까보다 더 부어버린 눈동자가 눈에 밟힌다. 그 눈에 키스하며 부은 곳이 가라앉기를 바라고 싶었다. 하지만 그의 시선을 피하며 눈을 마주치지 않는 그녀 때문에 이유가 알고 싶어졌다. 가까워졌다 싶으면 또 멀어지는 그녀 때문에 애가 닳아 죽을 지경이었다.

"싫습니다. 왜 울었는지 말 안 하면 안 놔줄 겁니다."

꽉 잡혀 그의 품에 안긴 채 벗어나지 못한 연서는 살짝 그의 가슴을 밀었지만 꿈쩍도 하지 않았다.

"그게……."

말해야 할지 말지 고민하던 연서가 드디어 울음이 아직 묻어나는 목소리로 입을 열었다.

"아까 본부장님이…… 떠나실 거라고 했잖아요."

힘들어도 담아두지 말고 말해야 했다. 이서에겐 하고 싶어도 못했다. 하지만 그는 눈앞에 있으니 말해야 했다. 그래야 그도 그녀를 놓아줄 거라 생각했다. 차라리 잘됐다.

마음이 더 깊어지기 전에 그가 떠난다는 걸 알았으니 마음 정리하기도 쉬울 것이다. 그와 더 이상 가까워지는 건 안 된다는 걸 깨달았다. 말을 하고 나니 속이 후련해졌다. 그와 관계는 여기까지라고 스스로에게 세뇌시켰다. 그런데 자꾸 가슴이 더 아프다.

"누가요? 내가 말입니까? 내가 언제 그런 말 했습니까?"

어이없다는 듯 돌아온 대답에 연서는 그와 마주치지 않으려 옆으로 돌렸던 얼굴이 그를 향했다.

"아까 분명 본부장님이……."

"혁입니다. 둘이 있을 땐 혁이라고 불러요."

그의 손이 그녀의 턱을 들어 올렸다. 어쩌면 이렇게도 앞서 나가는지. 참 사람 속을 태우는 여자였다. 분명 제대로 전달했다고 생각했는데, 그녀는 그가 한 말에 대해 그렇게 확신이 없는 건가?

"그리고 난 분명 오래 있을 예정이 아니었다고 했지 떠난다고는 안 했습니다."

연서의 커다란 눈동자에 깃든 혼란이 그에게도 보인다. 정말 이 구제불능 아가씨가 가져간 자신의 마음이 어떤 건지 오늘 기필코 알려주리라.

"다시 돌아갈 마음이 아예 없어졌거든요."

그의 엄지가 아직 볼에 남아 있는 눈물 자국을 조심스럽게 쓸었다.

"그 이유가 궁금하지 않습니까?"

이미 답을 알면서도 연서는 '이유가 뭔데요?'라며 물었다.

"바로 당신 때문입니다. 당신 곁에 있고 싶습니다."

부드러운 그의 대답이 그녀의 가슴에 응어리진 덩어리를 통째로 녹였다. 그래서 울다가 웃는 바보가 되고 말았다. 그제야 연서는 자신의 얼굴이 엉망일 것 같다 생각하자 창피함에 얼굴이 달아올랐다. 민망함에 눈을 피하는데 바닥에 떨어진 봉투가 보였다.

'저건 뭐예요?' 묻자, '맥주 사왔는데, 마실래요?'라며 기어이 그가 그녀의 눈을 마주 보며 웃는다. 그 눈빛과 웃음에 얼굴이 더 붉어졌다.

그의 시선을 피해 다시 바닥에 떨어진 봉투를 보았다. 같이 마시려고 사온 맥주가 꽤 되는지 봉투가 컸다. 무안해진 연서가 그의 품에서 벗어나려고 하자 혁은 더욱 힘껏 그녀를 품에 끌어안았다. 그의 입술이 그녀의 이마에 닿았다가 멀어졌다. 따뜻한 입술의 감촉에 기대고 싶어졌다.

"울지 않겠다고 약속해요. 또 울면 밤새 키스해버릴 겁니다."

"……."

그가 말을 할 때마다 자꾸만 심장이 제멋대로 뛰어대는 바람에 대답을 할 타이밍을 놓쳤다. 부어오른 눈덩이 아래 촉촉한 눈동자가 그를 향해 반짝이고 있었다.

"대답?"

"아, 알았어요. 이제 안 울 테니까 좀…… 놔주세요."

혁은 밀어내는 그녀의 약한 힘에 밀려나는 척하며 풀어주었다. 그리고 아까부터 바닥에 떨어져 뒹굴고 있는 봉투를 집어 들며 신발을 벗었다. 먼저 안으로 들어간 연서는 곧바로 욕실로 들어갔다.

세면대 위 거울로 보는 얼굴이 엉망이었다. 두 눈은 퉁퉁 부어서 붕어눈이 되어 있었고, 양쪽 볼은 아직도 붉게 상기되어 부풀어 있었다.

차가운 물로 열심히 두 눈을 두드렸지만 부은 눈은 가라앉지 않았다. 결국 세수만 간단히 하고 크게 숨을 한번 쉰 연서는 거울을 보며 미소를 짓는 연습을 했다. 두근거림은 이제 잦아졌지만 미세한 떨림은 그대로였다.

"하아, 더 못생겨졌어."

화장도 지운 상태에 붕어를 닮은 눈이 너무 민망할 정도로 못생겨졌다. 원래 이렇게 못생긴 얼굴이 내 얼굴인가? 아, 정말 나가기 싫다. 이대로 욕실에서 아침까지 버티면 안 될까? 이런 얼굴로 어떻게 그를 봐. 예쁜 모습만 보여도 모자란데 흉하게 우는 모습도 보이고 화장을 지운 맨얼굴도 보여주고 있으니. 아무리 겉모습이 다가 아니고 내면을 본다곤 하지만 사실 내가 남자라면…….

"에휴."

한숨이 절로 나왔다. 정 뚝뚝 떨어지겠다. 정말.

똑똑.

노크 소리에 화들짝 놀란 연서는 문고리를 꽉 틀어쥐었다.

[14]

'치익' 하는 소리와 함께 맥주 거품이 올라왔다가 다시 가라앉았다. 한 캔을 딴 혁은 유리잔에 맥주를 따라 연서 앞에 놓아주었다. 그냥 캔으로 마셔도 괜찮다고 말했지만, 캔 맥주는 따서 유리잔에 따라 마셔야 가장 맛있는 거품과 맥주를 맛볼 수 있다고 했다. 그의 말을 듣고 맥주를 마셔보니 정말 기존에 캔으로 마셨던 맛과 다른 것 같았다.

"왜 자꾸 봐요?"

가져온 안주 중에 맥반석 오징어를 하나 입에 물고 오물오물 씹고 있는데 옆에서 빤히 쳐다보는 시선이 느껴졌다. 틀어놓은 텔레비전에서 요즘 한창 인기가 오른 연예인들이 오락프로그램에 나와서 수다를 떨고 있었지만 그들의 대화가 귀에 잘 들어오지 않았다.

"예뻐서요."

"칫, 거짓말."

거울을 안 봤으면 모를까 자신의 지금 모습이 얼마나 안 예쁘고 별로인지 아는 연서는 입을 삐죽 내밀었다. 좋은 말도 좋을 때나 듣기 좋은 거지. 맥주를 한 입 들이켰다.

"정말인데."

느린 듯 들려온 그의 말은 달달했다. 아니, 솜사탕처럼 달콤했다.

"거짓말 말아요. 아까 저도 거울로 봤거든요."

놀리지 말라는 뜻으로 말하며 그를 돌아봤다. 그의 고동색 눈동자가 연서를 담고 있었다. 헉! 너무 가깝다. 텔레비전을 같이 보면서 하나뿐인 소파 아래 나란히 앉아 맥주를 마시자고 할 때부터 신경 쓰였던 부분이 이런 것이었다. 가까이 닿은 그의 은은한 향기는 자꾸만 그녀의 후각을 자극했다. 모를 때는 몰랐다지만 신경 쓰기 시작하는 순간 자꾸 더 크게 느껴졌다.

"진심인데요."

씩 웃는 눈 옆에 접히는 주름이 눈웃음을 자연스럽게 만들었다. 남자의 눈웃음이 예쁘다는 걸 처음 알았다. 홀리듯 그의 눈만 쳐다보았다. 술을 마셔서인지, 다른 이유 때문인지 모르지만 그녀의 심장은 귓가에 울릴 정도로 힘차게 뛰었다.

"정, 정말요?"

"그럼요."

시선을 피하지 않고 고개를 끄떡이는 그에게 신뢰가 가고 있었다.

“혹시 시력 나빠요?”

그렇지 않고서야 지금 자신의 모습이 예쁘다는 건 이해가 안 된다. 물론, 자신을 좋아한다는 그의 말도 여전히 믿어지지 않았다.

“시력은 좋습니다만?”

고개를 갸웃거리는 그의 모습이 귀엽다.

“그런데 어떻게 제가 예뻐 보여요? 지금 얼굴 화장도 안 해서 완전 생얼이고, 눈도 다 부어서 붕어눈인데…….”

“화장 안 하니 더 얼굴이 잘 보여서 좋고 눈은 붕어눈이면 어때요. 내 눈엔 예쁘기만 한걸요.”

진짜 고장 났나 보다. 이놈의 심장. 그렇지 않고서야 이렇게 쉬지 않고 미친 듯이 뛰지 않을 테니까.

“정말 연애 처음 하는 거 맞아요?”

정말 처음 맞는지 의심이 들었다. 이렇게 적극적인 그의 행동도 그렇고 그의 말도…….

“왜요?”

“버터가 줄줄 흐르잖아요.”

“버터요? 어디 말입니까?”

“어디겠어요? 본부장님 입이죠.”

연서의 시선이 그의 입을 쳐다보았다. 도톰하니 보기 좋은 입술은 맥주를 마셔서인지 촉촉하게 젖어 있었다. 젖은 그의 입술을 보는 순간 그와 키스하던 순간이 떠오른 연서는 화끈 달아오른 얼굴을 애써 가리기 위해 고개를 돌렸다.

“또 그러깁니까?”

“네?”

그의 손이 그녀의 어깨를 붙잡았다. 당황한 연서의 눈동자가 몇 번이고 놀라 깜빡거렸다. 혹시 눈치챈 건가? 자신이 키스를 떠올린 걸?

"혁이라고 부르라니까요."

"아……."

다행히 눈치챈 건 아닌가 보다. 놀란 새가슴이 된 연서는 얕은 숨을 내쉬었다.

"한번 불러봐요."

"저기 본부장님, 그게……."

"또 본부장! 오늘 내 이름 안 부르면 밤새 키스할 겁니다."

으르렁거리는 그의 입가가 씰룩거렸다. 미, 미치겠다. 이 남자 정말 연애 처음 하는 거 맞아? 너무 자극적이잖아.

"뭐, 툭하면 키스한다고 해요! 내 입술에 전세라도 냈어요?"

"그럼요. 당연히 냈지. 앞으로 사람들한테 강연서 씨 내 여자라고 건들지 말라고 티 팍팍 내고 다닐 겁니다."

정말 그럴 생각인지 표정이 단호했다.

"에엑? 설마 회사에서요?"

"당연하죠."

당연하다고 대답하는 혁의 표정은 여전히 진지했다. 미국에서 살다 와서 그런지 한국 사내연애는 비밀연애가 많다는 걸 모르는 듯했다.

"안 돼요! 절대 안 돼요!"

"왜 안 되는 거죠?"

"그거야 당연히 회사에서는 비밀로……."

심기가 불편해진 모양인지 혁의 표정이 눈에 띌 정도로 굳어졌다.

"싫습니다. 난 당신과 떳떳하게 연애하고 싶습니다."

"하아, 정말 고집불통."

그러다 당신과 헤어지면? 그땐 어떻게 해요? 그런 연서의 마음을 아는지 모르는지 혁은 남아 있던 맥주를 단번에 입에 털어 넣었다.

"저보단 연서 씨가 더 고집이 센 것 같습니다."

고집은 연서가 더 세다고 말하면서 이번엔 그도 양보할 생각이 없어 보였다.

"정말 회사 사람들한테 말할 거예요?"

두 사람이 사귀는 사이라고 말하면 앞으로 사람들의 시선을 어떻게 감당해야 되지? 벌써부터 고민되는 연서였다.

"그렇습니다."

"정말이죠? 후회 안 할 자신 있어요?"

확고한 그의 대답에 불안감보다 안도감이 먼저 들었다. 공식연애를 한다는 사실만으로도 심장이 벌렁거리며 숨쉬기 힘들다.

"후회를 왜 합니까?"

"혹시나 우리가 사귀다가 헤어지면…… 그땐 어떻게 해요. 사실 경민이랑도 다들 사귀는 줄 알고 오해라고 해명해서 겨우 그 일도 묻혀서 조용히 지나가고 있는데…… 본부장님이랑 사귀는 걸 알면……."

이미 그가 물러서지 않을 걸 알면서도 연서는 다시 한 번 되묻는다. 정말 우리 떳떳하게 연애한다고 사람들에게 알리는 건가요?

"혁이라니까요."

아직도 자신의 이름을 부르지 않은 연서를 향해 지적을 하는 그였다. 그녀에게서 이름을 불리고 싶다.

"뭐든! 전 감당할 자신 별로 없어요."

정말 마음은 벅찬데, 정작 앞으로 다가올 미래가 그녀에게 용기를 주지 않았다.

"그럼 결혼합시다."

차라리 그게 낫지 싶다. 연애보다는 결혼.

"에엑! 뭐, 뭐라고요?"

순간 연서는 자신의 귀를 의심했다. 결혼이라니!

"사귀는 사이라는 걸 사람들이 아는 게 싫다면 그냥 결혼하자고요. 난 그쪽이 훨씬 좋을 것 같은데. 연서 씨 때문에 요즘 내 심장이 엉망진창이거든요."

오히려 그게 혁이 원하는 거였다. 지금까지 어떤 여자도 그의 눈에 들어오지 않았다. 그런데 그녀만 그의 가슴을 아프게도 하고, 들뜨게도 했다. 그의 가슴도 뛰고 있다는 걸 깨닫게 했다. 그녀만 향하는 자신의 심장반응이 그를 바보로 만들었다.

그게 사랑이라는 걸 스스로 알았지만 그녀에게 강요할 생각은 없었다. 하지만 지금처럼 자꾸 도망칠 궁리만 한다면 그도 생각이 달라질 수 있었다. 여기서 더 그녀가 도망치려 하면 천천히 다가가겠다는 약속을 지킬 수 없을지 모른다.

"농담은 여기까지 해요."

농담이라 치부하는 그녀의 말에 혁의 입가가 비틀어졌다. 자신은 한 번도 그녀에게 농담을 한 적이 없었다.

"진심입니다. 나와 결혼 진지하게 생각해봐요."

"네. 알았어요."

불에 델 듯 그의 뜨거운 눈빛과 더불어 청혼까지 받자 결국 연서가 먼저 두 손을 들었다. 맥주 한 캔을 딴 혁이 두 사람의 빈 잔을 채웠다. 쪼르륵 맥주를 따르는 소리가 맛깔나게 난다.

"그럼 한번 불러봐요."

그녀가 양보하자 이내 부드러워진 그의 말투에, 알면서도 '뭘요?' 하면서 그녀가 모르는 척 새침을 떨자 혁이 곁에 바짝 다가와 미소를 지었다. 기필코 오늘은 그녀 입에서 자신의 이름을 부르는 걸 듣고 싶었다. 그러면 어떤 기분이 될지 상상이 되지 않았다.

"내 이름."

그의 목소리가 낮아졌다 싶은 순간 뜨거운 입김과 함께 귓속말이 들리자 연서의 눈동자가 커다래졌다. 너무 가까워진 그의 체온이 느껴진 연서는 바짝 긴장했다. 이내 다시 귓속을 파고드는 달콤한 목소리가 자극적이었다.

"거참, 한번 불러줘봐요."

놀라 움찔 고개를 돌린 연서와 오로지 그녀만 쳐다보고 있는 혁의 시선이 공중에서 얽혔다. 순간 시간이 정지했다. 분명 텔레비전의 소음은 그대로 들리고 있었지만 두 사람의 귀에는 들리지 않았다. 서로의 숨결이 가까이 느껴졌다.

쿵쿵 울리던 심장 소리가 이젠 머릿속에서 울렸다. 서로의 시선이 맞닿은 순간 그 역시 그녀에게서 눈을 뗄 수가 없었다. 당황한 듯 이리저리 굴리는 그녀의 눈동자가 흔들리다 결국 제자리를 찾듯 그를 향했다. 자신도 모르게 저절로 몸이 움직였다.

그녀의 도톰한 입술에 닿은 감촉은 부드럽고 달콤했다. 달콤한 향기와 더불어 느껴지는 알싸한 알코올 맛은 입 안에 상큼함을 느끼게 만들었다.

그가 그녀의 아랫입술을 핥았다. 그러자 어깨를 부르르 떠는 연서였다. 손을 뻗어 그녀의 어깨를 조심스럽게 끌어당겨 안았다. 그의 혀가 윗입술을 훑으며 입술 전체를 그리듯 두드리자 연서의 입술이 열렸다. 이미 열꽃이 피어난 그녀의 입술은 점점 더 부풀어 올랐다.

열린 입술을 거침없이 뚫고 들어간 혀끝이 연서의 입 속을 부지런히 흡입했다. 치아 하나하나 완전히 자신의 흔적을 남기다 마침내 혀가 헤매고 있는 붉은 혀를 옭아맸다. 타액까지 완전히 자신의 것으로 만들 듯 마셨다.

그의 손이 그녀의 머리를 받치며 더 깊이 파고들었다. 두 사람 모두 거친 숨소리를 뱉어내면서도 입술은 떨어지지 않았다.

마시고 또 마셔도 갈증이 일었다. 그녀에게서 나는 달콤한 향기는 꿀벌을 유혹하는 꽃 향기였고, 매운 맛에 길들여져 다시 찾게 만드는 중독적인 맛과 같았다.

목이 말라 마시는 물처럼 그의 갈증은 오로지 그녀로 인해 해갈되고 있었다. 조금만 더, 조금만 더 많이 가지고 싶다는 강한 욕망이 그를 자극했다. 정말 이대로 그녀를 완전히 자신의 여자로 만들고 싶다.

"하…… 아, 흡."

잠시 벌어진 틈으로 숨을 쉬는 그녀의 입술을 다시 옭아맸다. 떨리는 연서의 가늘고 하얀 손이 혁의 어깨를 붙잡았다. 숨이 막히게 밀어붙이는 그의 키스에 몽롱하게 빠져 허우적거리다가 이대로 죽을 수도 있겠다는 막연한 두려움이 들었다. 하지만 곧 그의 키스가 부드러워지자 그 달콤함에 다시 멍한 상태가 되어버렸다. 좋았다. 아니, 좋다는 말로는 정확하게 표현이 되지 않았다. 어깨를 붙잡고 있던 손에 힘이 빠져 그의 가슴팍에 손바닥이 닿았다.

두근두근.

그의 심장 소리가 요란하게 손바닥에 느껴졌다. 그의 심장이 뛰는 생소한 감각에 연서는 차마 손을 떼지 못했다. 그도 심장도 나처럼 뛰는구나 생각하자 맞붙어져 떨어지지 않는 입술처럼 두 사람의 심장까지 하나가 된 듯 같이 뛰는 걸 느꼈다. 벅찬 감정이 그녀를 감쌌다. 그에게 진짜 사랑받는다는 걸 다시 느꼈다. 그의 가슴에 놓여 있던 손을 들어 올려 그의 목에 감아 끌어안았다.

잠시 움찔하며 물러서던 그녀가 다시 적극적으로 다가오자 혁은 잠시 탐하던 그녀의 입술을 놓아주었다. 하지만 이번엔 그녀가 먼저 다가왔다.

"연서…… 읍!"

그녀를 부르던 입술이 그녀의 입술에 막혔다. 혀와 혀가 얽히고 틈 하나 없이 맞붙어진 입술 사이에서 나오는 야릇한 신음과 섞여 서로를 미친 듯이 탐하는 그들의 분위기를 은밀하게 만들었다.

"하아."

"하…… 아."

마침내 긴 키스가 끝났다. 길고 긴 숨을 한 번에 몰아쉬는 두 사람의 거친 숨소리만이 아직 켜져 있는 텔레비전에서 나오는 소음과 함께 공기와 섞여 흩어졌다.

혁은 그렁그렁한 눈동자로 자신을 보고 있는 연서를 끌어당겼다. 저항 없이 그대로 딸려와 자신의 품에 쏙 안기는 그녀였다. 이제 진짜 그녀가 자신의 새장에 들어온 것을 확실하게 느낄 수 있었다. 사랑이라는 감정이 이렇게 떨리고 두렵고 지독한 소유욕까지 동반하는 것이라는 것을 누군가 알려주지 않았지만 그냥 느낄 수 있었다.

자신이 그녀를 얼마나 사랑하는지. 가슴이 벅차올랐다. 온 마음에 기쁨으로 가득 차 그를 행복하게 만들었다. 하지만 동시에 불안감이 다가왔다. 그녀가 자신을 다시 거부하면? 생각만으로도 가슴에 진한 통증이 지나갔다. 그냥 이대로 침대로 데리고 가버릴까? 완전히 자신의 여자가 된다면? 혁의 머릿속에 온갖 상상이 펼쳐지는 바로 그때 그의 가슴에 머리를 기대로 있던 연서가 자세가 불편한지 꼼지락거리며 움직였다. 그리고 그녀의 떨리는 목소리가 들려왔다.

"저…… 본부장님, 이제 놔주세요. 맥주도 마셔야죠."

아직도 잔에 남아 있는 맥주와 안주, 그리고 그 옆에는 따지도 않은 맥주 캔이 탁자에 그대로 펼쳐져 있었다. 사실 맥주는 핑계였다. 그렇게 진하고 긴 키스를 하고 어떤 얼굴로 그를 봐야 할지 도통 어떻게 해야 할지 몰라서 나온 핑곗거리에 불과했다. 그의 심장 소리가 기대고 있는 귀를 통해 고스란히 전해졌다. 그의 심장이 뛰는 속도와 자신의 심장이 뛰는 속도가 진짜로 똑같은지 심장이 뛰는 소리가 하나로 들렸다. 계속 그의 품에 안겨 있고 싶다는 유혹을 뿌리치기 위해 침을 꿀꺽 삼켰다. 여기서 더 진도를 나간다면……. 상상만으로도 얼굴이 화끈 달아오르고 심장은 더 빨리 뛰어댔다.

두 사람의 심장이 뛰는 속도가 달라졌다. 자신이 이렇게 엉큼한 여자였던가? 연서는 이런 속마음을 들킬까 몸을 움츠렸다.

"내 이름 말하면 놔줄게요."

아직도 이름에 대한 고집을 꺾지 않은 그의 말에 연서는 그만 픽 웃고 말았다. 마치 좋아하는 장난감을 사달라고 떼쓰는 아이 같은 느낌이었다.

"아, 알았어요."

이렇게 딱 붙어서 그의 이름을 부르다가 조만간 심장병이 생길 것 같아 그에게서 벗어나려고 그를 밀어냈다. 하지만 그는 이름을 부르기 전엔 절대 놔주지 않겠다는 듯 꿈쩍도 하지 않았다. 아무래도 정정해야겠다. 그녀보다 그의 고집이 더 세다.

"그럼 불러봐요."

참으로 집요했다. 그의 색다른 모습에 결국 연서는 그의 이름을 불렀다.

"권…… 혁 씨."

"성 빼고."

"……혁, 혁이 씨."

드디어 들었다. 그녀의 입을 통해서 들리는 자신의 이름이 정말 듣기 좋았다. 달달한 아이스크림같이 부드럽게 녹아드는 달콤함을 경험했다. 아, 정말 이런 기분이구나. 자신의 이름이 이렇게 듣기 좋은 이름이었던가? 혁의 입가가 부드럽게 휘며 위로 올라갔다.

"됐죠? 그러니까 이제 놔줘요."

"아니, 부족합니다. 다시 한 번만 더."

웃고 있는 그의 얼굴이 행복해 보였다. 연서는 그의 얼굴이 너무도 예뻐 보였다. 그래서 또 그의 이름을 불렀다.

"혁이 씨."

"또요."

"혁이 씨."

밤새도록 들을 모양인지 '또, 한 번만.'을 계속 부탁하는 그였다. 결국 그가 원하는 만큼 그의 이름을 불러주었다. 그리고 놔주지 않으면 다시는 부르지 않겠다는 협박도 함께였다. 혁은 그제야 아쉬워하며 그녀를 품에서 놓아주었다.

"그런데 궁금한 게 있는데."

"뭔데요?"

"콩콩. 그게 무슨 뜻입니까?"

헉! 그의 질문에 맥주 캔을 따던 연서의 손이 그대로 멈췄다. 심술이 난 그날 그의 책상에 포스트잇으로 써놓았던 단어를 새까맣게 잊어버리고 있었다.

"아, 그건…… 몰라도 돼요."

"대답 안 하는 걸 보니, 뭔가 냄새가 나는데요?"

"냄새는 무슨! 그건 땅콩의 '콩'이랑 마음이 콩알처럼 좁은 사람을 부르는 건데 이서랑 같이 만든 단어…… 흡!"

얼떨결에 대답은 했는데 그의 표정이 묘하게 바뀌는 것을 보는 순간 아차! 하며 스스로 입을 막았다.

"으흠. 그러니까 내가 마음이 콩알처럼 좁다는 뜻?"

"헉! 그, 그건 그, 그러니까."

당황하는 연서의 모습을 보면서 혁은 우울한 표정을 지었다.

"그렇단 말이죠?"
"아, 아니요. 그때 잠시 그랬던 거죠. 지금은 아니에요."
"그래도 기분 나쁜데요?"
"미, 미안해요."
그때는 이렇게 좋아하게 될지 몰랐기 때문에 써놓았는데 지금 무지 후회되고 있었다.
"미안하면 여기 뽀뽀해줄래요?"
너무 미안해하기에 볼을 내밀며 농담 삼아 꺼낸 말인데 고개를 푹 숙이고 있던 연서의 입술이 그의 뺨에 살짝 부딪치고 재빨리 멀어진다. 아쉬우면서도 이건 이거대로 마음에 들었다.
"됐죠? 이제 맥주나 마셔요."
떨리는 그녀의 목소리가 듣기 좋았다.
"그러죠."
더 장난치면 연서가 더 부끄러워할까 봐 그만두었다. 그렇게 두 사람은 서로의 가슴에 피어난 불꽃을 조금씩 진정시키며 맥주를 마셨다. 맥주가 거의 바닥날 때쯤, 텔레비전엔 프로그램이 끝나고 오래된 영화가 시작되자 연서의 눈동자가 흔들렸다. 영화는 오래전, 그러니까 이서가 빌려와서 함께 보았던 그 영화 '타이타닉'이었다. 이서의 품에서 엄청 울었던 기억이 다시 떠오른 연서의 얼굴에 그늘이 드리워졌다.
'이서는 지금쯤 어디선가 잘 살고 있을까?'
영화가 상영되는 내내 연서는 침묵했다. 다시 봐도 가슴 아픈 영화는 연서의 마음속 아픔까지 끄집어냈다. 배가 침몰되는 장면에서 자신도 모르게 눈물이 나왔다. 결국 이서의 그림자가 연서를 삼키고 말았다.

울컥하는 심정을 어찌하지 못하는 그녀를 지켜보던 혁이 자신의 품에 안아주었다. 파르르 떨리는 그녀의 입에서 '이서야.'라는 이름이 흘러나왔다.

또다. 그녀가 이서를 부르며 울고 있었다. 그녀를 안은 팔에 힘이 들어갔다. 바로 자기가 이서인데, 그녀가 부르는 이서가 바로 곁에 있는 혁, 자신인데, '내가 이서다.'라고 말하지 못했다. 아니, 할 수가 없었다. 그러면 지금 겨우 만들어놓은 이 관계가 깨질까 봐.

그 역시 타이타닉을 보면서 어떤 말도 할 수 없는 충격에 빠졌다. 분명 기억에 없는 영화인데 장면 하나 하나가 기억났다. 그와 동시에 연서와 함께했던 기억의 한 조각이 떠올랐다.

'다음엔 재밌고 행복한 영화 보자.'

자신의 목소리가 머릿속에서 울렸다. 지끈거리는 머리 때문에 미간이 좁혀졌다.

결국 맥주를 마시고 울다 잠든 연서를 그녀의 침실에 옮겨 이불을 잘 덮어준 혁은 거실로 나와 대충 치우고 남아 있던 맥주 캔 하나를 들고 창가에 다가갔다. 커튼을 걷고 어두운 밤하늘을 보았다. 이젠 비가 그치고 밤하늘이 보였다. 한참 동안 하늘을 보다 혼자만의 생각에 빠져들었다. 이젠 진짜 이서로 살았던 기억을 찾아야겠다는 생각이 들었다. 서울로 돌아가면 최면요법으로 치료한다는 병원을 찾아갈 생각이었다.

미국에 살 땐 몰라서 기억을 찾을 생각을 안 했지만, 지금은 달랐다. 연서와 함께 살면서 함께했던 기억이 없다는 게 그를 더 괴롭게 만들었다.

조금 전 그녀가 '이서'라는 이름을 무의식중에 부르자 온몸이 전율하듯 떨렸었다. 커튼을 닫고 소파에 앉았다. 두 손으로 마른세수를 하며 얼굴을 문질렀다.

연서에게 자신이 이서라고 밝히고 기억을 찾는 걸 도와달라고 할까?

바로 고개를 저었다. 절대 그녀에게 자신이 동생이라는 사실을 알리고 싶지 않았다. 아니, 최소한 완벽하게 자신의 여자가 되기 전엔 들키고 싶지 않았다.

맥주 한 캔을 비우고 또 한 캔을 비울 때까지 혁은 어떤 결정도 내리지 못했다. 그저 그녀에게 자신이 그녀의 동생 '이서'라는 사실을 들키지 않겠다는 결심만 확고해졌다.

볼에 닿는 부드러운 감촉에 연서는 무거운 눈꺼풀을 들어 올렸다. 멍하니 눈에 보이는 걸 보다가 다시 눈을 감았다. 예쁜 고동색 눈동자라고 생각하며 다시 잠이 들려던 찰나 정신이 번쩍 든 연서는 두 눈을 번쩍 떴다.

"……!"

"굿모닝."

햇빛을 등지고 그녀를 위에서 내려다보며 환하게 웃고 있는 혁의 한 손은 그녀의 베개 위에, 한 손은 그녀의 볼에 닿아 있었다. 그의 얼굴이 가까이 다가오자 두 눈을 다시 질끈 감은 연서였다. 키스…… 하려나? 가만. 얼굴은 여전히 엉망일 테고, 머리는 부스스? 거기다 입은? 으아악! 어제 양치도 안 하고 그대로 잠들어서 입 냄새가 장난 아닐 텐데! 온갖 생각만으로도 이미 머릿속이 부하가 걸린 듯 작동이 되지 않았다.

"으아악! 안 돼!"

결국 연서는 두 손으로 혁을 밀어내고 벌떡 일어났다. 아니, 일어나려고 했다. 하지만 두 손은 그의 가슴팍에 그대로 붙어버렸고 혁은 여전히 그녀를 위에서 내려다보며 웃고 있었다.

"뭐가 안 됩니까?"

상큼한 미소를 지으며 묻는 혁이었다. 이건 정말 반칙이다. 이 남자는 아침인데 왜 이렇게 화사하고 멋지게 보이는 거지? 원래 그런 건가? 아니지. 아침에 눈 뜨면 눈곱도 끼고 얼굴도 퉁퉁 붓고, 특히 입 냄새가 날 텐데. 이 남자는 너무 멀쩡했다. 가끔 사람들이 신이 불공평하다고 불만을 토로했는데 이런 경우인가 보다.

연서는 재빨리 입을 막았다. 일단 입 냄새 차단부터.

"비켜줘요. 씻고 올게요."

"싫습니다만?"

"왜, 왜요?"

"연서 씨, 사랑스런 얼굴 좀 더 보고 싶어서 말입니다."

확 얼굴이 붉게 달아올랐다. 정말 이 남자가 그 무뚝뚝하고 냉정한 본부장 맞아? 어떻게 입에서 저런 달콤한 말이 술술 나오는지 신기했다.

"아무래도 거짓말 같아요."

"뭐가 말입니까?"

옆으로 살짝 찢어지는 연서의 눈동자가 은근 귀엽다고 느끼고 있었다. 정말 뭘 해도 예쁘게만 보이니 콩깍지가 제대로 씐 모양이다.

"연애 처음이라는 거요."

"진짜 처음입니다만?"

"그런 사람이 이런 말을 아무렇지 않게 해요? 정말 타고난 건가……."

"타고난 건가 봅니다."

"하! 알았어요. 알았으니까 좀 비켜줘요."

정말 할 말 없게 만드는 그에게 졌다는 듯 고개를 흔들자 혁이 씩 웃으며 얼굴을 바짝 갖다 댔다.

"이름 불러봐요."

어제 그렇게 많이 들어놓고도 모자란 모양이다.

"싫다고 하면 키스할 겁니다."

정말 저놈의 키스 타령.

"대신 한 번만요."

어제처럼 '또. 한 번만 더.'를 외치기 전에 미리 사전에 차단하는 그녀의 말에 잠시 생각을 하던 혁은 알았다며 고개를 끄덕였다.

"혁이 씨."

쪽.

그녀가 그를 부르는 동시에 그의 입술이 그녀의 입술에 닿았다가 떨어졌다.

"뭐예요. 이건 약속이 틀리잖아요."

"무슨? 난 약속 지켰습니다. 키스 안 했습니다. 뽀뽀는 해도 되는 거 아닙니까?"

능글맞게 웃고 있는 그의 모습에 어이없어 잠시 멍하니 있다가 연서는 씩 웃었다. 이렇게 어물쩍 넘어갈 수 없지.

"그럼 나도 앞으로 이름 절대 안 부를 거예요, 본부장님!"

"아, 이런."

아차! 싶었는지 그의 눈썹이 위로 씰룩 올라갔다 내려왔다.

"비켜주시죠? 본부장님."

또박또박 본부장이라 부르는 그녀의 표정에 혁은 뒤로 물러났다.

"연서 씨는 사람을 참 시험에 들게 하는 재주가 있어요."

"네."

"어젯밤 내가 얼마나 힘들었는지 모를 겁니다. 잠든 연서 씨를 옆에 두고 성인군자 흉내를 내며 그냥 자는 게……."

"그, 그만요!"

그의 말에 연서의 얼굴이 달아올랐다. 정말 이젠 사람을 민망하게 만드는 말을 서슴없이 하는 그의 모습이 적응되지 않았다.

아침에 잠들어 있는 그녀의 얼굴이 얼마나 예쁜지 모른다. 조금 부어서인지 볼이 부풀어 귀엽기도 했고, 섹시한 핑크빛 입술이 살짝 열려 숨이 들락날락할 때마다 얼마나 키스하고 싶게 만드는지 차마 말할 수 없었다. 지금 가까이 다가오는 모습이 얼마나 섹시한지도 모르는 것 같았다. 진짜 자신 안에서 꿈틀대며 포효하고 있는 짐승을 이성으로 누르지 않았다면 벌써 둘이 함께 알몸으로 침대 위에서 사랑을 하고 있었을 텐데. 아쉬움의 한숨이 그의 입가에서 흘러나왔다. 아, 빌어먹을 이성.

"알았어요. 대신 이름 불러줘요."

"앞으로 하는 거 봐서요."

침대에서 일어선 연서는 대충 파우치 백을 챙겼다. 그리고 그에게 바짝 가까이 다가갔다. 그녀가 갑자기 다가오자 뒤로 한 발 물러선다. '어디 또 해보세요.' 하는 그녀의 표정을 보니, 건드리면 큰일 날 것 같아 차마 다가오는 그녀를 향해 손을 내밀 수 없었다.

"어서 씻고 나와요. 산책하고 아침 먹으러 갑시다."

시계를 보니 어느새 9시가 되어가고 있었다.

"어디로요?"

"가보면 알아요."

어느새 아침 먹을 장소까지 알아둔 모양이었다. 대충 씻고 옷을 갈아입고, 짐을 챙겨 놓고 호텔 앞에 늘어진 긴 산책로를 걸었다. 맞잡은 손에서 연서는 마음이 편안해지는 것을 느꼈다.

산책로에는 그들 외엔 아무도 없었다. 그래서인지 혁은 한적한 곳에 도착하자 기다렸다는 듯이 연서의 입술을 탐했다. 멀리서 바스락거리는 소리가 들리지 않았다면 멈추지 않았을 긴 키스의 여운을 안고 호텔로 돌아왔다. 짐을 차에 싣고 호텔에서 추천해준 커리를 전문으로 하는 식당으로 향했다. 망고라 씨, 생 레모네이드와 스페셜 세트를 시켜 맛난 아침을 먹을 수 있었다.

내비게이션에 연서의 집주소를 찍고 출발했다. 중간에 휴게실에 들러 간단히 음료를 마신 후 함께 걷다가 연서는 인형 뽑기 기계를 지나치면서 문득 질문을 던졌다.

"그때 말이에요."

그녀의 말에 커피를 마시던 혁의 시선 역시 뽑기 기계에 멈췄다.

"솔직히 말해봐요. 얼마 들었어요?"

"뭐, 뭐 말입니까?"

"저거요."

시선을 돌렸지만 연서는 집요했다. 그가 곤란해하는 모습에 괜히 웃음이 났다. 설마 많은 돈은 아닌 듯한데 말을 안 하니 더 궁금했다.

"우리 사이에 이제 비밀은 없어야지요? 그렇죠?"

난감한 표정을 짓던 그는 우리 사이라는 단어에 귀가 솔깃해진다. 우리…… 우리란다. 그녀가. 입이 배시시 벌어진 혁은 기분이 좋아져 사실대로 순순히 불었다.

"이만 원입니다."

"아, 그래요, 이만 원. 네? 이만 원씩이나 썼다고요?"

그녀의 반응에 혁은 아차 싶었지만 이미 물은 엎질러진 상태였다.

"세상에 누가 인형 뽑는 데 그런 거금을 써요? 미친다, 정말."

"비밀입니다. 어차피 지난 일이고."

민망해하는 그의 표정에 연서는 나중에 두고두고 놀려 먹어야겠다 생각하며 고개를 주억거렸다. 그녀의 입가엔 여전히 웃음이 사라지지 않고 감돌았다.

"알았어요. 이제 가요."

인형 뽑기 기계를 원수 보듯 쏘아보던 혁은 그녀가 앞서가자 서둘러 뒤따라갔다.

오후 4시가 훌쩍 지난 시간에 집 앞에 도착한 연서는 혁을 돌아보았다. 긴 시간 운전하느라 피곤한지 어깨를 꾹꾹 누르는 모습이 보였다.

"피곤하죠? 어서 가서 푹 쉬어요."

"괜찮습니다. 연서 씨 집에 들어가는 모습 보고 갈 테니 어서 들어가십시오."

"풋 알았어요. 월요일에 봐요."

연서가 차에서 내리고, 뒤따라 차에서 내린 혁은 연서에게 다가갔다. 약간은 쑥스러워하는 그녀의 어깨를 잡아 자신을 보게 만들었다. 뭔가 자신 안에서 왠지 모를 불안감이 스멀스멀 피어올랐다.

"앞으로 도망칠 생각 말아요."

"안 해요."

"잘 때 내 생각 하고."

"풋. 네."

"이따 전화할게요."

이러다 진짜 인사하다 해가 질 것 같았다. 연서는 조심히 들어가라는 말을 끝으로 뒤돌아서려고 했다. 하지만 그 전에 그녀 뒤에서 들리는 엄마의 목소리에 몸이 굳어버렸다.

"이서야, 연서랑 여행 잘 다녀왔니?"

[15]

연서는 피식 웃고 말았다. 하긴 저도 그가 이서가 아니라고 인정하기까지 얼마나 오래 걸렸는데. 처음 보는 엄마는 그를 이서로 착각하는 게 당연했다.

"엄마, 왜 나왔어?"

"너희들 기다렸지."

"헤헤, 인사해요. 우리 엄마예요. 엄마, 이쪽은 이서가 아니라 우리 회사 권혁 본부장님이에요."

너무 닮아서 엄마도 놀랐겠지.

"아직 말 안 했나 보구나?"

그녀의 말에 연주는 혁을 보았다. 그가 곤란한 표정을 짓는 걸 보니 아직 말을 안 한 모양이었다. 이걸 어쩌지.

"죄송합니다."

고개를 숙이며 사과하는 혁을 보면서 연서는 고개를 갸웃거렸다. 엄마와 그는 이미 서로 알고 있는 눈치였다. 어떻게?

"엄마, 이 사람…… 알아요?"

혁을 보다가 다시 연서를 보던 연주가 고개를 끄떡였다. 저 안 깊은 곳에서 불안감이 스멀스멀 올라왔다.

"어떻게?"

"저희 따로 이야기 좀 하겠습니다."

그가 연서의 팔을 끌었다. 하지만 연서는 알 수 없는 불안감 때문에 그의 손을 밀어냈다. 불안감이 점점 커져갈수록 손에 땀이 났다.

"나중에 해요. 지금은 너무 피곤해서 집에 들어가서 쉴래요."

"잠깐이면 됩니다. 잠깐이면. 내가 모두……."

"싫어요! 싫다고요!"

예상되는 그 말을 듣는 순간 어쩌면 심장이 찢어질 듯 아플 것 같은 예감에 차마 들을 수 없었다. 아니, 듣고 싶지 않았다.

"연서야……."

걱정이 되는 연주가 그녀의 이름을 불러보지만, 연서의 시선은 혁에게 고정되어 있었다.

"미안해요. 정말. 그렇지만 꼭 들어야 할 이야기가 있어요."

사과하지 마요. 연서는 손으로 귀를 틀어막았다. 그가 전하려는 말이 뭔지 예상되기에 더 들을 수 없었다. 끝까지 듣지 않을 생각이었다.

"말하지 말아요! 안 들을 거야."

"제발, 내 말 좀 들어요. 내가 바로 이서라고! 그러니까……."

우르릉 쾅! 갑자기 예고도 없이 천둥이 울렸다. 그의 말소리가 천둥소리에 묻혀 들리지 않았다. 지금 터질듯 말 듯 아슬아슬한 상황에 너무도 맞아떨어지는 타이밍이었다.

휘청하며 눈앞의 세상이 흔들렸다.

"하하, 농담 그만해요. 당신이 어떻게 이서야? 거짓말. 어떻게 이서일 수 있어. 당신은 혁이잖아. 권혁. 나한테 그랬잖아. 이서가 아니라고."

"연서야, 왜 그러니?"

"엄마, 저 사람이 거짓말하잖아. 이서라고 거짓말하는데 어떻게……."

"그동안 말 못 해서 미안합니다."

"사과하지 마요! 그러면, 그러면 자꾸 진짜 같잖아. 이거, 나 놀라게 해주려고 깜짝 이벤트 하는 거죠? 나 진짜 많이 놀랐으니까 이제 그만해요."

자꾸만 진실을 밀어내는 그녀의 몸부림에 혁의 명치끝이 망치로 한 대 맞은 듯 아프다. 하지만 현실을 부정할 수는 없었다. 이서가 혁이고, 혁이 이서인 건 변함이 없었다.

"그만해요. 잘 봐요. 여기 있는 내가 한때 당신 동생이었던, 그 강이서가 확실하니까."

연서의 어깨를 붙잡고 시선을 마주치는 혁의 눈동자와 시선을 마주치는 순간 연서의 두 눈에 눈물이 차올랐다.

거부하고 밀어내고 현실을 부정하고 듣지 않으려 했지만 현실은 가혹했다.

"……정말…… 내 동생 이서 맞아요?"

덜덜 떨리는 목소리가 나왔다. 연서의 시선이 느리게 움직였다. 혁의 얼굴을 처음 보는 것처럼 하나하나 살피듯 천천히 보고 있었다.

예상하지 못했던 상황에서 자신이 이서였다는 게 밝혀진 혁은 어금니를 꽉 깨물었다. 충격받은 표정과 혼란스러운 눈빛으로 저를 보는 연서가 멀게만 느껴졌다. 그녀의 어깨가 심하게 떨리고 있었다.

"연서…… 씨?"

두 사람의 정확한 상황을 알지 못하지만 대충 눈치로 분위기를 파악한 연주는 안타까운 마음으로 그저 지켜보고 있을 수밖에 없었다.

"이서…… 였어요? 정말? 내 동생 강이서?"

다시금 되묻는 연서였다. 그녀의 입술이 파르르 떨리고 있었다.

"그게……."

떨리는 그녀에게 변명하고자 했다. 하지만 어깨에 놓인 그의 손을 쳐낸 연서는 재빨리 뒤로 물러섰다. 그리고 그가 가까이 다가오는 만큼 뒤로 물러섰다. 가까이 다가오지 말라는 무언의 경고 같았다. 그녀의 눈빛이 차갑게 식었다.

"다가오지 말아요!"

날카롭게 울리는 연서의 목소리가 차갑다. 연서가 점점 더 뒤로 물러섰다. 흔들리는 눈동자에 그에 대한 불신으로 가득 찼다.

이서였어. 그가 바로 이서였어. 연서는 분노에 휩싸였다. 분명 이서가 아니라고 했었고 그렇게 믿었다. 연서는 휘청거리는 발걸음으로 뒤로 걸었다. 지금껏 자신이 함께한 사람이 이서라고? 심한 배신감에 온몸에 소름이 돋았다.

오랜 시간 기다리다 옆을 지켜주던 경민의 마음에 상처 주면서 잊지 못해 기다리던 이서라고? 하! 이게 말이 돼? 겨우 마음을 접고 새로운 사랑을 하겠다 결심했는데, 그 상대가 같은 사람이라고? 이서가 혁이고, 혁이 이서라고?

강하게 부정을 하며 아니라고 말은 했지만 연서의 목소리는 떨리고 있었다. 아니라고 부정하고 또 인정하지 않으려 해도 알 수 있었다. 지금 진실은 지금까지 다른 사람이라고 믿고 있던 그가 그토록 기다리던 이서라는 걸.

"연서야……."

배신에 상처받은 눈빛으로 연주를 돌아보았다. 당장이라도 눈물을 흘릴 것 같은 연서의 눈동자가 애써 참고 있는 게 보였다.

"엄마는 언제…… 언제 알았던 거야?"

알았으면 미리 말 좀 해주지. 그랬다면 이렇게 심한 배신감은 느끼지 않았을 텐데. 연서의 눈동자에 원망이 가득 담겼다.

"그게……."

"알면서 왜 말 안 해준 거야? 내가 이서를 얼마나 기다렸는지 알면서. 왜? 왜! 그랬던 거야?"

그저 원망이었다. 이서를 향한 원망을 이제 엄마에게 쏟아내고 있었다. 마침내 참고 있던 눈물이 흘러내렸다. 이렇게 가까이 있었는데. 매일 얼굴 보고 같이 웃고 마음을 키웠다.

이서가 아니라는 그를 마음속에 받아들일 때 이서를 힘겹게 밀어냈다. 그런데 그 힘겹고 어렵던 노력과 결심이 쓸데없는 짓이었단다. 어이없게도 같은 사람을 사랑하면서 같은 사람에게 이별을 고했다. 그게 얼마나 멍청한 짓이었는지 그는 모를 것이다. 아니, 이해하지 못하겠지.

연서는 흐르는 눈물을 쓱 닦아냈다. 고집스런 연서의 눈동자가 혁을 향해 사나운 빛을 발했다.

"그동안 재밌었겠어요."

연서의 입가가 비틀려 올라갔다. 그가 위선자같이 느껴졌다. 함께 보낸 이틀 동안 진실을 말할 기회는 많았다. 그런데 그는 그러지 않았다. 철저히 진실을 숨기고 그녀를 기만했다는 사실이 그녀를 아프고 화나게 했다.

저가 기다리던 예전 순수한 이서였다면 그러지 않았을 텐데. 마음이 답답하고 찌르는 듯한 통증에 숨쉬기가 힘들었다. 차라리 이대로 심장이 멈춰버리길.

"흡."

"연서야!"

"연서 씨."

가슴을 움켜쥐고 숨을 쉴 수 없는 듯 괴로워하는 연서의 모습에 놀란 그들이 그녀의 이름을 부르며 가까이 다가가려 했다.

"다가오지 마!"

혁은 조금 전까지 계속 마음 한쪽에 자리 잡은 불안감이 뭔지 이제 알 것 같았다. 이것이었나 보다. 숨기고 싶어서 끝까지 말하지 않은 진실. 불안감의 불씨가 불거져 결국 현실이 되고 나니 마음이 다급해졌다.

그녀에게 설명해야 했다. 자신이 비록 이서였지만 지금은 혁이라는 걸 알아달라고, 그녀를 사랑하는 건 자신이라고. 그러니까 예전 동생이었던 이서를 잊으라고. 그녀가 동생이었던 자신이 사랑한다 말하면 받아들이지 못할 거라는 걸 알기에 그동안 비밀로 했다고. 자신의 진심을 봐달라고 말하려고 했다.

"내 말 좀 들어요."

하지만, 연서는 이미 그의 말을 듣지 않았다. 아니, 충격이 큰 탓인지 그녀에게 그의 말은 전혀 들리지 않는 듯했다.

"아니, 이제 당신한테 듣고 싶은 말은 없어. 강이서 넌…… 끝까지 이기적이고 나쁜 놈이야."

그래, 끝까지 너는 나를 기만했어.

우르릉 쾅.

또다시 천둥이 울리며 빗방울이 하나둘씩 떨어지기 시작했다.

"연서야, 들어가서 이야기해."

내리는 비에 젖어 감기라도 들까 걱정하는 연주의 목소리가 들렸지만 연서는 이서를 노려볼 뿐 움직이지 않았다.

"먼저 들어가세요. 제가 데리고 들어가겠습니다."

같이 비를 맞으며 기다리는 연주의 모습이 신경 쓰인 혁이었다. 어차피 그와 연서 두 사람이 풀어야 할 상황이었다. 괜히 연주까지 비를 맞으며 죄지은 사람 취급을 받을 필요는 없었다. 죄인은 저 자신 하나면 된다.

"그렇지만……."

"들어가세요. 가셔서 따뜻한 차 마실 수 있게 준비해주세요. 제가 꼭 같이 들어가겠습니다."

그의 설득과 진지한 얼굴을 마주 본 연주는 결국 고개를 끄덕였다.

"연서야, 비 많이 맞지 말고 들어와. 엄마가 기다리고 있을게."

굵어지는 빗줄기가 걱정되었지만 한 걸음 뒤로 물러섰다. 어차피 자신이 여기 있어서 해결될 건 아니었다. 이서가 잘 설득하고 이해시켜주겠지. 예전에도 연서는 자신의 말보다 이서의 이야기를 더 잘 들었으니까.

"다시는 보지 말자."

연주가 집으로 들어가자 이를 악문 연서가 마지막 통보하듯 고했다. 내리는 빗줄기가 점점 굵어 머리카락이 앞으로 쏠려 눈앞을 가렸지만 개의치 않았다. 눈물과 빗물이 섞여 그녀의 볼을 적시고 있었다.

"싫습니다."

싫다는 그의 대답에 연서의 입가에 비소가 담겼다. 싫다고? 사람을 이렇게 기만하고 속이고선 싫다고? 어디서 그런 배짱이 나와?

"일단 들어갑시다. 들어가서 내 이야기 들어요."

"손대지 말아요!"

이미 머리도 옷도 흠뻑 젖어 이젠 둘 다 비 맞은 생쥐 꼴이 되었지만 연서는 꿈쩍도 하지 않았다. 어제의 그 풋풋한 웃음도 달콤했던 미소도 부끄러워하며 자신을 보던 눈동자도 없었다. 그저 그에 대한 경계와 분노, 좌절 그리고 실망감이 가득했다. 그를 향한 연서의 시선이 낯설게 그를 보고 있었다.

"미안합니다. 하지만, 나도 아직 기억이 돌아오지 않았는데, 아니 기억조차 안 나는데 당신한테 내가 당신 동생 강이서였다고 말할 수 없었단 말입니다."

그의 말이 빗소리와 섞여 울렸다. 강이서. 당신 동생, 강이서라는 단어만 선명하게 귓속을 후벼 팠다.

"그래도 말했어야 했어요."

원망이 가득한 목소리가 울먹이고 있었다.

"하려고 했습니다."

"그런데 왜 안 했어요?"

"당신 때문입니다."

끝까지 자신을 탓하는 그의 말에 연서의 미간에 주름이 잡혔다.

"내가, 당신을 마음에 담았는데…… 어떻게 내가 당신 동생 이서라고 말합니까? 그러면 절대 당신이 날 봐주지 않을까 봐 겁이 났습니다. 당신만 보면 이렇게 내 심장이 타들어 가는데, 당신을 사랑하는데 어떻게 내가, 당신 동생이라고 말합니까? 이서로 살 때의 기억조차 없는데!"

그의 목소리가 떨리고 있었다. 정말로 겁이 나고 두려웠다. 자신을 봐주지 않고 그녀가 사랑하는 사람에게 가버릴까 봐. 혁의 눈에 불안감이 가득 찼다. 조금만 더 여유가 있었다면, 그랬다면 그녀에게 진실을 말했을까?

스스로에게 물어봤지만 대답은 노였다. 진실을 쉽게 말하지 못했을 것이다. 차라리 지금이라도 그녀가 알게 된 게 다행일까? 하지만 연서의 지금 반응을 봤을 때, 아닌 것 같았다.

"변명 그만해요."

담담한 그녀의 목소리가 빗소리에 묻혀 작게 들렸다.

"지금 나는, 동생 이서가 아니라 혁입니다. 권혁! 당신에게 사랑한다고 고백한 남자란 말입니다. 그러니까 당신 동생 이서는 잊어버려요. 그냥 날 봐줘요. 나만……."

진실을 숨기고 말하지 않은 건 잘못한 게 맞다. 하지만 자신의 진심까지 왜곡당하는 건 싫었다. 제발, 지금 자신의 이야기에 귀를 기울여주길 바랐다. 자신의 심장이 말하는 이야기를 그녀의 가슴이 받아들여주길 바라는 마음으로 간절히 말했다. 제발 봐달라고. 자신이 말하는 이야기를 들어달라고.

"돌아가요. 당장. 다시는 내 앞에 나타나지 말아요."

"그럴 수 없습니다. 난, 당신 앞에 계속 나타날 거고 앞으로도 계속 당신 옆에 있을 겁니다."

"난…… 아직 뭐가 뭔지 모르겠어요."

마음이 복잡했다. 이서가 돌아와서 기쁜 마음보다 사랑을 확신한 그가 바로 이서라는 사실에 더 분노하고 화나고 혼란스러웠다. 분명 같은 사람을 사랑하는 건데, 왜 이렇게 화가 나는지 모르겠다. 연서의 마음은 주체할 수 없을 정도로 복잡했다. 권혁, 그를 좋아한다. 아니, 사랑한다. 하지만 커다란 배신감이 그를 향한 마음을 닫게 만들었다.

차라리 이서로 돌아오지. 그러면 그녀도 쉽게 자연스럽게 이서에게 마음을 열었을 텐데. 그의 얼굴을 더 이상 볼 수가 없었다. 아니, 지금은 그의 얼굴을 마주 보기조차 싫었다. 지금 당장 그와 멀리 떨어져 사라지고 싶었다.

눈앞에 어제오늘 그와 함께하며 나눴던 키스가 떠올랐다. 모든 게 꿈만 같았던 순간이 신기루처럼 나타났다 사라지고 있었다. 이대로 그를 계속 사랑할 수 있을까? 자신이 없었다. 자신을 속인 그를 믿고 사랑할 수 있을지 모르겠다.

온갖 생각으로 머릿속이 복잡해진 연서는 고개를 저었다. 이대로는 안 된다. 그에게서 차라리 멀어져서 떨어져서 생각할 시간이 필요했다. 집으로 같이 들어가고 싶지 않았다.

그가 다가오려고 하자, '생각할 시간이 필요해요.'라고 말하며 외면했다. 결심을 굳힌 연서는 천천히 뒷걸음질 쳤다. 그리고 그대로 몸을 돌렸다.

"연서 씨!"

뒤돌아 빗속으로 뛰어가는 연서의 모습에 놀란 혁이 그녀의 이름을 부르며 뒤좇았다. 이미 어두워진 거리는 비 때문인지 사람들이 거의 보이지 않았다.

"강연서!"

몇 번을 불러도 그녀는 뒤돌아보지 않고 뛰었다. 혁은 그녀를 따라 뛰어가며 간절히 빌었다. 제발 멈춰요. 멈춰. 그녀가 거의 손에 잡힐 듯 거리가 좁혀지자 혁은 손을 뻗었다. 바로 그때였다.

빠앙.

밝은 차량의 헤드라이트가 비춰지며 울리는 큰 소리에 옆과 앞을 번갈아 보던 혁의 몸이 먼저 움직였다.

덜덜 떨리는 손을 뻗었다. 연서는 바닥에 쓰러진 그의 모습을 눈으로 보면서 온몸을 덜덜 떨었다. '설마…… 설마. 아니야, 아닐 거야.' 너무 무서워서 몸이 그대로 굳어버렸다. 놀란 눈에선 눈물조차 흐르지 않았다.

달려오는 차량에 치일 뻔한 자신을 밀쳐내고 대신 다친 그가 바닥에 피를 흘리며 쓰러져 움직이지 않고 있었다. 사고차량의 운전자가 나와서 구급차와 경찰에 전화하는 소리가 들리고, 횡단보도에 있던 사람들이 그들 주위를 감싸고 두 사람을 보고 있었다. 웅성대는 사람들의 소리가 빗소리에 묻혀 라디오 소음처럼 들렸다.

연서의 손이 그의 등에 닿았다. 빗줄기가 그의 등을 흠뻑 적셔 놓았다. 옆을 보며 누운 그의 얼굴이 보였다. 연서보다 길고 예쁜 속눈썹에 빗방울이 방울방울 져서 또르륵 흘러내렸다. 따뜻한 눈동자가 담긴 눈이 굳게 감겨 열리지 않았다.

"눈 떠, 이서…… 야. 제발 이서야!"

작은 목소리로 부르는 그의 이름은 쏟아지는 빗소리에 묻혀 들리지 않았다. 등에 닿은 손으로 그를 흔들었다. 제발, 부탁이야. 죽지 마! 연서는 미친 듯이 그를 흔들었다. 그녀가 흔들 때마다 몸이 흔들리며 바닥에 핏물이 흘러내렸다.

"이서야! 안 돼! 눈 떠! 제발. 흐윽. 미안해. 내가 잘못했어. 응? 그러니까 눈 좀 떠봐 응? 제발…… 제발. 흐으윽."

그를 흔들며 울며 소리치는 연서의 모습은 처량하고 불쌍했다. 사람들이 혀를 끌끌 차며 함께 안타까워했다. 멀리서 병원 사이렌 소리가 들리고 경찰차가 다가오는 모습이 보였다. 에워싸고 있던 사람들이 물러서고 구급차에서 내린 사람들이 이서를 먼저 진단하더니, 이내 차에 태웠다.

"이서야! 이서야!"

구급차에 태워지는 이서를 놓지 않자, 경찰들이 그녀를 억지로 떼어놓았다. 연서 역시 여기저기 타박상과 상처로 엉망이었지만 전혀 아픔을 느끼지 못했다. 그런 그녀를 경찰이 붙잡고 놓아주지 않는다.

"놔요! 놔. 우리 이서한테 가야 해요. 제발요. 보내줘요. 엉엉. 놔주세요. 제발."

악다구니 쓰다가 애원하며 울부짖으며 몸부림치는 연서가 너무도 안쓰러워 결국 놓아주었다.

막 닫히는 구급차 문을 붙잡자, 어서 타라고 재촉하는 구급대원의 말에 후들후들 떨리는 다리로 겨우 구급차에 올랐다.

누워 있는 그의 얼굴은 엉망진창이었다. 잘생긴 얼굴엔 생채기가 여기저기 나 있었다.

"이서야, 이서야, 눈 떠봐."

응급처치를 하는 구급대원의 손길이 분주하게 왔다 갔다. 그의 입에 산소호흡기가 끼워지고 피가 흐르는 곳은 거즈로 덧대어져 피를 막고 있었다. 혈압을 재고 이것저것 처치를 하는 그들의 움직임이 분주했다.

"우리 이서 괜찮은 거죠? 네?"

눈물을 뚝뚝 흘리며 그의 상태를 묻는 연서를 보던 구급대원은 괜찮다는 말을 쉽게 하지 못했다. 하필 다친 곳이 머리 쪽이었다. 그저 오늘도 한 명의 귀한 목숨을 건질 수 있길 기도했다.

응급실에 도착해서도 혁은 눈을 뜨지 않았다. 의료진들이 분주하게 왔다 가고 진단하고 각종 검사를 재빠르게 실시했다. 그러는 동안 간호사가 연서의 상태를 보고 그녀의 팔과 다리에 난 상처를 소독하고 붕대를 감아줬다. 연서의 시선은 눈을 감고 피를 흘리는 그의 얼굴에서 떠나지 않았다.

치료를 위해 접수를 해야 된다는 간호사의 말에 연서는 그때서야 퍼뜩 정신이 들었다.

권혁. 같이 살 때의 이름인 이서가 아닌 그의 진짜 이름. 그깟 이름이 뭐라고.

혁이든 이서든 이제 상관없었다. 그가 무사히 깨어나길. 그러기만 한다면 바랄 게 없었다. 지애에게 연락해서 인사과장과 통화를 연결해 접수를 마칠 수 있었다. 무슨 일인지 묻는 지애와 인사과장에게 그가 교통사고를 당해서 응급실에 있다는 말을 간단히 전했다.

"권혁 씨 보호자분."

간호사의 부름에 연서는 흐느적흐느적 일어나 걸어갔다. 걸어가면서도 눈은 여전히 잠들어 깨지 않은 그를 보고 있었다.

"예전에도 응급실에 오신 이력이 남아 있네요. 그때도 교통사고였네요. 이번에도 머리 쪽 MRI와 CT촬영을 해서 수술을 해야 되면 또 미국으로 이송……."

"네? 예전 교통사고요?"

예전에 교통사고가 또 있었다고? 언제? 미국으로 이송? 연서의 동공이 확장되었다. 도대체 언제?

"그게 언제였죠?"

"음. 날짜를 보니, 20**년 10월 31일이네요. 우선 환자 치료를 위해서 사인을……."

이서가 미국으로 떠났던 해였다. 이서가 미국에서 돌아왔었어. 분명 9년 전 이서는 10월말에 한국에 있었다. 그런데 왜 사고가 난 거지? 설마 사고 때문에 돌아오겠다는 약속을 지키지 못한 거야? 그때 사고로 기억도 모두 잃은 거야? 얼마나 큰 사고를 당했던 거야? 얼마나 아팠던 거야? 혼자 얼마나 무서웠을까?

연서의 몸이 휘청거렸다. 그런 그가 자신 때문에 또 사고를 당했다는 생각이 들자, 온몸이 덜덜 떨렸다.

'나 때문이야. 내가 주위를 잘 살피지 않고 건너서. 내가 그를 이렇게 힘들게 만들었어. 나만 아니면 그는 다칠 일이 없었는데…….'

"어머, 보호자분 괜찮으세요?"

충격으로 휘청거리는 연서를 잡아준 간호사가 그녀를 걱정스런 눈빛으로 보고 있었다. 잠시 의자에 앉아 쉬라는 말을 한 후, 물을 한 컵 갖다주며 마시라고 했다. 감사하다는 말을 한 연서는 손에 든 종이컵을 옆자리에 내려놓았다.

떨리는 걸음으로 그가 누운 침대 쪽으로 다가갔다. 그렇지 않아도 하얀 얼굴이 더 하얗다. 머리엔 거즈와 붕대로 감겨 있고 여기저기 난 생채기엔 약을 발랐는지 반질반질 윤이 나고 있었다.

몇 가지 검사를 마치고 다시 호흡기를 끼고 누워 있는 그를 보는 연서의 눈에 눈물이 그렁그렁 맺혔다.

"흡."

미안한 감정이 물컹 하며 가슴을 치고 들어왔다. 이서가 그동안 돌아오지 않은 게 아니었어. 돌아왔었어. 그런데 돌아올 수 없는 이유가 있었어. 한때 이서가 미국이 너무 좋아 한국에 일부러 오지 않는 게 아닐까 생각했던 적도 있었다. 절대 그런 애가 아닌데. 어떻게 널 그렇게 의심했을까? 그녀의 손에 잡히는 그의 손은 단단했다. 떠나던 그때 잡았던 손은 크고 따뜻하고 부드러운 손이었는데 어느새 남자가 되어 돌아왔구나.

가슴이 지끈거리며 아팠다. 아까 왜 너한테 화냈을까? 미련하게 왜 널 거부하려 했을까? 너를 이렇게 사랑하는데. 그냥 인정할걸. 괜히 너를 밀어냈어. 어차피 너 아니면 안 되는데. 이렇게 네가 떠나가버릴까 널 잃어버릴까 무서운데. 왜 그랬을까.

하지만 그녀를 속인 일은 쉽게 용서가 되지 않았다.

"미안해. 미안해. 정말 미안해. 눈 떠서 나 좀 봐줘. 네가 원하는 건 다 할게. 그러니까 제발, 제발 이서야."

그녀의 말에도 그는 눈을 뜨지 않았다.

"나 이기적인 여자인 거 알지? 어릴 때부터 넌 내가 하자는 대로 다 했잖아. 그러니까 지금도 일어나. 깨어나. 내가 깨어나라고 하면 눈을 떠야지. 응? 이서야. 눈 좀 떠봐. 내가 다 잘못했어. 그러니까 날 두고 떠나지 마. 응? 이서야, 응?"

눈물이 멈춰지지 않았다. 그가 잘못되어 죽을지 모른다는 생각만으로도 가슴이 아팠다. 묵직한 통증이 가슴을 짓누르는 것 같았다.

"제발 깨어나. 네가 하자는 대로 다 할게. 그러니까 응? 제발 눈 떠. 눈 좀 뜨란 말이야. 흑흑, 내가, 내가 정말 미안해. 앞으로 잘할게. 흑흑흑."

잡은 이서의 손에 얼굴을 묻었다. 그렇게 울고 또 울었는데도 여전히 멈춰지지 않는 눈물이 얼굴을 적셨다. 평소에 찾지도 않았던 하느님, 예수님, 부처님, 알라신까지 찾으며 연서는 기도했다. 제발 그를 살려달라고. 이대로 그를 데려가는 건 너무 그에게 가혹하다며 빌고 또 빌었다.

"정…… 말이…… 지?"

그때 연서의 고개가 번쩍 들렸다. 호흡기를 낀 채 들리는 말이었지만 연서의 귀엔 선명하게 들렸다. 그의 목소리가. 그리고 이내 반쯤 열린 눈꺼풀 아래 그의 눈동자가 보였다.

"깨어…… 났어. 하아. 정말. 진짜 깨어난 거 맞지? 응?"

여전히 맑은 고동색 눈동자가 흔들림 없이 그녀만 보고 있었다. 그의 숨결이 산소호흡기를 뿌옇게 만들었다가 다시 투명하게 만들기를 반복했다.

"잠깐만. 의사 선생님 불러올게."

그가 깨어났다는 것을 알리자 의료진들이 뛰어왔다. 이것저것 그의 상태를 살피던 그들은 무엇보다 깨어난 게 정말 다행이라고 말했다. 다른 이상증상은 일단 검사 결과를 봐야 한다며 자리를 비웠다.

"괜찮아?"

여전히 불안함을 담은 그녀의 물음에 그가 대답 대신 고개를 끄덕였다. 잠시 정신을 차린 그는 다시 눈을 감고 깊은 잠에 빠져들었다. 혹여 연서가 어디로 갈까 걱정이 됐는지 자면서도 그녀의 손을 잡고 있는 손엔 힘이 잔뜩 들어 있었다.

혁은 오른쪽 팔에 금이 가서 그곳만 깁스를 하고, 그 외엔 타박상이라서 한 달 후에 퇴원할 수 있었다.

"나 용서해주는 거야?"

퇴원하면서 그가 머물던 호텔이 아닌 연서의 집으로 온 그가 연서의 눈치를 살폈다.

"기억은 돌아왔어?"

"응. 거의."

다행이다 생각하면서 심술이 났다. 진즉 돌아오지.

"그럼 내가 너 용서 안 할 거라는 것도 알겠네?"

"어? 말이 틀리잖아. 그때 병원에서 분명히……."

"이서를 용서한 거야. 권혁 본부장은 용서 못 해."

새초롬하게 고개를 든 연서의 표정에 움찔하는 그였다. 진짜 화 많이 났구나.

"그거야……."

"쉬어."

그의 말을 잘라버린 연서가 나가고 나자 혁은 자신의 머리를 쥐어뜯었다. 정말 저 정도면 진짜 화가 많이 난 건데 앞으로 용서를 받을 수 있을지 걱정이 앞섰다.

연서의 화가 풀리는 덴 그로부터 한 달이라는 시간이 더 걸렸다. 빌고 또 빌고 아부도 하는 그의 사과공세에 결국 연서는 용서를 해주었다. 대신 평생 노예가 되는 조건과 다음엔 절대 안 봐준다는 협상에 울며 겨자 먹는 심정으로 알았다 약조했다.

토요일 낮 연서의 방 침대 위에 드러누운 혁은 창밖에 흘러가는 구름을 멍하니 쳐다보고 있었다. 닫힌 창문으로 보이는 하늘은 덧없이 맑기만 했다.

"단감 먹어."

쟁반 위에 단감을 깎아서 챙겨 온 연서는 그 옆에 앉았다. 갖고 온 쟁반은 간이 식탁 위에 올려놓았다. 느긋하게 천천히 일어나는 그의 모습이 참으로 여유롭다. 침대를 짚고 있는 두 손은 기울어진 그의 몸을 지탱해주고 있었다. 여전히 그의 시선은 창밖을 향했다. 그의 얼굴엔 그날의 상처가 작게 남아 있었다.

"이 방에선 하늘이 잘 보여."

그의 말에 연서의 시선도 창밖으로 향했다. 그러다 '네 방에서도 잘 보여.'라고 대답해주자 혁이 웃으며 연서를 돌아보았다.

죽는 줄 알았던 그가 다행히 살아 있다는 사실만으로도 연서는 감사하고 행복하고 좋았다. 단감 하나를 포크로 콕 집어 그의 입에 가까이 갖다 대자 그의 입술이 열린다. 아삭 하는 소리가 나며 그가 맛나게 먹었다.

"나, 고해성사 할 거 하나 있는데…… 듣고 용서해줄래?"

단감 세 개째 먹던 그가 문득 꺼낸 말에 연서는 고개를 갸우뚱했다. 고해성사라니, 교회 목사님이나 성당에 가서 신부님께 해야 되는 거 아닌가?

"들어보고."

"용서해준다고 약속해. 응?"

이서의 기억을 찾은 그가 특유의 애교 섞인 목소리로 말하니 안 넘어갈 수가 없었다.

결국 '알았어. 뭔데?'라고 묻자, 담담한 목소리가 울렸다. 이제 그를 용서 못 할 일은 없었다. 그랬기에 연서는 입에 넣은 단감을 오물오물 씹어 삼켰다.

"사실 나…… 추위 안 타."

"추위 안 타는 게 왜 고해성사……!"

연서가 막 입에 넣어 씹은 단감에서 '아삭' 하는 소리가 나다가 멈췄다. 혁은 웃으면서 연서의 눈치를 살피고 있었다. 그러니까 어릴 때부터 유독 추위를 탄다며 매일 연서 침대에 들어와서 자던 게 거짓말이었다? 연서의 눈꼬리가 옆으로 추켜올라갔다.

"그러니까…… 내 침대에서 같이 자려고 어릴 때부터 거짓말했다고?"

기가 막혀! 처음 집에 온 이후 춥다고 덜덜 떨며 웅크리는 이서가 안쓰러워 안아주고 같이 잠도 잤다. 결국 각자 방을 결정할 때도 햇볕이 잘 드는 방까지 그에게 양보했었다. 누나라면 그 정도는 해야 한다는 뿌듯함을 느끼면서.

"약속했으니까 용서해주는 거지?"

뻔뻔한 얼굴로 웃고 있는 그의 모습이 참으로 기가 막혔다. 이서의 기억을 찾고 난 뒤 더 능글능글해지며 웃음이 많아진 그였다.

"당장 네 방으로 돌아가."

"왜?"

"약속대로 용서는 해줄게. 대신……."

빠득 이를 갈던 연서는 '다시는 내 방에 들어오지 마!' 라고 소리치며 그의 어깨를 주먹으로 두들겼다.

"아야야."

"뭐? 춥다고 내 침대 기어들어 와 잔 게 얼만데! 어쩐지 어릴 때부터 싹수가 노랬어! 이…… 나쁜 놈아! 그리고 나 아직 너 진짜로 용서한 거 아니거든!"

일부러 맞아주며 아프지도 않으면서 아프다 말하며 침대 옆으로 피하던 혁은, 그를 한 대 더 때리려던 연서의 주먹을 피하는 척하며 재빨리 손목을 잡아챘다.

"나 원래 나쁜 놈이었어. 네가 둔해서 몰랐던 거지."

마주 보고 씩 웃는 얼굴은 잘생겼다는 말보다 예쁘다는 말이 여전히 더 잘 어울렸다. 얼굴을 볼 때마다 느끼는 거지만 화장을 곱게 하고 긴 머리 가발을 씌워놓으면 영락없이 여자로 보일 정도로 예쁜 얼굴이었다. 만약 미국으로 가지 않고 같은 학교에 다녔더라면 아마 축제 때 분명 이서가 여장을 하게끔 분위기를 만들었을지 모른다.

"놔. 손 안 놔?"

"처음부터 그랬잖아. 내가 남자인데도 여자로 착각하고 그 후로도 넌 내 거짓말에 계속 속았잖아. 그게 처음엔 너무 재밌기도 했고 신기하기도 해서 좀 더 장난친 것도 맞아. 그러다가 네가 너무 예뻐 보이더라. 내 눈에 점점 너밖에 안 보였어. 지금도 너만 보여. 나 어떡하니, 연서야. 너와 나 운명인가 봐. 내가 이 집에 오게 된 것부터 우린 운명이야. 그렇지?"

여장한 이서의 모습을 상상하고 있던 연서는 뜬금없는 고백에 어느새 심장은 벌렁벌렁, 얼굴엔 이미 홍조가 가득했다.

"아, 몰라! 손이나 놔."

"싫어."

더 꽉 틀어쥔 혁은 연서를 자신의 품에 끌어당겼다. 붉게 물들어 당황하는 연서의 모습이 여전히 귀엽고 사랑스럽다. 아마도 자신의 눈에 씐 콩깍지는 평생 벗겨지지 않을 것 같았다. 나중에 연서를 닮은 예쁜 딸을 낳았으면 좋겠다.

"예전에도 지금도 앞으로도 넌 내 여자니까. 강연서."

진지한 눈빛으로 연서를 내려다보던 그의 얼굴이 스르르 내려왔다. 닿을 듯 말 듯 숨결이 느껴지고 입술이 가까이 다가왔다. 키스를 하려는 의도가 충분히 느껴졌고, 그녀 역시 그의 키스를 기다리며 천천히 눈을 감았다. 하지만,

"연서야. 이서야, 여기 있니?"

노크 소리와 함께 엄마의 목소리가 들리자, 연서는 있는 힘껏 혁을 밀어버렸다.

"으아악!"

"윽!"

다행히 침대 위로 넘어진 이서와 재빨리 뒤돌아선 연서는 마치 아무 일도 없었다는 듯 행동하려 했지만, 엄마는 보고 말았다. 그들이 끌어안고 있는 모습과 키스 직전의 모습과 붉게 상기된 연서의 얼굴을.

"어머! 내가 방해했니?"

이미 두 사람의 서로에 대한 마음을 알고 있는 연주는 놀리듯 말했다. 그래서 그들의 사랑을 인정해주고 다독여주었다.

그 어떤 사람보다 두 사람 사이를 끝까지 반대할 줄 알았던 엄마가 응원하자 연서는 하염없이 눈물을 흘렸었다.

"아, 아니에요."

"방해한 거 맞아요."

서로 다른 대답을 하는 연서와 이서의 모습에 푸근한 미소를 지었다.

이게 바로 행복이구나. 자신의 아이들의 행복, 그리고 자신이 바라는 행복.

심플하게 '미안.' 사과한 엄마는 잠시 내려오라는 말을 끝으로 먼저 문을 닫고 나갔다.

하던 것 마저 하고 가자고 덥석 연서의 허리를 끌어안던 혁은 결국 이서가 앞으로 손도 못 잡게 한다는 협박에 한숨을 푹 쉬며 그녀를 따라 거실로 내려갔다. 거실엔 미국에서 며칠 전 도착한 현덕수 비서실장이 기다리고 있었다.

"오랜만입니다, 도련님."

"어쩐 일이세요."

"회장님이 전해달라는 게 있어서 심부름 왔습니다."

거실 탁자엔 보자기로 싼 물건이 놓여 있었다.

"할아버지가 주시는 건 뭐든 필요 없습니다. 그리고 회사는 조만간 정리하고 그만두겠습니다."

기억을 찾은 그는 할아버지가 자신에게 어떻게 했는지 알기에 그 일에 대해 용서하지 않았다. 그때 연서와 긴 시간을 헤어져야 했다는 것만으로도 분통이 터질 일이었다. 당장 미국으로 가서 화내고 따지고 싶었지만 참고 있었다.

"도련님이 화내시는 건 이해합니다. 하지만, 이걸 보고 결정하셔도 늦지 않을 것 같습니다."

"그래, 이서야. 먼 곳에서 오셨으니, 풀어보기라도 하렴."

싫다고 버티려던 그는 연서 역시 그 물건이 뭔지 궁금해하는 걸 보고서야 결국 소파에 앉았다.

"그 전에 먼저 도련님께 들려드릴 이야기가 있습니다."

덕수는 물건을 확인하려는 혁의 손을 붙잡았다.

"도련님 부모님과 회장님 이야기입니다."

혁의 미간이 미세하게 일그러졌다. 그의 부모님에 대한 기억은 아직도 또렷한 게 없었다. 그저 안개처럼 희미하게 보이는 영상들이 대부분이었다.

"회장님이 두 분의 결혼을 처음부터 반대한 건 아닙니다."

그의 이야기에 모두 집중했다.

"작은 사모님은 부잣집 따님이셨습니다. 하지만 작은 사모님 집에서 하시던 사업에 위기가 왔고 결국 부도가 났습니다. 그 사실을 알게 된 작은 사장님이 자신의 재산을 모두 정리해서 도와주게 되었습니다. 그런데 워낙 빚이 많이 있어서 모두 해결하지 못하고 작은 사장님의 명의로 대출까지 빌려 갚았습니다. 결국 회장님께도 보고가 들어갈 수밖에 없었습니다."

사실을 알게 된 권 회장은 혁의 엄마를 따로 불러 남아 있는 빚은 모두 갚아줄 테니 그만 떠나달라고 했었다. 혁의 어머니의 선택지는 하나밖에 없었다. 하지만 권 회장의 지시로 그녀가 떠난 사실을 뒤늦게 알게 된 혁의 아빠는 모든 일을 그만두고 그녀를 찾아 나섰다.

"그때 당시 작은 사모님 배 속에 이미 도련님이 계셨습니다. 두 분이 다시 만나신 후 어딘가로 잠적해버리고, 회장님은 사람들을 수배해 계속 찾으셨습니다. 그런데 회장님이 보낸 사람이 아닌, 사채업자들도 두 사람을 찾고 있었다는 걸 저희도 몰랐습니다."

결국 사채업자가 먼저 발견했고, 두 사람은 그들을 피해 도망치다가 교통사고가 나게 되었다. 그런데 어떻게 된 건지 모르지만 그 사고 당시 혁은 차에 없었다. 사고를 당한 두 사람만 병원으로 이송되어 치료를 받았다.

"퇴원하신 후 회장님의 눈을 피해 다시 도망치신 두 분은 졸음운전을 하던 트럭이 중앙선을 넘는 바람에 사고가 나고 그렇게 돌아가셨습니다. 안타까운 건 도련님에 관한 이야기를 전혀 알려주지 않아서 찾는데 시간이 오래 걸렸습니다."

마른 목을 축이기 위해 잠시 물을 한 모금 마신 덕수는 마지막 이야기를 털어놓았다.

"충격에 빠진 회장님은 두 분의 장례식을 치른 후에도 유품 정리하는 걸 1년 동안 미루셨습니다. 그리고 결국 유품을 정리하다가 작은 사장님 부부와 함께 찍은 도련님 사진을 발견했습니다. 회장님은 도련님을 찾기 위해 몇 년 동안 혈안이 되셨습니다. 도련님을 찾지 못하면 작은 사장님 부부를 저승에 가서 볼 면목이 없다고 하셨습니다."

저의 말이 권 회장의 사정과 그가 혁을 위하는 마음이 얼마나 큰지 잘 전해지길 기도했다.

"회장님께서 도련님을 한국에서 데려와서 잘못된 선택을 하셨지만 그건 도련님을 보호하기 위한 회장님만의 방법이었습니다. 비록 회장님 방법이 잘못되었지만 이해하고 용서해주시면 안 되겠습니까?"

이제 살아갈 날이 얼마 남지 않은 권 회장이 너무 안쓰럽고 안타까워 덕수는 결국 모든 이야기를 풀어냈다. 아들 내외를 먼저 보내고, 손자까지 외면한 외롭고 쓸쓸한 권 회장의 노후가 더 이상 외롭지 않길 바라는 마음이었다.

덕수의 이야기가 끝났음에도 어느 누구도 입을 떼지 않았다. 연서는 혁을 보았다. 입을 꽉 다문 그의 턱이 툭 불거져 나왔다. 심하게 뭔가를 참고 있을 때 나오는 버릇이었다. 할 말을 참고 있는 그의 어깨를 톡톡 두들겼다. 힘내라거나 괜찮아? 라는 어설픈 위로보다 훨씬 많은 뜻이 그에게 전달되었다.

"주유소…… 화장실에 있었어요."

그의 말을 듣자, 이서는 과거 한 줄기가 기억났다. 딸이 없어서 아쉽다며 머리 한 번만 길러서 예쁜 드레스 입는 걸 보는 게 소원이라며 머리를 짧게 못 자르게 했던 엄마. 그저 허허 웃기만 하던 아빠. 행복했지만 늘 불안하게 옮겨 다녔었다.

그날도 어딘가로 가고 있었다. 전날 먹은 아이스크림 때문에 배가 살살 아팠던 혁은 주유소 휴게실에서 화장실에 갔었다. 그리고 자신을 버리고 먼저 가버리는 부모의 차의 꽁무니를 따라가며 소리 질렀었다. 나도 데려가. 엄마, 아빠! 목이 터져라 외쳤었다. 그러다 발을 헛디뎌 결국 산 아래로 굴렀었다. 그리고 기억을 잃고 연서의 집으로 가게 된 그때가 생생하게 기억났다.

손을 뻗어 보자기로 싼 물건을 풀었다. 그 안에는 유품에서 찾았다는 사진이 확대되어 액자에 들어 있었다. 어릴 적 그와 그의 부모가 성인이 된 그를 보며 활짝 웃고 있었다.

결국 혁은 그 사진을 품에 안고 오열했다. 너무 오랫동안 잊고 있었던 그의 부모였다. 너무도 미안해서 혁은 울고 또 울었다.

"윽! 흐윽!"

주변 사람들은 혁의 기억이 모두 돌아온 것을 마냥 기뻐할 수 없었다. 그저 나중에 좋았던 기억만 추억으로 가지고 가길 바랄 뿐. 연서는 들썩이는 그의 넓은 어깨를 안아주었다. 자신의 손에 두 손을 묻고 한참 동안 눈물을 훔치던 혁이 마침내 얼굴을 들었다. 촉촉이 젖은 그의 눈동자가 애처롭게 빛났다.

현 비서실장이 가고 그날 밤 연서는 유독 빛나는 밤하늘의 가장 큰 별 금성을 보았다. 한참 동안 별을 보고 있던 연서는 방을 나와 이서의 방문 앞에 섰다. 늘 자신의 방을 뒤로하고 연서의 방에 오던 그가 오늘은 꼼짝도 하지 않았다.

노크를 하고 방문을 열었다. 방 안은 밤하늘을 비추는 달의 빛이 흘러들어 방 안을 은은하게 밝혀주고 있었다. 연서가 방에 들어가 문을 닫았다. 침대에 멍하니 앉아 사진만 쳐다보던 혁은 여전히 미동이 없었다.

조심스럽게 다가간 연서는 그의 곁에 가서 앉았다. 침대의 들썩임에 마침내 그가 그녀를 돌아본다.

"왜 안 자고?"

목소리가 많이 쉬어 있었다. 방에 와서도 한참 운 모양이었다. 그냥 잠이 안 온다고 대답하며 그의 어깨에 머리를 기댔다. 달빛이 닿아 액자가 투명하게 반사되었다.

"두 분은 네가 행복하길 바라실 거야. 이렇게 울고불고하며 아파하는 게 아니라."

"……."

"지금까지 기억 못 해서 죄송하잖아. 지금부터는 좋았던 기억을 떠올려봐. 그리고 네가 행복하다는 걸 보여드려. 그럴 수 있지? 이서야? 응?"

그의 눈동자가 다시 사진에 멈췄다. 평생 울어야 할 걸 오늘 모두 울었다. 옆에서 위로해주는 연서가 있기에 혁은 힘을 낼 수 있었다.

"그래…… 네 말이 맞아. 오늘만, 딱 오늘까지만 슬퍼할게."

그의 말에 연서가 몸을 바로 세웠다. 그리고 손을 들어 그의 머리를 쓸어주었다. 그 손길이 부드럽고 따뜻했다.

"그렇지. 그래야 예쁜 내 동……."

"오빠."

"뭐?"

"동생이 아니라 오빠야."

더 이상은 동생이 아니다, 라는 사실을 알면서도 습관이라는 게 무서운지 쉽게 고쳐지지 않았다.

"허허, 그게 그렇게 되는 거야?"

"나이도 내가 많잖아. 그러니까 불러봐. 오빠라고."

자꾸 실없이 허허 웃음만 나왔다. 어떻게 오빠라고 불러. 닭살 돋게. 고개를 좌우로 저었다. 도저히 그 말은 할 수 없었다.

"거봐. 나도 너한테 누나라고 할 수 없던 이유 이제 알겠지?"

"그걸 왜 거기다 갖다 붙여? 그땐 넌 당연히 동생이었잖아."

"아니, 난 널 누나로 본 적 없다니까."

둘 사이에 긴장감이 흘렀다. 마른침을 꿀꺽 삼키는 순간 그의 목소리가 다시 들렸다.

"첨부터 넌…… 내게 여자였어."

심장이 제멋대로 또 마구 뛰어댄다. 이러다 조만간 심장병으로 입원할지 모르겠다. 더구나 허스키한 목소리로 낮게 말하는 그의 숨소리가 자꾸만 가슴을 살금살금 간질였다. 심장이 점점 이상해졌어.

"내가 원하는 건 다 한다며?"

"어, 언제?"

"병원 응급실에서."

하여간 그런 건 까먹지도 않아요.

"그렇지만 그건……."

"소원이야. 불러줘."

별게 다 소원이다. 정말. 용서해주는 게 아니었어. 빨리 용서해 준 걸 뒤늦게 후회하는 그녀다.

"대신 조건 있어."

"뭐?"

"할아버지랑 화해해."

잠시 침묵이 흘렀다.

"살아갈 날이 얼마 남지 않으셨어. 몸도 안 좋으시고. 나랑 할아버지 뵈러 가자. 응?"

거절하면 어떡하지? 너무 빨리 말했나? 시간이 조금 더 흐른 뒤에 말할 걸 그랬나? 걱정에 조심스럽게 혁의 얼굴을 보는 연서의 얼굴은 긴장으로 굳어 있었다.

"그래. 같이 가자."

더 거절하지 않고 대답하는 혁이었다. 그런 혁이 너무도 사랑스럽게 보였다. 연서는 두 손을 들어 그의 얼굴을 감쌌다.

"그래, 나랑 함께 가…… 오빠."

연서의 부드러운 입술이 혁의 입술에 닿았다. 달님이 두 사람의 키스를 몰래 훔쳐보는 아름다운 밤이었다.

[episode #1 남은 이야기]

스스로 자원해서 지방으로 내려온 지 벌써 몇 개월째, 경민은 서울에서의 바쁜 일정을 소화하던 그때와 달리 이곳에서는 여유를 느낄 정도로 일을 천천히 하고 있었다. 책상 위에 놓여 있는 물을 마시려던 찰나, 컵이 빈 것을 확인하고 컵을 들고 일어섰다.

정수기 앞에서 물을 채우고 다시 자신의 자리로 돌아온 경민은 책상 위 핸드폰이 진동으로 부들부들 떨고 있는 것을 발견했다. 물컵을 내려놓으며 발신자를 확인한 경민은 재빨리 통화 버튼을 눌렀다.

"어, 연서야?"

두근두근 심장이 요란하게 뛰어댄다. 하루도 빼지 않고 늘 기다리는 그녀의 전화였다. 목소리만 들어도 여전히 좋았다.

-경민아, 잘 지내?

내가 어떻게 잘 지내? 너 없이 잘 지내지 못하는걸.

진짜 전하고 싶은 말은 꿀꺽 삼키고, 그저 잘 지낸다는 거짓말을 하는데 가슴이 시큰거렸다.

-경민아, 나 너 보려고 왔는데. 이따가 점심 같이 먹을 수 있어?

"당, 당연하지. 어디야?"

담담하게 말하는데 벌써부터 마음이 들뜨고 있었다. 이미 마음은 사무실 밖을 향해 나가고 있었다. 연서와 만날 장소와 시간을 정하고 통화가 끝나도 가슴은 여전히 벅차올랐다.

연서와 만날 수 있다는 사실이, 그녀가 먼저 그를 만나러 왔다는 그 사실이 그를 잔뜩 들뜨게 만들었다. 어쩌면…… 어쩌면 그녀도 이제 자신에게 돌아오기로 결심한 게 아닐까 하는 작은 기대를 해본다.

점심시간까지 어떻게 시간을 보냈는지 도무지 기억이 나지 않았다. 그저 초침이 움직이는 걸 계속 확인하면서 오늘따라 시간이 너무 더디게 흘러간다 생각했다.

마침내 점심시간이 되자 재빨리 자리에서 일어섰다. 평소엔 늘 느긋하게 앉아 있거나, 제일 늦게 점심을 먹으러 나가던 그가 제일 먼저 사무실을 나가자 다들 의아한 듯 경민을 보았다.

"아, 점심 약속이 있어서 먼저 나갑니다."

멋쩍은 듯 변명하며 미소를 날린 경민은 쏟아지는 호기심 가득한 눈빛들을 뒤로한 채 콧노래까지 흥얼거리며 나갔다.

기대에 떨고 있던 심장이 바닥에 처박혔다. 이서가 돌아오다니. 그 긴 시간 소식조차 알 수 없었던 그가 돌아왔다는 말은 경민에게 청천벽력 같은 말이었다. 결국 연서와 자신의 인연은 여기까지인가? 처음부터 연인으로는 이어질 수 없는 사이였던 건가. 정말 끝인가 생각하니 아득했다.

"정…… 말이야?"

"다른 사람은 몰라도 너한테는 직접 말해야 할 것 같아서 찾아왔어. 너한테 제일 미안한 것도 아직 있고."

점심을 먹고 난 후 옮긴 커피숍에서 얼음이 가득 담긴 냉커피를 앞에 둔 채, 얼굴에 한가득 미안한 표정을 지은 연서의 목소리가 떨리고 있었다.

경민의 가슴에 닿았던 기대가 통증이 되어 가슴을 아프게 적시고 있었다. 어쩌면, 어쩌면…….

그 부질없는 기대가 그를 더 아프고 힘들게 만들었다. 이를 악물었다.

"잘됐다."

지금이 아니라 가슴의 통증이 무뎌질 때쯤이면 그녀에게 진심으로 전할 수 있는 단어를 힘겹게 꺼냈다. 차마 자신을 봐달라고, 자신의 고통은 보이지 않냐고 묻고 싶었다. 하지만, 그건 할 수 없었다. 더 많이 사랑하는 사람이 더 힘들고 아픈 걸 알기에.

"더 놀랄 이야기가 있어. 사실……."

미적미적 이야기를 쉽게 꺼내지 못하는 연서는 앞에 놓인 냉커피로 입을 축였다.

"뭔…… 데?"

들으면 안 될 것 같으면서도 듣고 싶었다. 이서가 돌아온 것보다 더 놀랄 이야기라니.

"사실, 권혁 본부장이…… 바로 이서였어."

그를 모르는 상태에서 그 이야기를 들었다면 농담하지 말라며 웃어넘길 수 있었을지 모른다. 하지만, 본부장을 아는 경민은 차마 웃을 수 없었다. 차라리 잘못 들은 이야기였으면 했다. 처음엔 이서와 본부장 권혁이 같은 사람일지 모른다는 생각은 했었지만 아니라고 했기에 안도했었다. 그저 도플갱어처럼 닮은 사람이라고 생각했었다.

"못 믿겠지? 나도 그랬으니까."

충격을 받은 경민이 이해되기에 연서도 자신의 마음을 드러냈다. 얼마나 원망하고 또 원망했던가. 결국 그의 모든 걸 받아들이긴 했지만.

"어, 어떻게 된 거야?"

그동안의 이야기를 차분하게 풀어놓으며 연서는 간간이 물로 입술을 축여가며 이야기했다. 이서의 사고 이야기, 그가 기억을 잃은 이야기와 다시 사고로 기억을 찾은 이야기까지, 그녀의 이야기가 진행되는 동안 간간이 충격을 받은 듯 표정이 변하긴 했지만 경민은 그 외에는 작은 미동조차 하지 않은 채 모든 이야기를 듣고 있었다.

"다행히 최근에는 어릴 적 우리 집으로 오기 전 일도 모두 기억하게 됐어."

불행한 과거를 갖고 있는 이서의 이야기를 듣는 내내 불쌍하다고 생각은 하면서도 동정은 하지 않았다. 어찌 되었든 그는 저와 달리 그녀 곁에 머물 수 있으니까. 자신보다는 행복할 테니까. 그러니까 절대 그를 불쌍하다고 생각하지 않았다.

"잘했네."
여전히 경민은 연서의 행복을 바라고 있었기에 자신의 마음을 내려놓기로 결정했다.
"미안."
그런 경민의 마음을 알기에 연서는 그저 미안하다는 말밖에 할 수 없었다.
"뭐가?"
"오랫동안 널 붙잡고 있어서."
"아니, 내가 널 붙잡고 있었던 거야."
"고마워. 내가 견딜 수 있게 곁에 있어줘서."
"내가 원한 거야. 날 위해서 네 곁에 있었던 거야."
이젠 놓아야 할 때인데 당장은 버겁고 힘들었다. 경민은 연서를 위해서 입가에 억지 미소를 지었다.
"친구로 계속 연락해도 돼? 이제 그러면 안 되려나?"
이기적이겠지만 경민은 그녀가 힘들 때 언제든 도움이 되어주고 싶었다. 안 된다는 거절의 말을 들어도 어쩔 수 없다는 걸 잘 알고 있었다. 분명 이서가 반대할 테니까.
하지만 함께한 시간이 결코 나쁘지 않았기에 경민은 쉽게 그녀를 놓지 못했다. 친구라는 핑계로라도 그녀 곁에 남고 싶었다. 곁에서 그녀가 행복한 모습을 지켜보고 싶다는 욕심은 차마 내려놓지 못했다.
"당연하지. 우린…… 친구잖아. 예전에도 지금도, 앞으로도. 그렇지?"
그녀의 대답에 경민이 활짝 웃었다. 정말 오랜만에 편한 마음으로 서로를 마주 보는 두 사람이었다.

멀리 차 안에서 그들의 모습을 지켜보는 혁의 눈에 힘이 바짝 들어갔다. 연서가 오지 말라고 했는데 결국 연서를 뒤따라왔다. 그녀를 믿긴 하지만, 경민을 믿을 수 없었다.

두 사람이 마주 보고 이야기하며 웃는 모습을 보는 내내 심사가 뒤틀렸다. 언제까지 기다려야 하지? 그냥 저기 들어가서 연서를 데리고 나올까 생각하던 중 자리에서 일어서는 두 사람의 모습을 보자, 재빨리 차에서 내렸다. 헤어지면 바로 그녀를 차에 태우고 갈 생각이었다.

하지만 밖으로 나온 연서와 경민은 아쉬운 듯 이야기를 계속하고 있었다. 편안한 표정을 짓고 있는 연서와 달리 약간은 긴장한 경민의 표정을 번갈아 보던 혁은 결국 기다리지 못하고 그들 쪽으로 다가갔다. 더 기다리다간 자신이 미칠 것 같아서.

"어?"

그를 먼저 발견한 연서는 놀라는 표정과 동시에 당황한 모습을 보였다. 헤어지기 위해 그녀가 내민 손을 경민이 맞잡고 있었다. 혁의 시선이 그녀의 손을 붙잡고 있는 경민의 손에 머물렀다.

"왜?"

뒤에서 다가오는 혁을 발견하지 못한 경민은 연서가 보고 있는 방향으로 고개를 돌렸다. 그리고 불도저처럼 씩씩거리며 다가오는 그를 발견하는 순간 픽 웃고 말았다. 고등학교 때도 연서와 함께 이야기를 하면 이서가 늘 저런 표정으로 다가오던 것이 생각났다.

그때도 늦게 깨달았었지. 그의 표정이 누나에 대한 걱정이 아니라 질투 때문에 나온 표정이었다는 걸. 오늘 역시 똑같은 표정으로 다가오는 그를 보자 웃음이 났다. 저렇게 확실하게 드러나는데 그동안 왜 못 알아봤을까.

경민이 연서와 사귈 때도, 다시 만났을 때 역시 그가 연서에 대한 마음을 숨긴 채 전하지도 못하고 얼마나 속 터졌을까 생각하니 그동안 자신의 아픔이 조금은 보상되는 기분이었다.

가까이 다가올 때까지 똑같은 표정으로 자신을 보는 그를 보자, 고등학교 때의 그 모습이 겹쳐 보인다. 정말 그는 변하지 않았다는 것을 다시 한 번 깨달았다.

"오랜만입니다, 권 본부장님."

연서의 손을 잡고 있던 손을 놓고 그에게 내밀었다.

"네. 오랜만입니다, 차 대리님. 현 근무지에 잘 적응하신 것 같군요."

딱딱한 말투로 경민이 내민 손을 꽉 잡았다. 손에 느껴지는 압에 경민의 시선이 맞잡은 손으로 향했다가 다시 혁을 마주 보았다. 경민 역시 손에 힘을 주자 혁의 한쪽 눈썹이 실룩거렸다. 그 모습에 경민의 입술 한쪽이 위로 끌어 올려졌다.

"덕분에요, 권혁 본부장님. 아니, 이젠 강이서라고 불러야 하나요?"

"권혁입니다, 차경민 대리님."

경민의 입에서 이서라는 이름을 듣고 싶지 않았다. 그건 오로지 연서에게만 주어진 특권 같은 거였다. 그런 의도를 알아차린 경민의 눈가가 눈에 띄게 꿈틀거리며 찌푸려졌다.

“아, 그렇습니까?”

두 남자의 신경전이 터지기 직전 혁의 등장이 불만스러운 연서가 두 사람 사이를 가르며 끼어들었다.

“경민아, 잠깐만!”

재빨리 혁의 팔을 잡고 한쪽으로 끌고 간 연서였다. 자연스럽게 혁과 스킨십을 하는 그녀의 행동을 보는 경민의 마음은 여전히 편하지 않았다.

“여긴 왜 온 거야?”

분명 혼자 잘 이야기하고 오겠다고 했건만 따라온 혁이 못마땅한 연서였다.

“그냥. 지사에 볼일이 있기도 하고.”

“거짓말.”

“진짠데.”

“그럼 지사로 가야지 왜 여기 있어?”

“여기 지나가다가 널 발견해서 잠시 멈춘 것뿐이야. 마침 차 대리도 있어서 인사도 할 겸.”

능청스런 그의 말투에 기가 막힌 연서는 입을 꽉 다물었다.

“그으래?”

늘어지며 낮아진 연서의 목소리에 혁은 긴장했다.

“그럼 인사도 했으니, 지사로 가서 볼일 보시죠. 본. 부. 장. 님.”

그를 부르는 호칭을 한 글자 한 글자 끊어 말하는 그녀의 말투에 혁은 ‘아차’ 싶었다.

“연서야…… 그러니까 그게.”

“강 주임입니다. 호칭 제대로 불러주시죠, 본부장님.”

고개까지 가볍게 숙이며 인사하고 뒤돌아가는 연서의 모습에 결국 혁은 낮게 한숨을 쉬었다. 정말 저 고집쟁이.

"알았어. 미안. 내가 거짓말했어. 사과할게. 너 따라왔어. 괜히 불안해서."

재빨리 연서의 팔을 잡아 세운 혁은 결국 그녀에게 사실대로 말할 수밖에 없었다.

"내가 그렇게 못 미더워?"

"아니. 그냥 내가 불안해서 그래. 차경민이잖아. 네가…… 네가 좋아하고 사귀었던 유일한 남자잖아."

혁의 눈동자가 예전 기억으로 일렁이며 불안감에 흔들렸다. 다른 사람이면 몰라도 차경민이라서 불안했다. 한때 연서가 좋아했던 남자.

"그건 예전 일이잖아. 경민이랑 나…… 이젠 그냥 친구일 뿐이야. 경민이도 그러기로 했어."

"너 정말 그 말을 믿어?"

"그래."

예전 사귀던 사이였는데, 지금은 친구라고? 그런 말 같지도 않은 말은 개나 줘! 지금도 차경민은 강연서를 여자로 생각하고 있는 게 뻔히 보이는데!

혁은 이를 꽉 물었다. 어떻게 해야 저 인간을 연서 곁에서 떼어내지. 그 짧은 순간 머리를 굴리는데 옆에서 경민의 목소리가 들려왔다.

"방해해서 미안한데, 연서야 나, 이제 들어가야 해. 점심시간이 다 돼서."

오묘한 표정으로 두 사람을 보는 경민이었다. 아마 자신 때문에 다투는 것 같아서 자리를 비켜줄 생각이었다.

"아, 그래. 다음엔 너 쉬는 날 만나러 올게."

"그래. 조심히 올라가고. 본부장님도 잘 가십시오."

부드러운 미소를 지으며 인사하는 경민이었다. 억지로 경민과 인사한 혁은 연서가 '여기서 기다려!'라고 말하며 경민의 차로 함께 가는 모습을 지켜봐야 했다. 마침내 인사를 끝낸 경민이 차를 타고 출발했다.

"만나긴 왜 또 만나?"

연서가 다가오자 불만이 가득한 말로 투덜댔지만, 연서는 경민이 탄 차가 멀어져 가는 모습을 지켜볼 뿐이었다.

"이제 가자."

재빨리 연서의 손을 잡아당겨 자신의 품에 안았다. 이제야 조금 안심이 된다. 화내는 연서, 경민과 웃고 있는 연서를 보는 내내 얼마나 불안했던가.

"또 그럴 거야?"

그의 가슴을 밀어낸 연서가 뚱한 표정으로 그를 보고 있었다.

"뭐가?"

"또 따라올 거야?"

"아니."

"정말?"

그의 대답에 연서의 표정이 밝아졌다.

"그래. 이젠 무조건 같이 올 거야. 같이 와서 같이 만나. 도저히 혼자는 못 보냈겠어. 아니, 안 보내."

내가 미쳐버릴 것 같아서.

정말 불안한 듯 혁은 이미 시야에서 사라져 보이지 않았지만 그가 타고 간 차가 사라진 방향을 노려보고 있었다. 그런 혁의 모습에 왠지 가슴이 두근거리며 좋으면서도 연서는 깊은 한숨을 쉬어야 했다. 앞으로 경민이와 그의 관계를 어떻게 풀어야 할지 고민이었다. 아마도 평생 살면서 풀어야 할 숙제가 아닐까 하는 생각도 들었다.

지금은 오랫동안 자신이 힘들 때나 슬플 때마다 그를 찾았다는 것이 많이 미안했다. 언젠가 그에게 좋은 여자친구가 생기길 진심으로 기도하며 혁의 가슴에 얼굴을 묻었다.

따뜻했다. 안겨 있는 연서와 그녀를 꽉 안아주는 혁. 곁을 지나가는 사람들이 힐끔힐끔 쳐다보는 것도 커피숍 창문으로 사람들이 노골적으로 보고 있다는 것조차 신경 쓰지 않고 오랫동안 그렇게 서로를 안아주었다.

혁은 미국 할아버지를 만나러 가는 날짜를 정한 뒤부터 며칠 동안 강행군하듯 일을 몰아서 한 것도 모자라 지방 출장을 다녀오던 날엔 차 바퀴가 펑크 났다. 서비스를 부르지 않고 바퀴를 교체하는 사이 내린 소나기에 비까지 흠뻑 맞았다. 그 탓에 그날 심한 감기 몸살에 걸려 밤새 시달린 혁은 달그락거리는 소리에 눈을 힘겹게 떴다.

희미한 시선을 움직이자 열린 문 사이로 보이는 모습이 낯이 익다. 연서였다. 이름을 불러보려고 입을 열었지만 목이 부었는지 목소리가 나오지 않았다.

하아. 거친 숨소리만 목을 따갑게 만들었다. 하아, 젠장. 욕지거리가 목 안에서 머물다 사라졌다. 연서가 바로 눈에 보이는 곳에 있는데 부를 수가 없다는 사실이 답답했다.

쿨럭쿨럭! 기침이 쏟아졌다. 목이 칼칼하고 따끔거렸다. 가슴까지 울릴 정도로 심한 기침을 몇 번 하고 나서야 겨우 진정되었다. 기침 소리를 듣고 달려왔는지 연서의 손에 따뜻한 물이 담긴 컵이 들려 있다.

"깼어? 괜찮아?"

부드러운 손이 이마에 닿는다. 어느 정도 열이 떨어져 미지근한 이마에 닿는 따뜻한 손길에 기분이 좋아진 혁의 입가가 조금씩 벌어졌다. 부르지 않았는데 연서가 자신에게 달려와준 것이 더 좋았다. 연서가 내민 물을 한 모금 마시자 목이 따끔거리다가 이내 아픔이 덜해진다.

"다행히 열은 내렸네. 밤새 걱정했잖아. 김 박사님이 오셔서 주사 놔주고 가셨어. 약도 챙겨주셨어. 죽 가져올 테니까 먹고 약 먹자."

혁을 보고 있는 연서의 눈동자엔 걱정이 가득 담겨 있었다. 걱정하는 그녀의 표정과 몸짓, 그 모든 게 너무 좋았다. 오로지 자신만을 위한 것이라 생각하니 행복해진다.

목이 아파 결국 대답 대신 고개를 주억거리자 연서가 주방으로 가서 죽을 가져왔다. 힘들다는 핑계를 대며 나중에 먹겠다고 하자 연서가 직접 죽을 떠서 입으로 호호 불어 죽을 식혔다.

"조금만 먹고 약 먹어, 응?"

입술에 닿는 숟가락이 미지근했다. 그녀가 직접 떠먹여주는 죽을 받아먹었다. 엄마가 소고기까지 사줘서 끓인 소고기 죽이라며 다 먹어야 한다며 한 소리 한다. 가슴이 찡하니 울렸다.

"옷 따뜻하게 입고 다니고."

연서는 며칠 전에도 그가 입고 있는 옷을 보고 단단히 챙겨 입으라고 잔소리했었다. 그가 결국 감기에 걸린 건 옷을 얇게 입은 탓이라며 또 잔소리를 시작했다.

"응."

잔소리하는데도 그녀의 얼굴이 사랑스럽다. 그녀가 입에 넣어주는 죽이 세상에서 가장 맛있는 음식이 되고 있었다.

또 아프면, 이렇게 죽 한 숟가락, 잔소리 한 마디 하겠지? 그래도 마냥 좋다.

아프지 말라는 잔소리에 다음에 또 마냥 지금처럼 아프고 싶어지는 이기적인 마음이 꿈틀거렸다. 오로지 자신만을 향한 그녀가 보고 싶어서.

그런 혁의 마음을 알 턱이 없는 연서는 여전히 걱정스런 눈빛으로 그를 살피고 있었다.

"키스하고 싶어."

탁한 목소리가 갈라지며 입술 밖으로 나오자, 당황한 연서의 얼굴이 볼뿐만 아니라 귀까지 빨개졌다. 귀엽다. 수줍은 모습이 사랑스러웠다. 몸만 아프지 않으면 그냥 바로 키스해버리는 건데.

쪽.

연서의 부드러운 입술이 그의 볼에 닿았다가 떨어지자 혁은 잠시 아쉬움의 한숨을 쉬었다.

"오늘은 여기로 만족해. 다 나으면 그때 해줄게."

하아. 정말, 강연서 이러면 더 아프고 싶어도 못 아프잖아.

연서가 내민 숟가락에 결국 입을 열고 죽을 받아먹었다. 오늘만, 아프고 일어나야겠다고 다짐하는 혁이었다.

미국행 비행기를 기다리는 동안 연서는 화장실을 몇 번이나 다녀왔다. 이미 짐은 다 비행기에 실렸고 몇 분 후면 게이트가 열리고 비행기에 타야 했다. 사실 비행기를 처음 타보는 연서는 더럭 겁이 났다.

혹시 기상이변이라도 나서 비행기에 문제가 생기지 않을까. 기체 고장으로 추락하는 건 아닐까? 바다 위를 날다가 추락하면? 혹시 무인도에 떨어지면?

"이제 들어가자."

마침내 비행기 탑승시간이 되자 연서는 혁의 팔을 꽉 붙들었다.

"왜 그래?"

"그게……."

한참 동안 혁의 팔을 붙잡고 있던 연서는 결국 자신의 머릿속에 있는 불안한 생각을 그대로 그에게 전했다. 비웃으면 어쩌지? 자신이 생각해도 부끄러워 고개를 푹 숙였다.

"걱정 마, 내가 함께 있잖아."

그가 그녀를 끌어당겨 품에 꼭 안았다.

"네가 비행기에서 떨어지면 나도 같이 떨어지고, 무인도에 떨어지면 내가 사냥해서 널 먹여 살릴 거야. 어디든지 연서 네가 가는 곳엔 내가 함께할 거야."

등을 다독이며 그녀의 귓가에 속삭였다.

안심해, 함께하는 동안 지켜줄게.

"사실…… 나 미국 갈 때 비행기 처음 탔잖아. 그때 나도 그 생각 했었어. 큭큭."

그의 말에 고개를 든 연서가 어색하게 웃었다. 그녀를 위하는 그의 마음이 그대로 와 닿았다.

"이제 비행기 탈 수 있겠어?"

"응."

연서의 눈동자에서 불안감이 많이 사라졌다.

"네가 있으니까."

비행기가 큰 진동을 내며 떠오르는 동안 그의 팔에 매달려 눈을 꽉 감고 무서움을 이겨내려는 연서의 모습을 보는 혁의 입가에 걸린 미소가 사라지지 않았다.

연서를 손주며느리라며 반겨주는 권 회장의 모습을 혁은 담담히 지켜볼 뿐이었다. 아직까지 남아 있는 마음의 상처가 쉽사리 지워지지 않았다. 다행인 건 자신의 눈치를 보면서 연서를 무시하거나 면박을 주지 않는다는 사실이었다. 혹여 권 회장이 연서를 무시하고 무례하게 대했다면 바로 한국으로 돌아갈 생각을 했었다.

"그래, 결혼은 언제 한다고?"

"다음 달이요."

건강 때문에 한국으로 올 수 없는 권 회장의 눈에 아쉬움이 비쳤다.

"허허, 바쁘겠구나. 그래, 결혼 선물로 뭘 해줄까? 말만 하렴. 다 사줄 테니."

“정말요?”

“그럼, 정말이지.”

결혼식에 오지 못하는 대신 선물이라도 해주려는 그의 마음을 깨달은 연서는 마음이 짠했다. 하나뿐인 핏줄이자 손자인 혁은 여전히 팔짱을 낀 채 남처럼 입을 꾹 다물고 있었다. 하아, 정말 꼭 고집불통 꼬맹이 같다니까.

“그럼 제 소원 하나만 들어주실래요?”

“소원이라……. 그래, 일단 들어보자.”

아마도 옆에서 목석처럼 있는 남자가 어떤 반응을 할지 걱정도 되지만 일단은.

“미국에서 결혼식 올리고 싶은데 괜찮을까요?”

결국 저질렀다.

“뭐? 그런 이야긴 없었잖아!”

역시나 반응이 바로 나왔다. 상의도 없이 꺼낸 말에 끼고 있던 팔을 풀었다. 놀라긴 한 모양이다.

“왜 한국에서 안 하고?”

옆에서 씩씩거리는 혁을 두 사람 모두 무시했다. 물론 곁에 머물러 있는 현덕수 비서실장 역시 두 사람의 대화에 조용히 귀를 기울이며 긴장할 뿐이었다.

“물론 한국에서도 할 거예요. 하지만 할아버지가 참석하실 수 없잖아요. 그냥 조촐하게 신부님만 불러서 여기 할아버지 집에서 하고 싶은데 안 될까요? 저기 정원이 너무 예뻐서요. 하하.”

야외 결혼식도 좋을 것 같다며 너스레를 떨자, 권 회장의 눈에 웃음이 가득 담긴다. 혁은 여전히 옆에서 씩씩거리기만 할 뿐 더 이상 말은 없었다.

"그래. 준비하마. 언제가 좋을까?"

물론 혁의 의견 따위는 작당한 두 사람에 의해 묵살될 게 뻔해서 말하지 않은 것이지만.

"내일은 안 될까요?"

그녀의 대답에 세 남자 모두 눈이 커졌다.

"하여간 일 벌리는 데 일가견이 있다니까."

미국에 도착해서 피로는커녕 시차조차 적응이 안 된 상태에서 결혼식까지 올리겠다는 연서의 무모한 계획에 고개를 저었다.

"응?"

차와 함께 나온 처음 보는 열대 과일에 관심을 가지느라 연서는 그의 말을 제대로 듣지 못했다.

"내일 결혼식."

"아……. 할아버지 참 좋으신 분 같더라."

그새 말을 돌리는 연서의 반응에 혁이 그럴 줄 알았다는 듯 고개를 저으며 그녀의 손에 들린 열대 과일을 뺏어 과도로 껍질을 까준다.

"좋긴. 더 겪어봐라. 그런 말이 나오는지."

"이서야, 그냥 용서해드리면 안 될까?"

하얀 앙금 같은 과일을 입에 넣고 씹자 과즙이 입 안에 가득 퍼진다. 특이한 향도 섞여 있어 맛이 더 독특했다.

"뭘?"

"가족이잖아. 내 눈엔 그냥 나이 많고 몸이 불편한 할아버지로 보여. 오랫동안 마음고생도 많이 하셨잖아. 그걸로 그냥 모두 용서해. 이제 얼굴 뵐 날도 얼마 없잖아. 응?"

나중에 시간이 흐른 뒤에, 할아버지가 돌아가신 뒤에 후회하지 말고.

"알아. 네가 뭘 말하는지. 그런데, 용서가 안 돼. 할아버지가 조금만 욕심을 버리셨다면 부모님도 그렇게 허망하게 돌아가시지 않았을 테고, 나도……."

그의 원망이 아픔이 얼마나 깊은지 알고 있었기에 연서는 더 강요할 수가 없었다. 미국에 온 것만으로도 이미 그가 얼마나 많이 마음을 열었는지 알기에.

"그래. 천천히, 조금만 천천히 가자."

울컥하며 눈물이 나는 걸 감추기 위해 일부러 창밖을 보는 혁의 옆에 앉았다. 미세하게 떨리는 그의 어깨에 머리를 기댔다.

"할아버지가 부모님 사이를 반대하지 않았다면 넌 부모님과 함께 미국에서 살고 있었겠지. 그랬다면 우린 못 만났을 수도 있었겠다. 진짜 생각해보니 그러네?"

이서를 만나지 못했을지도 모른다는 생각을 하자 가슴에 따끔한 통증을 느낀 연서는 기댔던 고개를 들었다. 정말 그럴 수도 있었겠다.

그 말에 창밖을 보던 그가 고개를 돌려 연서를 뚫어져라 보았다. 눈가에 맺힌 눈물이 그의 눈을 촉촉하게 빛나게 만들었다. 놀란 듯 커진 고동색 눈동자가 흔들렸다. 그도 똑같은 생각을 하고 있었던 걸까? 혁의 두 손이 그녀의 얼굴을 부드럽게 감쌌다. 마주 보는 눈동자의 흔들림이 멈췄다. 그리고 그의 눈이 반달로 천천히 접히는 순간이었다.

"아니, 내가 널 찾아갔을 거야. 내 운명이니까."

결국 하루는 너무 촉박해 이틀째 되는 날 결혼식이 진행되었다. 급히 준비한 결혼식은 조촐했지만 초라하지 않았다.

연서가 부담스러워할까 봐 적은 인원을 초대한 만큼, 결혼식에 참석한 사람들도 그리 많지 않았다. 그중에는 혁의 대학 시절 미국 친구들도 있었다. 연서가 신부화장과 드레스를 입고 있는 동안 혁은 자신의 친구들과 인사를 나누고 있었다.

"후아."

"긴장되시죠?"

연서를 배려해준 덕에 한국사람 몇 명이 그녀의 결혼식 준비를 돕고 있었다.

"……네."

사실 긴장이 안 된다고 말하면 백 퍼센트 거짓말이었다. 결혼식인걸. 일생에 한 번밖에 없는 결혼식. 거기다 이곳은 미국. 한국도 아닌 미국에서의 결혼식은 영화나 드라마에서나 봤지, 실제로 그녀가 할 줄은 꿈에도 생각해본 적이 없었다.

똑똑.

노크 소리에 문 쪽으로 고개를 돌렸다. 늘씬한 미녀 한 명이 입구에 서 있었다. 머리는 갈색과 탈색이 적절히 섞여 풍성하게 보였고 화이트와 블랙이 잘 조화된 원피스는 그녀의 무릎과 허벅지 중간까지의 길이로, 그녀의 다리를 더욱 길어 보이게 했다.

"오랜만이에요, 언니."

10센티는 족히 넘는 힐을 신은 그녀가 또각또각 구두 소리를 내며 다가왔다. 연서는 그녀를 빤히 쳐다보았다. 선글라스를 쓰고 있기 때문에 더 누구인지 알 수가 없었다. 붉은 입술만 보였다.

"누구……."

연서가 알아보지 못하자 그때서야 쓰고 있는 선글라스를 벗는다. 낯이 익었다. 하지만 누구인지 기억이 잘 나지 않았다.

"성연이에요. 최성연."

"최성…… 연?"

그녀의 이름을 듣자 기억이 떠올랐다. 고등학교 때 이서의 곁에 항상 붙어 있던 여자아이. 연서가 죽을 뻔했던 수영장에도 함께 갔던 그녀. 연서가 한때 유일하게 신경 썼던 그녀. 고등학교 졸업 후엔 한 번도 만날 수 없었다. 마지막으로 들은 건 해외로 유학 갔다는 소식이었다.

"이서랑 같은 반 최성연?"

"기억하네요."

"으응. 기억하지. 잘 지냈어?"

하필 결혼식에서 볼 줄이야. 껄끄러운 게 얼굴에 드러나지 않게 표정 관리를 하려 애썼다.

"아뇨."

예의상이라도 잘 지냈다는 대답을 기대했던 연서는 딱 잘라서 잘 못 지냈다고 대답하는 성연의 모습에 오히려 당황했다. 호기심이 가득한 시선으로 지켜보는 사람들에게 성연은 잠시만 자리를 비켜달라고 부탁했다.

"언니가 이서를 뺏어가버려서 속상해서 맘고생했거든요."

딱히 뭐라고 대답할 말이 없었다. 그녀가 이서에게 어떤 감정을 품고 있는지 알고 있었기 때문에 다른 말로 변명이나 위로 같은 건 할 수가 없었다.

"좋아요? 동생이랑 결혼해서?"

뭐라고 대답해줘야 하지? 도대체 무슨 대답을 바라는 걸까? 동생이랑 결혼해서 좋다고? 아니면 동생이 아니라고? 무슨 말이든 지금의 그녀에게는 좋게 들리지 않을 게 분명했기에 쉽게 대답이 나오지 않았다.

"최성연, 내 신부한테 자꾸 헛소리할 거면 여기서 꺼져."

언제 왔는지 혁이 문을 열고 들어오고 있었다. 밖으로 나간 고용인 중에 한 명이 그에게 소식을 전해준 덕에 빨리 올 수 있었다.

"와, 언니 신랑 권혁 오빠께서 오셨네."

"최성연!"

"아, 알았어. 오늘은 축하해주러 온 거야."

자연스럽게 대화하는 그들의 모습에서 연서는 의아함을 느꼈다. 기억을 찾고 다시 만난 건가?

"할 말 다 했으면 그만 나가지?"

"쳇, 알았어. 언니, 결혼 축하해요."

성연이 선글라스를 다시 쓰고 문을 닫고 나가자 연서는 기다렸다는 듯이 혁의 팔을 잡았다.

"성연이 언제 다시 만난 거야?"

"대학교 후배야."

"뭐?"

"학교 다닐 때 사귀자며 귀찮게 따라다녔어."

여기서 성연이가 이서를 먼저 만나고 알아봤구나.

"그래서 사귀었어?"

"너, 바보야?"

"내가 왜 바보야?"

신부화장으로 연한 핑크빛 립스틱을 바른 입술을 뿌루퉁 앞으로 내밀었다. 그 모습이 얼마나 사랑스러운지 모르는 눈치다. 이대로 결혼식은 무시하고 바로 침대로 데리고 가고 싶다.

"공부하고 일하느라 연애해본 적 없다고 말했잖아."

"아……."

성연은 다시 만난 뒤 끈질기게 혁을 따라다녔지만 반응조차 없는 그에게 지쳐 떨어져 나갔다. 다시 만났어도 결국 혁의 여자친구가 되는 걸 포기한 지금은 혁의 친구인 엘리엇과 교제하고 있는 사이였다. 남자친구와 함께 결혼식에 참석했으면서도 혁을 빼앗긴 것 같은 기분에 괜히 심술이 난 건지 연서에게 와서 쓸데없는 소리만 하고 갔다. 또 그러면 그땐 가만두지 않을 생각이었다.

"난, 보다시피 깨끗하다고. 그러니까 너도 양심이 있으면 좀 반성하지?"

"내 양심은 왜?"

갑자기 웬 양심 타령?

"넌, 내가 없는 동안 연애했잖아. 차경민이랑."

차경민 그 이름을 떠올리기만 해도 여전히 불끈 화가 솟는다.

"아니야! 네가 미국 떠나고……."

"떠나고?"

호기심이 잔뜩 묻어 있는 목소리가 허스키하게 가라앉았다.

"아니야, 그냥 경민이랑은 친구로 지냈어. 그냥 친구였다고. 네가 다시 나타나기 전까지."

"그래? 아까 하던 말, 끝까지 해봐. 떠나고 뭐야? 말 안 하면 여기서 키스한다?"

그사이 허리에 팔을 감아 연서를 끌어당겨 얼굴을 가까이 갖다 댔다. 숨소리가 크게 들렸다. 갑작스런 스킨십에 심장이 벌렁벌렁 울렁거렸다. 키스한다는 말에 기대가 되면서도 신부화장이 지워지면 어쩌지 하는 걱정도 된다.

"아, 알았어. 말할게. 네가 떠나고 바로 알았어. 내 감정이 뭐였는지."

"뭔데?"

오늘따라 집요하다고 느낄 정도로 혁은 끈질겼다. 귓가에 속삭이듯 감미롭게 보챈다. 이미 눈치챘으면서도 모르는 척한다. 그녀의 입에서 직접 듣고 싶어서.

"너, 너 없으면 안 된다는 거. 그리고……."

"그리고?"

붉어진 귓불에 닿는 입술이 느껴졌다. 숨결과 함께 느껴지는 간질거림에 어깨를 움츠렸다.

"널 사랑한다는 거."

마침내 원하는 대답을 듣자 혁이 빙그레 웃었다.

"나도 사랑해."

결혼식을 기다리는 사람들이 있다는 사실을 알면서도 결국 입술이 맞닿았다.

신혼여행을 핑계로 휴가를 일주일 연장한 두 사람은 나이아가라 폭포를 구경하고 다음 날은 미국 동부에 버팔로 다운타운에 위치한 Naval State Park에 도착했다. 그곳은 Erie 호수에서 배를 빌려 바다 같은 강을 배로 구경할 수 있는 곳이었다.

둘이 타기엔 유독 큰 배를 빌린 혁은 배가 어느 정도 속도를 내자 연서의 손을 잡아끌었다. 그리고 배 맨 앞부분에 도착한 혁은 연서의 손을 꽉 붙잡았다.

“여기에 올라서봐.”

빠른 속도에 겁을 먹은 연서였지만 그를 믿고 맨 앞에 섰다. 혁은 연서 뒤에 바짝 붙어선 후 잡고 있던 손을 놓고 연서의 허리를 꽉 잡았다.

“나 믿고 편하게 앞을 봐.”

그의 말을 따라 앞을 보던 연서는 감동했다. 마치 하늘을 날고 있는 듯했다. 앞서 날아가는 새들이 보이고, 마치 자신이 그 새를 따라 나는 듯한 착각이 들 만큼 새로운 경험이었다.

“이건…….”

감동한 연서의 입에선 연달아 감탄이 쏟아졌다. 가슴이 먹먹했다. 그가 잊지 않고 있었다는 사실이 그녀를 기쁘게 만들었다.

“이제 함께 날자.”

함께 앞을 보던 연서와 혁. 연서는 천천히 고개를 돌려 그의 입술에 자신의 입을 맞췄다. 오래전, 타이타닉을 보며 그들을 부러워하던 연서를 위해 혁이 준비한 이벤트에 대한 답례였다.

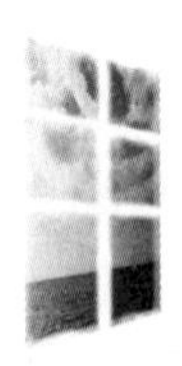

episode #2 이서 이야기

할아버지를 만나러 미국행 비행기에 오를 때만 해도 이서는 유일한 가족인 할아버지를 만나고 한국에 금방 돌아올 생각이었다. 하지만 사람의 일이란 생각한 대로 쉽게 풀어나가지 못하는 경우가 허다했다. 연서와의 통화를 끝으로 시차에 적응하면서 도착한 집은 영화에서나 보던 으리으리한 모습이었다.

동네 할아버지를 상상했던 이서는 할아버지의 강경한 모습을 보며 멋있다 생각했다. 이서를 맞이한 할아버지는 미소를 지으며 이서에게 손을 내밀었다. 나이가 들어 주름지고 살이 거의 없이 꿀렁거리는 거친 손을 맞잡은 이서의 가슴이 가족을 찾았다는 마음에 뭉클했다.

"잘 왔다."

죽은 아들과 똑같이 생긴 이서의 모습에 잠시 뭉클해진 권 회장은 이서에게 아들 내외의 사진을 보여주었다. 이미 현덕수 비서실장에게 사진을 받아 본 적이 있는 이서의 시선은 덤덤했다.

"네가 태어난 걸 알려주지 않아서 찾는 데 시간이 많이 걸렸단다."

자신이 태어난 걸 알리지 않았다는 말에 이서의 눈동자에 순수한 의문이 담겼다.

"별거 아니란다. 우선 밥부터 먹자꾸나."

밥을 먹으며 시차에 적응되지 않은 이서의 눈동자가 무겁게 내려앉았다. 그래도 처음 할아버지와 함께 먹는 식사라 끝까지 정신력으로 버텼다. 마침내 식사가 끝나자 안내된 방에 도착한 이서는 그대로 침대에 쓰러져 꿀잠을 잘 수 있었다.

"네? 그게 무슨?"

"들은 대로입니다. '강이서'라는 이름은 이제 사용할 수가 없습니다. 도련님 원래 이름으로 이미 정리된 상태입니다."

"누구 맘대로요!"

"회장님의 명이십니다."

"할아버지 어디 계세요? 당장 만나 뵈어야겠어요."

"병원 정기검진 가셨습니다."

하! 어이가 없었다. 왜 자신의 이름을 마음대로 바꾸는 거지? 이서는 할아버지가 집에 도착하자 이내 달려갔다. 하지만 이름을 찾는 게 당연한 건데 그런 걸 갖고 그러냐는 듯 말한 할아버지는 그대로 방으로 들어갔다. 따라 들어간 이서는 이럴 거면 그냥 다시 한국으로 돌아가겠다고 말했다.

"힘들 게야."

"왜요? 비행기 값이요? 그건 한국에서 올 때 챙겨온 돈이 있으니까 상관없어요."

"미성년자잖니."

"그게 뭐요?"

"미성년자는 보호자 동의 없이 혼자 비행기에 탑승할 수가 없다는 사실을 모르는구나."

"할아버지! 정말 그러시면 전 이 집을 나가겠어요."

두 눈에 불을 켜고 당장이라도 집을 나가려고 하는 이서를 보던 할아버지의 얼굴이 단단히 굳었다. 또다시 저 아이를 잃고 싶지 않았다.

"현 비서, 저 아이 당분간 방에서 나오지 못하게 하게나."

"네, 회장님."

"이게 무슨! 놔요, 당장!"

건장한 남자의 손에 의해 끌려가며 이서는 온몸으로 반항했지만 아직은 학생인 그가 성인들을 감당할 힘은 없었다.

"죄송합니다, 도련님."

그렇게 이서는 방에 감금되었다. 방에 갇힌 채 탈출은커녕 전화조차 할 수 없어 답답했다. 고집을 피우며 버티던 이서는 결국 할아버지께 먼저 고개를 숙일 수밖에 없었다. 할아버지가 요구하는 조건을 모두 수용하고 나서야 갇혀 있던 방에서 나올 수 있었다.

하지만 그 후에도 이서는 핸드폰과 모든 통신수단을 통제당했다. 개인교습 교사까지 붙어 스파르타식 교육까지 받아야 했다.

한번은 선생에게 사정해서 핸드폰을 빌려 한국에 한 번 전화를 했었다. 하지만, 아쉽게도 신호가 울리기만 할 뿐 통화는 되지 않았다. 다시 만난 유일한 혈육인 할아버지는 이서에겐 결코 좋은 가족이 되지 못하고 있었다.

"제발 한국에 한 번만 다녀오게 해주세요."

미국에 도착하고 벌써 3개월이 지나 가을이 거의 끝나가는 어느 날 이서는 할아버지께 무릎을 꿇고 사정했다. 연서가 너무 보고 싶어 미칠 것 같았다. 목소리조차 들을 수 없었기에 그리움이 너무도 크고 사무쳤다.

"대신 조건이 있다."

지금 당장 한국에 가서 연서를 볼 수 있다면 어떤 조건도 다 수락할 마음에 이서는 고개를 끄덕였다.

"다녀와서 회사를 이어받을 준비를 하거라."

"할아버지, 회사는 저보다 전문 경영인을……."

"미련한 놈. 네놈은 저 큰 회사가 그렇게 쉽게 포기가 되더냐? 어째 지 애비랑 똑같은지……. 쯧쯧."

혀를 끌끌 차며 권 회장은 돌아섰다. 이서는 그런 할아버지를 다급하게 붙잡았다.

"할게요. 경영 공부도 하고 다 할게요. 그러니까 한국에 보내주세요."

이서의 대답에 권 회장이 만족스러운지 씩 미소를 지었다.

"현 비서가 수속을 해줄 테니 다녀오거라. 혹, 딴생각은 하지 말거라."

"……네."

그렇게 힘겹게 이서는 한국에 갈 수 있었다. 전화를 먼저 하고 싶었지만 그의 곁엔 감시를 목적으로 경호가 붙었다. 전화조차 마음대로 할 수 없었다. 이서는 한국에 도착하자 곧바로 집으로 뛰어갔다. 연서가, 그리고 그동안 키워준 엄마가 그를 기다린다는 벅찬 감정에 차에서 내리자마자 헐떡이며 뛰었다. 그리고 숨을 고르는 그의 눈에 연서가 보였다.

반가움에 연서의 이름을 말하는 순간, 곁에 있던 경민이 그녀를 끌어안는 걸 보았다. 겨우 만나러 왔는데, 연서는 경민의 품에 있었다. 이서의 눈에 아픔이 담겼다.

하아, 정말 연서는 경민에게 마음을 모두 열어준 걸까? 자신이 다가갈 공간은 이제 없는 걸까? 너무 늦게 온 건가? 이서는 결국 그대로 발걸음을 돌리고 말았다.

마음에 돌덩어리가 내려앉았다. 이서는 옆에 있는 경호원에게 물었다. 사랑이 왜 달콤하지 않고 아픈지 알고 있어요? 그러나 돌아오는 대답은 없었다.

카페에 앉아 허무하게 시간을 보냈다. 곧 돌아갈 비행기 시간이 점점 다가왔다.

그러다 문득 정신을 차렸다. 자신이 한국에 왜 힘들게 돌아왔는데……. 연서가 경민과 사귀든 사귀지 않든 그건 상관이 없었다. 다시 연서를 되찾으면 된다는 걸 뒤늦게 깨달은 이서는 다시 연서의 집으로 미친 듯이 달렸다. 뒤에서 따라오는 경호원들조차 따라잡기 힘들 정도로 이서는 힘껏 달렸다.

당장 연서를 만나서 지금 자신의 마음을 제대로 전하고 기다려 달라고 말하고 미국 가자. 그래, 그게 가장 현명한 길이다. 이대로 다시 미국에 가면 또 전화조차 사용하지 못하게 된다. 자신의 상황을 이야기하고 연서에게 기다려달라고 전하면 될 거로 생각했다.

저 멀리 집으로 가는 길이 보였다. 비가 조금씩 내리기 시작했다. 촉촉하게 땅을 적시기 시작한 비는 이서의 머리와 어깨도 적셨다. 이제 딱 하나 횡단보도만 건너면 연서를 보기 위해 뛸 생각이었다. 횡단보도 신호를 기다리는 그 짧은 시간이 너무도 길게 느껴졌다. 이렇게 긴 신호도 없다고 투덜대며 이서는 발을 동동 굴렀다. 그리고 신호가 바뀌는 순간 다급한 마음에 이서는 무작정 뛰었다.

끼이익.

타이어 마찰음이 어둠 속에서 길고 소름 끼칠 정도로 크게 울렸다. 빗길에 브레이크가 밀린 차에 부닥친 이서의 몸이 하염없이 어두운 밤하늘을 날았다. 그러다 이내 힘없이 땅에 떨어졌다. 찰나의 순간이 지나고 바닥에 부딪친 이서의 머리에서 맑은 핏물이 빗물과 함께 주위에 천천히 퍼졌다.

파르르 온몸을 떨던 이서는 '연서야.'를 입 속으로 부르다 마침내 힘겹게 뜨고 있던 눈동자가 결국 허무하게 감겼다. 이서가 병원 응급실로 옮겨지는 동안 빗줄기가 점점 더 굵어졌다. 그렇게 횡단보도에 뿌려진 이서의 몸에서 흘러나온 맑은 피는 빗물과 함께 떠내려갔다.

두 번의 큰 수술 후에도 깨어나지 못하자 결국 미국으로 이송된 이서는 세 번째 수술 후 겨우 깨어날 수 있었다. 하지만 안타깝게도 그의 기억 속에 연서 가족과 함께했던 모든 추억은 모두 지워져 있었다. 이서는 지워진 기억에 연연하지 않았다. 가끔 뭔가 허전한 느낌에 하늘을 보는 일만 잦아졌지만 그것도 어느 순간 모두 습관처럼 치부하고 지나갔다.

그렇게 세월이 흘렀다. 이서 아닌 권혁이 된 그의 실제 나이는 연서보다 한 살 많았지만 고등교육을 모두 이수하지 못한 탓에 집에서 개인교습을 통해 고등교육을 모두 이수받았다. 그리고 할아버지가 원하는 대로 결국 하버드 경영학과에도 들어갔다. 그렇게 권혁이라는 자신의 진짜 이름으로 살아가던 그는 대학 졸업 후 본격적으로 회사 경영에 참여하기 시작했다. 세월은 그렇게 하염없이 흘러갔다.

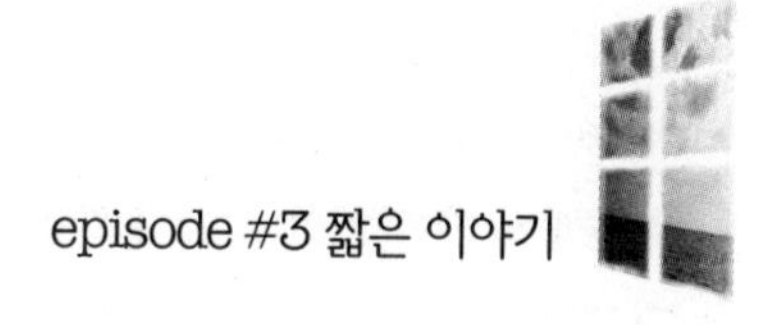

episode #3 짧은 이야기

마주 보는 고동색 눈동자가 똑같다. 두 개의 눈동자가 서로 불꽃을 튀기고 있었다. 거실 한가운데 놓인 탁자 위에는 바둑판이 놓여 있고 흰색과 검은색 바둑돌이 다섯 개씩 놓여 있었다.

"아빠, 이번엔 내가 이길 거야."

혁과 똑 닮은 4살 아이는 엄지와 중지를 맞잡고 맨 끝에 있는 검은색 돌을 겨냥했다. 탁 소리가 나면서 검은색 돌이 흰 돌을 건드렸다. 하지만 살짝 스치기만 하고 이내 바둑판 아래로 떨어졌다.

"아싸!"

"아이!"

동시에 터져 나온 목소리에 주방에서 사과를 깎고 있던 연서는 거실을 보았다. 두 손을 번쩍 든 혁과 주먹을 꽉 틀어쥐고 분해하는 아들의 모습을 보고 미소 지었다. 아들과 놀아주면서 혁이 점점 유치해지고 있었다.

"이번엔 아빠 차례다."

아들과 달리 엄지와 검지를 맞잡은 혁은 힘차게 하얀색 바둑돌을 건드렸다. 핑그르르 돌던 돌이 검은색 돌과 함께 바닥으로 떨어졌다.

"으아악, 아까워!"

"으잉."

어쩜 두 사람의 반응이 한결같은지. 연서는 매번 똑같은 그들의 모습에 혀를 끌끌 찼다.

아들의 손에서 튕겨 나간 돌에 의해 하얀 돌 두 개가 동시에 바둑판 아래로 떨어지자, 혁은 바닥을 치며 억울하다는 리액션을 했다. 그들의 모습에 킥킥 웃던 연서는 다 깎은 사과를 쟁반에 들고 그들 곁으로 다가갔다.

"그만하고 사과 먹어요."

"잠깐만. 내가 이번엔 기필코 이길 거야."

바둑판 위엔 검은색 돌이 두 개. 하얀 돌은 하나만 남아 있었다. 혁의 손끝에 있던 하얀색 돌이 날아갔다. 그리고 마침내 검은색 돌만 두 개 남았다.

'만세!'를 외치는 아들과 오열하며 억울해하는 혁이었다. 하지만 연서는 알고 있었다. 혁이 져주기 위해 일부러 돌을 엉뚱한 곳으로 날린 것을.

"엄마, 봤지? 봤지? 내가 이겼어!"

"우와! 그래, 우리 이서가 아빠 이겼네. 우리 이서 최고."

혁은 움찔하며 연서를 보았다. 여전히 적응 안 되는 아들의 이름. 자신의 이름이기도 하고 현재 아들의 이름이도 한 이서라는 이름.

아이를 가졌을 때 연서는 사내아이라는 것을 아는 순간 아이 이름을 이서라고 부르겠다며 고집을 피웠다. 혁은 과거 자신의 이름이라 양보하기 싫었지만 연서의 고집을 꺾을 수 없었다.

그래서 결국 이서라는 이름은 여전히 그들의 곁에 실제로 존재하게 됐다. 가끔은 연서가 일부러 그 이름을 아들 이름으로 지은 게 아닌가 생각될 때가 있었다.

가령, 전날 회식으로 술을 많이 마시고 늦게 들어간 다음 날 아침에는 아들 이서가 조금만 잘못해도 '내가 이서 때문에 못 살아.' 라고 하면 뜨끔한 건 오히려 혁이었다.

가끔 기념일을 챙기며 선물을 주면 연서는 그저 고맙다 말했다. 그러면서 옆에 앉아 놀고 있는 아들을 안아주며 '이서야, 사랑해.' 라며 말한다. 그러면 혁의 심장이 미친 듯이 반응했다. 연서는 늘 그렇게 옆에서 들릴 듯 말 듯 아들과 함께 혁의 곁을 지키고 있었다.

혁은 작년 미국에 가서 아들 이서를 보여주고 오면서 이서 덕분에 할아버지와 조금 더 화해를 할 수 있었다. 이제 검은 머리가 하나도 없는 권 회장이 그의 눈에도 안쓰럽게 다가왔다. 미움도 사랑의 한 부분이라고 하는 말이 맞는지 점점 할아버지에 대한 원망이 옅어지고 있었다.

사과 한 조각을 입에 넣고 오물거리던 이서가 일어나더니 얼마 전 유치원에서 받아온 화분을 들고 왔다. 혁이 출장 다녀와서 그때 보여주지 못한 게 떠오른 모양이다.

"아빠, 이거."

장미도 아닌 듯한데, 작은 노란 잎이 밖을 향해 있었다. 작은 화분에 담긴 예쁜 꽃이었다.

"예쁜걸. 이 꽃 이름이 뭐야?"

꽃이라곤 장미, 국화, 코스모스 등 일반적인 것만 알고 있는 혁은 당연히 꽃 이름이 뭔지 궁금했다. 아들이 가져온 꽃이니 꼭 이름을 기억해야지.

"이거 베고니아."

"응? 백 원?"

꽃이 백 원이라고? 엄청 싸네.

"아니, 베고니아."

"이름이 뭔데?"

또다시 백 원이라고 말하는 아들의 머리를 쓱쓱 문질렀다. 이서가 생각해도 엄청 싼 금액이라서 자랑하나 보다 생각했다.

"베고니아!"

답답한지 빽 소리를 지르는 이서였다. 결국 빈 접시를 주방에 놓고 오던 연서가 그들 사이에 끼어들어야 했다. 혁이 자신의 말을 알아듣지 못하는 게 속상한지 어느새 이서의 눈에 눈물이 글썽거렸다.

"꽃 이름이 베고니아야."

"뭐?"

가격이 아니라 꽃 이름이라니, 조금 당황스러운지 혁이 자신의 손에 턱을 괴고 화분을 뚫어져라 쳐다본다.

"도로변이나 길거리에 장식으로 많이 쓰는 꽃이기도 하고, 이렇게 작은 화분에 키우기도 하는데 꽃잎이 서로 맞닿아 있어도 만날 수 없어서 이름이 베고니아라고 지어졌대."

혁은 결국 울기 직전인 이서를 들어 올렸다.

꽃에는 전혀 관심이 없어서 몰랐다며 미안하다 말하며 다음엔 아빠가 제대로 알아들을 테니 용서해달라고 하자, 그제야 이서가 고개를 끄떡인다.

"저 꽃 미국에 살면 잘 알 텐데 왜 몰라?"

"미국에 살 땐 공부와 경영 수업 빼고는 관심이 전혀 없었거든. 장미나 알까. 그런데, 베고니아에 대해 어떻게 그렇게 잘 알아?"

"인터넷이 괜히 있는 게 아니거든. 나도 첨엔 몰라서 검색했었어."

빙긋 웃는 연서가 그에게 매달려 있는 이서를 향해 팔을 뻗자 연서에게 넘어온다.

"꽃말은 '짝사랑'이래."

마치 우리처럼. 서로 사랑하는 걸 모른 채 짝사랑을 오래 했던 우리 이야기를 닮은 꽃 베고니아.

"아이스크림 사줘."

이제 슬슬 더워지는 여름이 멀지 않았다. 곧 여름이 다가오고 있는 6월말이었다. 지금은 장마철이라 후덥지근했다.

"아이스크림 사러 갈까?"

"응응."

이서는 연서의 품에서 고개를 끄덕이며 목에 매달렸다.

"권이서, 이제 아빠한테 와. 엄마 힘들어."

"싫어."

아까 베고니아를 알아듣지 못한 게 마음이 상했는지 고개를 획 돌려버린다. 아이의 등을 토닥이며 안아주는 연서에게 한쪽 눈을 찡긋했다.

"흠, 어쩌지. 네가 그렇게 원하는 동생이 지금 엄마 배 속에 있는데, 이렇게 말 안 들으면 동생이 안 나올걸."

동생이라는 말에 연서의 어깨에 고개를 묻었던 이서가 고개를 번쩍 들었다.

"엄마, 정말? 내 동생 생겨?"

놀라운지 두 눈동자가 동그랗게 커졌다. 그 모습이 혁과 너무도 닮았다.

"응. 올겨울엔 아마 동생 만날 수 있을 것 같은데?"

"우와!"

마침내 연서의 품에서 내려온 이서는 그녀 주위를 빙글빙글 돌며 즐거워했다.

"나도 동생이 생겨. 동생! 동생!"

즐거워하는 아들의 모습에 혁과 연서는 그저 행복한 미소를 지을 뿐이었다. 처음 혁을 봤을 때 동생이 생겼다며 행복해했던 연서와 그때의 기억을 동시에 떠올린 혁은 서로를 마주 보며 호탕하게 웃었다.

-마침-

작가후기

아주 오래전부터 쓰고 싶었지만 쓰지 못하다 드디어 쓰게 된 이서와 연서의 이야기.

평소 쓰던 글과 달리 감정 소모에 대한 지문이 많아 처음엔 힘들었지만 어느새 그들의 이야기에 녹아들어 행복했다.

스토리가 막히면 '고해', '비와 당신' 등 좋아하는 노래 가사를 떠올리며 줄거리를 이어갈 수 있었다.

당분간은 이서와 연서를 쉽게 떠나보내지 못할 것 같다.

다시 글을 쓸 수 있는 계기를 준 지인 서정윤 작가님 감사합니다.

글을 안 쓰는 동안에도 항상 곁에서 지켜주며 기다려준 로맨스 화원 작가님들과 독자님들, 사랑합니다.

오타 수정과 내용 정리해주시느라 고생하신 김지현 주임님과 와이엠북스 출판사에 감사인사 드립니다. 항상 행복하세요.

2018년 봄이 오는 4월의 문턱에서.

주혜민 배상(拜上)